聲 韻 論 叢

第四輯

中華民國聲韻學學會
東吳大學中國文學系所 主編

臺灣 學生書局 印行

陳新雄題

聲韻論叢 第四輯

弁 言

　　去歲五月，《聲韻論叢》第三輯出版，公之我全體會員同道之前，並就教於海內外專家學者。未及一載，第四輯又將出版，余不能已於言者。憶聲韻學會自發軔以至今日，瞬屆十載。十載以來，本會會員，日以增多，昔人之視以爲天書者，今則聚衆友於一堂，相互討論，情緒日趨熱烈，環視各科，尚無其比。近年以來，青年學人，日益增多，相互切磋，興味盎然，每次集會，常苦其短，時有未盡所言之感，由此觀之，則聲韻學之將振興也必矣。

　　抑又有言，去歲研討會中，衆皆訝異，余何以對孔生仲溫論難如此其苛也，盤問如此其詳也。蓋學術之前，惟有公義，不及私情。雖師生之篤於恩義，而於學術是非猶不可不論也。荀卿子曰：「是是非非謂之和，非是是非謂之愚。」又曰：「是謂是、非謂非曰直。」吾人寧呿訾慄斯以愚人乎，抑正言不諱以明道乎。所可喜者，孔生非特不以此而遷怒，而能深自反省，立言益加謹慎，而能有所樹立。則可謂盡琢磨之道也。

　　獨學而無友，固孤陋而寡聞，若知而不言，言而不盡，則與無友而獨學者，何以異乎。凡我會友，均應有容人之雅量，亦應有服善之胸懷，則假以歲月，往昔之所謂門戶之見者自去矣。蓋尺有所短，寸有所長，取長補短，固得其宜也。近年以來，會友之中，外文系入會者漸衆，以言傳統聲韻文字之根基深厚，則中文

系之所長，以言近世歐美語言學理，則外文系為勝，二者相激相盪，長短相成，正中國聲韻學發皇之良機也。

　　本輯中共收陳新雄、孔仲溫、竺家寧、雲惟利、金鐘讚、黃坤堯、吳世畯、耿志堅、朴萬圭、林慶勳、鍾榮富、殷允美、張雙慶、謝雲飛、曾榮汾等本屆所發表之論文十五篇。另加丁邦新先生一文，本應收於第三輯，因連絡不及而失收，今補收於此輯，俾全其完璧也。至於各篇論文之內容，以及討論之詳情，董忠司博士〈第九屆全國聲韻學研討會紀要〉一文敍述翔實，因附於本輯之末，以為附錄，藉供參考。

　　　　　　　　　　　　中華民國八十一年元月二十一日

陳新雄 伯元 謹述於臺北市和平東路鍥不舍齋

聲韻論叢　第四輯

目　　次

作者簡介

1.陳新雄 字伯元，江西省贛縣人。國立臺灣師範大學國文研究所文學博士。曾任中國文化大學中文系教授兼主任，國立政治大學中文研究所兼任教授，國立高雄師範大學國文研究所兼任教授，輔仁大學中文系所兼任教授，淡江大學中文系兼任教授，美國喬治城大學中日文系客座教授，香港浸會學院中文系高級講師、首席講師，香港珠海書院文史研究所兼任教授，香港新亞研究所兼任教授，香港中文大學訪問學人，中國古典文學研究會常務監事。現任國立臺灣師範大學國文系所教授，東吳大學中文研究所兼任教授，中華民國聲韻學會理事長，中國古典文學研究會顧問。擅長聲韻學、訓詁學、東坡詩詞、詩經等。專門著作《春秋異文考》《古音學發微》《音略證補》《六十年來之聲韻學》《等韻述要》《中原音韻概要》《聲類新編》《鍥不舍齋論學集》《香江煙雨集》《放眼天下》等書。

2.孔仲溫 江西省鄱陽縣人，民國四十五年（一九五六）生。國立政治大學文學博士，曾任靜宜大學中文系副教授，東吳大學中文系副教授，國立中興大學中文系兼任副教授，逢甲大學兼任副教授，現任國立中山大學中文系所副教授。講授文字學、聲韻學、訓詁學、中國文字學專題研究。著有《韻鏡研究》、《類篇研究》、《語言學辭典》（合著）等書；〈敦煌守溫韻學殘卷析

論〉、〈廣韻祭泰夬廢四韻來源試探〉、〈類篇字義探源〉、〈韻鏡序例的題下注歸納助紐字及其相關問題〉、〈類篇字義的編排方式析論〉、〈說文品型文字的造形試析〉、〈辯四聲輕清重濁法的音韻現象〉、〈殷商甲骨諧聲字之音韻現象試探——聲母部分〉、〈段注說文牡妹二字形構述論〉、〈類篇破音別義研析〉等文。

3.**竺家寧**　浙江奉化人，民國三十五年生。國立臺灣師範大學國文研究所碩士，中國文化大學中文研究所博士班畢業，獲國家文學博士。曾任漢城檀國大學客座教授，淡江大學中文研究所教授。現任國立中正大學中文研究所教授。曾擔任聲韻學、訓詁學、語音學、漢語語言學、辭彙學、漢語語法等課程。著有《四聲等子音系蠡測》、《九經直音韻母研究》、《古漢語複聲母研究》、《古今韻會舉要的語音系統》、《古音之旅》、《古音學入門》（合著）、《語言學辭典》（合著）等書。

4.**雲惟利**　一九四六年生於新加坡。原籍廣東文昌。一九七〇年畢業於新加坡南洋大學中文系，獲第一等榮譽學士學位。旋進研究院治中國古文字，獲碩士學位。後往英國里玆大學攻讀語言學，一九七九年獲博士學位。現任教於澳門東亞大學。於語言文字之學外，也醉心於詩詞。著有《漢字的原始和演變》、《海南方言》及《大漠集》（詩集）等。

5.**金鐘讚**　大韓民國慶尚北道浦項人，生於西元一九五七年。

成均館大學文學士、韓國外國語大學文學碩士、國立臺灣師範大學文學碩士，現肄業於國立臺灣師範大學國文研究所博士班二年級。著有《高本漢複聲母擬音法之商榷》。目前從事於《說文形聲字研究》。

6. **黃坤堯** 廣東中山人，一九五〇年出生於澳門。一九七二年國立臺灣師範大學國文學系畢業，一九八七年香港中文大學哲學博士。主要研究詩詞、音韻、訓詁等；創作則以散文、新詩及古典詩詞為主。現任香港中文大學中文系講師，《中國語文通訊》執行編輯。作品已結集者有《舟人旅歌》（散文集。臺北：地球出版社，一九七四）、《溫庭筠》（傳記及評論。臺北：國家出版社，一九八四）、《清懷集》（詩、散文、書評合集。香港：金陵出版社，一九八五）、《新校索引經典釋文》（臺北：學海出版社，一九八八）、《清懷詩詞稿》（古典詩詞集。臺北：學海出版社，一九八九）、《書緣》（書評。香港：田園書屋，一九九二）六種。即將出版者有《經典釋文動詞異讀新探》一種。

7. **吳世畯** 韓國京畿道人，一九六二年生。畢業於韓國明知大學中文系，東吳大學中文研究所碩士班。現讀東吳大學中文研究所博士班。撰有碩士論文《王力上古音學說述評》。

8. **耿志堅** 河北省固安縣人，民國四十一年生。國立政治大學文學博士，現任彰化師大預聘教授、靜宜女子大學兼任副教授。教授聲韻學、國音、中國語言史。目前之研究計劃為《唐宋遼金

元詩人韻部演變研究》，現已完成初唐、盛唐、大曆前後、貞元前後、元和前後、晚唐及唐末、五代詩人用韻考，並先後於學報中發表，其他與之相關之論文數篇不再贅述。

9.**朴萬圭** 韓國漢城人，民國四十四年四月八日生。畢業於韓國外國語大學中文系，中國文化大學研究所碩士。今就讀博士班。著作有《廣韻韻母的韓國漢字譯音音讀》（中國聲韻學國際學術研討會 1990 年 6 月香港浸會學院）等十數種。現任韓國蔚山大學中文系教授。

10.**林慶勳** 臺灣桃園人，一九四五年生。中國文化大學中文研究所畢業，獲國家文學博士（一九八○）。曾任文化大學中文系講師、副教授（ 1971.8-1983.7 ）兼中文系主任（1982.4-1983.7），高雄師範學院國文研究所副教授（ 1983.8-1988.7 ），日本國立東京大學文學部外國人研究員（ 1982.7-9 ， 1989.9-1990.8）。現任高雄師範大學國文研究所教授（ 1988.8- ）兼國文系主任（ 1988.8-)，講授音韻學研究、詞滙學研究、中國語言學專題研究等課程。著有《切韻指南與切音指南比較研究》、《段玉裁之生平及其學術成就》、《音韻闡微研究》、《古音學入門》（與竺家寧合著）、〈試論合聲切法〉、〈諧聲韻學的幾個問題〉、〈刻本圓音正考所反映的音韻現象〉、〈試論日本館譯語的聲母對音〉等文。

11.**鍾榮富** 一九五五年生於臺灣省屏東縣。國立高雄師範大

學英語系畢業後，任省立屏東女中英文教師。一九八五年考取教育部公費留學考試，次年赴美攻讀語言學，一九八九年取得伊利諾大學香檳校區語言學博士。現為國立高雄師範大學英語研究所副教授，講授音韻學、句法學及普通語言學方面的課程。鍾教授的專長雖是音韻理論，然而對漢語的平面音韻，也頗下功夫，特別是在客家、閩南及北京方言上。回國近二年，有關這三個方言的研究論文已近十篇。目前正在撰寫《當代音韻理論與漢語音韻學》一書。

12. **殷允美** 山東滕縣人。東海大學外文系畢業，美國布朗大學語言學碩士，德州大學語言學博士。曾任教於美國布朗大學、印第安那大學、耶魯大學、史丹佛大學、加州大學及揚百翰大學。一九七五年返國任教於國立政治大學，曾任政大公企中心語言訓練組主任（ 1979-81 ），現為英國語文學系（ 前西洋語文學系 ）專任副教授。擔任課目為語言學概論、音韻學、比較語言學等語言學及英語課程。

13. **張雙慶** 福建泉州人。一九七〇年畢業於香港中文大學中文系，並於同年考入中文大學研究院中國語文學部深造，追隨李棪教授、周法高教授從事語言文字學的研究。畢業後留校任教迄今。學術興趣以語言文字學為主，尤其是方言學方面用力較多，除閩、粵方言外，近年更與福建師大李如龍教授合作進行客贛方言研究，有關報告將於本年初由廈門大學出版社出版。其他單篇論文散見於中文大學出版的學報期刊上。此外，因為教學的需要，

多年來亦致力於古典小說的研究，曾編有《中國古典短篇小說選》，用作教材。教研之餘，曾擔任中文大學聯合書院學生輔導主任以及該校中國語文研究中心《中國語文研究》、《中國語文通訊》的執行編輯。

14. 謝雲飛　浙江松陽人，民國二十二年生。國立臺灣師範大學文學士、文學碩士，新加坡南洋大學研究院院士。民國四十八年起曾任國立政治大學講師、副教授各三年，五十四年起任教授四年，後轉任新加坡南洋大學高級講師十二年，民國六十八年返政治大學任客座教授二年後改專任教授，民國七十五任韓國成均館大學交換教授一年，七十六年返國任教至今。著有《經典釋文異音聲類考》、《中國文字學通論》、《明顯四聲等韻圖研究》、《爾雅義訓釋例》、《中國聲韻學大綱》、《漢語音韻學十論》、《四大傳奇及東南亞華人地方戲》、《中文工具書指引》、《文學與音律》、《語音學大綱》、《韓非子析論》、《管子析論》等書及學術性論文九十餘篇。

15. 曾榮汾　臺灣省雲林縣人，民國四十年四月生。師範大學國研所碩士，中國文化大學中研所博士。曾任中國文化大學中文系副教授，現任中央警官學校資訊系教授，並兼任教育部重編國語辭典修訂委員會副總編輯。主要著作有《呂刑研究》、《康誥研究》、《干祿字書研究》、《字樣學研究》、《辭典編輯學研究》、《中國近代警察史料初編》、《字典中部首歸屬問題探析》、《處理中文資料的電腦利用及實例介紹》、《中國字的工具書》、

《歇後語小辭典》、《談部首序字典編輯觀念的改進》等。

16. **丁邦新** 江蘇如皋人，民國二十五年生。國立臺灣大學學士、碩士，美國華盛頓州立大學博士。曾任中央研究院歷史語言研究所研究員、所長，國立臺灣大學中國文學研究所教授。民國七十六年獲選為中央研究院院士。現任美國柏克萊加州大學東方語文系教授。重要著作有專書《魏晉音韻研究》（英文）、《臺灣語言源流》、《儋州村話》，單篇論文〈如皋方言的音韻〉、〈漢語方言分區的條件〉、〈吳語聲調的研究〉、〈漢語聲調源於韻尾說的檢討〉等數十種，譯著有《中國話的文法》（趙元任原作）。主要研究領域為中國語言學，包括方言學、音韻史等，於臺灣南島語及西南少數民族語言亦有專著發表。

17. **董忠司** 臺灣臺南市人，生於一九四七年三月六日。曾就讀於臺南市協進國民小學，臺南市第一高級中學初中部和高中部，國立政治大學中國文學系、中國文學研究所碩士班和博士班，一九七八年獲得國家文學博士學位。歷任東海大學、靜宜大學中文系、臺北市立女師專、市立師專、屏東師專、臺南師專等校副教授（兼、專任），新竹師專教授兼圖書館主任。現任國立新竹師範學院語文教育系教授、臺灣語文學會理事、自強文教基金會董事。

曾經撰有《曹憲博雅音之研究》(一九七三)、《顏師古所作音切之研究》(一九七八)、《江永聲韻學評述》(一九八八)等書，與論文十餘篇。和他人合編的有《幼獅少年百科全書（語言、聲

韻、文字、訓詁部分）》《師專國文》，又校訂《現代漢語方言》
（詹伯慧教授撰，附錄：董忠司的臺灣的閩南話和客家話二
文）。

　　研究方向主要是漢語聲韻學和閩南語，兼及訓詁學、文字學、
詩學、兒童文學和民間文學。目前正在撰寫《臺灣話導論》《臺
灣語語音學》《臺灣話發音課本》《臺灣話（北京語對照）唐詩
選注》《臺灣話（北京語對照）千家詩》《標音、評注臺灣兒
歌》。

《史記・秦始皇本紀》所見的聲韻現象

陳新雄

　　《史記・秦始皇本紀》載秦始皇帝二十六年初并天下，始皇推終始五德之傳，以爲周得火德，從所不勝，方今水德之始，衣服旄旌節旗皆上黑，數以六爲紀。這段話非常重要，因爲秦以水德自居，水北方，其色黑，故尙黑；水數六，故數以六爲紀。對秦於數尙六的概念瞭解後，於我們在秦始皇本紀裏所看到的六篇石刻辭的用韻有很大的幫助。這六篇刻石辭，依次是：

始皇二十八年泰山刻石❶

　　皇帝臨位，作制明法，臣下修飭。（古韻職部❷，廣韻入聲二十四職。）二十有六年，初并天下，罔不賓服。（古韻職部，廣韻入聲一屋。）親巡遠方黎民，登茲泰山，周覽東極。（古韻職部，廣韻入聲二十四職。）從臣思迹，本原事業，祇誦功德。（古韻職部，廣韻入聲二十五德。）治道運行，諸產得宜，皆有法式。（古韻職部，廣韻入聲二十四職。）大義休明，垂于後世，順承勿革。（古韻職部，廣韻入聲二十一麥。）皇帝躬聖，旣平天下，不懈於治。（古韻之部，廣韻去聲七志。）夙興夜寐，

建設長利，專隆敎誨。(古韻之部，廣韻去聲十八隊。)訓經宣達，遠近畢理，咸承聖志。(古韻之部，廣韻去聲七志。)貴賤分明，男女禮順，慎遵職事。(古韻之部，廣韻去聲七志。)昭隔內外，靡不清淨，施於後嗣。(古韻之部，廣韻去聲七志。)化及無窮，遵奉遺詔，永承重戒。(古韻之部，廣韻去聲十六怪。)

司馬貞《索隱》曰：「此泰山刻石銘，其詞每三句爲韻，凡十二韻，下之罘、碣石、會稽三銘皆然。」

始皇二十八年琅邪臺刻石

維二十六年，皇帝作始。(古韻之部，廣韻上聲六止。)端平法度，萬物之紀。(古韻之部，廣韻上聲六止。)以明人事，合同父子。(古韻之部，廣韻上聲六止。)聖智仁義，顯白道理。(古韻之部，廣韻上聲六止。)東撫東土，以省卒士。(古韻之部，廣韻上聲六止。)事已大畢，乃臨于海。(古韻之部，廣韻上聲十五海韻。)皇帝之功，勤勞本事。(古韻之部，廣韻去聲七志。)上農除末，黔首是富。(古韻之部，廣韻去聲四十九宥。)普天之下，摶心揖志。(古韻之部，廣韻去聲七志。)器械一量，同書文字。(古韻之部，廣韻去聲七志。)日月所照，舟車所載。(古韻之部，廣韻去聲十九代。)皆終其命，莫不得意。(古韻之部，廣韻去聲七志。)應時動事，是維皇帝。(古韻支部，廣韻去聲十二霽。)匡飭異俗，陵水經地。(古韻支部，廣韻去聲六至。)

憂恤黔首，朝夕不懈。（古韻支部，廣韻去聲十五卦。）除疑定法，咸知所辟。（《正義》音避，古韻支部，廣韻去聲五寘。）方伯分職，諸治經易。（古韻支部，廣韻去聲五寘。）舉錯必當，莫不如畫。（古韻支部，廣韻去聲五寘。）皇帝之明，臨察四方。（古韻陽部，廣韻下平十陽。）尊卑貴賤，不踰次行。（古韻陽部，廣韻下平十一唐。）姦邪不容，皆務忠良。（古韻陽部，廣韻下平十陽。）細大盡力，莫敢怠荒。（古韻陽部，廣韻下平十一唐。）遠邇辟隱，專務肅莊。（古韻陽部，廣韻下平十陽。）端直敦忠，事業有常。（古韻陽部，廣韻下平十陽。）皇帝之德，存定四極。（古韻職部，廣韻入聲二十四職。）誅亂除害，興利致福。（古韻職部，廣韻入聲一屋。）節事以時，諸產繁殖。（古韻職部，廣韻入聲二十四職。）黔首安寧，不用兵革。（古韻職部，廣韻入聲二十一麥。）六親相保，終無寇賊。（古韻職部，廣韻入聲二十五德。）驩欣奉教，盡知法式。（古韻職部，廣韻入聲二十四職。）六合之內，皇帝之土。（古韻魚部，廣韻上聲十姥。）西涉流沙，南盡北戶。（古韻魚部，廣韻上聲十姥。）東有東海，北過大夏，（古韻魚部，廣韻上聲二十五馬。）人迹所至，無不臣者。（古韻魚部，廣韻上聲三十五馬。）功蓋五帝，澤及牛馬。（古韻魚部，廣韻上聲三十五馬。）莫不受德，各安其宇。（古韻魚部，廣韻上聲九麌。）

司馬貞《索隱》曰：「二句為韻。」

始皇二十九年之罘刻石

維二十九年，時在中春，陽和方起。（古韻之部，廣韻上聲六止。）皇帝東游，巡登之罘，臨照于海。（古韻之部，廣韻上聲十五海。）從臣嘉觀，原念休烈，追誦本始。（古韻之部，廣韻上聲六止。）大聖作治，建定法度，顯著綱紀。（古韻之部，廣韻上聲六止。）外教諸侯，光施文惠，明以義理。（古韻之部，廣韻上聲六止。）六國回辟，貪戾無厭，虐殺不已。（古韻之部，廣韻上聲六止。）皇帝哀眾，遂發討師，奮揚武德。（古韻職部，廣韻入聲二十五德。）義誅信行，威燀旁達，莫不賓服。（古韻職部，廣韻入聲一屋。）烹滅彊暴，振救黔首，周定四極。（古韻職部，廣韻入聲二十四職。）普施明法，經緯天下，永為儀則。（古韻職部，廣韻入聲二十五德。）大矣哉！宇縣之中，承順聖意。（《索隱》協韻音憶。按意古韻之部，廣韻去聲七志。憶古韻職部，廣韻入聲二十四職。）群臣誦功，請刻于石，表垂于常式。（古韻職部，廣韻入聲二十四職。）

始皇二十九年東觀刻石

維二十九年，皇帝春游，覽省遠方。（古韻陽部，廣韻下平十陽。）逮于海隅，遂登之罘，昭臨朝陽。（古韻陽部，廣韻下平十陽。）觀望廣麗，從臣咸念，原道至明。（古韻陽部，廣韻下平十二庚。）聖法初興，清理疆內，外誅暴彊。（古韻陽部，廣韻

下平十陽。）武威旁暢，振動四極，禽滅六王。（古韻陽部，廣韻下平十陽。）闡并天下，罔害絕息，永偃戎兵。（古韻陽部，廣韻下平十二庚。）皇帝明德，經理宇內，視聽不怠，（《索隱》怠協旗疑韻，怠音銅綦反。按怠古韻之部，廣韻上聲十五海。）作立大義，昭設備器，咸有章旗。（古韻之部，廣韻上平七之。）職臣遵分，各知所行，事無嫌疑。（古韻之部，廣韻上平七之。）黔首改化，遠邇同度，臨古絕尤。（古韻之部，廣韻下平十八尤。）常職既定，後嗣循業，長承聖治。（古韻之部，廣韻上平七之。）群臣嘉德，祇誦聖烈，請刻之罘。（古韻之部，廣韻下平十八尤。）

始皇三十二年石門刻石

遂興師旅，誅戮無道，為逆滅息。（古韻職部，廣韻入聲二十四職。）武殄暴逆，文復無罪，庶心咸服。（古韻職部，廣韻入聲一屋。）惠論功勞，賞及牛馬，恩肥土域。（古韻職部，廣韻入聲二十四職。）皇帝奮威，德并諸侯，初一泰平。（《史記會注考證》中井積德曰：皇帝奮威至泰平三句，亦似鶻突，且韻不諧，蓋篇首之脫文，錯在此也。豈太平之文訛而失韻耶？抑更脫三句而韻不諧耶？）墮壞城郭，決通川防，夷去險阻。（古韻魚部，廣韻上聲八語。）地勢既定，黎庶無繇，天下咸撫。（古韻魚部，廣韻上聲九麌。）男樂其疇，女修其業，事各有序。（古韻魚部，廣韻上聲八語。）惠被諸產，久並來田，莫不安所。（古韻魚部，廣韻上聲八語。）群臣誦烈，請刻此石，垂著儀矩。（古韻魚部，

廣韻上聲九麌。）

張守節《正義》曰：「此一頌三句爲韻。」

始皇三十七年會稽刻石

皇帝休烈，平一宇內，德惠修長。（古韻陽部，廣韻下平十陽。）

三十有七年，親巡天下，周覽遠方。（古韻陽部，廣韻下平十陽。）

遂登會稽，宣省習俗，黔首齋莊。（古韻陽部，廣韻下平十陽。）

群臣誦功，本原事迹，追首高明。（古韻陽部，廣韻下平十二庚。）

秦聖臨國，始定刑名，顯陳舊彰。（古韻陽部，廣韻下平十陽。）

初平法式，審別職任，以立恒常。（古韻陽部，廣韻下平十陽。）

六王專倍，貪戾傲猛，率眾自彊。（古韻陽部，廣韻下平十陽。）

暴虐恣行，負力而驕，數動甲兵。（古韻陽部，廣韻下平十二庚。）

陰通間使，以事合從，行爲辟方。（古韻陽部，廣韻下平十陽。）

內飾詐謀，外來侵邊，遂起禍殃。（古韻陽部，廣韻下平十陽。）

義威誅之，殄熄暴悖，亂賊滅亡。（古韻陽部，廣韻下平十陽。）

聖德廣密，六合之中，被澤無疆。（古韻陽部，廣韻下平十陽。）

皇帝并宇，兼聽萬事，遠近畢清。（古韻耕部，廣韻下平十四清。）

運理群物，考驗事實，各載其名。（古韻耕部，廣韻下平十四清。）

貴賤並通，善否陳前，靡有隱情。（古韻耕部，廣韻下平十四清。）

飾省宣義，有子而嫁，倍死不貞。（古韻耕部，廣韻下平十四清。）

防隔內外，禁止淫泆，男女絜誠。（古韻耕部，廣韻下平十四清。）

夫爲寄豭，殺之無罪，男秉義程。（古韻耕部，廣韻下平十四清。）

妻爲逃嫁，子不得母，咸化廉清。（古韻耕部，廣韻下平十四清。）

大治濯俗，天下承風，蒙被休經。（古韻耕部，廣韻下平十五青。）

皆遵度軌，和安敦勉，莫不順令。（古韻耕部，廣韻下平十五青。）

黔首修潔，人樂同則，嘉保太平。（古韻耕部，廣韻下平十二庚。）

後敬奉法，常治無極，輿舟不傾。（古韻耕部，廣韻下平十四清。）

從臣誦烈，請刻此石，光垂休銘。（古韻耕部，廣韻下平十五青。）

張守節《正義》曰：「此二頌三句爲韻。」

以上刻石辭六，除始皇三十二年石門刻石稍有脫略，殘缺不全外，其餘各篇，都十分完整。因秦數尚六，所以每篇刻辭的用韻，都以六韻成一段落。這就給了我們一個明顯的線索，對於韻腳的認定，有了確切的張本。

像二十八年琅邪臺刻石辭第四段：「皇帝之明，臨察四方。」本來皇帝之明的「明」字，與臨察四方的「方」字原本都在古韻陽部，而皇帝之明一句又在轉韻的首句，像後世轉韻詩的首句多數入韻一樣，把它認爲入韻的韻腳原無不可。但刻辭的韻既以六韻爲限，則第四段的韻自以偶句的「方、行、良、荒、莊、常」六字方算入韻，則「明」字不得入韻，其與方、行……同韻者，只不過適然偶會而已。同理，第五段「皇帝之德，存定四極」，德極也都在古韻職部，皇帝之德的德字，也在轉韻的首句，其與「極、福、殖、革、賊、式」六字同韻，也只是適然偶會。由這裏我們可以體會，在先秦的韻文中，最少在秦始皇時代的韻文，轉韻時的首句是不必押韻的。

關於重韻的問題，我們在始皇三十七年的會稽石刻中，也可得到一些清晰的概念。在會稽石刻中的前十二個韻腳，押的都是

古韻陽部的字，但在韻腳上卻出現了兩個「方」字。這兩個「方」字，到底是重韻呢？還是彼此各自爲韻，互不相涉呢？始皇石刻的韻腳，既以六韻成一段落，則這兩個方字，顯然是各自爲韻，互不相涉的。也就是說「周覽遠方」的方字，互相押韻的六韻是「長、方、莊、明、彰、常」，而「行爲辟方」的方字，互相押韻的六韻是「彊、兵、方、殃、亡、疆」，他們彼此間是互不相干的。同理，在會稽石刻中的後十二個韻，押的都是古韻耕部的字，也出現了兩個「清」字，其實「遠近畢清」的清字，互相押韻的六韻是「清、名、情、貞、誠、程」，而「咸化廉清」的清字，互相押韻的六韻則是「清、經、令、平、傾、銘」。彼此之間，也是互不相干的。

　　本紀的刻石辭除了在韻腳上提示我們清晰的觀念外，在聲調上也給我們不少啓示。以上六篇石刻辭，基本上是四聲分開押韻的。後面是石刻辭的押韻狀況。

一、平聲自韻的共六個韻段：

二十八年琅邪刻石：方、行、良、荒、莊、常。

二十九年東觀刻石：方、陽、明、彊、王、兵。

三十七年會稽刻石：長、方、莊、明、彰、常。

　　　　　　　　　彊、兵、方、殃、亡、疆。

　　　　　　　　　清、名、情、貞、誠、程。

　　　　　　　　　清、經、令、平、傾、銘。

二、上聲自韻的共四個韻段：

二十八年琅邪刻石：始、紀、子、理、士、海。

土、戶、夏、者、馬、宇。

二十九年之罘刻石：起、海、始、紀、理、巳。

三十二年石門刻石：□、阻、撫、序、所、矩。

三、去聲自韻的共三個韻段：

二十八年泰山刻石：治、誨、志、事、嗣、戒。

二十八年琅邪刻石：事、富、志、字、載、意。

帝、地、懈、辟、易、畫。

四、入聲自韻的共三個韻段：

二十八年泰山刻石：飭、服、極、德、式、革。

二十八年琅邪刻石：極、福、殖、革、賊、式。

三十二年石門刻石：息、服、域。

這樣大量四聲分用的押韻情形，始皇時代的四聲是相當清楚，而且跟中古四聲的類別完全相同。始皇時代，四聲固然分明，但也有兩個韻段顯示出另外一些訊息，值得我們重視。那就是平聲與上聲相押的例子。例如：

二十九年東觀刻石：怠、旗、疑、尤、治、罘。

怠為上聲，其他為平聲。亦有去聲與入聲相押的例子。例如：

二十九年之罘刻石：德、服、極、則、意、式。

意為去聲，其他為入聲。至於平與去入，入與平上互相押韻的例子，在這六篇石刻辭中，則未曾發現。那末，我們應該怎麼樣去解析這種現象呢？也就是說要怎麼樣看待始皇時代的聲調呢？

根據石刻辭的押韻，大量四聲分用的現象，我們說始皇時代應有
四聲的區別，大概應無問題。既有四聲的區別，何以平又與上押
韻，不見與去入押韻？入與去押韻，不見與平上押韻？這不能說
既分四聲，四聲又可混用，因爲石刻辭的韻腳，只顯示平上可以
押韻，去入可以押韻，上古聲調，自段玉裁提出平上一類❸，去
入一類之後，黃侃支持段玉裁的說法，進一層主張古惟平入二聲，
其後讀平聲稍短則爲上聲，讀入聲稍緩則爲去聲❹。但沒有指出
分化的條件。王力寫《漢語音韻》時，認爲上古陰、陽、入各有
兩個聲調，一長一短，陰陽的長調到後代成爲平聲，短調到後代
成爲上聲；入聲的長調到後代成爲去聲（王氏自注：由于元音較
長，韻尾的塞音逐漸失落了），短調到後代仍爲入聲❺。王氏這
一解釋，就把黃侃的說法，找出了分化的條件。拿來解秦石刻的
押韻情形，十分圓滿。王力在《漢語史稿》裏把陰聲與陽聲統名
爲舒聲，是指沒有 - p，- t，-k 收尾的音節來說的；把入聲稱爲
促聲，是指有 -p，-t，-k 收尾的音節來說的。故王氏說：「在上
古的聲調中，舒聲有長短兩類，就是平聲和上聲；促聲也有長短
兩類，就是去聲和入聲。」❻我們把王氏的聲調論列成一張表，
以 a 代表任何元音，從上古到中古的演變有如下表：

上　　　古		中　　　古
舒聲 〈 $\bar{a}$	⟶	平 聲 a^-
$\check{a}$	⟶	上 聲 a'
促聲 〈 $\overline{at}$	－t ⟶	去 聲 $a\grave{\ }$
$\overline{\check{a}t}$	⟶	入 聲 at - ❼

　　秦始皇時代的石刻辭，所以平上去入四聲分明，因為它們本來就有差別。平何以只與上押，因為平上韻母相同，只是元音的長短差異而已。平不與去入押，是因為平與去入韻母不同。去只與入押，也是韻母相同元音長短之差而已，不與平上同押者，也是韻母本來就不同的關係。張日昇〈試論上古四聲〉一文❽，對王力的聲調說作了批判，但是張氏並沒有掌握住王力聲調說的主旨，丁邦新與全廣鎮都指出了張氏的疏誤❾。全廣鎮〈從詩經韻腳探索上古之聲調〉一文，全面指出張氏的錯誤，並指出中古時期的去聲字，在上古時期可分為兩類，一則屬於陰、陽聲韻的去聲字；一則屬於入聲韻部的去聲字。前者與平上聲押韻，後者只與入聲押韻，這兩種去聲字在《詩經》韻腳裏成互補分配。王力把前者歸到平上聲，後者歸到入聲而稱為長入。上古的聲調到底是怎麼樣的一種情況，我們當然無法根據這六篇石刻辭的用韻就來下斷語。但是全廣鎮文裏所分析的《詩經》中的兩類去聲，在秦石刻裏又已合流了。像二十九年之罘石刻的意字，既只與入聲的德、服、極、則、式諸字押韻，照王力的標準，自當歸為「長入」一類，可是在二十八年的琅邪刻石，意字又與去聲的事、富、志、字、載押韻，「意、富」可算長入，「事、志、字、載」四字就應歸到專與平上押韻的去聲一類了。而二十八年泰山刻石，「事、志」又與「治、誨、嗣、戒」押韻，除「戒」字可歸「長入」外，其他「治、誨、嗣」等字，也都像「事、志、字、載」一樣應該歸到與平上聲押的去聲一類，顯然在《詩經》時代互補的兩類去聲，在秦石刻裏已經合流了。既已合流了，那麼王力所謂「長入」的去聲，它們的韻尾是否還能保持清塞音 -p、-t、 -k那麼清晰，

有沒有經過合流為 -ʔ 的過程？就拿「意」字來說吧！它跟入聲押韻，因為都有塞音韻尾，跟去聲押韻則因喉塞音 -ʔ 韻尾音色不那末明顯，所以乃與平上而來的去聲字合流了。這當然還有一層連王力也沒有好辦法解決的困難，就是平上聲的字分化為去聲的條件，王氏只提到全濁上聲變去多些而已。我只指出現象，希望多些同好能提供更好的解說。

　　　民國八十年四月二十七日脫稿於臺北市和平東路鍥不舍齋

參考資料與附註

❶ 見藝文印書館影印 乾隆 武英殿刊本《史記秦始皇本紀》及藝文印書館
印行日本瀧川龜太郎《史記會注考證》。自始皇二十八年泰山刻石起
至三十七年會稽刻石止皆然。

❷ 古韻某部，以拙著《古音學發微》所分三十二部爲準。

❸ 見段玉裁《六書音均表‧古四聲說》。

❹ 見中華書局印行《黃侃論學雜著》內所載〈音略〉〈聲韻通例〉諸篇。

❺ 見中華書局《漢語音韻》一七九至一八〇頁。

❻ 見科學出版社修訂本《漢語史稿》上冊一〇二頁至一〇四頁。

❼ 此表促聲及中古入聲韻尾的塞音 -t，這裏是舉例性質，當然也可以
舉 -p 及 -k。

❽ 張日昇〈試論上古四聲〉，見《香港中文大學中國文 化研究所學報》
第一卷。

❾ 丁邦新的文章見於《中央研究院史語所專刊》六十五本〈論語孟子及
詩經並列語成分之間的聲調關係〉。全廣鎮的文章見於《中國學術年
刊第九期》〈從詩經韻腳探索上古之聲調〉。

殷商甲骨諧聲字之音韻現象初探

——聲母部分

孔仲溫

1. 前　言

　　自宋代鄭庠分古韻爲六部以來，古音學的研究逐漸興盛，至清季已經建立了嚴密的音韻系統，在今日更因語言學的輔翼，上古音系的研究更趨精密，但是學者們論述上古音，向來是以周秦時期爲主要範圍，而不及於商代，其原因自然是由於周朝時代晚於商代，典籍完備，文獻豐富，而商代則是資料貧乏，文獻不足，學者要了解商代的概括面貌，尚且不易，更遑論當時音韻系統的探討了。但這個「文獻不足徵」的窘況，自從1899年（或是再更早些），殷墟甲骨的發現，便逐步地改觀了，它不僅豐富了殷商的史料，也提供了我國最早而最有系統的語文研究材料。甲骨片上的文字，由於時代的久遠，很難辨認，因此早期語文的研究，多著重在文字形體的判辨與考釋上，經過幾十年的努力，如今文字已逐步被認定了，據1965年孫海波主編的《甲骨文編》載錄，已有4672個單字，但這並不表示當時便有這麼多字，主要還在當中有很多一字數形的情形，根據李孝定先生於《甲骨文字集釋》卷首的統計：

　　　右甲骨文字集釋目錄正編十四卷，補遺一卷，總計正文一
　　　〇六二，重文七五，說文所無字五六七，又存疑十四卷，
　　　總計一三六字。❶

其中所謂《說文》所無者，李先生解釋是「偏旁可識」而「音義
不可確知者」❷，換句話說，眞正認得的字約是 1137 字，而李孝
定先生在《漢字史話》中說這個數目只能作個參考，並非是絕對
值。雖然說僅有一千餘字，但是由於當中有不少形聲字、假借字、
甚至是同源詞，自然它們便成爲研究殷商時期音韻系統的重要語
料了。而且這些文字所代表的是官方書面語言系統，時間限定在
盤庚遷殷至帝辛殷亡的一段時間裡，卽董作賓先生年曆總譜所列
1384 － 1112 B.C. 的 273 年間❸，地域則限於今河南省安陽縣
一帶，旣屬官方書面語言，則方言的成分理應較少了。

　　在甲骨文字逐步被確認的今天，殷商時期音韻系統的研究，
自可陸續展開，近來已有趙誠於 1980 年首先提出〈商代音系探
索〉一文❹，但個人以爲趙氏於該文中留下了太多的問題，就連
「商代」一詞，也未必能跟他文中大量引用「殷商」的甲骨文字
相映合，不過開創之功，仍然是值得肯定的。如前所述，甲骨文
字音系可從形聲字、假借字、同源詞等方面著手探論，然範圍甚
大，一時之間，難以克竟全功，卽單以諧聲現象來說，將其聲調
做一全面研究，就非容易之事，因此本文僅先從形聲字的確立及
聲母系統的部分問題著手，做一初步地探論。

2. 殷商甲骨的諧聲字例

在可識的 1137 個甲骨文字中，究竟有多少是形聲字呢？李孝定先生於〈從六書的觀點看甲骨文字〉一文中，曾明確地列舉 334 個形聲字，並統計該類文字佔全部的27.27％❺，另外吳浩坤、潘悠合著《中國甲骨學史》則稱「據不完全統計約佔20％左右」❻，顯然李先生所考定的比例較高，但由於古文字中的合體字，其形符究竟是屬聲符？抑是意符？有時不易辨識，因此學者們的意見，往往不一致，且《甲骨文字集釋》成書早在 1965 年，近二十年來，學者們又陸續考定部分形構，近日有徐中舒重新整理，而於 1988 年出版《甲骨文字典》，因此本文在李、徐二書的基礎，參考諸家見解，再細作形聲字的判定，儘量擇取爭議較少，而見於《說文》的部分，最後總共檢得 221 字。個人相信殷商甲骨的形聲字當不僅止於此數，只是本文冀望藉比較保守之態度，能得到較穩當而可信的結論。

以下將這 221 個字例及其諧聲的聲符，依中古四十一聲類及其發音部位列舉出來，每字之下並檢列《廣韻》音切，若學者考定的諧聲與《說文》有異，則隨文注明，又若《廣韻》無音切時，則依《集韻》載列。

2·1 脣 音

1. 丙：丙 枘（柄）陂病切：丙兵永切
2. 丙：丙 邴兵媚切：必卑吉切

3. 幫：並　杲（柏）博陌切：白傍陌切

4. 幫：敷　峀（邦）博江切：丰敷容切

5. 幫：匣　駁北角切：爻胡茅切

6. 滂：幫　湏普蓋切❼：貝博蓋切

7. 並：並　敝毗祭切：㳠毗祭切

8. 並：並　倗步崩切：朋步崩切

9. 並：幫　牝毗忍切：七卑履切

10. 並：幫　僻（避）毗義切：辟必益切又房益切（奉）

11. 並：幫　螕（鵖）毗必切：必卑吉切

12. 並：幫　駜毗必切：必卑吉切

13. 並：非　㫄（旁）步光切：方府良切

14. 並：非　㛐（婢）便俾切：卑府移切

15. 並：知　㝤（亳）傍各切：乇陟格切

16. 並：來　龐薄江切：龍力鍾切

17. 明：幫　盘彌畢切：必卑吉切

18. 明：幫　宓彌畢切：必卑吉切

19. 明：微　敏眉殞切：每武罪切

20. 明：微　妹莫佩切：未無沸切❽

21. 明：微　媚美秘切：眉武悲切

22. 明：牀　牡莫厚切：士鉏里切❾

23. 明：來　霾莫皆切：貍里之切

24. 非：非　斧方矩切：父方矩切

25. 非：奉　蝮（腹）方六切：复房六切

26. 非：奉　福方六切：畐房六切

27. 奉：非　削符弗切又數勿切（數）：弗分勿切

28. 奉：非　鞞（陴）符支切：卑符移切

29. 奉：並　黃（榥）符逼切：菊平祕切

30. 奉：照　魗（婦）房久切：帚之九切❿

31. 微：微　紊亡運切：文無分切

32. 微：微　皿武兵切：皿武兵切

33. 微：微　杗（宋）武方切又莫郎切（明）：亡武方切

34. 微：微　湄武悲切：眉武悲切

35. 微：明　間亡運切：門莫奔切

2·2 舌　音

36. 端：端　得（得）多則切：旻多則切

37. 端：澄　貯丁呂切：宁直呂切

38. 透：透　陀（扡）託何切又徒可切（定）：它託何切

39. 透：透　寫（聽）他丁切：聽他丁切

40. 透：喻　迵（通）他紅切：用余頌切

41. 定：定　林特計切：大徒蓋切

42. 定：定　狄（狄）徒歷切：大徒蓋切⓫

43. 定：端　戰（揮）徒干切又市連切（禪）：單都寒切又市連切（禪）

44. 定：端　鼉徒河切：單都寒切又市連切（禪）

45. 定：透　坴（徒）同都切：土他魯切

46. 定：見　唐（唐）徒郎切：庚古行切

47. 定：照　宗（定）徒徑切：正之盛切

48. 定：照　陮徒猥切：隹職追切

49.定：照　羍徒結切：至脂利切

50.定：照　姪徒結切：至脂利切

51.定：匣　韸（鼟）徒協切：幸胡耿切

52.定：喻　涂同都切：余以諸切

53.泥：泥　宁（寧）奴丁切：嚀奴丁切

54.泥：泥　泞（濘）乃定切：寧奴丁切

55.泥：娘　伲（泥）奴計切：尼女夷切

56.知：徹　涿竹角切：豖丑玉切

57.知：端　皂（追）陟佳切：自都回切

58.知：日　還陟枭切：臸人質切又止而切（照）

59.徹：照　祉敕里切：止諸市切

60.澄：知　宅場伯切：乇陟格切

61.澄：知　沖直弓切：中陟弓切

62.澄：照　傳直戀切：專職緣切

63.澄：審　雉直几切：矢式視切

2・3　牙　音

64.見：見　罡刂（鋼）古郎切：剛古郎切

65.見：見　冓（遘）古候切：轟古候切

66.見：見　句古候切：丩居求切

67.見：見　膏（膏）古勞切：高古勞切

68.見：見　桷古岳切：角古岳切

69.見：見　家古牙切：豭古牙切 ⓬

70.見：見　妿（娿）⓭古俄切又烏何切（影）：加古牙切

71. 見：見　寇（宄）居洧切：九舉有切

72. 見：見　睍（監）古街切：見古電切⑭

73. 見：見　龕古賢切：开古賢切

74. 見：溪　麇居筠切：困去倫切⑮

75. 見：羣　彶居立切：及其立切

76. 見：幫　㪼（更）古行切：丙兵永切

77. 見：端　皈（歸）舉韋切：𠂤都回切

78. 見：定　䋨（姬）居之切：臣與之切

79. 見：曉　雚古玩切：卯況袁切又似用切（邪）

80. 見：匣　雞古奚切：奚胡雞切

81. 見：喻　姜居良切：羊與章切

82. 見：來　觲九容切：龍力鍾切

83. 溪：溪　殼苦角切：壳苦角切

84. 溪：溪　呿（去）丘倨切：凵丘於切⑯

85. 溪：見　杞（杞）墟里切：己居理切

86. 溪：羣　惎口己切⑰：其渠之切

87. 羣：見　跽（踞）暨几切：己居理切

88. 羣：羣　舊巨救切：臼其九切

89. 羣：羣　狴（狂）巨王切：㞷巨王切

90. 羣：見　雈（雉）巨金切：今居吟切

91. 羣：見　倞渠敬切：京舉卿切

92. 羣：從　洎其冀切：自疾二切

93. 羣：爲　㞷巨王切：王雨方切

94. 疑：疑　禦（禦）魚巨切：御牛倨切

95. 疑：疑　逆宜戟切：逆宜戟切

96. 疑：疑　御牛倨切：午疑古切

97. 疑：疑　䃽（碒）五何切：我五可切

98. 疑：疑　娥五何切：我五可切

2·4 齒 音

2.4.1 齒頭音

99. 精：清　緅（掫）子侯切：取倉荀切

100. 精：從　𩜁（𩜁）作代切：才昨哉切

101. 精：從　𢦏祖才切：才昨哉切

102. 精：牀　𢿳（拃）卽良切：𠂔士莊切⑱

103. 精：喻　肫（䏛）子峻切：允余準切

104. 精：喻　酒子酉切：酉與久切

105. 清：清　寴（寑）七稔切⑲：侵七林切

106. 清：清　霋七稽切：妻七稽切

107. 清：清　娶七句切：取倉荀切

108. 清：從　漁七余切：虘昨何切

109. 從：從　從（從）疾容切又七恭切（清）：从疾容切

110. 從：精　姍疾郢切：井子郢切

111. 從：牀　牆（牆）在良切：𠂔士莊切

112. 從：牀　牂在良切：𠂔士莊切

113. 心：心　𢁐（喪）息郎切⑳：桑息郎切

114. 心：心　新息鄰切：辛息鄰切㉑

115. 心：心　宣須緣切：亘荀緣切㉒

116. 心：邪　夐思尹切：旬詳遵切

117. 心：徹　叛（羞）息流切：丑救久切

118. 心：疏　星（星）桑經切：生所庚切

119. 心：疏　姓息正切：生所庚切

120. 心：喻　猷息兹切：臣與之切

121. 心：爲　歲相銳切：戉王伐切㉓

122. 心：爲　霎相絕切：彗于歲切又徐醉切（邪）

123. 邪：邪　徇辭閏切：旬詳遵切

124. 邪：邪　汜詳里切：巳詳里切

125. 邪：邪　祀詳里切：巳詳里切

126. 邪：精　嗣（嗣）祥吏切：子卽里切㉔

127. 邪：審　彖徐醉切：豕施是切

2.4.2 正齒音

128. 照：照　征諸盈切：正之盛切

129. 照：照　沚諸市切：止諸市切

130. 照：禪　專職緣切：叀時釧切

131. 照：禪　帪（脤）章忍切：辰植鄰切

132. 照：匣　執之入切：幸胡耿切

133. 穿：端　燀尺延切又旨善切（照）：單都寒切

134. 穿：端　妕尺氏切又承氏切（禪）：多得何切

135. 穿：知　萅（春）昌脣切：屯陟綸切又徒渾切（定）

136. 穿：喻　醜昌九切：酉與久切

137. 審：審　　眂 式任切：矢 式視切

138. 審：照　　商 式羊切：章 諸良切

139. 審：照　　室 式質切：至 脂利切

140. 審：禪　　娠 失人切：辰 植鄰切

141. 審：溪　　齡（聲）書盈切：殸 苦定切

142. 審：喻　　盍（蓋）尸羊切㉕：羊 與章切

143. 審：喻　　䀢（瞋）舒閏切：寅 冀真切

144. 禪：禪　　晨（晨）植鄰切又食鄰切（神）：辰 植鄰切

145. 禪：禪　　祏 常隻切：石 常隻切

146. 禪：端　　紉（紹）市沼切：刀 都牢切

147. 莊：清　　賨（賷）側革切：束 七賜切

148. 莊：從　　歜 莊加切㉖：虘 昨何切

149. 初：精　　䖞（楚）創舉切：足 卽玉切

150. 牀：莊　　濇 士角切：爵 側略切

151. 牀：初　　㛪（嬌）仕于切又側鳩切（莊）：䶂 測隔切

152. 牀：初　　雛 仕于切：䶂 測隔切

153. 疏：疏　　牲 所庚切：生 所庚切

154. 疏：疏　　肖（省）所景切又息井切㉗：生 所庚切

155. 疏：疏　　翟（翟）所甲切：翟 色立切㉘

2·5 喉音

156. 影：影　　督 於袁切：夗 於阮切

157. 影：影　　依 於希切：衣 於希切

158. 影：影　　渴 於汲切：邑 於汲切

159. 影：溪　妸 烏何切：可 枯我切

160. 影：從　篹（鱹）烏玄切：泉 疾緣切

161. 曉：曉　化 呼霸切：七 呼霸切

162. 曉：知　熹（熹）許其切：壹 中句切 ㉙

163. 曉：見　犒（蒿）呼毛切：高 古勞切

164. 曉：見　斳（昕）許斤切：斤 舉欣切

165. 曉：為　褘 許歸切：韋 兩非切

166. 匣：匣　逅 侯閤切：合 侯閤切

167. 匣：匣　龢（龢）戶戈切：禾 戶戈切

168. 匣：匣　雇 侯古切又古慕切（見）：戶 侯古切

169. 匣：匣　洚 下江切：夅 下江切

170. 匣：匣　降 下江切又見古巷切（見）：夅 下江切

171. 匣：匣　潢 胡光切：黃 胡光切

172. 匣：匣　涵 胡男切：圅 胡男切

173. 匣：曉　槩（㿝）乎刀切 ㉚：虎 呼古切

174. 匣：微　犹（狐）戶吳切：亡 武方切

175. 匣：見　効 胡教切：交 古肴切

176. 匣：見　谁 戶公切：工 古紅切

177. 匣：溪　河 胡歌切：可 枯我切

178. 匣：心　洹 胡官切：亘 宣緣切 ㉛

179. 匣：照　淮 戶乖切：隹 職追切

180. 匣：照　䲔（鑊）胡郭切：隻 之石切

181. 喻：喻　桼（楡）羊朱切：余 以諸切

182. 喻：喻　猷（猶）以周切：酉 與久切

183.喩：喩　演以淺切：寅翼眞切

184.喩：爲　昱(昱)余六切：羽王矩切㉜

185.喩：照　唯以追切：隹職追切

186.喩：來　翊與職切：立力入切

187.爲：爲　祐(祐)于救切：又于救切

188.爲：爲　盂羽俱切：于羽俱切

189.爲：爲　韋雨非切：□雨非切

190.爲：爲　韓雨非切：韋雨非切

191.爲：爲　鼎(員)王權切：□雨非切

192.爲：爲　汉(洧)榮美切：又于救切

193.爲：爲　雩羽俱切又況于切(曉)：于羽俱切

194.爲：心　晅(超)雨袁切：亘宣緣切㉝

2・6 舌齒音

195.來：來　秝(歷)郎擊切：秝郎擊切

196.來：來　寮落蕭切：尞力照切

197.來：來　龖(龓)盧紅切：龍力鍾切

198.來：來　禁(麓)盧谷切：彔盧谷切

199.來：來　鸝(驪)呂支切：利力至切

200.來：來　媽(烈)良薛切：𠙷良薛切

201.來：來　䇐(戾)郎計切：立力入切

202.來：來　狼魯當切：良呂張切

203.來：來　濼盧谷切：樂盧谷切

204.來：來　瀧盧紅切：龍力鍾切

205. 來：來　霖 力尋切：林 力尋切

206. 來：來　婪 盧含切：林 力尋切

207. 來：來　綠 力玉切：彔 盧谷切

208. 來：來　陸（陸）力竹切：坴 力竹切

209. 來：明　栁（柳）力久切：卯 莫飽切 ㉞

210. 來：微　廲（麛）力珍切：文 無分切

211. 來：微　吝 良及切：文 無分切

212. 來：見　洛 盧各切：各 古落切

213. 來：見　零 盧各切：各 古落切

214. 來：疑　肎 良薛切：卢 五割切

215. 日：日　䎽（蓐）而蜀切：辱 而蜀切

216. 日：日　任 如林切：壬 如林切

217. 日：日　妊 汝鴆切：壬 如林切

218. 日：泥　茻（苪）如乘切：乃 奴亥切

219. 日：泥　扔（扔）如乘切：乃 奴亥切

220. 日：徹　扭 人九切又女六切（娘）：丑 敕久切

221. 日：娘　汝 人諸切：女 尼呂切

3.　聲母現象試論

　　從上一節所列舉的 221 條諧聲字例中，再做進一步而全面性的觀察，我們對於殷商甲骨諧聲字，在聲母部分，初步地大致可以獲得以下三項看法。

3·1　清濁有分途的趨勢

　　趙誠在〈商代音系探索〉一文中，曾經根據假借現象、諧聲現象，對於商代的聲母，提出「清聲和濁聲在甲骨文里不分」的說法[35]，但是本文在諧聲字全面地分析下，所得的結果，則與這個說法有些出入，茲再將上節中的221個字例，其形聲字與聲符所屬的中古聲母，對照《韻鏡》圖中的清、濁，依其發音部位與清濁通轉的情形，列如下表：

形聲字：聲符	脣音	舌音	牙音	齒頭	正齒	喉音	舌齒音	共計
清：清	5	5	17	10	14	8	0	59
濁：濁	14	7	9	6	2	20	24	82
清：濁	4	4	6	10	8	2	0	34
濁：清	12	12	3	3	4	9	3	46
共計	35	28	35	29	28	39	27	221

　　從中我們可以發現形聲字及其聲符間，清：清、濁：濁的字例計有141個，佔全部的64%，而清：濁、濁：清通轉的例字有80個，佔全部的36%，換句話說，清濁分明與清濁通轉的比例約是2：1，這樣的比例，恐怕就不能如趙氏所說「清聲和濁聲在甲骨文里不分」了。不過趙氏的說法仍然有值得參考的地方，因為如果是依照發音部位來個別觀察的話，有些發音部位的諧聲字，其清濁分途的情形頗為明確，例如牙音，其清濁分明與清濁

通轉的比數是 26：9，喉音是 28：11，其分途的比例，顯然較高，至如舌齒音，則以 24：3，更表現出清濁分途的穩定現象，但是像脣音的 19：16、齒頭音的 16：13、正齒音的 16：12，則呈現比數接近的局面，再如舌音 12：16 的比數，讓我們了解清濁通轉劇烈的程度了。但大體說來，本文是認爲殷商時期的聲母系統，其清濁有分途的趨勢。至於趙氏對於原本清濁不分，其後分別，認爲「其產生完全是爲了區別意義的需要」，就這一點個人也以爲有待商榷之處。例如「福」字，甲骨文作祊，戬（一期四一·九），李孝定先生《甲骨文字集釋》以爲其音義應作：「佑也，从示从畐，畐亦聲。」❸而其聲符，也是初文則作畐（一期，佚七七五），徐中舒《甲骨文字典》以爲「畐」象有流的酒器，灌酒於神前之形❸。二形於卜辭中都是作祭名，以祈神福佑的意思，但「福」屬清聲母、「畐」爲濁聲母意義卻相同。再如杞（杞）與圮（跽），都是从己得聲，但杞、己都屬清聲母，而圮：己爲濁：清，若依趙說清濁之分別，是因意義的區別，如此一來，杞、圮的清濁不同，是在於跟「己」的意義相同，或不同，那麼試問杞與己的意義又何以相同呢？這樣的例子不勝枚舉，趙氏恐得再作考慮。

3·2 聲母通轉頻繁

在列舉的 221 個字例中，形聲字及其聲符的聲母，大致是包括了中古的 41 聲類，不過其中的禪母，本文並未載錄於本讀之中，只見於 145 晨：辰的又讀裏。若仔細地去追查 221 個字例的形聲字與聲符間的中古聲母關係，我們可以找出 91 個字例，它

們的聲母是相同的。如果再從中古聲母往上推到周秦時期的上古聲母，我們依據清儒以來的考證，如錢大昕《十駕齋養新錄》的「古無輕脣音」、「舌音類隔之說不可信」，章太炎先生《國故論衡》的「古音娘日二紐歸泥說」，夏燮《述韻》的正齒音一與舌頭舌上合，一與齒頭合，黃季剛先生《音略》的古聲十九紐，以及黃季剛先生之後提出修正的曾運乾〈喻母古讀考〉、錢玄同的〈古音無邪紐證〉、戴君仁的〈古音無邪紐補證〉、陳師伯元的〈羣母古讀考〉❸，重新加以觀察，則可再獲致 13 個字例，現在我們便將所有形聲字及其聲符，其中古聲母通轉的例數，列如附表（參見附表）。

　　表中由左上角一直連列右下角的斜線上數字，就是代表形聲字與聲符，其聲母相同的例數，其餘零碎的斜線則表示以清儒以來所考證周秦時期的古聲十九紐，而所得的例數。這 91（聲母相同數）十 13（以古聲十九紐所得數）＝104 的字例，雖然接近全部字例的半數，但也由此顯示殷商甲骨諧聲字所呈現出的聲母系統，比周秦古音有更趨寬緩的迹象。因此我們再給這些字例更大的範圍，以古聲十九紐所屬的各部位為範圍，也就是圖表中以淡色粗線匡畫起來的部分，來觀察它們通轉情形，如此便可發現在這個範圍裏通轉的字例高達 164 例，佔全部的 74%，因此我們可以了解殷商時期的形聲字其與聲符間，作同部位的通轉是普遍而頻繁的，但是不屬這個通轉範圍的例字還有 57 個，佔全部的 26%。在這 57 個字例中，我們可以看出 41 個中古聲母裏，除了前述神母見於又讀不論外，其餘不與同部位以外聲母相通轉，而呈現穩定狀態的聲母有非、敷、泥、清、禪、莊、初、牀、疏。而

與部位以外的其他聲母通轉頻率較高的聲母，則有審母 5 次、喻母 8 次、來母 10 次、見母 13 次，其中見母、來母，與其他聲母接觸最為頻繁，這是一個值得注意的現象。若再從發音部位而言，喉音與舌齒音是最容易發生通轉的部位，它們與其他部位通轉的字例，竟有 44 個之多，佔 57 個字例的 77%，這樣的情形，以傳統古聲紐的理論是不容易說明的，恐怕只得從複聲母方面去尋求解釋了，儘管唐蘭並不贊成，而提出「來母古讀如泥」的說法❸，但至少在本文的 221 個字例中，卻找不出來泥通轉的字例來。

3·3 複聲母可解釋部分通轉現象

自從一百年前英國漢學家 Joseph Edkins 發現複聲母的說法，而 1933 年林語堂正式提出〈古有複輔音說〉一文以來❹，就有不少學者從此觀點討論上古聲母，尤其在與林氏同時的高本漢（Bernhard karlgren）發表 Word Families in Chinese(《漢語詞類》)❹，建立複聲母擬音系統，此後論複聲母學者，無不受其影響，雖然也有部分學者不贊成，但是若就甲骨諧聲字中那些難以解釋的通轉現象，從複聲母的角度去看，確實可以得到一些說明，於此就舉那有 10 個字例跟其他聲母通轉的來母為例，這 10 個字例如下：

1. 來：明　柳：卯
2. 來：微　麎：文、各：文
3. 來：見　洛：各、霝：各
4. 來：疑　肖：占
5. 並：來　龐：龍

6. 明：來　　霾：貍

7. 見：來　　龏：龍

8. 喻：來　　翊：立

的確，來母同時跟脣、牙、喉音的聲母通轉，看來似乎很特別，但這類複聲母的形成，竺家寧兄於其《古漢語複聲母研究》一書中，曾據馬伯樂說，以爲在很早以前，可能有一種類似「詞嵌」（infix）的辨義作用，後來失去辨義作用而轉成語音成分❷，現在甲骨諧字的來母通轉，我們就暫時以丁邦新先生〈論上古音中帶 l 的複聲母〉一文的擬音❸，依前述的次序擬定如下：

1. l- : mr-　　　　5. br- : b-

2. bl- : ml-　　　　6. mr- : l-

3. gl- : kl-　　　　7. kl- : l-

4. gl- : ngl-　　　　8. gr- : l-

雖然丁先生擬定的上古音是以周秦爲主，不過個人以爲殷商甲骨文裏爲數不少的形聲字，可使得諧聲時代向上推入這個時期，因此，就上面的字例而言應該可以參用。不過誠如李新魁《漢語音韻學》裏所說複聲母的擬構，必須愼重對待，不能單憑諧聲❹，所以我們也不可以把一些不同部的通轉現象，統統交給複聲母去解決，而違背語言的基本結構，那就與求眞相去愈遠了。

至如趙誠也認爲複聲母不能解決所有諧聲通轉的問題，而主張往多音節的方向去考量，這個問題則觸動漢語特質的大問題，恐怕是需要再三斟酌的了。

4. 結　語

　　以上的說明與討論，只是整個殷商甲骨諧聲現象，在聲母部分做了一個基本的觸及，可以說只是整個問題的開始，實在不能說是解決問題，很多的問題是必須留待以後再一一地深入探討。

　（本文發表時，承蒙　伯元師與柯淑齡學長的指正，今已據
　　其意見稍作修改，於此特誌感謝。）

附 註

❶ 參見李孝定《甲骨文字集釋》P. 141。

❷ 參見《甲骨文字集釋》P. 26。

❸ 參見董作賓《甲骨學六十年》PP. 14～45。

❹ 參見《音韻學研究》第一輯PP. 259～265。

❺ 該文原發表於《南洋大學學報》第二期，1968 年，後收錄於《漢字的起源與演變論叢》PP. 1～42 ，又其於《漢字史話》P. 39 統計的百分比微有出入，為 27.24％。

❻ 參見《中國甲骨學史》PP. 118～119。

❼ 按「浿」，《廣韻》有「普蓋」、「普拜」二切，反切上字相同，聲母亦同，茲取其一，下同，但以下若有聲母不同情形，則取其與諧聲聲符能相映合的切語。

❽ 《說文》〈女部〉云：「妹，女弟也，从女末聲。」段注據《釋名》以爲當从未，隨後又據《白虎通》云似从末。今考甲骨文、金文，「妹」字皆从未，如高明《古文字類編》所載錄㮈一期，乙一七五〇、㮈五期，前、二、四〇、七、㮈（周早盂鼎），又如徐中舒《漢語古文字字形表》所錄㮈妘伯受簋。至於「末」字在古文字的出現，似乎較晚，目前所見較早的爲春秋時期的蔡侯鐘作㮈。可見未、末形體有別，本不相混。又考其周秦古韻，妹字从未得聲，屬陳師伯元《古音學發微》古韻三十二部的沒部，而末字則屬月部，二者於周秦古韻不同部，是故推知「妹」从未而不从末了。

❾ 甲骨文「牡」字作㸺前一、二九、五、㹍乙、二三七三等形，而《說文》〈牛部〉釋小篆「牡」形構爲「从牛土聲」，然段玉裁注此字，則謂：「按土聲求之，疊韻、雙聲皆非是，……或曰土當作士，士者夫也，之韻、尤韻，合音最近，从士則爲會意兼形聲。」可見得，段氏就古韻言，已疑从土爲从士的訛誤。其後羅振玉《增訂殷虛書契考釋》、王國維《觀堂集林》考釋甲骨文「牡」字，也從古韻部與「牡

牝」語詞的對稱，猶如「士女」的對稱觀點論定以來，从士之說已爲多數學者所接受，而本文也從此說。

❿ 《說文》原作「从女持帚」會意，然唐蘭《殷虛文字記》與李孝定《甲骨文字集釋》均以爲應作「从女帚聲」之形聲字，「蓋婦如非从帚得聲，則帚不得假爲婦矣」。茲從其說。

⓫ 據屈萬里《殷虛文字甲編考釋》、李孝定《甲骨文字集釋》云小篆「狄」，《說文》釋其形構爲「从犬亦省聲」，非是，蓋甲骨文作[illegible]甲、一二六九[illegible]甲、一一七三，从大，而至篆體[illegible]與火形近而訛也。

⓬ 《說文》釋「家」爲「从宀豭省聲」，古今學者頗多爭議，然據唐蘭《天壤閣甲骨文存考釋》云：「[illegible]字卜辭習見，當爲豭之本字，《說文》：『𧰨，豕也，从彑，下象其足，讀若瑕。』朱駿聲云：『當爲豭之古文。』其說極允。」因此「家」下的「豕」形，實原即𧰨，即古豭字。

⓭ 妿，據郭沫若《殷契粹編考釋》云妿乃架，省讀爲嘉，李孝定先生《甲骨文字集釋》以爲其說是也，茲從之。

⓮ 唐蘭《殷虛文字說》云：「監字本從皿從見，以象意聲化例推之，當是從皿見聲。」其說可從，茲從之。

⓯ 《說文》〈鹿部〉云：「麇，麞也，从鹿囷省聲。」李孝定先生《甲骨文字集釋》以爲契文與篆文同，是皆从囷省聲。

⓰ 《廣韻》無「凵」字，茲據《集韻》。

⓱ 《廣韻》無「[illegible]」字，茲據《集韻》。

⓲ 《廣韻》、《集韻》均無「爿」字，但「爿」即「牀」的初文，茲取「牀」音。

⓳ 《甲骨文字集釋》以寖爲宀侵省聲，茲從之。

⓴ 李孝定先生《甲骨文字集釋》以爲「[illegible]」即是「喪」，从吅桑聲，茲從之。

㉑ 《說文》「新」作从斤亲聲，李孝定先生據甲骨文[illegible]以爲當作从斤从木辛聲，茲從之。

㉒ 《廣韻》「亘」音「古鄧切」，應該不是「宣」字所從的聲符，《廣

韻》的「亙」應是「亘」的俗寫，今考《集韻》仙韻「亘」作「荀緣切」茲從之。

㉓ 歲，《說文》作从步戌聲，李孝定《甲骨文字集釋》、徐中舒《甲骨文字典》等以爲甲骨文作揭，乃从步戌聲，茲從之。

㉔ 魯實先《殷契新詮》以甲骨文鷽即嗣，徐中舒、李孝定二家從其說，則作從冊從大子，子亦聲。

㉕ 《廣韻》無「鷰」字，茲據《集韻》。

㉖ 《廣韻》無「戯」字，茲據《集韻》。

㉗ 《說文》「省」作从眉省从屮，李孝定先生以爲眚省古爲一字，徐中舒則謂「省」應从目生省聲，茲從之。

㉘ 「翟」從「兆」，徐中舒《甲骨文字典》以爲「兆」同「羅」，李孝定先生以爲作从羽羅聲。

㉙ 徐中舒《甲骨文字典》據唐蘭《殷虛文字記・釋壴》云：「古從壴之字，後世多從喜。」而以爲「夐」即「熹」字。

㉚ 《廣韻》無「虦」字，茲據《集韻》。

㉛ 參見注㉒。

㉜ 李孝定、徐中舒二先生均以爲「翈」從日羽聲。

㉝ 同注㉒。

㉞ 《說文》「柳」从木丣聲，李孝定、徐中舒等先生以甲骨文作「丱」，而以爲「卯」聲。

㉟ 參見《音韻學研究》第一輯 P. 260 。

㊱ 參見《甲骨文字集釋》P. 28 。

㊲ 參見《甲骨文字典》P. 16 。

㊳ 以上錢、章等先生說法，可參見陳師伯元《古音學發微》第三章〈古聲紐說〉，又陳師伯元「羣母古歸匣」之說亦見於《古音學發微》，然於民國七十年中央研究院 第一屆國際漢學會議提出〈羣母古讀考〉一文，再作補證。

㊴ 唐說見其〈論古無複輔音凡來母字古讀如泥母〉一文，載於《清華學報》12 卷 2 期，PP. 297 ～ 307 ， 1937 。

㊵ Edkins 之說見於 1876，Introduction to the Study of the Chinese Characters，London, Forrest R. A. D.，而林文《晨報六週年紀念增刊》，今收錄於其《語言學論叢》PP. 1～15。

㊶ 該文發表於 Bulletin of the Museum of Far Eastern Aniquities（BMFEA），No.5，pp. 9～120 ，台灣聯貫出版社印有張世祿譯本，作「漢語詞類」。

㊷ 竺文爲 1981 年文化大學中國文學研究所博士論文，參見該文 P.435。

㊸ 丁先生該文發表於 1978，《屈萬里先生七秩榮慶論文集》PP.601～617。

㊹ 參見李新魁《漢語音韻學》PP. 408～413。

參考書目

丁邦新

1978　論上古音中帶 l 的複聲母，屈萬里先生七秩榮慶論
　　　文集，pp.601～617，聯經出版公司。

丁度等

1067　集韻，學海出版社影宋鈔本，1986。

李孝定

1965　甲骨文字集釋，中央研究院歷史語言研究所專刊之
　　　五十，1974，三版。

1968　從六書的觀點看甲骨文字，發表於南洋大學學報 2
　　　期，1968，收入《漢字的起源與演變論叢》，聯經
　　　出版公司，1986。

1977　漢字史話，聯經出版公司。

李新魁

1986　漢語音韻學，北京出版社。

吳浩坤‧潘悠

1985　中國甲骨學史，上海人民出版社。

林語堂

1933　古有複輔音說，發表於晨報六週年紀念增刊，收錄
　　　於其《語言學論叢》，民文出版社。

竺家寧

1981　古漢語複聲母研究，文化大學博士論文。

段玉裁

1807　說文解字注，臺灣藝文印書館。

徐中舒

1980　漢語古文字字形表，四川人民出版社，1981，香港
　　　中華書局再版。

1988　甲骨文字典，四川辭書出版社。

高　明

1980　古文字類編，中華書局，1986，臺灣大通書局再印。

徐鉉等

986　校定本說文解字，華世出版社。

唐　蘭

1937　論古無複輔音凡來母字古讀如泥母，清華學報 12

卷 2 期， pp. 297 ～ 307 。

孫海波等

1965　甲骨文編，北京中華書局。

陳彭年等

1013　廣韻，聯貫出版社影澤存堂本。

陳新雄

1969　古音學發微，嘉新水泥公司文化基金會贊助出版，
　　　1971。

1981　羣母古讀考，發表於中央研究院第一屆國際漢學會
　　　議，收錄於《鍥不舍齋論學集》，學生書局，1984。

張麟之刊

1203　韻鏡，1974，臺灣藝文印書館影古逸叢書本。

董作賓

1965　甲骨學六十年，藝文印書館。

趙　誠

1984　商代音系探索，音韻學研究，第一輯，pp. 259～265。

Karlgren, Bernhard

1933　Word Families in Chinese, Balletin of the
　　　Museum of FarEastern Antiquities, BMFEA,
　　　NO. 5, pp. 9 ～ 120 ，張世祿譯作《漢語詞類》，
　　　聯貫出版社。

《說文》音訓所反映的帶 l 複聲母

竺家寧

壹、音訓的定義和範圍

　　音訓是從先秦到漢代盛行的一種訓詁方法。黃季剛先生稱之為「推因」，並釋之曰：「凡字不但求其義訓，且推其字義得聲之由來，謂之推因。」❶例如《說文》：「天，顛也。」段注云：「『元、始』可互言之，『天、顛』不可倒言之」林景伊先生《訓詁學概要》❷更指出，音訓之字如為名詞，則不能顛倒互訓。劉師培在〈小學發微補〉❸中說：「因天體在上，故呼之為顛，後顛音轉為天音，乃別造天字。」

　　齊佩瑢《訓詁學概論》稱音訓為「求原」(推原求根)。並釋云：「即從聲音上推求語詞音義的來原而闡明其命名之所以然者。」❹又說：「音訓之法只是任取相同相近的一字之音，傅會說明一字之義，音同音近之字多矣，自然難免皮傅穿鑿的流弊。」❺

　　由以上學者的看法，可知音訓實際上是義訓的一種，只不過特別選用一個和被訓字有聲音關係的字來訓釋，以表現其得聲之由來而已。其中難免有一些附會穿鑿的地方，但是其中也有不少資料提供我們今日探訪同源詞的線索。此外，不論其解釋是否穿

鑿，音訓字之間的語音關係是必然存在的，因此，也提供了我們探訪當時語音實況的重要依據。

　　對於音訓的解釋，如朱宗萊《文字學形義篇》、容庚《文字學義篇》、高亨《文字形義學概論》、周法高先生《中國訓詁學發凡》等，都是持傳統的看法，認為凡義訓二字間具有讀音關係者，即為聲訓，換言之，聲訓不過義訓之一端❻。龍宇純先生在1971年發表〈論聲訓〉一文❼，對音訓的定義提出了一套較嚴格的新解釋。認為聲訓與義訓的區別在：

　　1． 二者在形式上有時相同，但自其間語辨之，則疆界儼整。義訓之問語為「某者何」，而聲訓為「何以謂之某」，或「某何以用某」。

　　2． 二者又可以「更代方式」辨之。如為義訓，丙義與乙義同，則謂之「甲，乙也」、「甲，丙也」皆可。如「元，初也」，「元，始也」。聲訓雖乙、丙義同，謂之「甲，乙也」或可，謂之「甲，丙也」則不可。如「日，實也」、「月，闕也」為音訓，充與實義同，闕與損義同，卻不能更代為「日，充也」、「月，損也」。

　　3． 音訓為推求語原，故能以同字為訓。義訓則否。

　　龍先生雖嚴格區分了音訓與義訓，但他也強調「義訓二字間非全不可有聲音關係」❽，例如「趨，走也」、「考，老也」、「改、革也」雖為義訓，其間仍有密切的聲音關聯，像「考、老」龍先生即認為由複聲母 kl- 變來。

　　本文標題所謂的音訓，乃就傳統觀點言之。若就龍先生之剖析，其中有些例證則應歸於義訓，但其聲音關聯是可以確定的，仍無礙於藉以探索當時之語音實況。不論音訓或義訓，只有具有音近的關係，都是古音研究的材料。

事實上，《說文》究竟有多少音訓，向來有廣義和狹義的看法，諸家見解很不一致。黃侃《文字聲韵訓詁筆記》認爲《說文》義訓只居十之一、二，而聲訓則居十之七、八。這是作了廣義的認定。本文認爲「音訓」的定義是訓詁學的問題，只要有語音關係，不管叫它什麼，都是音韵學研究的材料。

貳、「雙聲疊韵」的理解

從東漢開始，佛教輸入，使學者對拼音的梵文有了認識，也吸收了印度的語音學，人們才有了分析漢字音的觀念，於是，六朝出現了「雙聲、疊韵」的名稱。例如劉勰《文心雕龍•聲律》：

> 「雙聲隔字而每舛，疊韵雜句而必睽。」

又《南史•謝莊傳》：

> 「王玄謨問謝莊：何謂雙聲疊韵？答曰：玄護爲雙聲，璿碼爲疊韵。」

由於這種字音分析的知識是新起的，所以一時之間，蔚爲風尚。當時的文士流行用「雙聲語」，例如梁元帝《金樓子•捷對篇》、後魏楊衒之《洛陽伽藍記》都有類似的記載。北周庾信還用匣母字（含喻三）寫了一首雙聲詩。至於疊韵字的辨析蒐羅，自魏李登《聲類》、晉呂靜《韵集》之後，也隨著韵書的勃興，

而成爲普遍的知識。

因此，我們可以說，有意識的分析字音，找出雙聲疊韻的字，是魏晉六朝開始的，在此之前的先秦兩漢，只有在文學作品裏無意識的用到雙聲疊韻，例如《詩經》的雙聲詞：

參差、菝葀、黽勉、蝃蝀、悠遠、葡萄、威夷

疊韻詞如：

虺隤、漂搖、崔嵬、詭隨、泉源、綢繆、壽考

諸如此類的雙聲疊韻詞，都是在人們的語言習慣中不知不覺而自然產生的，不是人爲的去分析字音，然後有意造出這樣的詞彙，因爲在那個時代還不具備分析字音的知識。

羅列雙聲字，以表明語音系統，現存最早的資料應屬梁顧野王的原本《玉篇》，其中收有「切字要法」，列舉了二十八對雙聲字，表明二十八類聲母。至於《廣韻》卷末所附的「雙聲疊韻法」，可以說是這類知識集大成的作品了。這種客觀分析字音的結果，和文學作品裏主觀的韻律感覺所造成的雙聲疊韻現象，性質上是不同的。

漢代盛行音訓，這時雙聲疊韻的觀念還不曾發生，因此，音訓字與本字的語音關係是聽覺上的「音近」，而不是只管聲母不管韻母的雙聲，或只管韻母不管聲母的疊韻。聽覺上的「音近」必需聲母和韻母都相去不遠。只有雙聲，或只有疊韻的字聽起來

未必相近。

我們曾作過這樣的實驗：針對不曾受過語音學訓練的高中學生，調查他們對於「音近」的感覺，要受測者只憑音感選出近似的字。測試題如下：

你覺得哪些字的發音和「天」字很接近？
1. 顛（50）　　2. 顯（2）　　3. 尖（1）　　4. 特（0）
5. 添（50）　　6. 地（0）　　7. 湯（2）　　8. 電（42）

你覺得哪些字的發音和「地」字很接近？
1. 得（0）　　2. 但（0）　　3. 你（1）　　4. 祇（0）
5. 帝（50）　　6. 替（49）　　7. 底（46）　　8. 天（0）

括號內的數字是選擇此字的人數，受測者共五十人。在「天」字條中，集中選擇了「顛、添、電」三字，因為它們韻母相同，聲母同屬舌尖塞音，所以聽起來「音近」。「顯、尖」和「天」字為疊韻，卻被排除了。「特、地、湯」和「天」字為雙聲，也被大部分人排除了。

和「地」字音近的，大部分人選擇了「帝、替、底」，因為它們和「地」字兼有聲、韻上的相似性。「得、但、天」與「地」為雙聲，「你、祇」與「地」為疊韻，卻被排除了。

這樣的調查統計，給了我們一個啟示：雙聲疊韻和音近是兩回事。魏晉以前基本上還不具備雙聲疊韻的觀念和知識，因此，我們今天從事漢代音訓資料的分析，也不宜拿後起的觀念來為早先的語料進行分類❾。

　　清儒的語料詮釋，往往忽略這個歷史觀念，所有的語音關係都可歸之於雙聲、疊韻，這樣很可能把一些珍貴的古音痕迹給輕易的忽略掉了。因爲它可能原本是音近的，你卻只注意它的一半，稱之爲雙聲，或者疊韻。

叁、漢代複聲母的狀況

　　先秦古音中的複聲母，到了漢代是否仍然存在呢？如果還存在，其可能的數量和型式又是如何的呢？這個問題有兩篇重要的論文曾進行過探討，一是柯蔚南的《說文讀若研究》❿，一是包擬古的《釋名研究》⓫。這兩篇論文也正是了解到雙聲疊韻的侷限性，而沒有輕易把讀若和音訓納入雙聲或疊韻的框框裏，因而能夠找出複聲母痕迹的。

　　在柯氏的論文裏，認爲漢代還有帶 s- 與帶 -1-（或 -r-）兩類複聲母。其演化如下：

上古	東漢	魏晉	中古
* sb(?)	→ sb	→ dz	→ dz
* sm	→ sm	→ s	→ s
* skj	→ skj	→ t's	→ t's
* skhj	→ skhj	→ t'sh	→ t'sh
* sgj }	→ sgj	→ dz'	→ z'(～dz')
* sgwj		sgj＋w→ z	→ z

```
*shj(?) →  shj     →  ś     →  ś

*st  ⎫
     ⎬  → st       →  s     →  s
*sk  ⎭

*sthj  → sthj     →  ś     →  ś
*hrj(?) → hrj ↗

*sn    → sn       →  s     →  s

*hlj   → thlj     →  thr   →  ṭh

*gl  ⎫
*gwl ⎬  → gl       →  l     →  l
*bl  ⎭
            ↗
*dl(?) → dl
```

例如讀若的實例有：

郪 *hing   > xieng   聲 *skhjing > śjäng

嬳 *siap   > siep   湦 *skhjəp > śjəp

豕 *skhjigx > śjě   稀 *hjəd   > xjěi

頲 *skwjat > tsjwät   骨 *kwət   > kuət

臣 *sgjin > źjěn   牽 *khin   > khien

㞑 *gwragx > ɣwa   陌 *mrak   > mɔk

書 *sthjag > śjwo   箸 *trjagh > ṭjwo

穬 *giam   > ɣiem   廉 *gljam   > ljäm

厱 *khriam > khǎm   藍 *glam   > lâm

綰 *·wranx > ·wan   卵 *gwlanx > luân
```
```

　　包擬古的論文認爲漢代普遍的還存在帶 1 的複聲母，這類他討論的最多。此外還有 SN→S，t′N → t′兩型複聲母也能在《釋名》音訓中發現。

　　他舉出的實例有：

濫	glam	>	lam	衒 g′am	> ɣam
瓦	ŋwa	>	ŋwa	稞 glwar	> lua
寡	kwɔ	>	kwa	倮 glwar	> lua
劍	kljaw	>	kjɐm	斂 gliam	> ljɛm
領	ljeŋ	>	ljɛŋ	顇 kljen	> kjɛŋ
尻	k′og	>	k′au	膠 gliog	> lieu
悐	ʔjap	>	ʔjɐp	斂 gljam	> ljɛm
禮	liər	>	liei	體 t′liər	> t′iei
丑	t′njog	>	ȶjəu	紐 njog	> ȵjəu

　　上述二文的擬構體系是另外的問題，此地不作討論，這裡所強調的是他們立論的前提，都能擺脫雙聲疊韻的框框，同時，他們的結論也證實了漢代仍有複聲母。

肆、研究的幾個原則

　　本文所收入的《說文》音訓字共三十一條，都是來母字和其他聲母接觸的例子。其他聲母的字在音訓中彼此發生接觸的例子很多，由於篇幅的限制，將來再專文討論。帶 1 的複聲母是上古各類複聲母中最容易確定的一類。同時，在前述的漢代資料中也還

保留著顯著的痕迹。所以我們選擇由這一類複聲母說起。

我們列入討論的例子只限於聲母上有對立的，例如 k-：l-，事實上，音訓字和本字同聲母的例子，也可能在漢代仍然是複聲母，只不過從音訓表面上沒有直接呈現而已，不像 k-：l- 一類的例子直接反映出來。包擬古研究《釋名》音訓，就遇到許多例子上古音訓字和本字都是 *gl-，而中古都是 l-，這種情形在漢代也可能是 gl-，也可能是 l-，包氏由漢代的整個系統看，認為這個 gl- 還保存到漢代。例如：

柜 gljo	> ljwo	旅 gljo	> ljwo	
樓 glu	> ləu	婁 glu	> ləu	
路 glag	> luo	露 glag	> luo	
練 glian	> lien	爛 glan	> lan	

《說文》音訓中像這類的例子，我們都暫時保留，沒有提出來討論。

另外，我們所提出來的例子，音訓字和本字間的聲音關係也要求的比較嚴格些，在韻母方面，它們必需是同韻部的。如果韻部不同，聲母又有相異對立的情況，那麼這組字也有可能根本不是音訓，因為《說文》的解釋不是非音訓不可。它不像《釋名》，編輯的目的就在蒐羅音訓資料。萬一把不是音訓的資料認作音訓，那麼這樣討論出來的複聲母，就必然有問題。例如《說文》：「濃，露多也」中的「濃」和「多」；「滿，盈溢也」中的「滿」和「盈」；「訛，燕代東齊謂信訛也」中的「訛」和「信」；以及「群，輩也」、「倫，輩也」《師大國研所集刊》第八期張建

葆先生的〈說文聲訓考〉都視爲音訓，並歸入疊韻類。由於這些
例子的音韻關係不夠密切，是否音訓仍有可疑，故依本文的原則
皆不視作音訓處理。本文的例子中，偶有幾個韻部相異的例子，
但都有音理可說，沒有理由不視之爲音訓。例如下文的第4、5
例，和第27例、第28例。其他則音訓字和本字皆同韻部。

伍、來母字和唇音的接觸

在《說文》音訓裏，有許多例子是中古來母字和別的聲母字
構成音訓的。對這類例子，我們不能輕易的把它們歸入「疊韻」，
而不作進一步的思考與處理。我們認爲，這些例子的聲母發音，
在《說文》時代應當是近似的，相互構成音訓的同組字，不僅是
韻母類似而已。也就是說，先秦上古音裏的複聲母到了《說文》
的時代仍有保存下來的。它們屬於一群帶 l 的複聲母。

下面就先討論 l 和唇音的聲母關係。

1. 了，𠄟（𠄟）也

「了」字見篠韻盧鳥切；「𠄟」字見肴韻薄交切，又力鈞切，
《說文》解釋其字義云：「𠄟，脛相交也。」至於「了」字許愼
認爲是「从子，無臂，象形」，段玉裁補充說：「象其足了戾之
形。」所謂「了戾」，段氏解釋：「凡物二股或一股結糾紾縛不
直伸者，曰了戾。」因此，脚糾結在一起，是「了」的本義，後
來才借爲憭悟字。那麼，它和「脛相交」的「𠄟」應是同源詞了。
它們上古都屬宵部韻，聲母原本應該都是 PL- 型複聲母。「𠄟」

字的兩個唸法（並母 b'- 和來母 1-）正證明了這一點。東漢的許慎
提出這對音訓時，它們的聲母關係應當是 1- : b'1-。「了」字可
能已經簡化為單聲母了。

2. 瀾，潘也

《廣韻》無「瀾」字，《集韻》見寒韻郎干切；「潘」見桓
韻普官切。《周禮‧稟人》注：「雖其潘瀾戔餘不可褻。」把
「潘瀾」用為並列式合義複詞。依據《說文》，「潘」的意思是：
「淅米汁也」，《禮記‧內則》鄭注：「潘，米瀾（瀾為大波，
段氏云此字古書常與瀾字相借用）也。」由此看來，「潘、瀾」
的音義都近似。（發音上，兩字都屬上古元部。）東漢的《說文》
既用為音訓，可見它們的聲母在漢代也應相去不遠，可能「潘」
字仍唸作 p'1-（>p'-）。至於「瀾」字，其聲系中和「柬」（k-）
發生關係，它本身的字形構成又是個衍生階段很後的字（柬→闌
→蘭→瀾），所以這個字形成時的聲母發音應當是個單純的 1-，
而不是 k1-。在漢代的語言中，它被借來表示聲音相近的（1-與
p'1-），作為「淅米汁」講的一個詞彙。因此，兩字在語言上可
以互相作為音訓。

3. 濫，氾也

「濫」字見闞韻盧瞰切，屬中古來母；「氾」字見梵韻孚梵
切，屬中古滂母。兩字上古都是「談部」韻。在《說文》中，這
兩個字互訓（氾，濫也）。

在漢代既用為音訓，其發音必然近似，因此，聲母應是 1-與

p′1-（＞p′）的關係。「濫」的聲符是「監」（屬二等字，上古聲母 kr-），其諧聲關係是 1-：kr-。「濫」可能只是個單純的聲母 1-。

「氾濫」也有合用，成爲同義複詞者。如《楚辭·憂苦》：「折銳摧矜凝氾濫兮」注：氾濫，猶沈浮也。《孟子·滕文公上》：「洪水橫流，氾濫於天下」《文選·長笛賦》：「氾濫溥漠」注：「氾濫，任波搖蕩之皃。」

此外，「氾」的同源詞還有「汎、泛」等。

4. 例，比也

「例」字見祭韻力制切，屬中古來母；「比」字見旨韻卑履切，屬中古幫母。

5. 𡲵，幏裂也

「𡲵」字《廣韻》無，《集韻》見旨韻補履切，屬中古幫母；「裂」見薛韻良辥切，屬中古來母。

上面二例的「比、𡲵」屬古音脂部，「例、裂」屬古音祭部。前者的韻母爲 -ed 型，後者爲 -at 型。到了魏晉以後，「例」的韻母變成 -æi，「裂」變成 -æt，主要元音升高，與脂韻字接近，許慎的方言可能已經接近中古的情況，也就是：「例」-æd：「比」-ed，「𡲵」-ed：「裂」-æt。

聲母方面，從「七」聲的字都是唇音，沒有和 1- 接觸的旁證，因此謹慎一點看，上古應當只是個單純的唇音聲母，而不會是 PL- 型複聲母。從「列」聲的字有可能是 PL-。《說文通訓

定聲》云：「列，分解也，从刀，歺聲，義與別略同。」又云：「別，分解也，从冎从刀，會意，與列略同。」可見「列、別」是同源詞，它們的原始聲母是 PL-。《詩經·中谷有蓷》：「有女仳離」的「仳離」連綿詞也可做爲旁證。到了東漢，仍然用从「列」聲的字和唇音的「比、忙」構成音訓，可知東漢時代的「例、裂」仍讀複聲母 PL-。在系統上看，它們的實際音值是 bl-（＞l-）。

在意義上，「忙」是「殘帛裂」的意思，所以从巾。「帗裂」的「帗」正是「殘帛」的意思。

6. 隆，豐大也

「隆」字見東韻，力中切，來母；「豐」字見東韻，敷隆切，敷母。兩字都屬古韻冬部。

「隆」字从生，降聲，和舌根音接觸，因此沒有讀 PL - 複聲母的可能，這條音訓的聲母關係應該是 l-：p'l-。

「豐」字之讀爲 p'l-，也可見於連綿詞殘留的痕迹中。《淮南子》：「季春三月，豐隆乃出。」此「豐隆」爲雷師之名。又嵇康《琴賦》：「豐融披離」注：豐隆，盛皃。「融」上古爲 r-（喻四）聲母字，與 l- 爲同類的流音，因此，「豐隆」有可能爲 p'l- 複聲母分化爲兩個音節而成之疊韻連綿詞。林語堂、杜其容都曾討論過連綿詞和複聲母的關係，這也是我們探討複聲母的一個重要線索❷。

7. 孿，樊也

「孿」（同「攣」）字見仙韻呂員切，來母。字本从纟纟，

《康熙字典》隸變作「䜌」。「樊」字見元韻附袁切，並母。本也从𢆉，當與「攣」爲同源詞。以上三字皆屬古韻元部。

「䜌」字的意義，《說文通訓定聲》釋爲「係也，連也，引也」。「樊」字卽「攀」字，《說文通訓定聲》：「攀，引也。从反𢆉，指事。或从手樊聲。」由此觀之，「䜌、樊、攀」音義相通，皆爲同源詞，其原始聲符爲 PL- 型複聲母。東漢時代它們很可能仍保存這個唸法，因而構成音訓。从「䜌」聲的，還有個「變」（p-）字，可參考，也是 p-、l- 的接觸。

8. 犖，駁牛也

「犖」字見覺韻呂角切，來母；「駁」字見覺韻北角切，幫母。兩字皆古韻宵部入聲。

「犖」字从牛，勞省聲；「駁」，馬色不純也，从馬，爻聲。《通俗文》：「黃白雜謂之駁犖。」把「駁犖」當作複合詞用，反映了「雜色毛的牲畜」這個詞彙的原始音讀，很可能是複聲母 PL-。《說文》的這組音訓，其聲母關係是 $bl-$（$>l-$）：$pr-$（$>p-$）。

其中，「犖」專指雜色毛的牛（$bl-$），「駁」專指雜色毛的馬（$pr-$）。

9. 廬，廡也

「廬」字見姥韻郞古切，來母；「廡」字見麌韻文甫切，上古明母。兩字皆古韻魚部。

「廡」指「堂下周屋」，从广無聲。《說文通訓定聲》云：

「謂屋于堂之四週者。」卽屋簷下之走廊，是大廳外緣之小屋。另有含「小」意，從「無」聲之「膴」，《說文》釋云：「膴婁，微視也。」「膴婁」一詞和「庽，廡也」合起來看，很可能從「無」聲的這兩個字原本具有複聲母ml-。

再就「庽」字看，其原始聲符為「卢」，同「虎」字，為中古曉母字。由古聲母的研究了解有許多曉母字上古是個清化的m-❸，因此，「卢、虛、庽」的聲系中有可能含ml- 複聲母。

曉母的「虎」字，上古有讀清m- 的可能，可由兩項記載得到一些線索：《淮南·天文》：「虎嘯而谷風至」高誘注：「虎，土物 (m-)也。」《爾雅·釋獸》:「虎竊毛謂之虦貓（m- ）。」（竊，淺也。）❹

又《漢書·鼂錯傳》：「為中周虎落」注：「虎落者，以竹篾相連遮落之也。」鄭氏曰：「虎落者，外番也。若今時竹虎也。」補注：「六韜軍用篇：山林野居，結虎落柴」「其護城笓籬亦謂之虎落」先謙曰：「於內城小城之中閒以虎落周繞之，故曰中周虎落也。」由這些說明可知「虎落」和「廡、庽」的意義相似，都指圍繞周圍的小型建築設施。同時也暗示了這個詞彙原始聲母為ml- 的可能性。

陸、來母字和舌尖音的接觸

10. 勵，推也

「勵」字見灰韻魯回切，又盧對切，來母；「推」字見脂韻

尺隹切，穿母，上古音 t'- ；又湯回切，透母。兩字都屬古韻微
部。

「勯」字又作「擂」。「推」，排也。

「推」字有可能是 t'1- 複聲母，因爲從「隹」得聲的字，
基本上是 t- 類聲母，其中有「蜼」（同獂字），力軌切，來母。
《說文》：「蜼，獸如母猴，仰鼻長尾。」此外，《釋名》：「錐，
利也。」也顯示了「隹」聲符的字有帶 1 的可能。

11. 婪，貪也

「婪」字見覃韻盧含切，來母；「貪」字見覃韻他含切，透
母。兩字都屬古韻侵部。

《說文》：「貪，欲物也，從貝今聲。」《說文》另有一個
「惏」字：「河內之北，謂貪曰惏。」音盧含切。段注云:「惏」
與女部「婪」音義同。

從「林」得聲的字除了來母外，還有一個「郴」，丑林切，
徹母，上古音 t'- 。而「婪」又和 t'- 聲母的「貪」構成音訓，
很可能這個從林聲的「婪、惏」是 d1- 複聲母（＞1-）。

「貪」字從「今」k- 聲,說明他在造字時代和舌根音有某種
牽連，可是到了《說文》時代，「貪」應該只是個單純的 t'- 聲
母字。

12. 婒，婪也

「婒」字見覃韻倉含切，清母；其音訓字是 d1- 複聲母的「婪」
（見上條）。《廣韻》引《玉篇》：「婪，婒也。」兩字可展轉

構成音訓，可知它們的發音必十分接近，除了韻母的類似外，聲母的關係應是 st'-（＞ts'-）: d1-（＞1-）。前者是經由音素轉移（易位）而變成清母的，此項變化之見於上古音，已有包擬古專文討論過，此不贅述 ⓯。

13. 詒，離別也

「詒」字見支韻直離切，澄母，上古音 d'- ，又紙韻尺氏切，穿母，上古音 t'- 。「離」字見支韻呂支切，來母。兩字都屬上古歌部。

「離」字从隹离聲，「离」字《廣韻》丑知切（t'-），又呂支切（1-），从「离」聲的字還有「摛、螭」，丑知切，徹母，上古爲 t'- 聲母。由此觀之，「離」字古讀也可能是帶有舌頭音的成分： d1-＞1-。由此來看「詒」t'-、「離」d1- 的關係，在語音上也比較容易解釋。

14. 理，治玉也

15. 吏，治人者也

「理」字見止韻良士切，來母；「治」字見之韻直之切，澄母，上古音 d'- ；「吏」字見志韻力置切，來母。

「理」、「治」、「吏」三字都屬古韻之部。

這三個字中，「理」在語料裏的接觸情形看，應該是個單純的 1- 聲母；「吏」有「史、使」的關係，原來應屬 s1- 聲母；至於「治」字，照李方桂先生的意見，澄母字上古是 d'rj-（李氏

d 擬爲不送氣），則上面的音訓可以解釋爲由於流音成分的相似，
其聲母情況如下：

　　　理 l - ：治 d′r-
　　　吏 sl- ：治 d′r-

　　　依拙著《古漢語複聲母研究》的系統，吏 sl- 應變爲 s-，但
吏和史是同源詞，上古都是 sl-，後來分化爲 s-（史），l-（吏）。

16.　勦，勞也

　　　「勦」字見肴韻鉏交切，崇母，上古音 dz′-，又子小切，精母，
音 ts-；「勞」字見豪韻魯刀切，來母。兩字都屬上古宵部。

　　　「勦」字從力，巢聲。古書中多用爲動詞「勞困」的意思，
如《左傳‧昭公元年》：「安用速成其以勦民也」，《東京賦》：
「今公子苟好勦民以媮樂」。「勞」字從力熒省，會意，也有認
爲是從縈省、從鎣省的。

　　　「勦」的聲符「巢」據《經典釋文》有「呂交反」、「仕交
反」二讀（見《尙書音義》，前者爲徐邈音），而黃季剛先生所
列舉的《類篇》反切中，也有「力交」、「莊交」二切。此外，
從「巢」聲的字還有「撡」落蕭切。由這些資料看來「勦」上古唸
dz′l- 聲母的可能性是很大的，這樣，「勦」dz′l-：「勞」l- 的
音訓就很合理了。「勦」字也可能是 dz′r-，因爲屬二等韻的緣
故。第二個音素 r 和 l 是同性質的流音。

17.　勦，助也

「勵」字見御韻良倨切，來母。《說文》：「从力非，慮聲」也可寫作「勵」从力慮聲。《爾雅・釋詁》：「助，勵也」注：「謂贊勉。」

「助」字見御韻牀據切，崇母，上古音 dz′-。依李方桂先生的擬音，莊系字上古都帶 r 介音，因此，「助」字是 dz′rj-。則此組音訓的聲母關聯是都有個相似的流音成分。

18.　　絡，絮也

「絡」字見鐸韻盧各切，來母；「絮」字見御韻息據切，心母，又抽據切，徹母，又尼恕切，娘母。

「絡」字上古爲魚部入聲，「絮」爲魚部字。

「絡」的聲系中主要爲來母字與 k- 類字，「絡」在《說文》裏應該是個單聲母的 l-，而不會是 kl-。

「絮」字《說文》：「敝緜也，从糸如聲」《說文通訓定聲》：「好者爲緜，惡者爲絮。」上古聲母應該是 sn-，中古衍爲心母和娘母兩個讀法，至於徹母（t′-）一讀，可能是 sn- 轉化爲塞音而成的異讀。則《說文》中「絡」與「絮」的音訓關係是 l-：sn-，聲母都是舌尖部位的濁音。l、n 原本也是性質近的輔音。

19.　　叟，老也

「叟」（同叟字）字見厚韻蘇后切，心母；「老」字見皓韻盧皓切，來母。兩字同屬古韻幽部。

「叟」字从又灾，爲會意字，然其意段玉裁、朱駿聲都不能確切分析。《方言》：「傁（同宿），長老也。東齊魯衞之間凡

耆老謂之俊」。

　　《說文》以「老、考」互訓，二者在聲母上應有 l- : k'l - 的關係。則此處的音訓應是「耋」sl- :「老」l- 的關係。

柒、來母字和舌根音的接觸

20.　阬，閬也

　　「阬」字見宕韻苦浪切，又口庚切，溪母；「閬」字見宕韻來宕切，來母。兩字都屬古韻陽部。

　　「阬」字从阜亢聲，从阜者，高也。《羽獵賦》:「跇巒阬」注：大阜也。「閬」字，門高也，从門良聲。

　　从「亢」聲的字都是單純的舌根聲母，沒有和來母接觸的迹象；从「良」聲的字也沒有和舌根音接觸的例子。因此，這組音訓的聲母關係沒有旁證，較不易決定。暫依高本漢帶 l 複聲母擬音三式中的 B 式，把來母的閬擬爲 gl-（>l-）。

21.　倞，彊也

　　「倞」字見漾韻力讓切，來母，義爲「遠也」（見《集韻》）；又映韻渠敬切，群母。

　　「彊」字見陽韻巨良切，群母。又作「強」。

　　兩字都屬古韻陽部。

　　从「京」得聲的字大致分爲兩類，一讀來母，如「諒、涼」等，一讀舌根塞音，如「景、黥」等。再由「倞」字的兩讀 l-

與 g'- 觀之，「倞」本讀複聲母 gl- 是很明顯的。因此，《說文》才以 g'- 聲母字爲其音訓字。

22. 閑，闌也

「閑」字見山韻戶閒切，匣母；「闌」字見寒韻落干切，來母。兩字都屬古韻元部。

「閑」字爲二等韻，帶 r 介音，其上古聲母爲 gr-(＞g-＞ɤ-)，「闌」从「柬」k- 聲，上古音 gl-(＞l-)。所以，《說文》這兩個音訓字的聲母關係是 gr-:gl-。

23. 恔，憭也

「恔」字見篠韻古了切，見母；「憭」字見蕭韻落蕭切，來母。兩字都屬宵部。

《說文》：「憭，慧也」段注引《方言》郭注：「慧、憭皆意精明。」段注又云：「按《廣韻》曰：了者慧也，蓋今字假了爲憭。」

段注又於「恔」字下云：「按《方言》：恔，快也。《孟子》：於人心獨無恔乎？趙注：恔，快也。快卽憭義之引伸，凡明憭者，必快於心也。」

由此觀之，「恔」、「憭」應該是同源詞，其原始聲母應是 KL- 型複聲母。在許愼時代可能還是複聲母 kl-(＞k-)和 gl-(＞l-)。

其同源詞還有「皎、皦、佼、僚、嫽」等字。

《說文》：「皎，月之白也。」《詩經》：「月出皎兮」《廣

雅・釋器》：「皎，白也。」《詩經・小雅白駒》：「皎皎白駒」
《釋文》：「皎皎，潔白也。」《穆天子傳・五》：「有皎者駱」
注：「皎，白貌。」

《說文》：「皦，玉石之白也。」《詩經・王風大車》：「有
如皦日」傳：皦，白也。《釋文》：「皦本作皎。」

《詩經・陳風月出》：「佼人僚兮」朱注：佼人，美人也。
《釋文》：「佼本作姣。」《衞風・碩人》箋：「長麗佼好。」《荀
子・成相》：「君子由之佼以好」注：佼亦好也。

《說文》：「姣，好也。」

「皎白」、「姣好」都由「明憭」一義展轉引伸而出，其韻
部皆爲宵部，聲母皆爲KL- 型。《詩經》的「佼人僚兮」的
「佼、僚」不但有疊韻之美，且聲母也有 kl-、gl- 的和諧美，
整句聽來便鏗鏘有致。

24. **老，考也**

「老」字見皓韻盧皓切，來母；「考」字見皓韻苦浩切，溪
母。兩字皆屬古韻幽部。

這對聲訓已在前面第 19 組中論及，其聲母關係漢代當爲老 1-，
考 k'l-。此條龍宇純先生歸之於有聲音關係的義訓，並云：「考、
老不同之聲母，疑由複聲母 kl 演變而來。」❻

楊福綿先生認爲「壽、叟、考、老、朽」爲同源詞，其 PST
擬音爲 *(s-)grok，古藏文爲 *-khlogs，Lepcha 爲 grok❼。
其中的 gr-、khl- 正好反映了「考、老」的聲母關係。

25. **牿，牛馬牢也**

「牿」字見沃韻古沃切，見母；「牢」字見豪韻魯刀切，來母。「牢」屬幽部，「牿」屬幽部入聲。

「牢」，《說文》：「閑也，養牛馬圈也」，與「牿」字音近義通，當屬同源詞，其原始聲母爲 KL - 型。漢代可能仍保留此複聲母之讀法。

26. **虜，獲也**

「虜」字見姥韻郎古切，來母；「獲」字見麥韻胡麥切，匣母，上古音爲 g-。「虜」字屬古韻魚部，「獲」字屬古韻魚部入聲。

《說文》：「獲，獵所獲也」段注：引申爲凡得之稱。前面第 9 條考察「虜」字上古有可能是 ml - 聲母，到了漢代，可能已讀爲 l - 母，因而和 gr - （二等字）的「獲」字構成音訓。聲母都帶有舌尖流音。

27. **履，足所依也**

「履」字見旨韻力几切，來母；「依」字見微韻於希切，影母。「履」字屬脂部，「依」字屬微部，二部發音相近。

「履」字从尸，服履者也，从彳夂（段注：皆行也），从舟，象履形。依許慎，「履」字屬會意。段注云：「古曰屨，今曰履。」而《說文》：「屨，履也。」其下段注又云：「今時所謂履者，自漢以前皆名屨。……履本訓踐，後以爲屨名，古今語異耳。」

「屨」字从履省，婁聲。因此「屨」的聲母上古應是 kl-（＞k-）。「履」字在音訓裏又和牙喉音（影母的「依」）接觸，很有可能是 gl-（＞l-）。而「屨、履」又有意義上、字形上的關聯，有可能原本是同源詞，唯一不能解決的，是韻母不近似（屨第四部，履第十五部），這一點有待進一步的研究。

28.　旂，旗有众鈴以令众也

「旂」見微韻渠希切，群母；「鈴、令」見青韻郎丁切，來母。「旂」屬上古文部，「鈴、令」屬上古耕部。

「旂」字从斤聲，上古是收 -n 的陽聲字，中古失落韻尾成爲陰聲字。它和「鈴、令」的古音關係是 g'ljən: lieŋ，韻母稍有差距，很可能許愼把「旂」字念成「旌」（ts-）的韻母（耕部 -jeŋ），因而和「鈴、令」的韻母相同。

29.　莪，蘿也

30.　蘿，莪也

31.　蛾，羅也

「莪、蛾」都是歌韻五何切，疑母；「蘿、羅」都是歌韻魯何切，來母。它們全是上古歌部字。

段注：「蠰一名蛾，……蛾是正字，蟻是或體。……《爾雅》蠰字本或作蛾。」可知「蛾、蟻、蠰」本爲一字。

「莪、蛾」上古可能是 ŋl-（＞ŋ-）聲母，和「蘿、羅」l- 相近。ŋl- 型聲母在上古普遍存在，例如形聲字「魚 ŋ-：魯 l-」，

樂有五教切 ŋ- 、盧各切 l- 兩讀,《說文》「頛 l- 讀若翳 ŋ- 」
等,都反映了 ŋl- 的存在。

玖、結　論

　　總結上面三十一條例證,可知漢代仍存在的帶 l 複聲母包括:

(pl-)	p'l-	b'l-	bl-	ml-
(tl-)	t'l-	(d'l-)	dl-	
(tsl-)	(ts'l-)	dz'l-	(dzl-)	sl-
kl-	k'l-	g'l-	gl-	ŋl-

　　其中的 l ,也可以有相對的 r 存在,通常 r 成分出現在二等
字,知系字和莊系字中。

　　這個系統有些是類推而得,如唇音中前面的例子不曾討論到
pl- ,但在語言系統裏,既有 p'l- 、 b'l- , bl- ,就不可能沒有
pl- 。唇音的五個聲母,我們可以用大寫的 PL- 、ML -包括之。
舌尖音中,也沒有列出 tl- 、d'l- 、tsl- 、 ts'l- 、 dzl-的具體例
證,各母也由類推而得。舌根音中,五種聲母都在例證中出現。
這些,我們可以用大寫的 TL - 、TSL - 、SL - 、KL - 、ŋL - 包
括之。

　　因此,我們假定《說文》音訓中所反映的帶 l (r) 複聲母有
PL- 、ML - 、TL - 、TSL - 、SL - 、KL - 、ŋL - 七種類型。

　　傳統上把上古來母擬為 l ,喻四擬為 r ,近年有幾位西方學
者依據漢藏對應的資料,主張擬音互換,來母是 r(>l),喻四是
l(>ø)。這種情況可能是在比較早的階段,也許是漢藏母語中

的現象，漢代的來母也許已經是個邊音 l 了。較謹慎一點看，我們暫不決定漢代的複聲母中具體的流音型式，上面的大寫（例如 PL）只代表了一個「類型」，本文企圖說明的，是這樣一個「類型」的存在。

　　本文所舉的例子中，有些是同源詞，其原始音讀如何，因非本文討論的重點，所以也只用大寫字母標示其類型（如「犖、駁」PL-）。其具體的音值，也許可以參考同族語言中詞頭、詞根的結構，把它擬成「犖 rak^w，駁 p-rak^w」，其他的同源詞也可以作這樣的處理：

列 rjat	別 p-rjat
豐 ph-rjuŋ	隆 rjuŋ
孿 rjuan	攣 b-rjuan
誃 d-rjar	離 rjar
理吏 rjəg	治 drjəg
勒 dz-rag^w	勞 rag^w
倞 rjaŋ	彊 g-rjaŋ
閒 g-ran	闌 ran
阮 kh-raŋ	閬 raŋ

　　這些字的原始音讀都帶有詞頭，到了漢代，詞頭的功能往往喪失了，演變成為複聲母的型式。

　　　附記：本文承蒙龔煌城先生過目，提出指正意見，作了多處的修改，謹藉此表達至深謝忱。作者附誌。

附　註

❶　見《制言》第七期。

❷　見其書第 66 頁。

❸　見其論文第 23 頁。

❹　見齊氏書第 116 頁。

❺　見第 132 頁。

❻　見龍宇純先生〈論聲訓〉一文第 86 頁引用。

❼　該文發表於《清華學報》新九卷 1、2 期，1971 。

❽　見〈論聲訓〉第 91 頁。

❾　東漢的反切應代表了語音分析能力的進展，但當時能使用反切的，也只限於少數學者，如服虔、應劭、馬融等人。許慎並無跡象可以證明他已有雙聲疊韻的觀念。魏孫炎造反切之說，也證明漢代反切並不普遍。

❿　W. S. Coblin " The Initials of Xu Shen's Language as Reflected in the Shuowen Duruo Glosses " J C L ,Vol. 6, 1978 。

⓫　N. C. Bodman " A Linguistic Study of the Shih Ming ", 哈佛大學出版，1954 年。其中複聲母部分由竺家寧譯爲中文 ，發表於《中國學術年刊》第三期，1979 年。

⓬　見林語堂〈古有複輔音說〉，收入其《語言學論叢》，文星書店。杜其容〈部分疊韻連綿詞的形成與帶 1- 複聲母之關係〉，《聯合書院學報》第七期，1970 年。

⓭　見董同龢《上古音韻表稿》12～13 頁，中研院史語所刊甲種之廿一，1967 年。

⓮　「虎」和「土」都是魚部字，「物」是微部入聲（ * -ət ）；「貓」是宵部字（王力擬爲 -au ）。

⑮　N. C. Bodman "Tibetan SDUD, the Character 卒，and the *ST- Hypothesis" BIHP 39, 1969。

⑯　見龍宇純先生〈論聲訓〉第91頁，《清華學報》新九卷一、二合期，1971年。

⑰　見楊福綿先生"Proto-Chinese * S-KL-and TB Equivalents"，第十屆漢藏語言學會議論文，1977年。

從新造形聲字說到複音聲母問題

雲惟利

一、引　子

現代漢語是沒有複音聲母的。上古漢語又如何呢？這個問題頗不易回答。

自從高本漢以複合輔音來擬訂上古聲母後，有不少學者採用他的說法，或有所修訂。不過，也有人不贊成他的說法。都各有理由，而未成爲定論。

複音聲母的說法，其主要依據是形聲字。主張此說的學者，於形聲字似乎有一個一致的看法，卽上古形聲字與所從的聲旁，彼此的聲母之間的關係只有兩種：一種是聲母完全相同，都是單音聲母；一種是聲母一半相同，而爲複音聲母（或其中之一爲複音聲母），有相同的音素，後世則因爲複音分化，以致聲母不同了。這個看法雖然並沒有哪一位學者明白說出，但從其擬訂複音聲母的方法看來，當有這樣的看法。

大致說來，語言學者和文字學者對複音聲母說的看法頗不相同。語言學者大多贊成，反對的較少，其中較爲人知的是王力。他批評高本漢的看法說 ❶：

他在上古聲母系統中擬測出一系列的複輔音，那也是根據諧聲來揣測的。例如「各」聲有「路」，他就猜想上古有複輔音kl-和gl。由此類推，他擬定了xm-，xl-，fl-，sl-，sn- 等。他不知道諧聲偏旁在聲母方面變化多端，這樣去發現，複輔音就太多了。例如「樞」從「區」聲，他並沒有把「樞」擬成kṭ'-，大約他也感覺到全面照顧的困難了。

這個批評實在是深中肯綮的，但在語言學者中，這樣的批評並不多見。

至於文字學者，對於這個問題，多不置可否，只有唐蘭不表贊同 ❷：

這種現象，到處都有，尤其是研究古文字時，簡直是俯拾即是。不過這種例子是很散慢的，有些字前人常用會意或別的方法來解釋，賸下來的也就不去注意了。只有來母字的問題，比較是最複雜而顯著的，例如從「各」聲的字，《廣韻》在盧各切裏有了洛烙等二十三字，洛故切裏有了路露等十一字，這就很容易引人注意的。現代的語音學是由印歐語的研究發展出來的，學者們先有一個複輔音的成見，遇到這些難解的問題，他們就立刻提出來中國古代語有複輔音了。

這個問題在唐蘭的《中國文字學》中有詳細的討論。他的看法和王力的相近似。

　　除了王力和唐蘭之外，著文反對複音聲母說的人就不多了。

　　這複音聲母說是因一些形聲字與所從聲旁，後世讀音之聲母不同而起的。所以，上古形聲字與所從聲旁的聲母之間的關係，實在是個關鍵。然而，其關係到底如何，實無從確知。不過，形聲造字法，無論在哪一個時期，其應用都應該是一樣的。正所謂人同此心，心同此理。因此，本文擬就宋元以來新造的形聲字，來分析形聲字與其聲旁的讀音之間的種種關係。明白其中的情形，對於了解上古形聲字與所从聲旁讀音之關係，當有所幫助。

　　至於所分析的形聲字，則以劉復和李家瑞所編《宋元以來俗字譜》中所收的為限❸。這些字的造字時地較易肯定，讀音也較易推知，和現代音相去不遠，分析出來的結果也就比較可靠。

　　以下先分析，然後再討論。

二、宋元以來的新造形聲字

　　《宋元以來俗字譜》中收了一千多個俗體字，取自宋元明清四代十二部通俗小說。這些字產生的地方，大抵都在中州。此類俗體字多是簡省筆劃而成，往往破壞了原來的六書結構。其中也有一些合乎形聲造字法，多是就原來的正體改變其聲旁而成，改變形旁而成者為數甚少。以俗體和正體相比較，可以看出造字者的心理。以下列出改變聲旁的俗體形聲字，依各字與所从聲旁讀音之異同來分類。先列正體，再列俗體和聲旁，並據《中原音韵》注其讀音❹，現代國語音則附在括弧中，以便參考。

(一) 同 音

猶 - 犹 iəu2　（iou³⁵）　　尤 iəu2　（iou³⁵）

圓 - 园 iuɛn2　（yan³⁵）　　元 iuɛn2　（yan³⁵）

園 - 园 iuɛn2　（yan³⁵）　　元 iuɛn2　（yan³⁵）

薄 - 菢 po5　（po³⁵）　　泊 po5　（po³⁵）

薄 - 菢 po5　（po³⁵）　　泊 po5　（po³⁵）

竊 - 窃 tsʻiɛ5　（tɕʻie⁵¹）　　切 tsʻiɛ5　（tɕʻie⁵¹）

繡 - 綉 siəu4　（ɕiou⁵¹）　　秀 siəu4　（ɕiou⁵¹）

瓐 - 㙓 kiu4　（tɕy⁵¹）　　具 kiu4　（tɕy⁵¹）

懼 - 惧 kiu⁴　（tɕy⁵¹）　　具 kiu4　（tɕy⁵¹）

麺 - 麵 miɛn4　（mian⁵¹）　　面 miɛn4　（mian⁵¹）

僕 - 仆 pu5　（pʻu³⁵）　　卜 pu5　（pu²¹⁴）

(二) 同聲韵

遠 - 远 iuɛn3　（yan²¹⁴）　　元 iuɛn3　（yan³⁵）

鬪 - 閗 təu4　（tou⁵¹）　　斗 təu3　（tou²¹⁴）

癢 - 痒 iaŋ3　（iaŋ²¹⁴）　　羊 iaŋ3　（iaŋ³⁵）

譏 - 讥 ki1　（tɕi⁵⁵）　　几 ki3　（tɕi²¹⁴）

機 - 机 ki1　（tɕi⁵⁵）　　几 ki3　（tɕi²¹⁴）

廟 - 庿 miɛu4　（miau⁵¹）　　苗 miɛu2　（miau³⁵）

(三) 同 聲

灑 - 洒 ∫a3　（sa²¹⁴）　　西 si1　（ɕi⁵⁵）

燈 - 灯 təŋ1　（təŋ⁵⁵）　　丁 tiəŋ1　（tiŋ⁵⁵）

賓 - 宾 piən1　（pin⁵⁵）　　兵 piəŋ1　（piŋ⁵⁵）

檳 - 梹 piən1　（pin⁵⁶）　　兵 piəŋ1　（piŋ⁵⁵）

鬢 - 髩 piən4　（pin⁵¹）　　兵 piəŋ1　（piŋ⁵⁵）

憐 - 怜 liɛn2　（lian³⁵）　　令 liəŋ4　（liŋ⁵¹）

窗 - 窻 tʂʻuaŋ1 （tʂʻuaŋ⁵⁵）　忽 tsʻuŋ1　（tsʻuŋ⁵⁵）

駆 - 駆 kʻiu1　（tɕʻy⁵⁵）　　丘 kʻiəu1　（tɕʻiou⁵⁵）

軀 - 舩 kʻiu1　（tɕʻy⁵⁵）　　丘 kʻiəu1　（tɕʻiou⁵⁵）

膽 - 胆 tam3　（tan²¹⁴）　　旦 tan4　（tan⁵¹）

擔 - 担 tam1　（tan⁵⁵）　　旦 tan4　（tan⁵¹）

戰 - 战 tʃiɛn4 （tʂan⁵¹）　　占 tʃiɛm4　（tʂan⁵¹）

戲 - 戯 xi4　（ɕi⁵¹）　　　虛 xiu1　（ɕy⁵⁵）

櫃 - 柜 kuei4　（kui⁵¹）　　巨 kiu4　（tɕy⁵¹）

壚 - 垆 xiu1　（ɕy⁵⁵）　　尸 xu4　（xu⁵¹）

(四) 同　韵

命 - 侴 miəŋ4　（miŋ⁵¹）　　丙 piəŋ3　（piŋ²¹⁴）

撲 - 扑 pʻu5　（pʻu⁵⁵）　　卜 pu5　（pu²¹⁴）

樸 - 朴 pʻu5　（pʻu²¹⁴）　　卜 pu5　（pu²¹⁴）

廠 - 厰 tʃʻaŋ3 （tʂaŋ²¹⁴）　尚 ʃaŋ4　（ʂaŋ⁵¹）

廳 - 厅 tʻiəŋ1 （tʻiŋ⁵⁵）　　丁 tiəŋ1　（tiŋ⁵⁵）

盧 - 庐 liu2　（lu³⁵）　　尸 xu4　（xu⁵¹）

爐 - 炉 lu2　（lu³⁵）　　尸 xu4　（xu⁵¹）

轤 - 軤 lu2　（lu³⁵）　　尸 xu4　（xu⁵¹）

蘆 - 芦 lu 2　（lu³⁵）　　　戶 xu 4　（xu⁵¹）

瞧 - 睄 ts'iɛu 2　（tɕ'iau³⁵）　肖 siɛu 4　（ɕiau⁵¹）

軀 - 躯 k'iul　（tɕ'y⁵⁵）　　巨 kiu 4　（tɕy⁵¹）

據 - 摅 kiu 4　（tɕy⁵¹）　　處 tʃ'iu 4　（tʂ'u⁵¹）

（五） 聲韻近

飯 - 飯 fan 4　（fan⁵¹）　　卞 piɛn 4　（pian⁵¹）

恥 - 耻 tʃ'i 3　（tʂ'ï²¹⁴）　止 tʃï 3　（tʂï²¹⁴）

（六） 韵 近

廟 - 庙 miɛu 4　（miau⁵¹）　由 iəu 2　（iou³⁵）

姊 - 奻 tsï 3　（tsï²¹⁴）　　只 tʃi 5　（tʂï²¹⁴）

怪 - 恠 kuai 4　（kuai⁵¹）　在 tsai 4　（tsai⁵¹）

攝 - 抳 siɛ 5　（sɤ⁵¹）　　尔 ʒi 3　（ï²¹⁴）

聽 - 听 t'iəŋ 1　（t'in⁵⁵）　斤 kiən 1　（tɕin⁵⁵）

醒 - 酲 siəŋ 1　（ɕin²¹⁴）　生 ʃəŋ 1　（səŋ⁵⁵）

庭 - 定 t'iəŋ 2　（t'in³⁵）　千 ts'iɛn 1 （tɕian⁵⁵）

擒 - 擒 k'iəm 2 （tɕ'in³⁵）　侖 miəŋ 4　（miŋ⁵¹）

憤 - 愤 fuən 4　（fən⁵¹）　　貢 kuŋ 4　（kuŋ⁵¹）

鐵 - 铁 t'iɛ 5　（t'ie²¹⁴）　失 ʃi 5　（sï⁵⁵）

驢 - 驴 liu 2　（ly³⁵）　　　戶 xu 4　（xu⁵¹）

佛 - 仸 fu 5　（fu³⁵）　　　天 iɛu 1　（iau⁵⁵）

隋 - 隋 suei 2　（suei³⁵）　有 iəu 3　（iou²¹⁴）

隨 - 随 suei 2　（suei³⁵）　有 iəu 3　（iou²¹⁴）

髓 - 髄 suei 3　(suei^{214})　有 iəu 3　(iou^{214})

以上所列的俗體形聲字一共六十一個。以下是幾點說明：

㈠ 這些俗體形聲字都是爲了簡化而造的。所以，新取的聲旁都比原來的筆劃少。有一些新取的聲旁，表音比舊的爲佳，如猶字从酋（ts'iəu2）聲，聲母不同，而俗體从尤聲，讀音相同，較佳。有些新取的聲旁，表音不及舊的佳，如蘆字从盧（lu2）聲，讀音相同，而俗體从戶聲，只是同韵，聲調俱異。此處簡化比同音更重要了。雖然如此，依其造字法，則爲形聲字可以無疑。而與別的形聲字，並無兩樣。

㈡ 有些俗字，其形體在宋以前已有，如：庿爲廟的古文，見於《說文》，恠字見於《玉篇》，但這類字既在宋以後通行，仍可當成新造字，而形體與古字偶同。又如听字，古已有之，但與聽字無涉，讀音也不相同。用爲聽字俗體，則應當成新造字。此種字古來甚多見。

㈢ 膽字俗體作胆，見於元鈔本之宋人小說《京本通俗小說》，擔字俗體担，見於元刊《朝野新聲太平樂府》，如果這兩個俗字都是宋人造的，則很可能宋代一些官話方言中，韵尾m已開始變爲n了。這種變化在元代應已漸多。不過，這兩個字在《中原音韵》中，還是收m尾的。依《中原音韵》，只有脣音m尾字如凡、帆、品等，才變爲n尾。至於戰字俗體从占，見於清初的《目蓮記彈詞》，當時的北方官話中，應已沒有m尾了。因據《中原音韵》標音，故與膽擔兩字列在一起。

㈣ 在「同韵」項下列四個从盧得聲的字，其俗體一律改从

戶聲，韻母還相同，就是聲母和聲調都不同了。在「韻近」項下列的驢字，也是从盧得聲的，韻雖不盡相同，但聲和調還是一樣的。俗體改从戶聲，則是據其他从盧得聲的字來類推的，而聲韻調三者都不同了。從此類例子可見聲旁簡便比同音更重要。同一項下，還有幾個例字，其俗體之聲旁，表音都不佳，也都是依類推的方式來造的。如：鐵字俗體鉄，从失聲，當是據迭、跌（並音 tiɛ5）等字取聲的。此兩字與鐵字疊韻，因而取用其聲旁。實則這兩個字的聲旁，宋元以後已不足以表音了。其所以不更換，當是因爲沒有如此簡便而又同音的字。又如佛字俗體仸，从夭聲，當是依沃（音 u5）字取其聲旁；隋字俗體陏，从有聲，當是依賄（音 xuei3）字取其聲旁。（字形也有關係，隋字右半與有字形近，易於省變爲有字。省變的原因當是受賄字的影響。）隨、髓兩字俗體随、髄，則又依隋字類推。這樣的類推方式，就是現在也還在沿用的。如化學名詞炔（音 tɕ'ye⁵⁵）从夬（kuai⁵¹）得聲，而兩者聲韻調都不相干。（此字與古姓氏字之炔，形體偶同。）當是依缺（音 tɕ'ye⁵⁵）字而取其聲旁的。但是，缺字的聲旁，現在也不足以表音了。按照《說文》的條例，這一類字可以解釋爲省聲字。如缺字，《說文》以爲「決省聲」。那麼，炔字應是「缺省聲」了。其他幾個字也都仿此。

　　㈤　「聲韻近」項下列的恥字，本从心耳（音 ʒï3）聲，而俗體耻，从止得聲。這是因爲止字音略近，而止心兩字草書形似的緣故。這樣一來，俗體从耳於義無所取，變成耳止皆聲了。這樣的例子並不多見。

　　㈥　「聲韻近」項下所列的兩個字與其聲旁之間，只是聲母

同部位，而韵母略近而已。如：飫和卞，聲母同爲脣音，韵尾相同，韵腹略近。這類字爲數甚少。「韵近」項下所列各字與其聲旁，有的韵母較近，如：听與斤，韵頭韵腹相同，只是韵尾不一樣；酰與生，韵腹與韵尾相同，而韵頭不一樣。有的韵母稍遠，如：馿和戶，只是略爲近似而已。至於像鈇和失，侁和夭等字，韻母之間便相差很遠了。這是純就簡化後的字形來說的。如究其根源，而當省聲字來看，則韵母之間的關係還是很明顯的。所以，雖然簡體與其聲旁的關係不甚密切，論結構，也還是形聲字。

以上所列的六類形聲字中，第一類與聲旁讀音相同，第五第六類與聲旁讀音相遠，其他三類與聲旁讀音相近。現就各類字數及其百分比列成一表如下：

	音 同	音　　近			音　　遠		合 計
		同聲韵	同　聲	同　韵	聲韵近	韵　近	
字　數	11	6	15	12	2	15	61
百分比	18	9.8	24.4	19.6	3.2	24.4	100

就表中所列各項看來，同聲母的字共32個，約佔52.2%，即在上列形聲字中約有一半與所从的聲旁不同聲母。同韵母的字共29個，約佔47.4%。另外，在「同聲」項下所列的15個字中，有14個與所从聲旁韵母相近，而在「同韵」項下所列的12個字中，有7個與所从聲旁聲母相近。至於「音遠」項下所列的17個字中，全部與所从聲旁韵近，聲近的只有兩個。

選取形聲字的聲旁時，除了考慮讀音之外，還得考慮筆劃之

多少。聲旁以筆劃少的爲佳，因爲易於構形。筆劃多則構形不便，往往得用「省聲」或「省形」的辦法，而破壞了字的結構，並非上策。聲旁的筆劃少而又與所擬造之形聲字同音，則最佳。兩者不能兼得，則往往取筆劃少而音近的字。所以，形聲字與所从偏旁音近的很多。

　　音近的聲旁又以合乎何種條件者爲佳呢？大抵聲、韵、調三者之中，如只能取其二，則取聲和韵，調最不重要；如只能取其一，則取韵；退而求其次，則取聲。韵在音節中最爲重要。把一個音節拉長來吟咏，便只聽到韵了。所以，作詩便只需講求押韵，而不必理會聲。押韵的字也不必韵母完全相同，如韵頭不同，而韵腹韵尾相同也可以。形聲字選取聲旁的基礎也正如此。以韵母相同爲主，聲母也相同固然好，不同也沒關係。韵母如不完全相同，而只是相近也不妨。總之，聲旁的讀音，只需聽起來諧協卽可。

　　宋元以來新造的形聲字與所从聲旁的讀音關係，各種各樣，已見於上表所列。然而，這種種情形，並不限於當時，就是今人所造的形聲字，也不外乎如此。那麼，如果以此來推論的話，那麼，上古的形聲字也應該是這樣的了。

　　雖然這些俗字中，有些造的不太好，但這是難免的。造字的人並不都是文字學家。各朝各代都如此。把這些俗字跟《說文》中的形聲字擺在一起，也沒有什麼不同。就是造的不好的字，《說文》中也有相類似的例子。俗字和正字只是人爲的區分，並沒有本質的不同。

三、形聲字的性質和來源

段玉裁《說文解字注》解釋形聲的意義說❺：

> 得其聲之近似，故曰象聲，曰形聲。

在段氏看來，形聲字與所从聲旁的讀音是並不一定相同的，只需「近似」便可。既言近似，則聲韻調三者便不必盡同，而可以有差異了。當然，近似之外，是不妨同音的。段氏的說法，於文字學者中並無異議。

形聲字與所从聲旁的讀音，如果是相同，當然沒有問題；如果是相似，則相似之處何在呢？段氏似乎以為在於韻。所以，他依據形聲字的聲旁來歸納上古韻部，把聲旁相同的字，歸入同一韻部。他說❻：

> 一聲可諧萬字，萬字而必同部，同聲必同部。

形聲字與所从聲旁的音讀關係中，韻實比聲更加重要的。段氏的古諧聲說，文字學者也並無異議。

形聲字與聲旁的關係是頗為複雜的，原因有二：其一，形聲字並非按嚴謹的聲韻條例來造的，聲旁選取，往往隨意。其二，形聲字是古今方言字的總滙，選取聲旁，當據方音，而各地讀法，自不能一致。

古代並無專人造字。當如後世一樣，造字的人即用字的人，未必都長於聲韻。在反切法發明之前，古人還不知如何分析字音。造字者必不是先擬定謹嚴的條例之後才造字的。造形聲字時，選取聲旁大致有兩種情形。一種是取音同者。其中同源字較多如此，而往往用相同的聲旁。此即右文說和形聲兼會意說的基礎。另一種是取音近者。這一類形聲字較多。選取聲旁時，也較隨意，有如選取切語上下字一樣。《廣韻》所用切語上字有四百多個，下字達一千多個，而實際的聲類和韻類都遠遠少過此數。即因選用切語時並無嚴格規定，而可以隨意選取合用之字的緣故。選取聲旁時，除了考慮字音之外，還得考慮筆劃繁簡和字形之勻稱。如字音切合而字形繁複，不便於書寫者，也不宜用，即用了，也需「省聲」。這樣便會破壞了形聲字的結構，而簡省後的聲旁於實際讀音便可能不合。所以，在沒有同音而又形簡的字可用時，只需音近形簡便可用為聲旁了。如以形聲字與其聲旁必同音或聲母必定相同，那就把其中的複雜關係看的太簡單了，而直以形聲字為依據謹嚴的條例來造的了。

形聲字當然不是一時一地一人所造的。所以，選取聲旁時，不只是據不同時期的讀音，而且，還據各地方音。歷代文字，增加迅速。《十三經》只用了6544字，《說文》中所收達9353字，《切韻》又增至12158字，到了《廣韻》更增加一倍有多達26194字，《集韻》再增加一倍達53525字。文字的數量增加了這麼多，並不是因為日用字增加了。新增加的字中主要應是據各地方言語詞來造的地方字。於結構則絕大多數是形聲字。造這樣的形聲字時，當然是據各地方音來選取聲旁的。這些形聲字與其聲旁，在

以各自的方音來讀時，或音同，或音近，但在以別的方音來讀時，便可能不同了。所以，形聲字是古今各地方字的總滙，而不能以一時一地之音來通讀。現在常用的形聲字與其聲旁，以各地方音來讀，其音之遠近，也各不相同。現舉幾個例子，列表如下頁❼：

下表中所列的六個例子，情形各不相同。埋和里，各地方音聲韻母幾乎都不相同，只有廈門和潮州音的韻母相同或近似；桃和兆，只有雙峰音聲韻相同，其他官話、吳語、湘語、客家各方音，同韻不同聲，至於閩、粵、贛語，則聲韻都不同；媒和某，除了雙峰音聲韻相同外，其他各地方音都只是同聲母而已；恤和血，成都、揚州、溫州三地都是同音字，其他官話、湘語、贛語方音，只是聲母相同，而客、閩、粵方音，則聲韻都不同；被和皮，官話各方音聲母都不同，只有少數同韻，而其他各方音，除了長沙音之外，都是聲韻俱同的；械和戒，除了南方的吳、閩、粵、客音之外，其他方音都是同音字，不過，各地方言之聲母，很不一致。以上六個例子中，只有械和戒在各地方音中幾乎都同調，其他五個例子，大都是不同調的。

從這幾個例子可知，形聲字與其聲旁的讀音，跟各地方音有密切關係。不能以同一方音來讀所有的形聲字與其聲旁都得到很好的諧聲效果。上古時期既然也有方言，那麼，像這樣的讀音分歧便在所難免了。

四、餘　論

形聲字與所从的聲旁，本來就不是必定同音的。聲母有不同，

	埋——里		桃——兆		媒——某	
北京	mai³⁵ / man³⁵	li²¹⁴	t'au³⁵	tsʂau⁵¹	mei³⁵	mou²¹⁴
濟南	mɛ⁴²	li⁵⁵	t'ɔ⁴²	tsʂɔ²¹	mei⁴²	mu⁵⁵
西安	mæ²⁴	li⁵³ / ɲi⁵⁵	t'au²⁴	tsʂau⁵⁵	mei²⁴	mu⁵³
太原	mai¹¹ / mei¹¹	li⁵³	t'au¹¹	tsau⁴⁵	mei¹¹	mu⁵³
武漢	mai²¹³	ni⁴²	t'au²¹³	tsau³⁵ / sau³⁵	mei²¹³	mou⁴²
成都	mai³¹	ni⁵³	t'au³¹	tsau¹³	mei³¹	mõŋ⁵³
合肥	mE⁵⁵	ʅ²⁴ / li⁵³	t'ɔ⁵⁵	tsʂɔ⁵³	me⁵⁵	mʊ²⁴
揚州	mɛ³⁴	li⁴²	t'ɔ³⁴	tsɔ⁵⁵	məi³⁴	mo⁴²
蘇州	mE²⁴ / mʋ²⁴	li³¹	dæ²⁴	z æ³¹	mE²⁴	mY⁵²
溫州	ma³¹	lei⁴⁵ / lei⁴⁴	dʒ³¹	dziɛ³⁴	mai³¹	mo³⁴
長沙	mai¹³	li⁴¹	tau¹³	tsau⁵⁵ / tsau²¹	mei¹³	məu⁴¹
雙峰	ma²³	li²¹	dɤ²³	dɤ³³	me²³	me²¹
南昌	mai⁴⁵	li²¹³ / li⁴⁵	t'au²⁴	tsʻɛu²¹	mi⁴⁵	mɛu²¹³
梅縣	mai¹¹	li¹¹	t'au¹¹	sau⁵²	mɔi⁴⁴	mɛu⁴⁴
廣州	mai²¹	lei²³ / lɸy²³	t'ou²¹	ʃiu²²	mui²¹	mɐu²³
陽江	mai⁴³	lei²¹	t'ou⁴³	ʃiu⁵⁴	mui⁴³	mɐu²¹
廈門	bai²⁴ / tai²⁴	li⁵¹ / lai³³	t'o⁵⁵ / t'o²⁴	tiau³³	mũĩ²⁴ / bue²⁴	bɔ⁵¹
潮州	mã ĩ⁵⁵	li⁵³ / lai³⁵	t'o⁵⁵	ti əu³⁵	bue⁵⁵	mõũ⁵³ / moŋ⁵³
福州	mai⁵² / muai⁵²	li³¹ / tie³¹	t'ɔ⁵²	tieu²⁴²	muei⁵²	m u³¹
建甌	m a i²¹ / ti²¹	li²¹ / ti²¹	t'au²² / t'au²¹	tiau⁴²	mo²² / mu²²	me²¹

	恤 —— 血		被 —— 皮		械 —— 戒	
北京	ɕy⁵¹	ɕye²¹⁴ / ɕye⁵¹	pei⁵¹	p'i³⁵	ɕie⁵¹ / tɕiɛ⁵¹	tɕie⁵¹
濟南	ɕy²¹³	ɕye²¹³ / ɕie²¹³	pei²¹	p'i⁴²	ɕie²¹	tɕiɛ²¹
西安	ɕy²¹	ɕie²¹	pi⁵⁵	p'i²⁴	tɕie⁵⁵	tɕie⁵⁵
太原	ɕyəʔ²	ɕyəʔ²	pei⁴⁵ / pi⁴⁵	p'i¹¹	tɕie⁴⁵	tɕie⁴⁵
武漢	ɕi²¹³	ɕie²¹³	pei⁴²	p'i²¹³	kai⁴²	kai⁴²
成都	ɕye³¹	ɕye³¹ / ɕie³¹	pi¹³	p'i³¹	tɕiɛi¹³	tɕiɛi¹³
合肥	ɕyəʔ⁴	ɕyɐʔ⁴	pe⁵³	p'ʅ⁵⁵	tɕiE⁵³	tɕiE⁵³
揚州	ɕyeʔ⁴	ɕyeʔ⁴	pəi⁵⁵	p'i³⁴	tɕiɛ⁵⁵	tɕiɛ⁵⁵ / kɣ⁵⁵
蘇州	siɪʔ⁴	ɕyɤʔ⁴	bi³¹	bi²⁴	jiɪ⁴¹²	tɕiɒ⁴¹² / kɒ⁴¹²
溫州	ɕy³²³	ɕy³²³	bei³⁴	bei³¹	ɦia⁴²	ka⁴²
長沙	ɕi²⁴	ɕye²⁴ / ɕie²⁴	pei²¹	pi¹³	kai⁵⁵	kai⁵⁵
雙峰	ɕi²³	ɕye²³ / ɕya²³	bi³³	bi²³	ka³⁵	ka³⁵
南昌	ɕyt⁵	ɕyɔt⁵	p'i²¹	p'i²⁴	kai⁴⁵	kai⁴⁵
梅縣	ɕit¹	hiat¹	p'i⁴⁴	p'i¹¹	hai⁵²	kiai⁵²
廣州	ʃøt⁵	hyt³³	p'ei³⁵	p'ei²¹	hai²²	kai²³
陽江	Φɐt²⁴	hit²¹	p'ei²¹	p'ei⁴³	hai⁵⁴	kai²⁴
廈門	sut³²	hiɛt³² / hui³²	p'i³³ / p'e³³	p'i²⁴ / p'e²⁴	hai³³	kai¹¹
潮州	suk²¹	hueʔ²¹	p'ue³⁵	p'i⁵⁵ / p'ue⁵⁵	hai³⁵	kai²¹³
福州	souʔ²³	xieʔ²³ / xaiʔ²³	p'uei²⁴²	p'i⁵² / p'uei⁵²	xai²⁴²	kai²¹³
建甌	sy²⁴	xuai²⁴	p'yɛ⁴⁴ / p'uɛ⁴⁴	p'i²² / p'yɛ²²	xai²¹	kai²⁴ / ka²⁴

也是很自然的事。不必因爲兩者聲母有異而假定其原本相同。

　　語言學者因見有的形聲字，如：洛等，與所从的聲旁各字，聲母不同，因而假定兩者的聲母本來相同，而爲複音聲母，後世分化了，才各自不同。現在各地方音，各字聲母一律是 k，而洛字的聲母，除了有 n 無 l 的方言如武漢、成都等地作 n 之外，其他各地一律是 l ❽。如果「各」字原來果眞有一複聲母 kl 的話，後世分化時，無論取 k 還是取 l ，其機會相等，不應所有方言都選取相同的音素 k 。(「洛」字情形相仿。)因爲各地方言是在不同的地區各自發展而成的，生成的時間也不一樣。既然各地方言聲母如此整齊，那麼，此聲母不會是由一個複音聲母分化出來的，也就可以推知了。

　　總之，形聲字與所从的聲旁聲母不同，並不足以妨礙其爲形聲字。這類例子古今都有，實甚平常，而不必以複音聲母來解釋的。

附　註

❶　見王力的《漢語史稿》上冊，六八頁。北京中華書局一九八〇年版。

❷　見唐蘭的《中國文字學》三五頁。香港太平書局一九六五年版。

❸　中央研究院歷史語言研究所一九三〇年出版。

❹　所標注的中原音，根據楊耐思《中原音韵音系》中的同音字表。（北京中國社會科學出版社一九八一年版。）有個別字為《中原音韵》中所無，則據同音字注音。《中原音韵》中所錄的聲調有五：陰平、陽平、上、去、入。標音時則分別以數字 1 至 5 注明。

❺　見段注《說文》七六三頁。臺北藝文印書館一九六六年版。

❻　見同注❹，八二五頁。

❼　取自《漢語方音字滙》，北京大學中文系編。文字改革出版社一九八九年版。

❽　見同注❻，二三及三五頁。

論《說文》一些疊韻形聲字及
其歸類問題

金鐘讚

一、前　言

　　宋代人已經懂得形聲字的聲符跟古韻部的分合有着密切的關係。到清代，語言學家們更利用形聲字作爲古韻分部的主要旁證，而且對於那些沒有用作上古韻文韻脚的字，聲符的聯系則成爲歸部的主要依據。孔廣森《詩聲類序》說：「苟不知推偏旁以諧衆聲，雖遍列六經諸子之韻語，而字終不能盡也。」至段玉裁，則總結爲「同聲必同部」的著名法則，他說：「一聲可諧萬字，萬字而必同部，同聲必同部。明乎此，而分部、音變、平入之相配、四聲之今古不同，皆可得矣。」（《六書音韻表·古諧聲說》）

　　至於上古漢語聲母的研究，是從淸代錢大昕開始的。錢氏在所著的《十駕齋養新錄》中，提出「古無輕唇音」、「古無舌上音」及「古人多舌音」等說法，並且用許多材料來證明他的論點。但他也未能充分運用形聲資料，直到高本漢才發現《說文解字》形聲字之聲母的研究可以媲美於《詩經》韻語，從而把上古聲母的輪廓大致推測出來。這實際上是把段氏的理論發展爲：同諧聲者不單同部（韻部）而且同聲。

　　但《說文解字》所收的一般認爲是形聲字的就有八千來個，可是我們推測諧聲的原則不一定很嚴，再加上形聲字形成的時間有先後，地域有南北，造字者衆多，方言多異而尺度的寬嚴不同，依據這樣駁雜的材料整理出來的聲類體系，它的實存性是可懷疑的。我最近利用兩年的時間來做過說文形聲字之整理工作，在我個人看來，與上述事實同樣重要的原因恐怕是說文的歸類問題。

　　說文中的一些形聲字只有疊韻關係，然則許愼何以把它們歸於形聲呢？在本文中我們先討論有關這種形聲字的現象及讀若現象，然後再探討說文對形聲字的歸類問題。

二、說文的一些疊韻形聲字

　　形聲字是漢字構成的主體，數量很多，佔了整個漢字的十之八九。形聲字的聲符有注音的作用，本是用來表明這個形聲字的讀法的，因此，聲符和本字即使不同音，也應該是十分音近的。過去的學者談到音的關係，常提出「雙聲、疊韻」來說明。形聲字就不能這樣看了，因爲上古造字者未必懂得分析聲、韻，他們只需耳朵聽起來覺得發音很相似，就採用爲聲符。所以聲符和本字的聲母、韻母都應該相去不遠，絕不會像後世不顧韻母的「雙聲」，和不顧聲母的「疊韻」。這是形聲字的基本原則（參考竺家寧先生的《古漢語複聲母研究》）。

　　但我們觀察形聲字時發現很多不合乎這種基本原則的例子。過去探討形聲的人以爲不合乎形聲原則的可分成兩種類型，一爲與來母字有關的例子（如各、洛），一爲與來母字無關的例子

（如黑、墨）。但我們仔細地考察這種異常形聲字時，發現與來母字無關的例子又可分成兩類：一爲從同一聲符得聲而雜有不同聲母者，一爲從同一聲符得聲而聲母無混淆者。下面分別舉些例子。

1. 從同一聲符得聲而雜有不同聲母者❶

①從「及」得聲者：趿（精系），极（見系）。
②從「勺」得聲者：杓（幫系），約（端系），芍（見系）。
③從「睘」得聲者：䁏（幫系），𢣕（端系），環（見系）。

2. 說文爲同聲符而其聲母顯可分爲兩類者

①更從丙得聲，而從「丙」得聲者都是幫系，從「更」得聲者都是見系。
②岡從网得聲，而從「网」得聲者都是幫系，從「岡」得聲者都是見系。
③唐從庚得聲，而從「庚」得聲者都是見系，從「唐」得聲者都是端系。
④帝從朿得聲，而從「朿」得聲者都是精系，從「帝」得聲者都是端系。
⑤長從亡得聲，而從「亡」得聲者都是幫系，從「長」得聲者都是端系。
⑥夬從釆得聲，而從「釆」得聲者都是幫系，從「夬」得聲者都是見系。
⑦尼從匕得聲，而從「匕」得聲者都是幫系，從「尼」得

聲者都是端系。

⑧斯從其得聲，而從「其」得聲者都是見系，從「斯」得聲者都是精系。（案：說文云：「霼讀若斯。」）

⑨宜從多得聲，而從「多」得聲者都是端系，從「宜」得聲者都是見系。

⑩柔從矛得聲，而從「矛」得聲者都是幫系，從「柔」得聲者都是端系。

　　我們在這裏不討論第1類型，因爲這恐怕率涉到另一個問題，故我們只談第2類型。至於這類型，過去探討它們時，提出各種不同的說法，或以爲PK、KT、ST等複聲母，或以爲同一個發音方法可以諧聲（例如「更」與「丙」都是塞音），或以爲這是方言混淆而產生的結果。

　　現在舉例子做個探討吧。例如：

　　說文云:「柔，木曲直也從木矛聲。」

「柔」是n-音而「矛」是m-音。因爲說文中有這種現象，故有人解說「柔」與「矛」是同一個發音方法所造成的形聲字。但眞正從「柔」得聲的「輮ㄖㄡˊ、蹂ㄖㄡˊ、腬ㄖㄡˊ、猱ㄖㄡˊ、煣ㄖㄡˇ、鍒ㄖㄡˊ、鞣ㄖㄡˊ、瑈ㄖㄡˊ」等字都是n-音，從「矛」得聲的「楙ㄇㄠˋ、袤ㄇㄠˋ、蟊ㄇㄠˊ、茅ㄇㄠˊ」等字只有m-音。由此可見這種說法有值得商榷之餘地。

　　有人以爲「柔，矛聲」是方言因素所造成的結果，不過這也

是一種假設。但如果是的話，爲什麼在很多方言中這兩系字分得一清二楚，一點都不亂呢？

　　另有一種說法是擬複聲母的，他們認爲唐（庚聲）是複聲母，故給它擬① tg＞t（唐），dk＞k（庚）

　　　　② tg＞t（唐）， k＞k（庚）

　　　　③ t＞t（唐），dk＞k（庚）

　　　　④ gt＞t（唐），kd＞k（庚）

　　　　⑤ gt＞t（唐）， k＞k（庚）

　　　　⑥ t＞t（唐），kd＞k（庚）

在這麼多種可能有的複聲母中哪個複聲母是最妥當，他們也不知道。再者，他們無法擬兩個清聲母之結合（例如 kt、tk），因爲在他們心目中認爲複聲母中濁聲母一定先消失。試問能有 kd、gt 的語言中，何以不可能有 kt、tk 等複聲母呢？再者，除了他們所擬測的漢語複聲母之外，世界上哪個語言的複聲母中濁聲母一定先消失呢？（案：本人過去探討過複聲母中聲母消失之情形，發現複聲母中清聲母消失之比率大致跟濁聲母消失之比率一樣。）就算他們的這種見解正確無誤，但問題仍無法解決，因爲「柔，矛聲」中柔（n-）與矛（m-）之關係是無法依他們的想法去構擬（案：柔與矛都是次濁聲母）。

　　以上我們依據前人的說法來想解決「柔，矛聲」之問題，但任何一個說法都不能令人心服口服。因此，我們推測這裏面恐怕另有一個我們不了解的地方。

　　我們從現代漢語方言現象去考察「柔」與「矛」的問題。據《漢語方音字滙》❷來看「柔」與「矛」是迥然不同的兩個音系。

如果「柔」與「矛」不是自古就有明顯之異同的話，我們很難理解現代方言所反映的情形。

　　因此，我們去考察一下早期的文獻資料。

　　　釋名云：肉柔也

　　　　　　矛冒也（參考：釋名云「卯冒也，帽冒也。」）

　　　說文云：儒柔也（參考：說文云「肉讀若柔。」）

　　　　　　矍（ㄖㄡˊ）牛柔謹也（案：矍、柔聲訓）

　　　周代金文通叚現象

　　　　　　敄＞務

　　　　　　矍＞柔

　　說文雖說「柔」是從「矛」得聲的，但其他資料（周代金文通叚現象，說文讀若及聲訓、釋名、切韻系韻書，現代方言）都顯示「柔」（n-）與「矛」（m-）是不同的聲系。對於這種現象，比較合理的解釋是「柔」與「矛」早就只有疊韻關係。

　　我們的更（丙聲）、岡（网聲）、唐（庚聲）、帝（束聲）、宜（多聲）、尼（七聲）、矢（采聲）、斯（其聲）、長（亡聲）等之例，據切韻系統往上推，只有疊韻關係而已。我們再去考察死的資料（例如釋名等）及活的資料（例如現代方言），就不難發現它們的情形與「柔，矛聲」之例一樣。

　　擬測上古音使用的方法是歷史比較語言學的方法，任何語言如果沒有現存的或歷史上的不同方言的記錄，就沒有歷史比較工作可言。一個語言的不同方言或不同時代的文字記載，提供了既

有相似點，又有某些差異的語音形式。研究了這種相似和差異，探索了語音對應和變化的規律，然後才能進行古音的構擬，構擬出了古音，才能解釋由古語演變爲今語、由古代單一語言演變爲古方言、由古方言演變爲現代方言的途徑。故我們根據類別，認爲「唐、更、柔」等字與其聲符「庚、丙、矛」等字自古就只有疊韻關係。如果我們要愼重一點的話，起碼在許愼時候，已經只有疊韻關係而已。假如我們的這種推測沒錯的話，許愼對形聲字的聲韻觀念恐怕跟我們有所不同。否則，許愼何以憑疊韻關係把「唐、更、帝、長、柔」等字歸於形聲呢？

三、說文的形聲字與讀若的聲韻關係

我們說的《說文》「讀若」，是指《說文解字》一書中，許愼記錄的材料。這八百多條「讀若」，從表字音多少的角度，可以分成兩大類。一類是表明字止一音，如：唉讀若埃。一類表明一字數音，如：盋讀若灰，一曰讀若賄。還有一種形式，也是表明不止一音的，屬於後面一類的，如：放亦讀與彬同，勾又讀若燈，頗讀又若骨，庫或讀若連。以「放」字爲例，意思是說：放讀若分，亦讀與彬同。

許愼的「讀若」既然用來注音，則他對無聲字注「讀若」是毫無問題。問題是他對形聲字也注「讀若」，以一般的了解來論，形聲字聲符能表其音讀，那麼許愼爲什麼還要注「讀若」呢？在沒做任何判斷之前，我們先考察一下形聲字中的讀若現象（案：表明一字數音的如「盋讀若灰一曰讀若賄」之例，此地不討論）。

圖1：說文讀若中本字與聲符之聲母關係（例如「犨，從牛非聲讀若
匪」之中，討論「犨」與「非」之關係）。

圖2：說文讀若中本字與讀若字之聲母關係（例如「犨，從牛非聲讀
若匪」之中，討論「犨」與「匪」之關係）。

我們從上面資料統計中很明顯地看出一點，也就是說許慎的
讀若音是非常接近本字的讀法，但本字與聲符之間的聲韻關係比
較寬。但本字與聲符之間也大體上不超出聲母同一發音部位，因
此我們必須具體地考察讀若音與形聲字聲符之對比情況❸，例如：

忧（于救切一ㄨˋ），尤（羽求切一ㄨˊ）聲，

　讀若祐（于救切一ㄨˋ）

婋（于救切一ㄨˋ），有（云九切一ㄨˇ）聲，

　讀若祐（于救切一ㄨˋ）

埻（之允切ㄓㄨㄣˇ），臺（常倫切ㄔㄨㄣ）聲，

　讀若準（之允切ㄓㄨㄣˇ）

珣（古厚切ㄍㄨˇ），句（古侯切ㄍㄨ）聲，

　讀若苟（古厚切ㄍㄨˇ）

誧（博孤切ㄅㄨ），甫（方矩切ㄈㄨˇ）聲，

　讀若逋（博孤切ㄅㄨ）

靡（忙皮切ㄇㄧˇ），麻（莫遐切ㄇㄚˊ）聲，

　讀若弭（緜婢切ㄇㄧˇ）

礽（如乘切ㄖㄥˊ），乃（奴亥切ㄋㄞˇ）聲，

　讀若仍（如乘切ㄖㄥˊ）

臤（職雉切ㄓˇ　　），臣（植鄰切ㄔㄣˊ　　）聲，
讀若指（職雉切ㄓˇ　　）

改（芳武切ㄈㄨˇ　　），亡（武方切ㄨㄤˊ　　）聲，
讀若撫（芳武切ㄈㄨˇ　　）

祧（都僚切ㄉㄧㄠ　　），弔（多嘯切ㄉㄧㄠˋ　　）聲，
讀若雕（都僚切ㄉㄧㄠ　　）

趶（安古切ㄨˇ　　），烏（也都切ㄨ　　）聲，
讀若鄔（安古切ㄨˇ　　）

庯（芳無切ㄈㄨ　　），甫（方矩切ㄈㄨˇ　　）聲，
讀若敷（芳無切ㄈㄨ　　）

嬩（以諸切ㄩˊ　　），與（余呂切ㄩˇ　　）聲，
讀若余（以諸切ㄩˊ　　）

驔（徒感切ㄉㄧㄢˋ），覃（徒合切ㄊㄢˊ　　）聲，
讀若簟（徒合切ㄉㄧㄢˋ）

愡（息拱切ㄙㄨㄥˇ），從（疾容切ㄘㄨㄥˊ）聲，
讀若悚（《廣韻》息拱切ㄙㄨㄥˇ）

暘（餘亮切ㄧㄤˋ　　），易（羊益切ㄧㄤˊ　　）聲，
讀若煬（余亮切ㄧㄤˋ　　）

哽（古杏切ㄍㄥˇ　　），更（古孟切ㄍㄥ　　）聲，
讀若綆（古杏切ㄍㄥˇ　　）

敐（時忍切ㄕㄣˋ　　），辰（植鄰切ㄔㄣˊ　　）聲，
讀若蜃（時忍切ㄕㄣˋ　　）

籫（作管切ㄗㄨㄢˇ），贊（祖沇切ㄗㄢˋ　　）聲，
讀若纂（作管切ㄗㄨㄢˇ）

臇（子沇切ㄗㄨㄢˇ），雋（徂沇切ㄐㄩㄢˋ）聲，

　　讀若纂（作管切ㄗㄨㄢˇ）

闌（洛干切ㄌㄢˊ），絲（呂負切ㄌㄨㄢˋ）聲，

　　讀若闌（洛干切ㄌㄢˊ）

㸇（非尾切ㄈㄟˇ），非（甫微切ㄈㄟ）聲，

　　讀若匪（非尾切ㄈㄟˇ）

㺪（儒追切ㄖㄨㄟˊ），豕（式視切ㄕˇ）聲，

　　讀若綏（息遺切ㄙㄨㄟ）

攺（武支切ㄕ），也（余者切ㄧㄝˇ）聲，

　　讀若施（式支切ㄕ）

埵（丁果切ㄉㄨㄛˇ），垂（是爲切ㄔㄨㄟˊ）聲，

　　讀若朵（丁果切ㄉㄨㄛˇ）

遰（中句切ㄓㄨˋ），鼄（之累切ㄔㄨㄟˊ）聲，

　　讀若住（《廣韻》持遇切ㄓㄨˋ）

默（莫北切ㄇㄛˋ），黑（呼北切ㄏㄟ）聲，

　　讀若墨（莫北切ㄇㄛˋ）

𡧛（亡百切ㄇㄛˋ），戶（侯古切ㄏㄨˋ）聲，

　　讀若陌（《廣韻》莫白切ㄇㄛˋ）

鄦（虛呂切ㄒㄩˇ），無（武夫切ㄨˊ）聲，

　　讀若許（虛呂切ㄒㄩˇ）

鄩（《廣韻》餘針切ㄧㄣˊ），㐮（力荏切ㄌㄧㄣˇ）聲，

　　讀若淫（余箴切ㄧㄣˊ）

藍（魯甘切ㄌㄢˊ），監（古銜切ㄐㄧㄢ）聲，

　　讀若濫（盧瞰切ㄌㄢˋ）

勴（力制切ㄌㄧˋ），萬（無販切ㄨㄢˋ）聲，
讀若厲（力制切ㄌㄧˋ）

趂（戶來切ㄏㄞˊ），里（良止切ㄌㄧˇ）聲，
讀若咳（戶來切ㄏㄞˊ）

絡（力九切ㄌㄧㄡˇ），咎（其久切ㄐㄧㄡˋ）聲，
讀若桺（力久切ㄌㄧㄡˇ）

嵐（盧合切ㄌㄢˊ），風（扶音切ㄈㄥ）聲，
讀若婪（盧合切ㄌㄢˊ）

綝（丑林切ㄔㄣ），林（力尋切ㄌㄧㄣˊ）聲，
讀若郴（丑林切ㄔㄣ）

鎌（力鹽切ㄌㄧㄢˊ），兼（古甜切ㄐㄧㄢ）聲，
讀若廉（力鹽切ㄌㄧㄢˊ）

𧆠（洛乎切ㄌㄨˊ），虍（荒烏切ㄏㄨ）聲，
讀若盧（洛乎切ㄌㄨˊ）

磏（力鹽切ㄌㄧㄢˊ），兼（古甜切ㄐㄧㄢ）聲，
讀若鎌（力鹽切ㄌㄧㄢˊ）

覝（力鹽切ㄌㄧㄢˊ），炎（直廉切ㄔㄢˊ）聲，
讀若鎌（力鹽切ㄌㄧㄢˊ）

隒（魚檢切ㄧㄢˇ），兼（古甜切ㄐㄧㄢ）聲，
讀若儼（魚儉切ㄧㄢˇ）

籢（魯甘切ㄌㄢˊ），僉（古甜切ㄑㄧㄢ）聲，
讀若籃（魯甘切ㄌㄢˊ）

關（良刄切ㄌㄧㄣˋ），兩（直刄切ㄓㄣˋ）聲，
讀若彝（良刄切ㄌㄧㄣˋ）

菫（里之切ㄌㄧˊ　），里（良止切ㄌㄧˇ　）聲，
　讀若釐（里之切ㄌㄧˇ　）

翻（作代切ㄗㄞˋ　），才（作哉切ㄘㄞˊ　）聲，
　讀若載（作代切ㄗㄞˋ　）

楡（陟倫切ㄓㄨㄣ　），侖（力屯切ㄌㄨㄣˊ）聲，
　讀若屯（陟倫切ㄊㄨㄣˊ）

蠆（力制切ㄌㄧˋ　），萬（無販切ㄨㄢˋ　）聲，
　讀若厲（力制切ㄌㄧˋ　）

璥（郎擊切ㄌㄧˋ　），毄（古歷切ㄐㄧˊ　）聲，
　讀若鬲（郎激切ㄌㄧˋ　）

峃（魚列切ㄋㄧㄝˋ　），少（丑列切ㄔㄜˋ　）聲，
　讀若臬（五結切ㄋㄧㄝˋ）

倓（徒甘切ㄊㄢˊ　），炎（于廉切一ㄢˊ　）聲，
　讀若談（待甘切ㄊㄢˊ　）

馨（呼形切ㄒㄧㄥ　），粤（普丁切ㄆㄧㄥˊ）聲，
　讀若馨（呼形切ㄒㄧㄥ　）

甹（特丁切ㄊㄧㄥˊ），粤（普丁切ㄆㄧㄥˊ）聲，
　讀若亭（特丁切ㄊㄧㄥˊ）

璥（郎擊切ㄌㄧˋ　），毄（古歷切ㄐㄧˊ　）聲，
　讀若鬲（郎激切ㄌㄧˋ）

㓹（所八切ㄕㄚ　），戉（王伐切ㄩㄝˋ　）聲，
　讀若樧（所八切ㄕㄚ　）

覛（莫狄切ㄇㄧˋ　），昔（思積切ㄒㄧˊ　）聲，
　讀若鼏（莫狄切ㄇㄧˋ　）

𠤩（胡雞切ㄒ一　　　），自（疾二切ㄗㄟˋ　　　）聲，
　　讀若奚（胡雞切ㄒ一　　　）

瘗（朗計切ㄌ一ˋ　　　），麗（郎計切ㄌ一ˋ　　　）聲，
　　讀若隸（郎計切ㄌ一ˋ　　　）

炆（許勿切ㄒㄩ　　　），炎（于廉切一ㄢˊ　　　）聲，
　　讀若忽（呼骨切ㄏㄨ　　　）

轕（古覈切ㄍㄜˊ　　　），毄（古歷切ㄐ一ˊ　　　）聲，
　　讀若膈（《廣韻》古核切ㄍㄜˊ　　　）

賦（呼括切ㄏㄨㄟˋ　），戉（王伐切ㄩㄝˋ　　　）聲，
　　讀若滅（呼括切ㄏㄨㄟˋ　）

𥦙（士革切ㄗㄜˊ　　），昔（思積切ㄒ一ˊ　　　）聲，
　　讀若笮（阻厄切ㄗㄜˊ　　　）

諎（莊革切ㄗㄜˊ　　　），昔（思積切ㄒ一ˊ　　　）聲，
　　讀若笮（阻厄切ㄗㄜˊ　　　）

坖（几利切ㄐ一ˋ　　　），自（疾二切ㄗㄟˋ　　　）聲，
　　讀若冀（几利切ㄐ一ˋ　　　）

𨋬（口莖切ㄎㄥ　　　），真（側鄰切ㄓㄣ　　　）聲，
　　讀若鏗（苦閑切ㄎㄥ　　　）

霣（即夷切ㄗ　　　），真（側鄰切ㄓㄣ　　　）聲，
　　讀若資（即夷切ㄗ　　　）

㤹（丑善切ㄔㄢˇ　　），少（丑列切ㄔㄜˋ　　　）聲，
　　讀若騁（丑郢切ㄔㄥˇ　　　）

䠼（都年切ㄉ一ㄢ　　），真（側鄰切ㄓㄣ　　　）聲，
　　讀若顛（都年切ㄉ一ㄢ　　　）

　　我們以上考察過本字與讀若字中連聲調都相同之例，現在的
聲調不一定與上古一致，但本字與讀若字在聲調上有這麼多一致
的現象，這恐怕不是偶然的事情。因此，我們認爲說文的讀若音
是非常嚴格，但這點只能證明讀若字在許慎時代比聲符更接近本
字的音而已。

　　眞正的問題是在上面所擧的例子中，有些形聲字在我們看來
好像只有疊韻關係似的，例如「颯（呼形切ㄒㄧㄥ），粤（普丁
切ㄆㄧㄥˊ）聲，讀若馨（呼形切ㄒㄧㄥ）。這種現象到底意味
着什麼？爲了解決這個問題，我們再考察一下一些例子。（案：
每組都是從同一聲符得聲之例。）

　　　　趨（都年切ㄉㄧㄢ　　），真（側鄰切ㄓㄣ　　　）聲，

　　　　讀若顚（都年切ㄉㄧㄢ　　）

　　　　贇（卽夷切ㄗ　　　），真（側鄰切ㄓㄣ　　　　）聲，

　　　　讀若資（卽夷切ㄗ　　　）

　　　　顚（口莖切ㄎㄥ　　　），真（側鄰切ㄓㄣ　　　　）聲，

　　　　讀若鏗（苦閑切ㄎㄥ　　）

根據我們的觀察，說文的讀若字與本字基本上是同音❹，然則許
慎當時「贇（ㄗ）」字一定是精系字，故說文說「贇，讀若資」
的。至於「顚（ㄎㄥ）」字，許慎用「鏗」來注音。「顚（口莖
切ㄎㄥ）」是舌根音，用來注音的「鏗（苦閑切ㄎㄥ）」亦是舌
根音。如果許慎當時「顚」沒有舌根音的讀法的話，許慎何以用
「鏗」來注「顚」之音呢？

　　再如：

　　　　馼（呼形切ㄒㄧㄥ　），粤（普丁切ㄆㄧㄥˊ）聲，
　　　　讀若馨（呼形切ㄒㄧㄥ　）
　　　　宇（特丁切ㄊㄧㄥˊ），粤（普丁切ㄆㄧㄥˊ）聲，
　　　　讀若亭（特丁切ㄊㄧㄥˊ）

這二個從「粤」得聲的字具有迥然不同的聲母系統，這音之差異
不一定是後來音變之結果，而是許愼當時已經有區別的，否則的
話，許愼何以用不同部位的「馨（呼形切ㄒㄧㄥ）」、「亭（特
丁切ㄊㄧㄥˊ）」來注「馼（呼形切ㄒㄧㄥ）」、「宇（特丁切
ㄊㄧㄥˊ）」二字呢？（案：說文云：「寧，定息也」，「亭，民所
安定也」，此二者爲同音聲訓。）

　　因爲我們認爲說文的讀若實際上相當於直音，故我們斷定
「馼」與其聲符「粤」在說文時代只有疊韻關係。下面的例子更
支持我們的這種見解。（案：每組都是從同一聲符得聲之例，注
意有「△」符號之處。）

　　　　蛼（丑善切ㄔㄢˇ　），少（丑列切ㄔㄜˋ　）聲，
　　　　讀若騁（丑郢切ㄔㄥˇ）
　△旹（魚列切ㄋㄧㄝˋ），少（丑列切ㄔㄜˋ　）聲，
　　　　讀若槸（五結切ㄋㄧㄝˋ）

礊（古覈切ㄍㄜˊ），毄（古歷切ㄐㄧˊ）聲，
　　讀若膈（《廣韻》古核切ㄍㄜˊ）

△瓅（郎擊切ㄌㄧˋ），毄（古歷切ㄐㄧˊ）聲，
　　讀若鬲（郎激切ㄌㄧˋ）

△倓（徒甘切ㄊㄢˊ），炎（于廉切ㄧㄢˊ）聲，
　　讀若談（待甘切ㄊㄢˊ）

△錟（徒甘切ㄊㄢˊ），炎（于廉切ㄧㄢˊ）聲，
　　讀若聃（他甘切ㄊㄢ）

△睒（失冉切ㄕㄢˇ），炎（于廉切ㄧㄢˊ）聲，
　　讀若苫（失廉切ㄕㄢ）

△欻（許勿切ㄒㄩ），炎（于廉切ㄧㄢˊ）聲，
　　讀若忽（呼骨切ㄏㄨ）

耤（士革切ㄗㄜˊ），昔（思積切ㄒㄧˊ）聲，
　　讀若笮（阻厄切ㄗㄜˊ）

諎（莊革切ㄗㄜˊ），昔（思積切ㄒㄧˊ）聲，
　　讀若笮（阻厄切ㄗㄜˊ）

△舄（莫狄切ㄇㄧˋ），昔（思積切ㄒㄧˊ）聲，
　　讀若鼏（莫狄切ㄇㄧˋ）

△烕（所八切ㄕㄚ），戉（王伐切ㄩㄝˋ）聲，
　　讀若椴（所八切ㄕㄚ）

△眓（呼括切ㄏㄨㄟˋ），戉（王伐切ㄩㄝˋ）聲，
　　讀若烕（呼括切ㄏㄨㄟˋ）

$$\left\{\begin{array}{l}\triangle\text{邜}（\text{胡雞切}\top-\quad），\text{自}（\text{疾二切}\text{ㄗㄟ}\quad）\text{聲},\\[6pt]\quad\text{讀若奚}（\text{胡雞切}\top-\quad）\\[10pt]\triangle\text{坅}（\text{几利切}\text{ㄐㄧㄟ}），\text{自}（\text{疾二切}\text{ㄗㄟ}\quad）\text{聲},\\[6pt]\quad\text{讀若冀}（\text{几利切}\text{ㄐㄧㄟ}）\end{array}\right.$$

　　故張鴻魁在他的〈從《說文》「讀若」看古韻魚侯兩部在東漢的演變〉中說：

　　「相比之下，《說文》『讀若』作為音韻研究材料，有以下優點：

(1)　出自語文專家，條例謹嚴，表音可靠。

(2)　出自一人之手，體例統一，八百多條材料似少而實多。

(3)　『讀若』是專門表示字的讀音的，既然雙聲、疊韻都不允許，當然也沒有什麼用韻寬嚴問題。
　　所以，我們認為，《說文》『讀若』是研究東漢音韻極為重要的材料。」❹

　　我們從許慎的「讀若」去考察形聲字時，可以推測許慎對形聲字的聲韻觀念是相當寬的，在許慎看來有的是只有疊韻關係，則「唐（庚聲）、更（丙聲）、長（亡聲）、帝（朿聲）、柔（矛聲）」等字雖然只有疊韻關係，但許慎不會覺得很奇怪。現在我們的問題是許慎為什麼把它們歸於形聲呢？

四、說文對形聲字歸類之觀點

許慎在序中說:「倉頡之初作書,蓋依類象形,故謂之文,其後形聲相益,即謂之字。」「文」指依類象形而成的字;「字」指形聲相益之字。「文」和「字」是許慎所用的術語。段玉裁說:「依類象形,謂指事象形二者也,指事亦所以象形也。文者,遺畫也。逐遺其畫,而形象在是,如見远而知其為兔,見速而知其為鹿。」又說:「形聲相益,謂形聲會意二者也。其形則必有聲,聲與形相軵為形聲,形與形相軵為會意。其後,為倉頡以後也。倉頡有指事象形二者而已,其後文與文相合,而為形聲為會意,謂之字。」

一言以蔽之,許慎認為獨體為文,合體為字;象形、指事為文,會意、形聲為字。那麼會意與形聲有什麼不同?我們在沒做任何判斷之前先看一些會意字與形聲字。(案:凡用黑體字者為許慎的會意字。)❺

> ⎡ **愚** 頁 514 , 從心禺(麌俱切,四部)
> ⎣ 漁 頁 545 , 從水禺聲(麌俱切,四部)
> ⎡ **瞑** 頁 135 , 從目冥(武延切,十一部)
> ⎣ 溟 頁 562 , 從水冥聲(莫經切,十一部)
> ⎡ **胞** 頁 438 , 從肉包(匹交切,三部)
> ⎣ 炮 頁 487 , 從火包聲(薄交切,三部)

堅　頁119，　从臤土　　（古賢切，十二部）

掔　頁609，　从手臤聲（苦閑切，十四部）

蚡　頁483，　从虫分　　（房吻切，十三部）

份　頁372，　从人分聲（府巾切，十三部）

絞　頁499，　从交糸　　（古巧切，二部）

狡　頁478，　从犬交聲（古巧切，二部）

詞　頁434，　从司言　　（似茲切，一部）

祠　頁5　，　从示司聲（似茲切，一部）

笙　頁119，　从竹生　　（所庚切，十一部）

曐　頁315，　从晶生聲（桑經切，十一部）

倪　頁379，　从人从見（苦甸切，十四部）

睍　頁59　，　从口見聲（胡典切，十四部）

　　　我們考察許慎的這些會意字與形聲字時發現「愚與遇」、
「瞑與溟」、「胞與炮」、「堅與掔」、「蚡與份」、「絞與狡」、
「詞與祠」、「笙與曐」、「倪與睍」在聲韻上有非常密切的關
係而且字形結構也很類似。由此看來，蔡信發先生他們把許慎的
這些會意字（如愚、瞑、胞、笙等字）歸於形聲是有一定道理，
也許許慎歸類歸得欠精。但問題是說文中這種例子太多。（案：
如果包括「從某某，某亦聲」之類在內的話，將佔說文中的一千
來個會意字之一半）

　　　下面的每組是從同一個聲符得聲的字，許慎分別以會意與形
聲釋之。在這些許慎的會意字中有兩種不同的類型，一是其聲符
❻爲部首的，一是其形符爲部首的。

1. 在許愼的會意字中以聲符爲部首的例子。（案：凡用黑體字者爲許愼的會意字。）

仌部	仌	頁 576	凍也（筆陵切六部）
	冰	頁 576	水堅也从水仌（魚陵切六部）
馬部	馮	頁 470	馬行疾也从馬仌聲（皮冰切六部）
包部	包	頁 438	妊也（布交切三部）
	胞	頁 438	兒生裹也从肉包（匹交切三部）
木部	枹	頁 267	擊鼓柄也从木包聲（縛謀切三部）
刀部	刀	頁 180	兵也（都牢切二部）
	剽	頁 183	刉也从刀金（止遙切二部）
至部	到	頁 591	至也从至刀聲（都悼切二部）
殳部	殳	頁 119	以杖殊人也……（.市朱切四部）
	杸	頁 120	軍中士所持殳也从木殳（市朱切四部）
女部	姝	頁 624	好也从女殳聲（昌朱切四部）
田部	田	頁 701	陳也樹穀曰田（直田切三部）
	甸	頁 702	天子五百里內田从勹田（堂練切十二部）
人部	佃	頁 382	中也从人田聲（堂練切十二部）
尸部	尸	頁 403	陳也象臥之形（式脂切十五部）
	屍	頁 404	終主也从尸死（式脂切十五部）
口部	呎	頁 60	唅呎呻也……从口尸聲（虛器切十五部）
劦部	劦	頁 708	同力也（力制切十五部）
	協	頁 708	同思之龢也从劦十（胡頰切八部）
王部	瓥	頁 18	蜃屬从王劦聲（郎計切十五部）

豆部 ┌ 豆　頁209　古食肉器也（徒候切四部）
　　　├ 梪　頁209　木豆謂之梪从木豆（徒候切四部）
肉部 └ 脰　頁170　項也从肉豆聲（徒候切四部）

2．在許慎的會意字中以形符爲部首的例子。（案：凡用黑體字者爲許慎的會意字）

人部 ┌ 完　頁343　全也（胡官切十四部）
　　　├ 俒　頁380　完也从人从完（胡困切十四部）
肉部 └ 脘　頁176　胃脯也从肉完聲（丸管切十四部）

出部 ┌ 買　頁284　市也（莫蟹切十六部）
　　　├ 賣　頁275　出物貨也从出从買（莫邂切十六部）
水部 └ 潣　頁534　潣水出豫章艾縣西入相从水買聲（莫狄切十六部）

土部 ┌ 黑　頁492　北方色也（呼北切一部）
　　　├ 墨　頁694　書墨也从土黑（莫北切一部）
糸部 └ 纆　頁665　索也从糸黑聲（莫北切一部）

心部 ┌ 直　頁640　正見也（除力切一部）
　　　├ 悳　頁507　外得於人內得於己也从直心（多則切一部）
水部 └ 淔　頁549　淔水也从水直聲（恥力切一部）

口部 ┌ 或　頁637　邦也（于逼切一部）
　　　├ 國　頁280　邦也从囗从或（古惑切一部）
水部 └ 淢　頁552　疾流也从水或聲（于逼切一部）

	昜 頁458	開也（與章切十部）
口部	喝 頁59	大言也从口昜（徒郎切十部）
手部	揚 頁609	飛舉也从手昜聲（與章切十部）

	毛 頁402	眉髮之屬及獸毛也（莫袍切二部）
犛部	氂 頁54	犛牛尾也从犛省从毛（莫交切二部）
禾部	秏 頁326	稻屬从禾毛聲（呼到切二部）

	行 頁78	人之步趨也（戶庚切十部）
玉部	珩 頁13	佩上玉也从玉行所以節行止也（戶庚切十部）
肉部	胻 頁172	脛耑也從肉行聲（戶庚切十部）

	百 頁138	十十也（博陌切五部）
人部	佰 頁378	相什佰也从人百（博陌切五部）
手部	拍 頁604	拊也从手百聲（普百切五部）

	五 頁745	五行也（疑古切五部）
人部	伍 頁377	相參伍也从人五（疑古切五部）
口部	吾 頁57	我自偁也从口五聲（五乎切五部）

	內 頁226	入也（奴對切十五部）
言部	訥 頁96	言難也从言內（內骨切十五部）
糸部	納 頁652	絲溼納納也从糸內聲（奴荅切十五部）

	十 頁89	數之具也（是執切七部）
人部	什 頁377	相什保也从人十（是執切七部）
水部	汁 頁568	液也从水十聲（之入切七部）

	焦 頁489	火所傷也（即消切二部）
酉部	醮 頁427	面焦枯小也从酉焦（即消切二部）
口部	噍 頁55	齧也从口焦聲（才肖切二部）

　　上面舉的這些字組表面上看起來，結構完全一樣，而且每組
的聲韻關係也很密切。如果許慎以帶聲符與否作爲區別會意與形
聲之標準的話，那麼上面舉的這些例子應該歸於形聲才對，但事
實並不如此。我們仔細考察上面舉的每組字時就發現許慎的會意
字與形體字其異同好像不在於帶聲符與否而在於意義上。

　　再者，許慎的每組形聲字的形符都是部首而無一例是聲符當
成部首❼（案：許慎把梪、胞、堅、殳等字分別歸於豆、包、𡈼、
殳部）。許慎既然把梪字歸於豆部，然則絕不能說「从木豆聲」，
因爲許慎說「凡某（豆）之屬皆从某（豆）」之關係。因此更可
推測許慎不認爲一個字具有聲符與否是區別會意與形聲的標準。
下面的例子更能支持這種推論。（案：每組的第一個字是從第一
個字得聲的，第三個字是從第二個字得聲的。凡用黑體字者爲許
慎的會意字。）

元	頁 1	始也	（愚袁切十四部）
完	頁 343	全也从宀元聲	（胡官切十四部）
俒	頁 380	完也从人从完	（胡困切十四部）
毌	頁 319	穿物持之也	（古丸切十四部）
貫	頁 319	錢貝之毌也从毌貝	（古玩切十四部）
遺	頁 71	習也从辵貫聲	（工患切十四部）
臣	頁 119	事君者象屈服之形	（植鄰切十二部）
𨾏	頁 119	堅也从又臣聲	（苦閑切十二部）
堅	頁 119	土剛也从𨾏土	（古賢切十二部）

寺　頁 122　廷也有法度者也（祥吏切一部）

待　頁 77　竢也从彳寺聲（待在切一部）

侍　頁 375　待也从人待（直里切一部）

或　頁 637　邦也从囗戈以守其一一地也（于逼切一部）

國　頁 280　邦也从囗从或（古或切一部）

椢　頁 265　匡當也从木國聲（古悔切一部）

知　頁 230　詞也（陟离切十六部）

智　頁 138　識詞也从白亏知（知義切十六部）

滆　頁 556　土得水沮也从水智聲（竹隻切十六部）

賏　頁 285　頸飾也（烏莖切十一部）

嬰　頁 627　繞也从女賏貝連也頸部（於盈切十一部）

纓　頁 659　冠糸也从糸嬰聲（於盈切十一部）

癶　頁 68　足剌址也（北末切十五部）

登　頁 68　以足蹋夷艸从址从癶（普活切十五部）

發　頁 647　射發也从弓癹聲（方伐切十五部）

朋　頁 137　ナ又視也（九遇切五部）

瞿　頁 149　鷹隼之視也从隹从朋（九遇切五部）

懼　頁 76　行皃从彳瞿聲（其俱切五部）

王　頁 9　天下所歸往也（雨方切十部）

皇　頁 9　大也从自王自始也……（胡光切十部）

瑝　頁 16　玉聲从玉皇聲（胡光切十部）

几　頁 121　鳥之短羽飛几几也（市朱切四部）

殳　頁 119　以杖殊人也从又几聲（市朱切四部）

杸　頁 120　軍中士所持殳也从木殳（市朱切四部）

凶	頁 337	惡也象地穿交陷其中也（許容切九部）
兇	頁 337	擾恐也从人在凶下（許拱切九部）
夋	頁 236	斂足也从夂凶聲（子紅切九部）
自	頁 138	鼻也（疾二切十五部）
辠	頁 748	犯法也从辛自（徂賄切十五部）
濞	頁 565	新也从水辠聲（七辠切十五部）
卸	頁 435	舍車解馬也（司夜切五部）
御	頁 78	使馬也从彳卸（牛據切五部）
禦	頁 7	祀也从示御聲（疑舉切五部）
曰	頁 357	小兒及蠻夷頭衣也……（莫報切三部）
冒	頁 358	冢而前也从曰目（目報切三部）
瞀	頁 133	低目視也从目冒聲（亡俟切三部）
爻	頁 129	交也（胡茅切二部）
孝	頁 750	效也从子爻聲（古孝切二部）
教	頁 128	上所施下所效也从攴孝（古孝切二部）
翟	頁 140	山雉也尾長者从羽从隹（徒歷切二部）
糴	頁 336	穀也从米翟聲（徒弔切二部）
糶	頁 226	市穀也从入人糴（徒歷切二部）

　　這種例子在說文中多得不勝枚舉。比較合理的解釋恐怕是許慎在歸類會意與形聲時，如果某字（文與文之結合）只要都有意義的話，不管帶不帶聲符都可以歸於會意，因此許慎根據音義上之關係把狻、揚、牲、胜等字歸於形聲而把絞、喝、笙、桓等字歸於會意。但我們的這種推論一定會引起爭論的，因爲有些反證。

（案：凡用黑體字者爲許愼的形聲字。）

喜　樂也不言而說也
僖　樂也从人喜聲

右　手口相助也
祐　助也从示右聲

介　畫也
界　境也從田介聲

爰　引也
援　引也从手爰聲

半　物中分也
判　分也从刀半聲

夘　貝也
俀　貝也从人夘聲

　　如果我們根據段玉裁的說法來講的話，這種例子達一百三十二個（案：不到整個說文形聲字的百分之二）。再者，我們參考的是段注本，與大小徐本多少有所不同。故在這裏暫且保留一下我們的意見。

　　文字構造的方法名爲六書，所以六書就是六種造字方法（案：或以爲四種造字法）。但並不是古人預先創出這六種造字方法和名稱，再依着造字，而是後人把古人所造的字分析歸納，才得到六種方法，而定出這六種名稱來。許愼作爲一代經師譽爲「五經無雙」，其重視經典，尊崇師說，固屬沒有問題；但作爲一個嚴

蕭的語言文字學家，他又絕不泥守師說。《說文》的六書，雖然
「博采通人」，廣泛地吸取前人成果，甚至直接引用成說，但取
捨之間却有自己的見解。我們從許慎的例子中能夠看出許慎的用
意，也就是說他認爲有明顯的意義上之關聯時，他可以把形聲字
歸於會意。這種歸類法相反地給我們帶來另一個明確的認識，也
就是說如果許慎看來沒有意義上之關聯的話，那麼他恐怕不會把
它歸於會意，因爲許慎在敍中說「會意者比類合誼以見指撝武信
是也」。

現在我們回過頭來看「唐、更、長、柔、帝」等字，說文雖
說它們是形聲字，但在我們看來，它們與其聲符是迥然不同的聲
母系統。因此，我們認爲「唐、更、長、柔、帝」與其聲符「庚、
丙、亡、矛、束」之間如果有意義上之關係的話，許慎也許會把
它們歸於會意。許慎對「唐」字之態度明顯地告訴我們這一點，
例如：

    唐　頁59　　大言也从口庚聲啺古文唐从口易

    庚　頁748　位西方象秋時萬物庚有實也

    易　頁458　開也

如果從聲韻關係來論的話，「唐」與「易」之關係會比「唐」與
「庚」更接近（案：唐→定母，易→喻母，曾運乾曾證明「喻母
古歸定母」），但許慎歸類「唐」之古文「啺」時，說「从口易」，
歸類「唐」時却說「从口庚聲」。由此可見許慎絕不是完全靠聲
韻關係來歸類的。（案：金文通假現象→賡＞更，成湯＞成唐，

釋名→庚更也）

　　段玉裁遇到許慎形聲字聲兼義之例時會注「形聲兼會意」，但這些唐、更、柔、長等字下沒有這種注解，故我們推測這裏面恐怕沒有意義上之關係。因此許慎雖然知道它們只有疊韻關係，但也不能歸於會意，故只好只憑疊韻關係把它們歸於形聲的。（案：我們從說文的讀若現象可以看出說文當時形聲字的聲韻關係。）但後人忽略許慎的這種歸類上的問題，故趙誠在他的〈商代音系探索〉中說：

　　　「唐從庚聲，二字當同音。後世庚屬見母為牙音，唐屬定母為舌音。」

又說：

　　　「它們之間都不可能象塞擦音ts、dz那樣緊密地結合在一起形成PK、KP、TK、KT那樣的複輔音。」❽

　　趙先生的這種論點不一定是對的❾，但我們能確定的是「唐」字已在甲文出現。其實這字到底是形聲字還是會意字，這完全靠許慎他們的歸類，因爲上古造「唐」字的人不會依據後代才產生的六書來造字，因此，古人當然不能告訴許慎這「唐」字的造字法。其實「唐、帝、更、長、柔」等字到底是不是形聲字，許慎可能並沒有充分的條件足以證實，許慎是依據後來產生的六書說、後代的小篆及自己對形音義的了解來歸類罷了❿。

五、結　論

　　我們已在本文中討論過唐（庚聲）、更（丙聲）、柔（矛聲）、長（亡聲）等字的問題。這種形聲字在《釋名》、周代金文通段、切韻及現代方言中與其聲符分道揚鑣。因此，我們認爲它們與其聲符之間在許愼時代就只有疊韻關係。否則，我們如何解釋「唐（庚聲）與「湯」、「賡」與「更」之叚借現象及《釋名》「庚更（丙聲）也」之聲訓現象呢？

　　我們已從說文「讀若」中看出許愼對形聲字的聲韻觀念，在許愼看來，形聲字中有的是只有疊韻關係（案：「芋，粵聲，讀若亭」這種例子太多，不勝枚舉）。但這並不意味着許愼只憑疊韻關係把唐、更、柔、長等字歸於形聲，連把同音關係的喝、愚、瞑、胞、堅、絞等字都不肯歸於形聲的許愼，何以只靠疊韻關係把唐、更等字歸於形聲呢！

　　我們認爲這是跟許愼的歸類方式有關係。唐、更、長、帝、柔等字與其聲符庚、丙、亡、束、矛等字之間，在許愼看來，如果有意義上的關係，那麼許愼會把它們歸於會意的，但因爲無意義上之關係，所以許愼不能把它們視爲會意字而只好只憑疊韻關係把它們歸於形聲❶。

附　註

❶ 暫依陳新雄的古聲紐。

❷ 北京大學中國語言文學系語言學教研室編的《漢語方音字滙》，文字改革出版社。

❸ 基本上以說文反切爲主。

❹ 程湘清主編的《兩漢漢語研究》頁 403，山東教育出版社。

❺ 暫依書銘出版社的段注本的頁碼。

❻ 冰、胞、釧、柷、桓等字在說文是會意字，但段玉裁把它們看成「會意兼形聲」字，在這兒從段氏之見解。

❼ 同註❻。

❽ 《音韻學研究第一輯》，中華書局。

❾ 趙先生看到許愼對「唐」字的解說，並依據他對形聲字聲韻關係的了解，認爲「唐」與「庚」原是同音。

❿ 說文的形聲，或有許愼之見、或非許愼之見，然目前無法確認何者爲是、何者爲非，故在本文中概以爲許愼之說。

⓫ 段注不一定十全十美，但有參考之價值。段氏遇到形聲字中聲兼義之例時，往往注上「形聲兼會意」，而在這些唐、更、柔、長、帝等字下面無此注解，故我們暫依段氏認爲它們與其聲符之間恐怕無意義上之關係。

參考書目

龍宇純，中國文字學　　　　　　　　學生書局

王初慶，中國文字結構析論　　　　　文史哲出版社

胡樸安，中國文字學史　　　　　　　臺灣商務印書館

李靜中，中國文字構形法例之研究　　文史哲出版社

蔣善國，漢字學　　　　　　　　　　上海教育出版社

李孝定，漢字的起源與演變論叢　　　聯經出版社

李新魁，古音概說　　　　　　　　　嵩高書社

高本漢，上古音討論集　　　　　　　學藝出版社

程湘清，兩漢漢語研究　　　　　　　山東教育出版社

竺家寧先生，古漢語複聲母研究　　　文大博士論文　民70

北京大學中國語言文學系語言學　　　文字改革出版社
　教研室，漢語方音字滙

東晉徐邈徐廣兄弟讀音的比較

黃坤堯

徐邈（ 344-397 ），字仙民，東莞姑幕人（今山東省安丘縣東南）。史稱東州儒素，年四十四，始補中書舍人。雖口不傳章句，然開釋文義，標明指趣，撰正五經音訓，學者宗之。尤以所注《穀梁傳》見重於時。傳見《晉書・儒林列傳》（卷九十一）。徐廣（ 352-425 ），字野民，邈弟，史稱廣好學，尤爲精純，百家數術無不研覽。嘗奉詔撰《車服儀注》及《晉紀》四十六卷。所著《答禮問》行於世。傳見《晉書》（卷八十二），與陳壽等史家同傳；《宋書》（卷五十五）《南史》（卷三十三）亦各有傳。

徐氏兄弟爲東晉著名學者，著述甚富，惜多散佚，僅以音韻訓詁之學傳世。徐氏原籍山東，永嘉之亂（ 311-317 ），懷、愍二帝先後被虜及遇害，北方大部淪陷；其祖澄之爲州治中，遂率子弟閭里士庶千餘家南渡長江，家於京口（今江蘇省鎮江市丹徒鎮）。其父藻，任職都水使者。徐氏兄弟出生於南渡之後三、四十年，雖屬官宦世家，有保持北音的傳統；惟在南方土生土長，其山東語音不能無變。宋武帝永初元年，晉亡，徐廣上表婉辭中散大夫一職，即自稱「臣墳墓在晉陵（今江蘇省武進縣），臣

又生長京口」❶，可知徐氏兄弟一生當生活於京口至金陵一帶，
亦即語音史上所謂吳音地區。陸志韋云：「徐族原是西晉的東莞
姑幕人，可是全族南渡，到他本人已經有三世住在京口，仕宦在
金陵。不能拘執說，他的反切所反映的語音是吳音還是北音，只
能大致肯定當時的讀書音是南北比較一致的。」❷這大概是很保
守的看法，因爲徐氏兄弟的注音遍及經史，除了部分字詞或受傳
統讀音影響外，一些新造的切語當可代表東晉的南音。有時他們
有意存古，代漢人作音，但他們所用的切語或直音自然也會受口
語的影響，往往帶有南方色彩，而這當然也是研究他們音系的最
佳材料了。

　　徐邈的注音材料散見於《經典釋文》一書，由於統計的方式
不同，諸家輯錄雖多，惟統計各異。一般言之，其音義材料（包
括辨正異文等）約共 2100 條，切語 1400 條；去其重複，其眞正
的音例大約是 1200 字左右❸。在六朝的注音材料當中，應該算
是首屈一指了。當代學者對徐邈的研究甚多，先後計有羅常培、
陸志韋、坂井健一、簡宗梧、蔣希文等諸家❹，他們對徐邈的讀
音系統已有一定的認識。至於徐廣方面，其注音材料散見於《史
記》三家注中，尤以裴駰《集解》徵引最多，司馬貞《索隱》次
之。總計共得 359 條，切語 125 條，音例 300 字，僅及徐邈的六
分之一左右，其中切語更不及十分之一，數量略少，拙文〈徐廣
音系分析〉嘗就其聲紐、韻部、聲調三方面加以論析，或可說明
徐廣語音的特點❺。

　　徐氏兄弟生活的時代和環境相若，徐邈長徐廣八歲。又徐邈
54 歲早卒，是時東晉未亡；廣 74 歲卒，入宋已六年；徐廣後其

兄二十八年卒。歷史一般把徐邈算作東晉並無問題，徐廣雖入宋，然眷懷舊朝，不願出仕新職，亦當算作東晉。因此，徐氏兄弟的讀音系統實可反映東晉江南的語音實況，徐廣的讀音亦不必算作宋音，這對於研究語音史由漢魏到《切韻》的發展歷程來說應該大有幫助。不過由於徐氏兄弟作音的背景不同，徐邈專爲經子諸書《周易》、《尙書》、《毛詩》、《周禮》、《禮記》、《左傳》及《莊子》等作音，徐廣則只爲《史記》作音，師承訓讀不同，每有若干差異，未盡一致。當然，兄弟讀音相同或相近是比較好解釋的，其中有些字還與《廣韻》有顯著的差異，足以表示有一種共同的語言來源。例如「糶」、「洮」（定透，前者爲二徐音，後者爲《廣韻》音，下同）、「觳」（匣溪）、「拊」、「披」（幫滂）、「懁」（仙先）、「滌」（幽尤）、「倪」、「還」（去平）、「黏」（平上）十字即可爲證。至於兄弟讀音相異之處亦多，除了假借改讀以外，大概還受文獻傳統或方言因素的影響，差異的原因比較複雜。

徐氏兄弟對於處理讀音的態度和手段並不相同，簡單來說，就是徐邈比較勇於創新，徐廣比較保守。例如對於切語來說，這是魏晉以來一種比較流行和進步的注音方法，可以改正譬況讀音和直音的缺失和不足，但是徐廣只是有選擇性地吸納切語，尤其是多選用一些通行的切語來作音。現存徐廣的注音材料共有359條，切語僅得125條，約佔全數的35％。至於徐邈則大量創造切語，少數更爲《切韻》所承用。比較有趣的是，《經典釋文》固然是以蒐羅古人的讀音著稱於世，但陸德明幾乎是以一種批判的態度來紀錄徐音的，所以很多時都把徐音列作又音，兩讀並出，有改正音值的意味。金周生〈漢語脣塞音聲母之分化可溯源於陸

德明《經典釋文》時代說〉❻曾列表將陸德明的讀音和徐邈等人的舊音加以排列比較，很有啟發意義。現存徐邈的注音材料中，切語遠較直音為多，《周易音義》收徐讀 124 條，切語 95 條，佔 76.6 ％；《古文尚書音義》收徐讀 238 條，切語 175 條，佔 73.5 ％；這兩項數據均遠較徐廣的 35 ％為高。此外徐邈比較喜歡用四聲或清濁別義的方式來區別音義，這對於古漢語多單音詞，又多同音詞的現象來說可以說是一種協調和發展。某些單音詞如以四聲或清濁的方式來區別意義可以使人在讀古書時產生警覺，避免誤讀誤解。現代漢語以複音詞為主，單音詞和同音詞相對地減少了很多，這種以四聲或清濁別義的方式可能導至某些讀音的混亂，時代不同，兩者的效益當然不可同日而語了。當時徐邈這種訓詁方式實在是一種創新，因此難免會招致某些學者的嚴厲批評了❼。至於徐廣則幾乎全沒有採用以聲別義的訓詁方式，說來似乎令人難以置信❽。有謂此乃六朝經師強生分別，或非無據；然而這畢竟是一種有效的辦義方法，至今仍在全國各種口語方言中表現出頑強的生命力，這大概跟漢語本身的語言特性有關，不能勉強改為一讀，否則即會引起辦義的困難。

　　徐氏兄弟注音的材料雖多，惟彼此都有作音的單字則僅得 59 個，讀音互有同異。本文主要是分析這一批互見的讀音，並與《廣韻》比較，歸納為四類：其中第一、二、三類分析語音同異，第四類乃訓詁書音。分開處理可以避免將語音、書音混為一談。

　　一、徐邈、徐廣同音。《廣韻》亦同音。今將二徐音及《廣韻》音依次彙列於下，諸音以斜線／隔開，其標 ＊ 號者表示二徐尚有其他讀音。下列經史原文，並附《釋文》、

經傳或《史記》卷頁，以便檢索❾。

1. **假**：＊古雅反（25-14b-10，102-26b-7）／古下反
   （117-3063a）／古疋切。

   《易・家人》：「王假有家，勿恤吉。」（90-
   4-17 b）

   《詩・周頌・雝》：「假哉皇考，綏予孝子。」
   （734-19.3-10b）

   《司馬相如列傳》：「乘虛無而上假兮，超無友
   而獨存。」

2. **句**：＊古侯反（370-22a-10）／音鉤（111-2932a）
   ／古侯切。

   《莊子・大宗師》：「曲僂發背，上有五管，頤
   隱於齊〔臍〕，肩高於頂，句贅指天。」（P.
   258）

   《衛將軍驃騎列傳》：「校尉句王高不識。」

3. **唉**：烏來反（388-32b-11）／烏來反（7-315a）／
   烏開切。

   《莊子・知北遊》：「唉！予知之，將語若。」
   （P.730）

   《項羽本紀》：「唉！豎子不足與謀。」

4. **揭**：＊音桀（375-5a-1）／音桀（117-3024a）／
   渠列切。

   《莊子・胠篋》：「然而巨盜至，則負匱揭篋擔
   囊而趨。」（P.342）

《司馬相如列傳》：「揭車衡蘭，槀本射干。」

5.橛：其月反（ 374-3b-4 ）/ 巨月反（ 117-3054a ）/ 其月切。

《莊子・馬蹄》：「前有橛飾之患，而後有鞭筴之威。」（ P.330 ）

《司馬相如列傳》：「猶時有銜橛之變。」

6.湛：＊丈林反（ 261-1a-11 ）/ 音沈（ 117-3020a ）/ 直深切。

《左傳・襄公十六年》：「楚公子格帥師，及晉師戰于湛阪。」（ 573-33-4a ）

《司馬相如列傳》：「湛湛隱隱，砰磅訇磕。」

7.秭：音姊（ 135-20b-1 ）/ 音姊（ 26-1255a ）/ 將几切。

《周禮・秋官・掌客》鄭注：「秅讀爲托秭麻荅之秅。」（ 584-38-19b ）

《史記・曆書》：「百草奮興，秭鳺先滜。」

8.窾：＊苦管反（ 365-11b-7 ）/ 苦管反（130-3293a）/ 苦管切。

《莊子・養生主》：「批大郤，導大窾，因其固然。」（ P.119 ）

《太史公自序》：「其實中其聲者謂之端，實不中其聲者謂之窾。」

9.適：＊張革反（ 107-35b-5 ）/ ＊竹革反(84-2493a) /〔 謫 〕，陟革切。

《詩・商頌・殷武》:「歲事來辟,勿予禍適,
稼穡匪解。」(804-20.4-10b)

《屈原賈生列傳》:「自以壽不得長,又以適去,
意不自得。」

10.錯: ＊采故反,七路反(106-33b-11 ,34-31b-8)
/音措,音厝(117-3012a ,117-3069a)/ 倉
故切。

《詩・大雅・韓奕》:「王錫韓侯,淑旂綏章,
簟茀錯衡。」(680-18.4-3b)

《易・序卦》:「有上下然後禮義有所錯。」
(188-9-13a)

《司馬相如列傳》:「錯翡翠之威蕤。」

《司馬相如列傳》:「以展采錯事。」

11.陪: ＊扶坏反(276-4a-11)/ 音裴(117-3118b)
/ 薄回切。

《左傳・昭公五年》:「饔有陪鼎。」(746-
43-10a)

《儒林列傳》:「言詩於魯則申培〔陪〕公。」

12.掫: 側留反(378-12a-4)/ 音騶(47-1905a)/ 側
鳩切。

《莊子・天地》:「子貢卑陬失色。」(P.436)

《孔子世家》:「孔子生魯昌平鄉陬邑。」

13.韝: 音溝(167-11a-8)/ 音溝(126-3199a)/ 古
侯切。

《禮記・曲禮下》鄭注：「拾爲射講。」（110-5-25a）

《滑稽列傳》：「髡帠講鞠吾。」

14. 驪：＊力池反（375-6b-1）/力知反（4-149b）/呂支切。

《莊子・胠篋》：「驪畜氏。」（P.357）

《周本紀》：「遂殺幽王驪山下。」

二、徐邈、徐廣同音。《廣韻》異音。

15. 糴、糶：徒弔反（252-11a-5）/音掉（129-3274a）/他弔切。

《左傳・成公十年》：「晉侯使糴茷如楚。」（449-26-28b）

《貨殖列傳》：「販穀糶千鍾。」徐廣云：「出穀也。」

二徐同讀定紐，《廣韻》「糶」標透紐❿。

16. 觳：戶角反（403-28a-3）/音學（87-2554a）/苦角切。

《莊子・天下》：「其生也勤，其死也薄，其道大觳。」（P.1075）

《李斯列傳》：「雖監門之養不觳於此矣。」

二徐同讀匣紐，《廣韻》則標溪紐。《釋文》亦以郭苦角反爲首音❿。

17. 柎：＊音府（38-5b-6）/音府（6-281a）/芳武切。

《書·舜典》：「夔曰：於予擊石拊石百獸率
舞。」（ 46-3-26a ）

《秦始皇本紀》：「執棰拊以鞭笞天下。」

二徐同讀幫非紐，《廣韻》則標滂敷紐，幫滂不
同。《釋文》改正徐邈爲音撫，徐邈另有兩條亦
音撫（ 366-13a-9 ， 398-18a-10 ），似以滂敷
紐爲是。

18. 懁：音絹（ 402-26b-3 ）／音絹（ 129-3264a ）／古
縣切。

《莊子·列禦寇》：「有順懁而達。」(P.1054)

《史記·貨殖列傳》:「民俗懁急，仰機利而食。」

二徐同讀線韻，《廣韻》則讀霰韻，仙先不同。

《釋文》改正徐邈爲音環。

19. 倪：＊音詣（ 371-23a-10 ， 382-20a-4 ， 397-16b-
6 ， 364-10b-7 ）／音詣（ 107-2852a ）／五稽
切。

《莊子·大宗師》：「反覆終始，不知端倪。」
（ P.268 ）

《莊子·秋水》：「又何以知毫〔豪〕末之足以
定至細之倪。」（ P.568 ）

《莊子·寓言》：「卮言日出，和以天倪。」
（ P.947 ）

《莊子·齊物論》：「何謂和之以天倪？」（P.
108 ）

《魏其武安侯列傳》：「辟倪兩宮閒，幸天下有變。」

二徐讀去聲，《廣韻》缺去聲一讀，僅讀平聲。⑫

20.還：*音患（ 258-23b-6 ）/音宦（ 40-1732a ）/戶關切。

《左傳・襄公十年》：「諸侯之師還鄭而南，至於陽陵。」杜注：「還，繞也。陽陵，鄭地。」（ 542-31-11b ）《釋文》：「本又作環，戶關反，徐音患，注同，繞也。」

《楚世家》：「射噚鳥於東海，還蓋長城以爲防。」《集解》：「徐廣曰：還音宦。」《索隱》：「還音患，謂遶也。蓋者，覆也。言射者環遶蓋覆，使無飛走之路，因以長城爲防也。」

二徐讀去聲，《廣韻》缺去聲一讀，僅讀平聲；《釋文》亦改正徐邈爲戶關反。

總計上文第一、二類中，徐氏兄弟同音者 20 例，佔三分之一；其中與《廣韻》異讀者六例，主要是幫滂、透定、溪匣、仙先及聲調平去（兩例）不同。此外下文第三類調異之例中，雖然徐氏兄弟讀「洮」、「披」、「潃」三字聲調有異，而聲、韻則同；其審音亦與《廣韻》有幫滂、透定（兩例）及幽尤之異。又韻異之例中，徐邈讀「氄」字東鍾不分，但與徐廣同讀平聲，而陸德明及《廣韻》則改訂爲上聲腫韻。從後人的觀點來看，以上十例難免有誤讀之嫌，然此亦正可以看出徐氏兄弟讀音有共同的語言來源，自成一類。

三、徐邈、徐廣之聲、韻、調或異者。《廣韻》互有同異。

甲：聲異之例。

21.台：*音臺（ 94-9b-6 ） / 音胎（ 130-3303b ） / 土
來切。

《詩‧大雅‧行葦》：「黃耇台背，以引以翼。」
毛傳：「台背，大老也；引、長，翼、敬也。」
鄭箋：「台之言鮐也，大老則背有鮐文。」（603-
17.2-2 ）

《太史公列傳》：「惠之早霣，諸呂不台。」
徐邈讀定紐；徐廣讀透紐，《廣韻》同。案「台
背」疑即駝背，鄭箋稱「台」或爲「鮐」字之假
借。《釋文》云：「鮐：湯來反，魚名，一音夷。」
（ 94-9b-6 ）則「鮐」字亦讀透紐。此條《釋文》
亦改正徐邈爲湯來反，透紐。又《集解》引徐廣
曰：「無台輔之德也。一曰怡，懌也，不爲百姓
所說。」《索隱》曰：「徐廣音胎，非也。案：
一音怡，此贊本韻，則怡懌爲是。」則徐廣似讀
爲「臺輔」，當爲定紐；又音怡則爲改讀。音胎
似爲司馬貞之讀音。其下例 47 「鮐」，屬扶風，
地名，徐廣音台，而司馬貞亦音胎。

22.揲：息列反（ 31-26b-4 ） / 音舌（ 105-2789a ） / 食
列切。

《易‧繫辭上》：「揲之以四，以象四時。」

（153-7-21b）

《扁鵲倉公列傳》：「揲荒爪幕，湔浣腸胃。」
徐邈讀同心紐；徐廣讀神紐，《廣韻》同。《釋
文》亦改正徐邈爲時設反，禪紐。

23.楯：＊辭尹反，音尹（215-16b-9，394-10a-6）/
　　食尹反（117-3027a）/食尹切。

《禮記・儒行》鄭注：「干櫓，小楯大楯也。」
（976-59-6b）

《莊子・徐无鬼》：「句踐也以甲楯三千棲於會
稽。」（P.868）

《司馬相如列傳》：「宛虹拖於楯軒。」
徐邈讀同邪紐及喩紐；徐廣讀神紐，《廣韻》同。
《釋文》分別改正徐邈爲時準反、純尹反，同讀
禪紐。

24.訟：才容反（56-7b-5）/音松（87-2559a，117-
　　2824a）/祥容切。

《詩・召南・行露》：「誰謂女無家，何以速我
訟。」（57-1.4-13a）

《李斯列傳》：「以故楚盜公〔訟〕行。」

《吳王濞列傳》：「佗郡國吏欲來捕亡人者，訟
共禁弗予。」
徐邈讀同從紐；徐廣讀邪紐，《廣韻》同。《釋文》
改正徐邈讀如字，不同意因「取韻」而改讀平聲。

25.掊：方垢反，甫垢反（362-5a-6，367-15b-4,389-

33a-10 ， 96-13b-9 ）／音仆（ 9-412a，411d）
／方垢切。

《莊子·逍遙遊》：「吾爲其無用而掊之。」
（ P.36 ）

《莊子·人間世》：「自掊擊於世俗者也。」
（ P.172 ）

《莊子·知北遊》：「澡雪而精神，掊擊而知。」
（ P.741 ）

《詩·大雅·蕩》：「曾是彊禦，曾是掊克。」
（ 641-18.1-2b ）

《呂太后本紀》：「乃顧麾左右執戟者掊兵罷去。」
徐邈讀幫非紐厚韻，《廣韻》同。徐廣有「仆，
音赴」一讀（ 117-3036a ），則爲滂敷紐遇韻。
二徐所讀幫滂、侯虞、上去均不同。《釋文》改
正徐讀爲普口反或蒲侯反，又異。

乙：韻異之例。

26.摓：扶公反，音馮（ 400-21a-7 ）／音逢（128-3225a，
b ） / 符容切。

《莊子·盜跖》：「縫衣淺帶，矯音僞行。」
（ P.996 ）

《龜策列傳》：「夫摓策定數，灼龜觀兆，變化
無窮。」
徐邈或讀同東韻一等，或讀同三等；徐廣則讀鍾

韻，《廣韻》同。《釋文》改正徐邈爲扶恭反，
亦讀鍾韻。

27.毧：而充反，如充反（ 37-3a-11 ） / 音茸（1-19a）/
而隴切。

《書·堯典》：「厥民隩，鳥獸毨毛。」（ 21-
2-10b ）

《五帝本紀》：「其民燠，鳥獸毨毛。」（ 21-
2-10b ）

徐邈讀同東韻三等；徐廣讀鍾韻，同屬平聲。《廣
韻》讀上聲腫韻，《釋文》改正徐邈爲如勇反，
亦讀腫韻。

28.瞑：亡千反（ 110-6b-10 ） / 亡丁反（ 43-1805a）/
莫賢切，莫經切。

《周禮·天官·冢宰下》鄭注：「孟子曰：若藥不
瞑眩，厥疾不瘳。」（ 72-5-1a ）

《趙世家》：「秦武王與孟說舉龍文赤鼎，絕臏
〔瞑〕而死。」

徐氏兄弟先、青不同，同屬四等；《廣韻》則兼
存先、青兩讀。

29.棫：于目反（ 259-26a-6 ， 261-1a-10 ） / 音域（5-
197a ） / 雨逼切。

《左傳·襄公十四年》：「師皆從之，至于棫林。」
（ 559-32-12a ）

《左傳·襄公十六年》：「夏六月，次于棫林。」

（573-33-4a）

《秦本紀》：「至棫林而還。」

徐邈讀同屋韻；徐廣讀職韻，《廣韻》同；《釋文》兩條分別改正徐邈爲位逼反、爲逼反，亦讀職韻。

30.攫：居碧反（393-8a-4）／己足反（46-1889a）／居縛切。

《徐无鬼》：「有一狙焉，委蛇攫搰，見巧乎王。」（P.846）

《田敬仲完世家》：「攫之深，醳之偸者，政令也。」

徐氏兄弟昔（或陌）⓭、燭不同。《廣韻》讀居縛切，《釋文》改正徐邈爲俱縛切，均屬藥韻。「昔」、「陌」同在開口三等，「燭」、「藥」同屬合口三等，主要元音各異。

丙、調異之例。

31.提：徒嵇反（365-12a-3）／音弟，徒抵反（57-2073a，107-2841a）／杜奚切。

《莊子・養生主》：「提刀而立。」（P.119）

《絳侯周勃世家》：「太后以冒絮提文帝。」

《魏其武安侯列傳》：「相提而論，是自明揚主上之過。」

平、上不同。

32.**洮**：音逃（ 50-11a-5 ）／音道（ 8-390a）／土刀切。

《書·顧命》：「甲子，王乃洮頮水，相被冕服，
憑玉几。」（ 275-18-14a ）

《高祖本紀》：「漢將別擊布軍洮水南北。」
平、上不同，惟同屬定紐。《廣韻》讀透紐，《釋
文》改正徐邈爲他刀反，亦讀透紐。

33.**蕩**：敕黨反（ 66-28a-1 ）／音湯（ 5-181a ）／徒朗
切，吐郎切。

《詩·齊風·南山》：「魯道有蕩，齊子由歸。」
（ 195-5.2-2b ）

《秦本紀》：「遣兵伐蕩社。」
上、平不同，惟同屬透紐。《廣韻》兼存透平、
定上兩讀，；《釋文》改正徐邈爲徒黨反，則讀
定紐上聲，與《廣韻》同。

34.**剽**：敷遙反（ 391-4a-3 ）／扶召反（ 122-3145a ）／
符霄切，匹妙切。

《莊子·庚桑楚》：「有實而無乎處者，宇也；
有長而無本摽者，宙也。」（ P.800 ）

《酷吏列傳》：「嘗與張次公俱攻剽爲群盜。」
平、去不同，聲紐漭數、並奉亦異。《廣韻》兼
存平、去兩讀，而聲紐則適與二徐互換；《釋文》
改正徐邈爲甫小反，幫非紐上聲，又異。

35.**披**：甫髲反（ 202-16a-3 ）／音詖（ 1-6a ）／敷羈
切，匹靡切。

《禮記·喪大記》：「君纁帶六，纁披六。」
（787-45-20b）

《五帝本紀》：「披山通道，未嘗寧居。」

去、平不同，惟同讀幫紐。《廣韻》兼存平、上兩讀，同屬滂紐。「披」指牽挽柩車之帛帶，乃古喪具之專名，《釋文》改正徐邈爲彼義反，僅屬輕重唇之差異而已，其實亦讀幫紐去聲。案「詖」亦有去聲一讀，則兩徐同音。又《集解》引徐廣曰：「披，他本亦作『陂』。字蓋當音詖，陂者旁其邊之謂也。披語誠合今世，然古今不必同也。」《索隱》曰：「披音如字，謂披山林草木而行以通道也。徐廣音詖，恐稍紆也。」據司馬貞所論，似又牽涉改讀之故。

36.骨：蘇叫反（366-13a-5）/音痟（130-3307a，b）/私妙切。

《莊子·人間世》：「且苟爲悅賢而惡不肖。」
（P.136）

《太史公自序》：「申呂肖矣，尚父側微。」

去、平不同，韻母宵三等、嘯四等亦異，即宵蕭不同。《廣韻》讀去聲三等，《釋文》改正徐邈爲音笑亦同。案徐廣訓「痟猶衰微」，似又牽涉改讀之故。

37.噍〔遺〕：在堯反（195-2b-11）/在妙反，寂笑反（8-357a，118-3091a）/即消切，才笑切。

《禮記・樂記》：「是故其哀心感者，其聲噍以殺。」（663-37-3a）

《高祖本紀》：「項羽嘗攻襄城，襄城無遺〔噍〕類。」

《淮南衡山列傳》：「子孫無遺〔噍〕類。」

平、去不同，韻母笑三等、蕭四等亦異，即宵蕭不同。《廣韻》兩讀全屬三等，而平聲則讀精紐；《釋文》改正徐邈爲子遙反，與《廣韻》平聲同。案《集解》引如淳曰：「類無復有活而噍食者也。青州俗言無子遺爲無噍類。」則此條徐廣或以齊語釋史文也。

38.與：音預，音豫（254-16b-2，361-4a-10）/音余（92-2614a）/以諸切，羊洳切。

《左傳・成公十七年》：「齊慶克通于聲孟子，與婦人蒙衣乘輦，而入于閎。」（482-28-22a）

《逍遙遊》：「瞽者無以與乎文章之觀。」（P.30）

《淮陰侯列傳》：「破代兵，禽夏說閼與。」

去、平不同。《廣韻》兼存平、去兩讀。《左傳》一例《釋文》改正徐邈爲如字。

39.諄：之閏反（270-19b-9）/止純反（117-3072a）/章倫切，之閏切。

《左傳・襄公三十一年》：「且年未盈五十而諄諄焉。」（685-40-13a）

《司馬相如列傳》:「厥之有章,不必諄諄。」

去、平不同。《廣韻》兼存平、去兩讀。

40.鄢:於建反(281-14a-4)/ 於乾反(45-1870a)/

於乾切,於建切。

《左傳·昭公十三年》:「王沿夏,將欲入鄢。」

(806-46-6b)

《韓世家》:「秦伐敗我鄢。」

去、平不同。《廣韻》兩讀切語全同。

41.潃:相幼反(111-7a-3)/ 先紏反(60-2120a)/

息有切。

《周禮·天官·冢宰下》鄭注:「堇苣枌榆娩槀潃

瀡以滑之。」(73-5-3a)

《三王世家》:「蘭根與白芷,漸之潃中。」

去、上不同。《廣韻》僅讀上聲有韻,且與二徐

讀同黝、幼韻元音不同,即尤幽不同。《釋文》

以劉思酒反爲首音,亦屬有韻。

42.筭、筹:音蒜,悉亂反(213-12a-9)/先管反(120-

31112a) / 蘇管切,蘇貫切。

《禮記·服問》:「終殤之月筹。」(951-57-

2a)

《汲鄭列傳》:「然其餽遺人,不過筭器食。」

去、上不同。《廣韻》兼存上、去兩讀。又徐廣

訓爲「竹器」,則意義有別。

43.鄔:於據反(130-10a-10)/ 烏古反(54-2027a)

> ／安古切，依據切。
>
> 《周禮・夏官・職方氏》鄭注：「昭餘祈在鄔。」
> （500-33-14b）
>
> 《曹相國世家》：「因從韓信擊趙相國夏說軍鄔
> 東。」
>
> 去、上不同，韻母姥、御一、三等亦異，卽模魚
> 不同。《廣韻》兩讀同。《釋文》以劉烏古反爲
> 又音，亦讀上聲。

　　第三類徐邈、徐廣異讀者 23 例，約佔三分之一強。其中聲
異者五例，徐廣注音與《廣韻》同者四例，徐邈同者一例，可見
徐廣審音比較仔細。徐邈不辨神、邪二紐，神紐或讀同心紐，或
讀同邪紐、喩紐；邪紐或讀同從紐；此外透定亦異。 徐廣 則僅
「掊」字與《廣韻》幫滂 相異者一例。

　　韻異者五例，徐邈將鍾韻讀同東韻者兩例，職韻讀同屋韻者
一例，其他二徐昔燭、先青不同者各一例，與《廣韻》互有同異。
可見亦以徐廣的審音較近《廣韻》。

　　調異者十三例，其中平上三例，平去七例，上去三例。《廣
韻》除了「提」、「洮」、「肖」、「潚」四字僅注一讀以外，
其他均爲兼注兩讀之多音字。「提」、「洮」一般都讀平聲，徐
廣標上聲或因「楚人聲重」之故，參見下文「秙」字。此外徐邈
注去聲略多，十例中已佔「披」、「肖」、「與」、「諄」 、
「鄏」、「潚」、「算」、「鄔」八例，徐廣多讀如字（「肖」、
「與」除外）；徐廣注去聲者僅「剽」、「噍」二例，徐邈則讀
平聲。至於個別字例之審音，二徐亦與《廣韻》有幫滂、透定及

尤幽之異。此外「肖」、「嗺」二字，則可爲徐邈宵蕭三四等不
分之證。

四、其他與假借、改讀有關者，宜作兩字處理，此乃訓詁讀
　　音，不全是音韻問題。現將有關經史句例彙列於下，以
　　見音義關係。

44.嗺：音謙（　363-8b-11　）／音銜（　122-3147a，123-
　　　3168a　）／苦簟切。

　　《莊子·齊物論》：「大廉不嗺，大勇不忮。」
　　郭注：「故無所容其嗺盈。」（ P.83 ）
　　《酷吏列傳》：「上怒曰：縱以我爲不復行此道
　　乎？嗺之。」
　　《大宛列傳》：「烏嗺肉蜇其上，狼往乳之。」
　　《廣韻》稱：「嗺，猿藏食處。」（ P.336 ），
　　意卽頰囊。二徐分別改讀爲「謙」、「銜」字。
　　《釋文》以郭欺簟反爲首音，則與《廣韻》同。

45.壇：音善（　166-9a-5　）／音坦（　117-3060a　）／徒
　　　干切。

　　《禮記·曲禮下》：「大夫士去國踰竟，爲壇位，
　　鄉國而哭。」鄭注：「壇位，除地爲位也。」
　　（　75-4-12a　）
　　《司馬相如列傳》：「衍曼流爛壇以陸離。」
　　「壇」、「墠」原爲古代祭祀場所，築土曰壇，
　　除地曰墠，徐邈讀爲「墠」字，意謂清除場地，
　　臨時設席；徐廣則爲聯綿詞「爛壇」記音，喻分

散貌。

46.搏：＊甫各反（265-9a-2　）/ 音戟（70-2291a　）/
補各切。

《左傳・襄公二十四年》：「皆取冑於櫜而冑，
入壘皆下，搏人以投，收禽挾囚。」（611-35-
27b　）

《張儀列傳》：「此所謂兩虎相搏者也。」

徐廣稱「或音戟」者，疑屬改讀之例。又《釋文》
改正徐邈音博。

47.犛：音來，音離（362-5b-6　）/ 音台（122-3137a）
/ 落哀切，力知切。

《莊子・逍遙遊》：「今夫犛牛，其大若垂天之
雲。」（P.40　）

《酷吏列傳》：「趙禹者，犛人。」

徐邈爲旄牛作音，徐廣則爲扶風犛地作音，兩義
不同，故有異讀。《釋文》以郭呂之反爲首音，
又與《廣韻》兩讀不同。

48.率：所類反，音類（279-10a-10　，108-2b-2　）/ 音
刷（4-140a　）/ 所類切。

《左傳・昭公十年》：「公卜，使王黑以靈姑銔率
吉請斷三尺焉而用之。」（783-45-13a　）按「靈
姑銔」乃交龍之旗。

《周禮・天官・大宰》鄭注：「賦，口率出泉也。」
（27-2-4b　）

《周本紀》：「鯨辟疑赦，其罰百率，閱實其罪。」
徐邈兩讀別義。徐廣則釋云：「率即鍰也，音刷。」
《集解》引孔安國曰：「六兩曰鍰。鍰，黃鐵也。」
蓋假借改讀也。

49. 番：甫言反（ 81-21a-3 ）/ * 普寒反（ 115-2985a）
／孚袁切。

《詩·小雅·十月之交》鄭箋：「又幽王時，司
徒乃鄭桓公友，非此篇之所云番也。」（ 405-
12.2-1a ）

《朝鮮列傳》：「嘗略屬眞番、朝鮮，爲置吏。」
二徐或因人名、地名不同，致有異讀。惟與下條
「藩」字合看，則兩讀均二徐所特有之讀音，徐
邈讀同元韻，徐廣讀同寒韻，似與別義無關，或
受文獻傳統影響所致。又《釋文》均改正徐邈爲
方袁反，元韻，《廣韻》同，各成體系。此外二
徐聲紐幫滂不同，《釋文》、《廣韻》幫滂亦異。

50. 藩：甫言反（ 25-13b-7 ）/ 普寒反（ 130-3317a）/
甫煩切，孚袁切。

《易·大壯》：「羝羊觸藩，羸其角。」（ 86-
4-9b ）

《太史公自序》：「厥聚海東，以集眞藩。」
「眞藩」即上條「眞番」，二徐似非因別義而有
異讀，可能與傳統文獻的古讀有關。

51. 瞋：赤夷反（ 399-20b-10 ）/ 丑人反（ 117-3025a）

/昌眞反。

《莊子·盜跖》:「案劍瞋目。」（P.993）

《司馬相如列傳》:「於是乎周覽泛觀，瞋盼軋沕。」《集解》:「徐廣曰:盼，一作緡。駰案:郭璞曰:皆不可分貌。」

「瞋」，張也，宜讀眞韻。徐邈讀脂韻或屬古韻陰陽對轉之痕跡，《釋文》改正爲赤眞反，是也。徐廣讀徹紐（即透紐）爲盛貌，或屬聯綿詞之特別讀音，或屬舌齒音透穿相亂之例。

52.纖: 子廉反（181-4a-11）/ 音芟（117-3012a）/ 息廉切。

《禮記·文王世子》:「其刑罪則纖剸，亦告于甸人。」鄭注:「纖讀爲殲，殲，刺也。」（401-20-22a）《釋文》:「依注音鐵，之林反，刺也。徐子廉反，注本或作纖，讀爲纖者是依徐音而改也。」

《司馬相如列傳》:「揚袘邺削，蜚纖垂髾。」徐邈讀是刺割人體之意。徐廣讀依《廣韻》是「所銜切」，或屬聯綿詞之特殊讀音。

53.著: *直據反（275-2b-5，282-16a-4）/音貯（129-3258a）/ 丁呂切，直魚切。

《左傳·昭公四年》:「莒亂，著丘公立而不撫鄆。」（732-42-29b）

《左傳·昭公十四年》杜注:「郊公，著丘公子。」

（ 820-47-4a ）

《貨殖列傳》：「廢著鬻財於曹、魯之間。」

《集解》：「徐廣曰：子贛傳云廢居。著猶居也，著讀音如貯。」《索隱》：「著音貯。漢書亦作貯，貯猶居也。說文云：貯，積也。」

二徐蓋因姓氏及改字而有異讀。

54.**被**：扶義反，扶僑反（ 37-3a-1 ， 40-10a-5 ， 50-11a-6 ， 183-7a-6 ， 218-22b-5 ， 255-18b-4 ） / 音披（ 57-2079a ） / 平義切，皮彼切。

《書·堯典》：「允恭克讓，光被四表，格于上下。」（ 19-2-6b ）

《書·禹貢》：「導菏澤，被孟豬。」孔傳：「水流溢覆被之。」（ 85-6-17b ）

《書·顧命》：「甲子，王乃洮頮水，相被冕服，憑玉几。」（ 275-18-14a ）

《禮記·禮運》：「食味別聲被色而生者也。」（ 434-22-10b ）

《禮記·射義》鄭注：「樂不失職者，謂采繁曰：被之僮僮，夙夜在公。」（ 1014-62-2b ）

《左傳·襄公三年》：「使鄧廖帥組甲三百，被練三千。」（ 500-29-10b ）

《絳侯周勃世家》：「條侯子為父買工官尚方甲楯五百被可以葬者。」《集解》引張晏曰：「被，具也。五百具甲楯。」

《釋文》以皮寄反或皮義反爲首音者乃改正徐邈
之切語用字而已，徐邈實與《釋文》、《廣韻》
同音。徐廣則假借作「披」字，不同。

55. 訑：徒見反（389-34a-11）／吐和反（128-3233a）
／土禾切。

《莊子·知北遊》：「天知予僻陋慢訑，故棄予
而死。」（P.754）《釋文》：「慢：徐無見反。」
（389-34b-10）

《龜策列傳》：「人或忠信而不如誕謾。」《集
解》：「徐廣曰：誕，一作訑，音吐和反。」
徐邈或因聯綿詞改讀，《釋文》改正爲徒旦反。

56. 賁：＊音憤，音奮（46-4b-9，216-18b-11）／音
肥（91-2604a）／符非切。

《尚書·大誥》：「予惟往求朕攸濟，敷 ❿ 賁，
敷前人受命，茲不忘大功。」孔傳：「前人，文
武也。我求濟渡，在布行大道，在布陳文武受命，
在此不忘大功，言任重。」（190-13-16a）

《禮記·大學》：「此謂一言僨事，一人定國。」
鄭注：「猶覆敗也。……僨或作奔。」（986-
60-8b）

《鯨布列傳》：「醫家與中大夫賁赫對門。」
首句「賁」訓大也，《釋文》改正徐邈音爲扶云
反。次句徐邈蓋假借爲「僨」字，覆敗也。徐廣
所注則爲姓氏「賁赫」之特殊讀音。

57.**辟**：＊音譬，扶移反（ 206-24b-4 ， 201-14b-8 ）／
芳細反（ 107-2852a ）／必益切。

《禮記·坊記》：「君子之道，辟則坊與，坊民
之所不足者也。」鄭注：「民所不足，謂仁義之
道也，失道則放辟邪侈也。」（ 863-51-7b ）

《喪大記》：「絞一幅爲三，不辟，紟五幅無紞。」
鄭注：「大斂之絞，一幅三析用之，以爲堅之急
也。」（ 778-45-1a ）

《魏其武安侯列傳》：「辟倪兩宮閒，幸天下有
變。」《索隱》：「埤蒼云：睥睨，邪視也。」
徐邈所注「辟」字異讀特多。首句徐邈「音譬」
蓋通作「譬」字，《釋文》改正爲匹亦反。次句
徐邈讀「扶移反」則通作「擘」字，《釋文》改
正爲補麥反。至於徐廣讀「芳細反」則爲聯綿詞
「睥睨」作音。

58.**隕**：于貧反（ 106-34b-6 ）／耘：于粉反（114-2981a）
／王敏切，王分切。

《詩·商頌》：「外大國是疆，幅隕既長。」毛
傳：「幅，廣也；隕，均也。」（ 800-20.4-2b）
《釋文》：「音圓。毛均也，鄭周也。徐于貧反。」
《東越列傳》：「今王頭至，謝罪，不戰而耘，
利莫大焉。」《集解》：「漢書作殞。耘義當取
耘除。或言耘音于粉反，此楚人聲重耳。隕耘當
同音，但字有假借，聲有輕重。」

徐氏兄弟讀「隕」、「耘」兩字剛巧平、上互換。徐邈認爲「幅隕」之「隕」當讀平聲，徐廣則認爲「耘」字當讀作「殞」字，均利用聲調之分化以區別意義或假借。

59. 騷：音蕭（ 100-21a-10 ， 100-21b-3 ）/ 音埽（87-2541a ）/ 蘇遭切。

《詩·大雅·常武》：「王舒保作，匪紹匪遊，徐方繹騷。」毛傳：「繹，陳；騷，動也。」鄭箋：「徐國傳遽之驛見之，知王兵必克，馳走以相恐動。」（ 692-18.5-4a ）

《李斯列傳》：「夫以秦之彊，大王之賢，由灶上騷除，足以滅諸侯，成帝業，爲天下一統。」徐邈注聯綿詞「繹騷」有異讀，《釋文》分別改正爲如字及素刀反，與《廣韻》同，因有豪蕭一、四等之別。徐廣則假借爲「埽」字。

第四類共得18例，亦約佔三分之一；其中以徐廣的異讀較多，主要是受假借改字、聯綿詞或某些專名等因素的影響而改讀，不盡是注音。在徐氏兄弟這批材料中，假借改字的情況比較普遍，例如：嘛—謙、衙，壇—埤，搏—戟，率—鎋，纖—殲，著—貯，被—披，辟—譬、壁，賁—債、耘—殞，騷—埽等均是。其次是聯綿詞或方言詞語的記音，例如：爛壇、瞋盼（ 或瞋縉 ）、蚩纖、慢訑、誕譞（ 或訑譞 ）、辟倪（ 即睥睨 ）、幅隕、繹騷等。此外則是專名改讀，例如地名：蔡、眞番、眞藩，人名：番、著丘公、賁赫等，箇中情況比較複雜，因此須作個別處理。

　　至於語音歧異方面，徐邈「瞋」讀赤夷反或屬古韻陰陽對轉之例。「番」、「藩」二字則二徐均有幫滂、元寒之異，與《廣韻》比較則更有送氣不送氣及開合口之異，可能與二徐保留古讀有關。又徐廣稱「秐」讀于粉反蓋因「楚人聲重」之故，則上文「提」、「洮」二字讀上聲似亦與方言聲重有關。

　　上文初步就徐氏兄弟互見的注音加以比較，然後再以《廣韻》作爲定音的標準，考察他們音系的特點。其中有些是音韻問題，有些是訓詁問題，須要分開處理，不能混爲一談，否則卽影響音系的準確性。大抵是徐廣注音比較謹愼，或承用舊說假借改讀以爲訓，或選用一些比較有把握的切語；徐邈好用四聲別義作音，新作切語尤多，容易表現本身語音的特點。過去有關徐邈的研究較多，例如簡宗梧、坂井健一、蔣希文諸家都已作了詳細的描寫，假如能與徐廣或其他各家的材料合看，相互比較，則將來或有可能重建東晉的吳音。倘就本文比較所得而論，二徐的讀音與《廣韻》同異參半，其異者有幫滂、定透、匣溪、仙先、幽尤、平上、去平等。至於二徐之間差異亦多，徐邈似不辨心神、邪神、喩神、從邪、東鍾、蕭宵、屋職等，特點較多。徐廣審音比較接近《廣韻》，其中「番」、「藩」、「掊」、「攪」、「劋」、「瞋」諸字似因受古讀影響而有異讀。聲調方面，徐廣多以平爲上，徐邈則增衍去聲，亦可見兄弟異趣，將來可望作進一步的研究。

附　註

❶　《宋書·徐廣傳》P.1549，北京：中華書局，1974. 10 。

❷　陸志韋〈古反切是怎樣構造的〉，《中國語文》1963 年第五期，P. 367 。

❸　諸家輯錄徐邈音統計表：

	羅常培	江汝洺	簡宗梧
周　易	113	126	123
尙　書	235	261	241
毛　詩	279	288	286
周　禮	175	178	177
禮　記	536	552	546
左　傳	324	330	331
公　羊			5
穀　梁	3		1
孝　經			1
莊　子	430	429	434
爾　雅			2
總　計	2095	2165	2147

主要參考資料如下：

羅常培：〈經典釋文中徐邈音辨〉，《羅常培紀念論文集》P.28-33 。
　　北京：商務印書館，1984.3。附注稱「羅先生遺著中有〈經典釋文中之徐邈音〉一文手稿，似未卒篇。」

江汝洺：《經典釋文之音義研究》，香港：香港中文大學碩士論文，
　　1970 。

簡宗梧：《經典釋文徐邈音之研究》，臺北：國立政治大學中國文學研

究所碩士論文，1970。

陸志韋稱：「本文所收徐切，範圍從廣，條件從寬。這樣，共得徐切一千一百八十六條（其中切下字是等韻的一等字的二百五十四條，二等一百一十二條，三等六百七十二條，『四』等一百四十八條 ）。 」1963，參見註❷。

何大安《經典釋文所見早期諸家反切結構分析》稱：「釋文引邈反語，去其重複，得近一千四百條爲諸家冠。」P.19 ，國立臺灣大學碩士論文，1973。

沈秋雄《三國兩晉南北朝春秋左傳學書考佚》據馬國翰《玉函山房輯佚書》得徐邈《春秋左氏傳音》311 節，另補失輯 6 節，減誤輯 1 節，實得 316 節。案單字計當得 334 條。沈氏分析徐邈之音義材料得異文 12 條，詁義四十餘條，其餘均爲釋音。國立臺灣師範大學國文研究所博士論文，1981。

蔣希文〈徐邈反切聲類〉稱：「我們在《經典釋文》裏收集到有關徐邈音釋的資料共 2225 條，去其重複，並去掉了一些與音韻關係不大的，以及一些明顯有錯誤一時未能考訂出來的音切，實際上得到的音例共 1207 條。」《中國語文》1984 年第 3 期，P.217。

❹ 坂井健一：〈徐邈音義の聲類について〉，《東方學》第 33 輯 P.103-112,1967.1。 又〈徐邈音義考一韻類を中心に〉，《東洋學報》第 50 卷第 2 號 P.59-95,1967。 又《魏晉南北朝字音研究——經典釋文所引音義考》，東京：汲古書院，1975.3。

簡宗梧：〈徐邈能辨別脣音輕重之再商榷——兼論經典釋文引又音的體例〉，《中華學苑》第 33 期 P.87-98,1986.6。

❺ 香港浸會學院「中國聲韻學國際學術研討會」論文，1990.6.11-12。初步結論如下：

徐廣音以聲紐的變異比較顯著，共得 62 例，其次是韻部 31 例，聲調 26 例。其中有二十多條是聲、韻、調相關互見的例子，另有幾條則因假借、改字而與《廣韻》異讀，如果排除這些情況不算，眞正屬於聲音變異的例子約得一百條左右，約佔三分之一。在聲紐方面，脣音幫滂異讀者六例，幫並一例，滂並三例，遠比輕重脣不分的五例爲多，可

　　能是當時的北音（或東州語）只分幫、滂，南音則分滂、並，尤其是牽涉輕唇的時候，徐廣分辨幫非、滂敷、並奉這三組的能力就大打折扣了，有些失準，故唇音的異讀較多。此外舌音端定一例，透定四例；牙音見溪一例，見群三例，溪群一例，溪匣三例；齒音精莊系精從二例，清初一例，清床一例大概也屬於類似的情況。換句話說徐廣有時不辨清濁，有時不辨送氣。在整個聲紐系統方面考察，徐廣幫非二系、精莊二系不分；端知不分，但透徹、定澄則完全不混。其他日泥、喻邪、穿透介於分、混之間；神禪字少，僅得五例，但完全不混。此外牙喉相通之例較多，舌齒相通之例則少，與《史記》三家注所反映之情況互有同異。

　　徐廣對韻部的審音比較準確，與《廣韻》異者 31 例，僅佔十分之一。其中有些例子與古今音變及專名讀音傳統有關，不盡是審音問題。徐廣分韻較細，趨近《切韻》。比較顯著的特點是歌戈麻不分，侯近模魚虞，而尤幽、仙先、咸銜、合盍緝、曷黠等或亦不分，山攝內部差異較大，可能牽涉多韻之故。聲調大體仍分四聲，但平上、平去、去入相亂的現象亦很普遍，反而上去相混的現象則不多見，或可注意。

❻　見《輔仁學誌》18,P.203-229,1989.6。

❼　詳見顏之推《顏氏家訓・音辭篇》。

❽　案下文例 20 「還」音宦，讀去聲，訓爲「遶」，似可算作四聲別義之例，其他未見。

❾　本文所引徐邈音全據鄧仕樑、黃坤堯《新校索引經典釋文》，臺北：學海出版社，1988.6。文內所引三項數字中，前者爲新編總頁碼，中間爲原刻頁碼（再分 a，b），末爲原刻行數。中、末兩項適用於檢索通志堂原刻各本。

　　徐廣音見《史記》，北京：中華書局，1959.9。先列卷次，次列頁碼，末項 a 爲《集解》，b 爲《索隱》，c 爲《正義》。d 爲《史記正義佚文輯校》（張衍田輯校），北京大學出版社，1985.1。

　　本文所引經傳句例全據《十三經注疏》，臺北：藝文印書館影印本，1955。引文先列新編頁碼，次列卷次，末列舊刻頁碼（再分 a，b）。《莊子》句例則郭慶藩《莊子集釋》（王孝魚整理），北京：中華書局，1961.7。

⑩ 「糴」、「糶」音義唐代已分化爲兩字。《廣韻·入 23 錫》云:「糴:
市穀米。又姓,左傳有晉大夫糴茷。徒歷切。」(P.522)又《去 34
嘯》云:「糶:賣米也。他弔切。」(P.412)兩讀乃區別關係方向類之
動詞異讀,除入去不同外,另有聲紐定透濁清之別。二徐兩字同讀徒紐
嘯韻,似尚未分化。據本文二例所見,徐邈用於姓氏不見買米義,徐廣
則確有賣米義;兩者字形不同,二徐同讀一音,與《廣韻》分爲兩讀不
同。

⑪ 《廣韻·入1屋》「㲉」字另有「胡谷切」一讀(P.449),或通「斛」
字,與「戶角切」音義不同。

⑫ 《莊子·馬蹄》:「夫加之衡扼,齊之以月題,而馬知介倪闉扼鷙曼詭
銜竊轡。」成疏:「介,獨也。倪,睥睨也。……乖乎天性,不任困苦,
是以譎詐萌出,睥睨曲頭綟扼,抵突御人。……矯僞百端。」(P.339)
《釋文》:「介,徐古八反。倪,徐五佳反,郭五第反。李云:介倪,
猶睥睨也。崔云:介出睥睨也。」(374-4b-2)。
《史記·魏其武安侯列傳》:「辟倪兩宮閒,幸天下有變。」《集解》:
「徐廣曰:辟音芳細反,倪音詣。」《索隱》:「埤蒼云:睥睨,邪視
也。」(P.2851-2)。
　　案徐邈「倪」有平、去兩讀。王倪人名讀平;天倪、端倪等詞語讀
去。此處「介倪」與徐廣「辟倪」同屬連綿詞「睥睨」的借音,而徐氏
兄弟平、去異讀。

⑬ 「碧」字切三、《唐韻》、《廣韻》等屬昔韻,王二屬格韻(即陌韻)。
《集韻》兩見,今依《廣韻》。

⑭ 此「敷」字或爲衍文,參見孫星衍、段玉裁說。

從朝鮮漢字音看一二等重韻問題

吳世畯

一、前　言

　　一、二等重韻指的是在攝、等、開合都相同的情形下，存在的兩個或三個韻類。一等重韻有咍與泰，覃與談，合與盍；二等重韻有皆與佳、夬，咸與銜，洽與狎，山與刪，鎋與黠，耕與庚，麥與陌二。

　　高本漢利用朝鮮譯音及吳語、廣州語等方言為根據，主張重韻之區別在於音量長短的不同。如一等重韻咍為短 a 的〔âi〕，泰為長 a 的〔âi〕。

　　其中高本漢最主要利用的是朝鮮譯音，而朝鮮譯音對一、二等重韻的區別較任何漢語方言都明顯，可惜他誤解了其中所表現的重韻對立現象。因為朝鮮漢字音中他所說的短 a（或短 a ）咍類韻用〔ㅓ〕（暫擬為〔ʌ〕）來標記，泰類韻用〔아〕（〔a〕）來標記，而他誤認為〔ㅓ〕為〔a〕的短音。

　　雖然後來許多中國學者，如董同龢、陸志韋、邵榮芬諸位先生以另外角度來批評高本漢的長短說，而認為一、二等重韻的區別應在於音色的不同，而非音量的長短。但對朝鮮漢字音所表現

的一、二等重韻問題卻置之不談。

　　既然朝鮮譯音在一、二等重韻的表現上佔如此重要地位，個人認爲應值得由此方面探討一、二等重韻問題。

　　本文首先根據朝鮮譯音一、二等重韻現象，探討高本漢所言長短 a 的對立問題，再於能力所及之範圍內探討一、二等重韻有關音值等問題。

二、論朝鮮韻書所表現的一、二等重韻現象及其相關問題

　　高本漢考究中古一、二等重韻問題時，主要利用了高麗音(朝鮮音)。在此我們檢討朝鮮漢字音（非現代韓國漢字音）裡是否眞的有一、二等重韻之對立，若眞有對立，則情形究竟爲何？

　　事實上河野六郎曾經認爲朝鮮漢字音是唐・慧琳音之反映，因此否認有重韻對立現象的存在（見《朝鮮漢字音の研究》）。但若見過朝鮮韻書的蟹攝標音，即可知其說之謬誤。

　　高本漢考一、二等重韻時，最重視朝鮮漢字音中的蟹攝。因其所表現之一、二等重韻對立現象最爲顯著，可見其理由充分。蟹攝表現情況如下表：

　　下表所用的《東國正韻》（簡稱爲東國）及《奎章全韻》（簡稱爲奎章）各屬於前、中期朝鮮韻書的代表。朝鮮漢字音的 [애]（[ai]）代表高本漢 â（長音）的 [âi]，[의]（暫擬爲 [ʌi]）則代表高氏 ậ（短音）的 [ậi]。對朝鮮音 [o] 的音值暫從許雄氏說。（表見於 161、162 頁）

　　我們從此表可看出一等咍韻以 [의]（[ʌi]）來表示，

蟹攝一、二等重韻對立對照表

泰 韻				咍 韻				韵書＼韵	聲
開口一等去				開口一等平上去					
奎 ʌi	章 ai	東 ʌi	國 ai	奎 ʌi	章 ai	東 ʌi	國 ai		
	애		애	이			애	見	牙
	애		애	이			애	溪	
	애		애			애	애	疑	
이		애					애	端	舌
	애	애	애	이		이		透	
	애	애	애	이		이		定	
	애	애	애		애		애	泥	
	애	애	애	이		이		來	
				이		이		精	齒
	애	애		이		이		清	
				이		이		從	
				이		이		心	
	애		애					幫	脣
	애		애					滂	
	애		애					並	
이			애					明	
	애		애	이		이		影	喉
				이		이		曉	
	애		애	이		이		匣	
2：13		0：15		12：2		10：4		計	

夬韵		佳韵			皆韵			韵書	聲
開口二等去		開口二等平上去			開口二等平上去				
奎	章	奎		章	奎		章		
Λi	ai	oai	Λi	ai	oai	Λi	ai		
	애		이	애		이		見	牙
						이		溪	
				애				疑	
								端	舌
								透	
				애				定	
								泥	
								來	
				애		이	애	照	齒
				애		이		穿	
			이	애		이		牀	
				애	왜			審	
	애			애		이		幫	唇
						이		滂	
	애			애		의		並	
	애		이	애		이		明	
	애	왜	이			이		影	喉
			이			이		曉	
								匣	
0 :	5	1 :	5 :	10	1 :	11 :	1	計	

※皆韵《東國正韻》將此韻寫作〔 애 〕(〔ai〕)。其他《三韻聲彙》等重
要韻書則與《奎章全韻》相同皆韵大多寫作〔 이 〕(〔Λi〕)。

另外重韻泰韻則以〔애〕（〔ai〕）來表示。就是〔ᄋᆡ〕
（〔ʌi〕）與〔애〕（〔ai〕）之對立。又皆韻是以〔ᄋᆡ〕
來表示；佳、夬二韻則以〔애〕表示。就是〔ᄋᆡ〕與〔애〕
與〔애〕之對立。

由此可見，朝鮮蟹攝裡的確存在一、二等重韻對立之現象。
這種現象顯示朝鮮譯音不僅是河野六郎所說的唐・慧琳音之反映。
因爲慧琳音裡一、二等重韻早己合併爲一。它應該是跟《一切經
音義》音系不同的切韻音系的反映。本人認爲朝鮮漢字音的這種
區別很明顯地反映切韻音系裡的一、二等重韻現象。這點恐怕在
學術界已成定論。（可參看朴炳采《古代國語漢字音의研究》。）

除了蟹攝之外，咸攝裡的一等重韻覃、談也有若干的重韻區
別。原本此二韻在朝鮮漢字音裡韻母爲〔-am〕，但亦存在少數
有區別的。如《華東正音》裡覃韻〈高本漢爲短音〔âm〕）的
一些齒音字，韻母以〔ᄋᆞᆷ〕（〔-ʌm〕）來表記，而與談韻的
〔압〕（〔-am〕對立。如精母字鐕與從母字蠶、撏三字爲〔ᄌᆞᆷ〕
（〔čʌm〕），心母字糝字爲〔ᄉᆞᆷ〕（〔sʌm〕）。

不過，我們要注意以下兩點。

第一，在朝鮮漢字音裡，除了以上所舉的一、二等重韻之間
有分別的例子之外，其他各重韻裡都沒有對立的情形。如合盍，
咸銜，洽狎，山刪，鎋黠，耕庚，麥陌等韻。合盍同收〔-ap〕，
咸銜同收〔-am〕，洽狎大致同收〔-ap〕（洽韻牙喉音有(-jəp)，
山刪同收〔-an〕，鎋黠同收〔-al〕，耕庚大致同收〔-ʌjŋ〕
與〔-jəŋ〕，麥陌大致同收〔-ʌjŋ〕及〔-jəŋ〕。對這些無
區別的重韻，本人較贊同朴炳采氏之說。此現象可能代表後期如

慧琳《一切經音義》中重韵合併爲一的另外一種混合反映。所以不能以這些現象來否定蟹攝裡所表現的重韵對立現象。

第二，在朝鮮漢字音裡，一、二等重韵的主要元音大概是〔ㅇ〕（暫定爲〔ʌ〕）與〔아〕（〔a〕）的對立。但我們得注意這個〔ㅇ〕音又出現於另外非一、二等重韵的韵中。既然咍韵等（高本漢的短音â系）音值與朝鮮〔ㅇ〕音有密切關係，當然要先釐清在朝鮮韵書裡一、二等重韵之外，〔ㅇ〕使用於他韵的情形。〔ㅇ〕音出現於他韵之情形如下：

支、脂、之三韵平上去聲的齒音精系字；痕韵平上去聲；侵韵三等平上去的齒音莊系字。

首先看支、脂、之三韻齒音精系字的現象。朝鮮漢字音裡此三韵幾乎全以〔-i〕或〔-ïi〕表示。只有齒音精系字有後舌元音〔-ㅇ〕（〔-ʌ〕）（目前大部分學者認同〔ㅇ〕爲後舌元音）。朴炳采先生認爲此是漢語上古音的表現（前書頁 189 ～ 190）。不管朴氏說是否正確，但我們至少可以說朝鮮漢字音裡的此現象與《切韵指掌圖》第十八圖齒音一等精系字的表現現象頗相似。在《指掌圖》，本爲四等的齒音精系字移到一等位置。本來支、脂、之皆爲細音，不能居於一等，董同龢、王力等先生重視該圖此現象而主張此爲「舌尖前元音」〔ɿ〕的表現。關於此問題，如果朝鮮韵書上此現象眞正代表《指掌圖》上所表現的語音現象，總覺得二者之間的具體音值差別未免太大（即〔ɿ〕與朝鮮〔ʌ〕（〔ㅇ〕））。朝鮮本有與〔ɿ〕相差不遠的舌面音〔ㅡ〕（〔ï〕）（許雄氏說），若二者共同表現同樣的語音現象，朝鮮人爲何不用〔ㅡ〕（ï〕），而用〔ㅇ〕（〔ʌ〕）？

從此可看出二者雖在外表上很類似，但實際內容上有很大的差別。目前依我的淺識無法答出其所以然。不過我想此朝鮮漢字音的特殊情況可以從兩方面解釋。一爲反映近代朝鮮漢字音的殊殊音變情形。二爲古代朝鮮漢字音（比切韻音系還早的）的另外一種特殊音變情形。

先對前者來說，我想朝鮮漢字音的此現象可稱爲朝鮮特有的「前舌元音的後舌元音化」，這點外表上與《切韻指掌圖》所表示的現象一致。不過我們還得承認朝鮮支脂之三韻齒音上的［ọ］是與中國現代各漢語方言的音變情形不同，係經過另外一種音變程序的結果。因爲在絕大多數漢語方言裡，這些三韻齒音精系字差不多同樣讀爲［-1］。如果董同龢、王力二先生的研究成果無錯，又朝鮮漢字音與《指掌圖》均代表同樣的語言現象，朝鮮人不可能以［ọ］（［ʌ］）譯爲［1］。從此可證明朝鮮的［ọ］（［ʌ］）是經過另外一種音變程序的結果，而不只是反映中國近代音變情形而已。

對後者來說，也有如下的可能性。支韻齒音精系字上古來源是支部及脂部；脂韻齒音字的上古來源是脂部；之韻齒音精系字的上古來源是之部。這些上古音來源爲 *-e-、*-ə-（對此上古三部的主要元音，各家意見皆一致）的齒音字，跟其他聲母的中古支、脂、之韻的字不同，受聲母的某種影響（目前個人無法確定是何種影響），非變爲 i 類元音，而變爲較低較後的接近於［ʌ］的元音。

再看三等侵韻開口平上去聲齒音莊系字。侵韻的朝鮮譯音有［-im］、［-ïm］、［-ʌm］（［ọ̆m］）三種。齒音方面來說，照系與

精系是收〔-im〕，只有莊系收〔-ʌm〕（〔ꙮ〕）。侵韻（齒音字）的上古來源是〔*-əm〕，應也可變為〔im〕、〔ïm〕、〔-ʌm〕。但是本人目前還不知道在何種情況下跟另外照、精二系齒音字不同的只有莊系字變為〔-ʌm〕。

總之，在一、二等重韻上扮演重要角色的〔o̤〕（〔ʌ〕），雖然在其他非重韻的韻裡出現（如支、脂、之、侵），但皆有其理由。可能是表現各韻內部的音變情形，並不會對一、二等重韻的研究有所影響。

三、朝鮮蟹攝一、二等重韻之區別非元音長短的證明

高本漢考一、二等重韻問題，主要利用高麗譯音所顯示的特殊情況，而主張以元音長短來區別一等及二等的重韻，如一等泰韻是長音〔ɑi〕，而咍韻是短音〔ǎi〕；二等佳韻是長音〔ai〕，而皆韻是短音〔ǎi〕。實際上在朝鮮韻書或字書裡（如《奎章全韻》），的確有一、二等重韻之區別。如高氏所說的短a（å）（不管 a 或 a）以〔o̤〕來標記，而長 a 則用〔아〕來標記（〔ai〕是〔애〕，〔ǎi〕是〔ᅩᅵ〕）。例外情形很少。問題則在於朝鮮音〔o̤〕（現代韓國早已不用此〔o̤〕）是否真正代表短a（或短 a），又〔아〕是否真正代表長a（或長 a）。

雖然董同龢等諸位先生對高氏的一、二等重韻元音長短說早已提出意見。然對高麗音（朝鮮音）部分卻避而不談。以董先生為例，竟贊成高本漢所認為高麗音中存在長a短a的說法(《表稿》頁76）。目前對高麗音部分，討論最為詳細者為邵榮芬先生(《切

韵研究》頁 128 ）。他利用《訓民正音・解例》的記載批評高本
漢高麗音一、二等重韵元音長短說。個人認爲他的論點非常中肯。
只是沒有其他證據。本人研究結果，朝鮮漢字音蟹攝重韵之區別
的確不在於元音長短而在於音色不同。況且，朝鮮音〔ㅗ〕非短
a（或短 *a*），〔ㅏ〕亦非〔ㅗ〕之長音。

討論之前，首先要糾正高氏《中上古漢語音韵綱要》及《中
國音韵學研究》中有關韓國漢字音方面的幾個錯誤。高氏在《中
上古漢語音韵綱要》頁 46（齊魯書社譯本）云：

> 朝鮮音的二等佳韵有 a（長 a）也有 ai（a，只有極少幾個
> ǎi），而皆韵大多數是 ǎi（只有一些 iei 和極少幾個 ai ）：
>   佳韵：佳 ka，債 tɕ'ai，買 mai
>   皆韵：開 kǎi，……

高氏在此所用的並非當時（一九一〇年代）的韓國漢字音或現代
韓國漢字音，而是朝鮮漢字音（李朝）。因爲他在此之前曾說過：
「……兩者現在都讀 ɛ，但保守的書寫方式還能很好地區分它們。」
由此可見，他討論一、二等重韵時，所用的是屬於朝鮮晚期 18c
以前的漢字音。不過他所用的一些高麗音中又有不符合朝鮮漢字
音的例子。比如：朝鮮韵書或字書裡的佳韵根本沒有發音爲 a 的
音。這可能是高氏誤用了「佳」字的現代韓國漢字音〔ka〕。
但連與高氏同時代的一九〇九年出版的《字典釋要》也標記爲
〔kai〕。由此可推測，如果他的音正確又有所本，他可能參考
了更接近於現代韓國漢字音的其他後期資料。不過我們在此不能

贊同他的佳音〔ka〕。如果那樣作，會弄亂整個系統。此外他所舉的「買mai」例在選例上較不合理。應該改用「賣mai」例較妥當。因爲買字雖然在《華東正音》拼音爲[mai]，但其他像《奎章全韵》及《三韵聲彙》、《字類註釋》等書皆拼爲〔mǎi〕（依高氏擬音），還有高氏誤認爲皆韵有-iei，但事實上不是-iei而是-iəi。關於高氏此句，如果不論現代音，而只參考《華東正音》、《三韵聲彙》、《奎章全韵》（代表朝鮮中晚期漢字音），可以如下糾正：

朝鮮音的二等佳韵（開口）有-ai（長a）、-ǎi、-oai（-ai多，-ǎi少數，-oai極少數），而皆韵（開口）大多數是-ǎi，但亦有少數的-ai及極少數的-iəi、-oai。
（但只有華東正音一書卻相反。-ai反而佔多數，-ǎi佔少數。）

佳韵：佳kai、債tɕ'ai，賣mai

討論過高本漢的錯誤後，便可回到本人的立論根據：

第一，如邵榮芬先生所指出《訓民正音解例、制字解》很明確地說明〔ọ〕音的性質及與其他音素之間的關係。它說：

•舌縮而聲深，天開於子也。形之圓，象乎天也。……ㅗ與•同而口蹙。……ㅏ與•同而口張•……。

由此可見從〔•〕（〔ọ〕是〔•〕的俗寫）的位置、音響感（姜信沉說）、開口度等當中，無法看出任何有關長短音的說法。當

然〔o̞〕與〔아〕的分別在於音色的不同而非在於長短的不同。

第二，多數韓國學者研究〔o̞〕音時，並沒有論及長短問題。比如李崇寧、許雄先生的討論。李先生在他的〈ᄋ音研究의方法과實際〉裡主要主張為「〔o̞〕是a、o的間音」。許先生在《國語音韻學》裡則用七種方法（舌的狀態，聲的印象，a、o之間的比較，音素的變動，音素的變遷〔許氏認為音素的變動與變遷不同〕，與中國音的對比，用韓國方言音）來推定〔o̞〕的音值。他認為〔o̞〕的音值較接近於〔ɤ〕或〔ʌ〕。他說：

> 我們可以承認/ᄋ/是與/아/、/오/接近，又與/으/接近……/ᄋ/是舌的位置上幾乎近於/오/，不過圓唇的程度上不如/오/那麼圓。換句話說，它是平唇的/오/，就是近於〔ɤ〕或〔ʌ〕的音。（《國語音韻學》，頁316）

在此，/아/、/오/、/으/ 各差不多等於 /a/、/o/、/ï/。如果我們接受許氏之說，則不能認同高氏之說。因為我們總不能說〔ɤ〕（或〔ʌ〕）就是短的〔a〕。本人認為，用元音長短來解釋〔ɤ〕（或是〔ʌ〕）與〔ɑ〕（或〔a〕）之間的差別遠不如用元音音色之不同來解釋其中的差別。但值得注意的是李崇寧先生在〈ᄋ音考再論〉一文的結論中提到「ᄋ音很可能是長母音」。這點正好跟高本漢之說相反。因為高氏認為〔o̞〕是短a。不過無論如何，很少人以元音長短來說明此〔o̞〕的音值。

第三，〔o̞〕的演變規律無法容納「長a短a」說。我們在此可以不談〔o̞〕的消失年代。不過朝鮮〔o̞〕到後來演變為幾

個不同音素。如 a、ï、ə、u、i、e。但大部分的〔o̜〕變
爲〔a〕。如果朝鮮音的〔o̜〕後來全部變爲 a 的話，高氏的說
法並非完全錯誤。但事實上後來變爲〔ï〕的也不少（變爲ə、
u、i、e 的例子亦有少數）。如：

가늘（〔ka〕〔nʌl〕）＞가늘（〔ka〕〔nïl〕）

마음（〔ma〕〔ʌm〕）＞마음（〔ma〕〔ïm〕）

가슴（〔ka〕〔sʌm〕）＞가슴（〔ka〕〔sïm〕）

※〔o̜〕音值暫從許雄先生說。

如果我們承認〔o̜〕只是個短 a 的話，應如何解釋後來〔o̜〕有
變爲〔ï〕的現象呢？若依許雄之說擬爲〔ʌ〕或〔ɣ〕，則可
以解釋這個問題。

　　第四，高氏的長 a 短 a 說不合於韓國國語裡現存的長短規律。
現在的韓國國語裡其他元音的長短區別雖然紊亂，但仍存在此種
現象。比如〔ma:l〕（語，長音），〔mal〕（馬，短音）。
所以一九二一年三月朝鮮總督府頒布的「普通學校用諺文綴字法
大要」第十五條也說：

　　　　有同字而因元音長短不同而造成兩種不同意義的字，如
　　　　〔ma:l〕（語，長音）與〔mal〕（馬，短音），〔nu:n〕
　　　　（雪，長音）與〔nun〕（目，短音），〔pa:l〕（簾，長音）
　　　　與〔pal〕（足，短音）。
　　　　對此，雖是須要加長短的音符來區別，……但對每個許多
　　　　字要全部加長短音符是非常麻煩的事，且許多字還待進一
　　　　步研究確定其所屬長短。因此，在此則全部省略而不加。

由此可見，辨別字音的長短並不容易。但的確可找到幾個有用的長短音例子。這些例子可讓我們得出進一步的結論。舉例說明如下：

　　用國際音標來標記的第一個音是現代韓國國語之擬音。所舉的例子中，如果高氏所擬的短的a（朝鮮音［ọ］）音與所舉的現代韓國國語音例子之間存在有規律地互相對應關係，同樣的長的a（朝鮮音［아］）與韓國國語裡的長音也有對應關係，則我們可以承認高氏之說不錯。但如果找不到任何對應關係則表示高氏說有不足之處。其例如下：

　　　　말：［ma:l］（語，長音）──朝鮮音［ᄆᆞᆯ］（短a）
　　　　말：［mal］　（馬，短音）──朝鮮音［ᄆᆞᆯ］（短a）

此例無法幫助高氏說。因為在朝鮮音（《字類註釋》）裡依高氏說二者同樣唸短a（朝鮮音［ọ］），但到現代韓國國語裡，則一個變為長a而唸［ma:l］，一個變為短a而唸［mal］。假如在朝鮮時代［ᄆᆞᆯ］字裡的［ọ］音代表短的a，為何到後代（不到一百年間）一個字仍保持短a，另一個字卻變成長a呢？

　　以下是我所找到的同樣的另外一些例證（朝鮮音方面主要根據的是《奎章全韵》〔一七九二年〕中的音。且參考《字類註釋》〔一八五六年〕）。此處所選的例子除了漢字音之外尚有純韓國語字音。在此原本要討論的問題是朝鮮［ọ］與現代韓國國語裡的長短音是否真有關係。現在可知朝鮮［ọ］音，除漢字音外又出現於純朝鮮語音裡，且在現代韓國國語裡，漢字音與純韓國語音均有長短音區別的現象，我們應可以利用這些純朝鮮語的例子。

　　首先所標記的音是現代韓國國語音值。其擬音下面的漢字，

有的表其音，有的表其義。現代韓國語音中的長音以〔：〕來標記。在朝鮮音部分所注的長a、短a暫且根據於高本漢說。

(1) {
담〔tam〕　　（義：牆）——朝鮮音〔tam〕담（長a）
담：〔ta:m〕（音：痰）——朝鮮音〔tam〕담（長a）
}

(2) {
하〔ha〕　　（音：河）——朝鮮音〔ha〕하（長a）
하：〔ha:〕（音：下）——朝鮮音〔ha〕하（長a）
}

按：如依高氏說，則無法解釋朝鮮音同爲長a的兩個字到現代一變爲長音，一卻變爲短音a的現象。

(3) {
사〔sa〕　　（音：死）——朝鮮音〔亽〕　（短a）
사：〔sa:〕（音：己）——朝鮮音〔亽〕　（短a）
사：〔sa:〕（音：紗）——朝鮮音〔사〕　（長a）
사〔sa〕　　（音：絲）——朝鮮音〔亽〕　（短a）
}

按：如依高氏說，無法解釋朝鮮時屬於短a的第二個字音到現代突變爲長a的現象。

(4) {
내：〔nε:〕（義：川）——朝鮮音〔닉〕　（短a）
내〔nε〕　　（義：煙）——朝鮮音〔내〕　（長a）
내〔nε〕　　（音：內）——朝鮮音〔닉〕　（短a）
}

按：此例，更無法容納高氏說。因爲朝鮮時代屬於短a的第一個字到現代爲何變爲長音；又朝鮮音爲長a的第二個字到現代爲何變爲短音呢？在此，〔ε〕可以看做爲〔ai〕。〔애〕在朝鮮本來唸〔ai〕，但到近代變爲單母音〔ε〕。

(5) {
대〔tε〕　　（義：竹）——朝鮮音〔딕〕　（短a）
대〔tε〕　　（音：臺）——朝鮮音〔딕〕　（短a）
}

$$
\left\{
\begin{array}{l}
\text{대} \ [t\varepsilon] \qquad （音：大）——朝鮮音 ［대］ \qquad （長 a ）\\
\text{대：} \ [t\varepsilon:] \quad （音：代）——朝鮮音 ［디］ \qquad （短 a ）
\end{array}
\right.
$$

按：依高氏說難以解釋第三、四個字的演變。

$$
(6) \left\{
\begin{array}{l}
\text{마：} \ [ma:] \quad （義：薯） \qquad 朝鮮音 ［마］ \qquad （長 a ）\\
\text{마} \ [ma] \qquad （音：魔） \qquad 朝鮮音 ［마］ \qquad （長 a ）
\end{array}
\right.
$$

按：依高氏音，二者在朝鮮均唸爲長 a ，但到現代一變爲長

a ，一變爲短 a ，無法說明其演變規律。

$$
(7) \left\{
\begin{array}{l}
\text{배} \ [p\varepsilon] \qquad （義：腹）——朝鮮音 ［비］ \qquad （短 a ）\\
\text{배} \ [p\varepsilon] \qquad （義：梨）——朝鮮音 ［비］ \qquad （短 a ）\\
\text{배} \ [p\varepsilon] \qquad （義：舟）——朝鮮音 ［배］ \qquad （長 a ）\\
\text{배：} \ [p\varepsilon:] \quad （音：倍）——朝鮮音 ［비］ \qquad （短 a ）
\end{array}
\right.
$$

按：第三個字，在《訓蒙字會》爲［비］（短 a ）。如依

　　高氏說，難以解釋朝鮮音爲短 a 的第四個字到後來變長

　　音的現象。

以上所舉的七個例子，如從高氏說則無法解釋其演變情形。

四、論朝鮮音 ［ㆍ］ 之音值

在韓國國語裡（包括漢字音）被認爲 17 c 早已消失（李崇

寧先生說）的 ［ㆍ］ 音，多年來成爲諸多學者的研究對象。因爲

要了解 15 c 韓國國語，不能不先了解早已失傳的《訓民正音》基

本中聲三字（ㆍ、一、丨）的首字 ［ㆍ］（ ［ㆍ］ 是 ［·］ 的俗

寫）的音值。雖然過去對 ［ㆍ］ 的音值爭論不已，但目前已有些

許共識。

　　[o̥] 音之考定，在韓國最有影響力的學者有三人（李崇寧、
崔鉉培、許雄），其中李、許二氏之說相似而最被學界接受，崔
氏的說法較不被人接受。

　　在此先探討崔氏說之問題。崔先生認爲朝鮮 [o̥] 音爲舌面
央中展脣元音 [ə]，又 [어] 音爲 [ɔ]（《o̥ 字의소리
값상고」頁 72～83）。這點後來受了李氏之批評（〈o̥ 音考再
論〉）。而且又不符合許氏之論點。

　　崔氏說確實有誤。在此舉二個論證簡單地說明 [o̥] 不可能
是 [ə] 說（包括 [어] 不是 [ɔ] 說）。

　　第一，若仔細探究《訓民正音·解例》上的幾句話，則可
以避免這種誤解。

> ·舌縮而聲深…… ㅡ舌小縮而聲不深不淺…… ㅣ舌不縮而
> 聲淺……ㅗ與·同而口蹙……ㅏ與·同而口張……ㅜ與ㅡ
> 同而口蹙……ㅓ與ㅡ同而口張。

舌的位置來說，[i] 最爲舌不縮之音，而 [a] 爲最舌縮音。
就是越後舌低元音，其舌之縮度越甚。又 [o̥] 與 [ㅏ]（a）、
[ㅗ]（o）之比較而言，其發 [o̥] 音時之舌位與 [ㅏ]（a）、
[ㅗ]（o）相同（近似），只是不似 [ㅏ] 那麼展脣，又不似
[ㅗ] 那樣圓脣。（以上詳見許先生《國語音韻學》P.P. 304
～308）。這些對 [o̥] 之最早記錄其實已足夠證明 [o̥] 爲後
舌低元音之事實。

　　第二，我們如果先考究出朝鮮 15 c [ㅓ]（暫定 [ə]）的

音值則容易知道崔先生說之不足，目前對此〔ㅓ〕的音值絕大多數學者認爲是〔ə〕。恐怕已成爲定論。如李基文、李崇寧、金完鎭、許雄等人。以許先生爲例，他認爲15 c〔ㅓ〕的音值有三種可能性，爲〔ə〕、〔ʌ〕或另外第三者。但依《訓民正音·制字解》的記載「ㅓ與ㅡ同而口張」，可看出其音值不可能爲〔ʌ〕（見同書頁343），應較接近於〔ə〕音。既然已得出〔ㅓ〕爲〔ə〕的結論，自然可看出崔氏「〔ㆍ〕爲〔ə〕；〔ㅓ〕爲〔ɔ〕」主張是不正確的。有關崔氏說之其他不足處，詳見李氏〈ㆍ音攷再論〉一文，在此不贅言。

以下介紹許雄、李崇寧二位先生對〔ㆍ〕音值看法。

首先看許先生說。關於許先生說已在前文介紹過，是接近於〔ɤ〕或〔ʌ〕的音。不再贅言。不過尚須說明的是他曾說過：

> 〔ɤ〕是〔o〕的，〔ʌ〕是〔ɔ〕的平唇音，但由於在韓國話裡無〔o〕與〔ɔ〕的對立，結果此二音可成爲一音素的變異音。（見前書頁316。）

我是覺得〔ㆍ〕之正確音值〔ʌ〕應較〔ɤ〕好。（許先生在他的著作中用〔ʌ〕。）其理由容後再說。以下將許先生朝鮮15c國語之說列爲二張圖表作爲參考。

(1)

(2)

辨別的資質	前 舌	後 舌	
		平 唇	圓 唇
高 舌	ə(ㅓ)	ï(ㅡ)	u(ㅜ)
低 舌	a(ㅏ)	ʌ(ㆍ)	o(ㅗ)

（二表均見於許氏《國語音韵學》頁376）

第一圖是利用 D. Jones 氏之橢圓形元音圖表示朝鮮 15c 的各元音位置。（若依許雄說，［이］是［i］，［으］是［ï］，［우］是［u］，［오］是［o］，［아］是［a］，［어］是［ə］。）第二圖是根據第一圖，更明確表示各音之間的辨別關係。從此表中可看清楚［ᄋ］（［ʌ］）音色的特性。許氏的此二張元音圖目前爲止大致都可包括有關探討［ᄋ］音的其他論點。

其次看李崇寧先生的看法，主要結論如下（〈·音攷再論〉）：

(1)　［ᄋ］音是後舌母音。

(2)　［ᄋ］音之位置是「［a］、［o］」之間音，則位置於a—o劃線上不遠之處。

(3)　［ᄋ］音是 acute vowel，high pitch 的音。

(4)　［ᄋ］音亦可能作爲去聲、上聲的元音，又在其聽覺印象上與任何元音無差別。

(5)　［ᄋ］也可能是長元音。

(6)　濟州島方言裡的［ɯ］音與 15c［ᄋ］音差不太遠。

(7)　二重複合元音［이］的發達是與［ᄋ］音的發達一樣。

(8)　《訓民正音·制字解》的規定一定被肯定爲最可靠的表現記錄。

最後，我們再看崔世和先生的說法（《 15c 國語의重母音研究》頁 55 ）。他對［ᄋ］的音值主要採用李崇寧、玄平孝、許雄三位之說。他說：

　　　　根據前人之研究，［ᄋ］的音位確實是比［ᅡ］（ a ）稍

高又在後面所實現的後舌母音，大概接近於後舌半開元音
〔ʌ〕的元音。〔ㅓ〕（ə）是中舌母音〔ə〕（李基文
等人說）。〔ㅗ〕與〔ㅜ〕各推定為圓唇後舌元音〔o〕
〔u〕（李基文說）。

他接着列表說明：

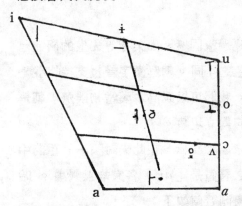

（此表見於崔氏所著《15
世紀國語의重母音研究》
頁 55。）

此圖是崔先生綜合各家之說而來的。雖未臻完善，但就〔ǫ〕音
來說並沒有太多的錯誤。此圖已算較完整的表現出許、李二先生
的〔ǫ〕音說法。值得注意的是〔ㅏ〕（a）的位置。韓國話裡
沒有〔a〕與〔ɑ〕的對立。

　　總之，依多數韓國現代學者們的研究，雖然不能說〔ǫ〕就
是〔ʌ〕，但可以說〔o〕最接近於〔ʌ〕。本來許雄氏認為
〔ǫ〕接近於〔ɤ〕或〔ʌ〕之音。我個人認為〔ǫ〕之音值較
〔ɤ〕接近於〔ʌ〕才對。因為李崇寧先生也說了〔ǫ〕是〔o〕
與〔a〕之間的音。既然朝鮮音〔ㅏ〕（a）位置是比〔ǫ〕音
位置更低之後舌元音之處。那〔o〕與〔a〕之間的音，不應為

〔ɤ〕。因爲〔ɤ〕爲〔o〕的展唇而已。這樣看〔ɔ̞〕較〔ɤ〕應更接近於〔ʌ〕。

五、一、二等各重韻音值之再檢討

1.　一等重韻音值之擬測

一、二等重韻之區別，經過董同龢、邵榮芬等先生的研究已證實不在音之長短而在於音色之不同。朝鮮漢字音也支持此事實。這點已在前文中詳細討論過。我們可以說高本漢當初誤解了朝鮮漢字音所表現的一、二等重韻對立現象。

對一等重韻的音值，向來議論紛紜，在此先討論一等重韻中最重要的咍韻及泰韻。泰韻之音值是〔ɑi〕各家均無異議。咍韻則衆說紛紜。主要的各家擬測音值如下：

①高本漢　　　　　　　　　　â̤i
②董同龢、李榮（ê̤i＝Ai）
　　　陳師新雄　　　　　　　Ai
③陸志韋、邵榮芬　　　　　　ɒi
④王力　　　　　　　　　　　ɔi（早期ɒi）
⑤周法高　　　　　　　　　　əi

個人認爲探討咍韻音值時要遵守的原則有二。一是等韻的界說；二是方言的參考。

一等韻大概是無介音的，比二等較後較低的ɑ。旣然泰韻爲〔ɑ〕，同樣爲一等的咍韻也在音值上應不會相去太遠。如此則

周法高先生的［əi］並不符合此事實。

就方言（包括朝鮮譯音）而言，目前咍、泰二韵有分別的漢語方言有四種。爲吳語、廣州語、梅縣（客語）語、朝鮮漢字音。如果我們根據《漢語方音字滙》一書，把所有泰、咍二韵的字整理出對照表如下：（表見於頁180）

由下圖表可看出，咍泰二韵的對立來說，廣州音與朝鮮音表現得最理想。溫州、蘇州二種語言都沒有韵尾［i］，且將咍韵的主元音［E］（蘇州、溫州）與現代各學者們的音值擬測（咍韵）比較，可知道其表現得並不理想（二者之間距離較大）。梅縣音來說，也比不上廣州音那麼理想。因爲咍、泰二韵的元音皆爲［ai］。且主要元音是［a］不是［ɑ］。但值得注意的是百分比，泰韵爲［ai］的百分比是77.7％，則高於咍韵的百分比56.4％。

王力先生把咍韵擬爲［ɔi］（《漢語音韵》）恐怕主要來自於廣州音的對比。雖然對比程度很亂，但梅縣也具有［ai］與［ɔi］的對比。

個人認爲，如果參考各種語音現象，咍韵的音值應該是接近於［ʌi］的音。有關咍韵音值爲［ʌi］的理論根據與其他相關問題的討論則如下：

第一，如前所述，若根據朝鮮譯音與廣州語的方言，咍韵的音值應爲類似［ɔi］或［ʌi］的音。

第二，由四等的界說來看，屬於一等韵的咍韵，其主要元音不應是［ə］。因爲泰韵與咍韵同爲一等韵，其音值差異應不似［ɑ］與［ə］之間遙遠。

	泰			咍		
	念法	比	百分比	念法	比	百分比
溫州	a（E）	6:3	66.6%	E	33:6	84.6%
蘇州	E（ɒ）	5:4	55.5%	E	22:17	56.4%
廣州	a:i（ɔi）	7:2	77.7%	ɔi（a:i）	31:8	79.4%
梅縣	ai（ɔi）	13:2	86.6%	ai	29:11	72.5%
朝鮮《奎章全韵》	예（ㅔ）			예 [ʌi]［ai］		
《東國正韵》	［ai］		100%	예 ［ai］		

（圖表説明）

以溫州音的統計為例，a（E）、6:3、66.6%代表如下意義：在溫州泰韻有兩種念法：［a］為其主要念法，但亦有念［E］者。以《方音字匯》一書而言，二者出現之次數比率大約是六比三。若用百分比來表示，念［a］的比率佔百分之66.6。朝鮮音包括合口之外所有所有平上去聲。

　　第三，由朝鮮漢字音來看，咍的音值爲［ʌi］或［ɔi］比
［Ai］還理想。且就語音演變規律來說，上古央元音［*ə］
（咍韻之上古主要來源是主要元音爲 *ə 的之、微二部）也可以
演變爲後元音［ʌ］或［ɔ］。

　　我們看上述〈朝鮮［ʌ］音之音值〉中所附崔世和先生所作
的元音圖，可以知道朝鮮音［ㅏ］（［ɐ］）正屬於［A］位置
的央元音。圖上所顯示的反而比［A］高而處於［a］與［A］
之間。當然朝鮮音［ㅏ］的發音位置不是絕對的，應可以向［ɑ］
或向［a］移動。但重要的是，如果中古咍韻的音值眞的是［Ai］
的話，朝鮮人不可能把它譯爲接近於［ʌi］的音，應該譯音爲
［ai］才對。無論如何，從朝鮮漢字音來看，咍韻的音值應該
是比［Ai］稍高的後元音。

　　其後我們再討論看，語音演變規律是否能說明上古［*ə］變
爲［ʌi］或［ɔi］的現象。

　　陳師新雄在《古音學發微》頁 1094 云：

　　　王君作 ɔi，灰咍二韻之古韻來源多爲之微二部，之微爲
　　　中元音及前元音，ɔ 爲後元音，A 爲中元音：以中元音或
　　　前元音演變爲中元音加韻尾 i 複元音化較合理。董氏《中
　　　國音史》灰咍二韻正作 Ai。

我基本上贊成此說。此話純粹是比較二者音值而言的。指的可能
是從發音部位來說上古［*ə］或［*iə］音變爲［Ai］的機會
比變爲［ɔi］的機會更大。應該不是全否認央元音變前、後元

音的可能性。雖然我們承認央元音變爲其他央元音的音變律比央元音變爲前後元音的音變律更爲自然，但看來我們又不能完全否認央元音（先秦）變爲前後元音的可能性。因爲從多數音韵學家的擬音系統來看，央元音變爲前後元音的例子不少（包括前後元音變爲央元音的例子）。以下是王力、陸志韋、陳師新雄三位先生系統中所能找到的例子。先以王力先生爲例，在《漢語語音史》裡所構擬的語音中「央元音前後化」的音變例很多。如之部開口一等「該」類字的音變是：〔ə〕（先秦兩漢）→〔ɐi〕（南北朝）→〔ɑi〕（隋唐五代）→〔ai〕（宋至現代）。開口三等「基」類的演變是：〔ə〕（先秦至南北朝）→〔i〕（隋唐至現代）。職部開口一等「戒」類的演變是：〔ək〕（先秦兩漢）→〔ei〕（南北朝）→〔ai〕（隋至明清）→〔e〕（現代）。緝部開口一等「雜納」類和開口二等「洽」類的演變是：〔əp〕（先秦兩漢）→〔ɑp〕（南北朝至五代）→〔ap〕（宋）→〔a〕（元至現代）。蒸部合一「肱」的發展是央元音後化，即〔əŋ〕（先秦至宋）→〔uŋ〕（元至現代）。開三「興」類的演變是央元音前化，即〔əŋ〕（先秦至元）→〔iŋ〕（明至現代）。文部開二「難盼」類和合二「鰥」類的演變是央元音前化，即〔ən〕（先秦兩漢）→〔æn〕（南北朝）→〔an〕（隋至現代）。王力先生系統中有很多前後元音央化的音變例。在此不多贅述。

　　陸志韋先生系統中亦可找到央元音後化的例子。如先秦之部〔əg〕→中古咍〔ɒi〕；先秦微部〔əd〕→中古咍韵〔ɒi〕。

　　陳師新雄之系統中亦可找到相似的例子。如支部〔*ɐ〕→齊

韻［ei］；侯部［*ɔ］→侯韻［əu］；幽部［*o]→蕭韻[eu]。
複合元音［əu］及［eu］應均可算爲央元音及前元音。

　　總之，我們不能完全否認上古主要元音爲央元音［ə］的之、
微二部（此二部就是中古哈韻的上古主要來源）音值也可能會演
變成後元音的可能性。

　　第四，哈韻的確比泰韻窄化。陸志韋先生在《古音說略》頁
32 舉了上海、寧波、永嘉三種吳語次方言的哈、泰二韻及合韻
音值來證明哈、泰二韻的喉牙音比舌齒音更窄，又舌齒音方面就
哈韻比泰韻更爲窄化的事實。他說：

> 可見問題不在乎「長短」，而在乎喉牙音何以比舌齒音更
> 爲窄化了。在喉牙音呢，不論泰哈，都很窄化。在舌齒音
> 呢，哈比泰更爲窄化。據我看來，這分別很容易解釋。一
> 等字的喉牙音是唇化的，作 kʷ 等，會叫主元音不弘亮，
> 叫 ɑ 音窄化。正像泰韻唇音字在上海話也跟喉牙音字同樣
> 的窄化，例如「貝」pʷ(ɑ̣)i＞pe。那麼，哈的中古音
> 一定比泰更合乎唇勢，所以不論喉牙舌齒都要窄化。……

雖可能會有音標上的出入（比如，「蛤」、「答」二音），但的
確存在這現象。其實這現象除了吳語之外，又見於廣州、梅縣二
方音。若應用陸氏作法，根據《漢語方音字滙》一書，二方音之
語音現象可歸納如下的圖表。

（廣州）	泰（開）	哈
喉牙	ɔi	ɔi
舌齒	ai	ɔi

（梅縣）	泰（開）	哈
喉牙	ɔi	ɔi
舌齒	ai	ai

可見如陸氏所說喉牙音的確比舌齒音更爲窄化，又哈韻比泰韻更窄。

　　但若從朝鮮漢字音看此問題，其結果卻不盡然。首先暫且應用韓國國語學者許雄先生對〔ᄋ〕音値的研究成果（〔ᄋ〕爲〔ɤ〕或〔ʌ〕），然後對朝鮮初、中期的代表韻書《東國正韻》及《奎章全韻》二書裡的哈、泰二韻作同樣工作，可以得出如下的結果：

《奎章全韻》	泰（開）	哈
喉牙音	ai	ʌi
舌齒音	ai	ʌi

《東國正韻》	泰（開）	哈
喉牙音	ai	ai, ʌi 各一半
舌齒音	ai	ʌi

由此可見，沒有喉牙、舌齒音之間的寬窄區分，只有存在哈、泰二韻之間的區別。目前爲止依我的淺識無法解釋這種跟中國方音語音現象不同的朝鮮漢字音特有現象。

　　但是，不管怎樣，也有共同點。就是哈韻比泰韻更爲窄。只是窄的程度如何，到底哈韻是否圓唇等問題尚待考究而已。

　　第五，從朝鮮漢字音看，哈韻的音値是爲展唇的〔ʌi〕比圓

唇的〔ɔi〕合理。

哈韵在朝鮮音裡以〔ᄋᆡ〕（接近於〔ʌi〕的音）表示之現象如前所述。此〔ᄋᆞ〕音爲展唇也於前文述及。本來看《訓民正音‧制字解》的說明便容易瞭解此〔ᄋᆞ〕音的展唇性。比如〔ㅗ〕（〔o〕）、우〕（〔u〕）與〔ᄋᆞ〕、〔ㅡ〕（〔ɨ〕）的對立是圓唇與非圓唇的對立。朝鮮語裡本來沒有圓唇的〔o〕與〔ɔ〕的對立（無〔ɔ〕音），因此朝鮮人很可能把二者看成同一音素。所以哈韵的音值若眞爲圓唇的〔ɔi〕，朝鮮人可能把它譯音爲同樣圓唇的〔oi〕，較不可能譯爲展唇的〔ʌi〕（〔ᄋᆡ〕）。圓唇與非圓唇的對立在朝鮮語裡是很明顯的。

第六，從朝鮮漢字音與中國廣州方音看，哈韵的音值以〔ʌi〕較〔ɐi〕爲合理。如前所附崔世和氏的元音圖，朝鮮〔ᄋᆞ〕音最接近於〔ʌ〕，但又次近於〔ɐ〕。不過由朝鮮〔ᄋᆞ〕的音值與廣州方音把哈韵擬爲〔ɔi〕的現象，可知哈韵的主元音與〔ɐ〕有相當距離。因此我較贊成〔ʌi〕。

而且值得注意的是朝鮮音的〔ᅡ〕（〔a〕）與〔a〕之間，〔ᄋᆞ〕與〔ʌ〕之間都有些距離。在一等重韵問題上既然接近央元音的朝鮮音〔ᅡ〕（〔a〕）代表泰韵的後〔a〕，那要求哈韵的音值，則同樣的要把靠前面一點的〔ᄋᆞ〕（接近〔ʌ〕，但靠前一點）往後拉一點才能得到哈韵的音值。此音值爲〔ʌi〕。卽朝鮮音〔ᅡ〕、〔ᄋᆞ〕二音比〔a〕、〔ʌ〕要靠前面一點（參考崔氏元音圖）。

已經得到哈韻的音值〔ʌi〕，若我們重視其系統性，則應可以此音值應用於其他兩個一等重韻身上。就是覃韻爲〔ʌm〕，

談韻爲〔ɑm〕；合韻爲〔ʌp〕，盍韻爲〔ɑp〕。其實，如前所述，在朝鮮《華東正音》裡仍存在極少數覃韻與談韻有區別的讀法。

2. 二等重韻皆、佳、夬音值之擬測

目前學者們對二等重韻音值之擬測如下：

	皆	佳	夬
陸志韋、邵榮汾、董同龢	ɐi	æi	ai
陳新雄、王　力	ai	ai	ai
周法高	ɛi	æi	ai
李　榮	ɛi	ɛ	ai

用朝鮮漢字音並不好說明二等重韻之音值。如前所述，朝鮮漢字音裡的二等韻重韻之對立爲皆〔의〕（〔ʌi〕）：佳〔애〕（〔ai〕）：夬〔애〕（〔ai〕）。皆韻與佳、夬二韻的確有分別。依朝鮮譯音對立的情形而言，個人並不贊成皆、佳、夬三韻同擬爲〔ai〕的看法。

首先看皆韻。對此三韻有所區別的漢語方言很少。絕大部分方言裡此三韻均同收〔ai〕。據個人調查的結果，帶〔i〕韻尾且三韻之間又稍有區別的可能只有太谷方言（根據高本漢《方言字彙》）。在太谷方言裡，牀、明二母之區別爲：皆〔-ɛi〕：佳〔-ai〕：夬〔-ai〕。但在此三韻的區別裡，比太谷方言的區別更爲完整的朝鮮譯音卻顯示皆韻音值爲〔ɐi〕。因爲朝鮮

皆韻的主要元音〔ɒ〕（接近〔ʌ〕）與〔ɛ〕之間的距離畢竟太遠。〔ʌ〕與〔ɐ〕之間當然比〔ʌ〕與〔ɛ〕之間相近。本來朝鮮〔ɒ〕的正確音值在於靠近〔ʌ〕的〔ɐ〕與〔ʌ〕之間。朝鮮人不可能用後舌元音〔ɒ〕來表記前舌元音〔ɛ〕。而且韓國李崇寧先生也曾指出：〔ɒ〕是〔ㅗ〕（〔o〕）與〔ㅏ〕〔a〕之間的間音。朝鮮音〔ㅏ〕（〔a〕）本就處於〔A〕附近的。現在我們如果把此朝鮮音〔ㅏ〕當作前〔a〕後求〔a〕與〔o〕之間的間音，得到的也是〔ɐ〕，不是〔ɛ〕。要用朝鮮音考二等重韻皆韻的音值，個人認為應該在二等韻主要元音為〔a〕的前提下，須要先把朝鮮音〔ㅏ〕（〔a〕，但實際音質近於〔A〕）拉到前〔a〕位置後，再將〔ɒ〕（接近於〔ʌ〕）跟着往前移。這樣應可以得到皆韻之音值〔ɐi〕。

關於佳韻的音值，朝鮮漢字音的用處不大。但我是較贊成董同龢諸位先生的主張。中古佳韻的上古音來源是支、脂、歌等各部。支、脂二部的上古主要元音為 *e，歌部為 *a。據個人調查，在中古佳韻裡，上古來源為 *e 的較 *a 還要多。比率是 77.77 %（ *e ）：22.22 %（ *a ）。這顯示佳韻跟夬韻在上古來源上有所不同。就是佳韻的音值比夬韻高一點。（夬韻的上古來源是月部與魚部，其主要元音為 *a。）雖然在朝鮮譯音裡佳韻與夬韻同收〔ㅐ〕（〔ai〕），但個人認為應該重視上古音之來源。因此我較贊同董同龢先生將佳韻與夬韻不同擬為〔æi〕的看法。

夬韻的主要元音，無論上古音來源或方言（包括朝鮮音），都顯示為〔a〕。當然可擬為〔ai〕。

至於其他二等重韻的音值，礙於朝鮮漢字音之音讀及資料不

足，在此無法討論。

六、結　論

　　由以上之論述可知朝鮮漢字音裡的重韻區別並非高本漢所言
爲長短 a 之對立。它們的區別絕對在於音色的不同。這點與許多
中國學者的主張是一致的。

　　有關一等重韻的音值如下：

咍韵擬測爲［ʌi］，泰韵擬測爲［ɑi］；覃韻擬測爲［ʌm］，
談韻擬測爲［ɑm］；合韵擬測爲［ʌp］，盍韵擬測爲［ɑp］。
咍韻擬測爲［ʌi］之主要理論根據爲：

　　(1)以朝鮮譯音及廣州語而言，咍韵音值爲［ʌi］或［ɔi］
較［Ai］理想。

　　(2)若咍韵音值擬爲［əi］，則不符合方音現象及四等界說
的原則。

　　(3)以朝鮮漢字音而言，咍韵擬爲［ʌi］較［ɔi］合理。因
朝鮮無［o］與［ɔ］的對立，朝鮮人很可能把此二者看成同一
音素。因此若中古咍韻的音值眞爲［ɔi］，則朝鮮人很可能把
它譯爲同樣圓唇的［oi］，較不可能譯爲展唇［ㅇ］的［의］
（［ʌi］）。

　　(4)以朝鮮譯音與廣州語而言，將咍韻擬爲［ʌi］較［ɐi］恰當。

　　以朝鮮漢字音考證二等重韻音值較困難。然仍可由其中所表
現之語言現象擬測出下列音值。皆韻爲［ɐi］，佳韻爲［æi］，
夬韻爲［ai］。

參考書目

王　力

1957　　《漢語史稿》，香港：波文書局（增訂本）。

1985　　《漢語語音史》，北京：山東教育出版社（1987年本）。

北大中文系

1962　　《漢語方音字滙》，北京：文字改革出版社。

申叔舟等

1447　　《東國正韻》，漢城：建國大學校出版部（1988年重刊本）。

朴性源

1747　　《華東正音通釋韻考》，漢城：奎章閣本（漢城大學所藏）。

朴炳采

1971　　《古代國語漢字音의研究》，漢城：高麗大學校出版社。

李東林

1970　　《東國正韻研究》，漢城：東國大大學院。

李　榮

1956　　《切韻音系》，臺北：鼎文書局（1973年影本）。

李德懋

1796　　《御定奎章全韻》，漢城：奎章閣本（漢城大學所藏）。

李崇寧

1959　　〈・音攷再論〉，《學術院論文集》第一輯。

周法高

1968　　〈論切韻音〉，香港中文大學《中國文化研究所學報》第一卷。

林炯陽師

1979　　《廣韻音切探源》，師大博士論文。

邵榮芬

1982　　《切韻研究》，北京：中國社會科學出版社。

姚榮松師

1974　　《切韻指掌圖研究》，臺北：聯合圖書公司。

俞昌均

1988　　《國語學史》，漢城：螢雪出版社。

姜信沆

1987　　《訓民正音研究》，漢城：成均館大學校出版部。

南廣祐

1969　　《朝鮮（李朝）漢字音研究》，漢城：一潮閣（1973年再版本）。

高本漢（撰）、**李方桂等**（譯）

1937　　《中國音韻學研究》，臺北：商務印書館（1982年第五版）。

高本漢（撰）、**聶鴻音**（譯）

1954　　　《中上古漢語音韻概要》，濟南：齊魯書社
　　　　　（ 1987 年本 ）。

陸志韋
1947　　　《古音說略》，臺北：學生書局（ 1979 年再版
　　　　　本 ）。

陳新雄師
1972　　　《古音學發微》，臺北：文史哲（ 1983 年三版
　　　　　本 ）。

許　雄
1965　　　《國語音韻學》，漢城：正音社（ 1973 年重版
　　　　　本 ）。

崔世和
1975　　　《十五世紀國語의重母音研究》，漢城：東國大
　　　　　大學院。

崔鉉培
1961　　　〈・字의소리散상고〉,《고친한글갈》，漢城：
　　　　　正音社。

董同龢
1944　　　《上古音韻表稿》，臺北：臺聯國風出版社
　　　　　（ 1975 年三版 ）。

1965　　　《漢語音韻學》，臺北：文史哲經銷本（ 1985
　　　　　年八版 ）。

楊人從師
1982　　　《韓國漢字音과中國北方音의比較研究》，漢城：

建國大學校大學院。

鄭允容

　1856　　《字類註釋》，漢城：建國大學校出版部（1985
　　　　　年重刊本）。

Bernhard Karlgren

　1954　　Compendium of phonetics in Ancient and
　　　　　archaic chinese, Taipei : Southern mate-
　　　　　rials Center, inc. (1988).

晚唐及唐末、五代僧侶詩用韻考

耿志堅

壹、說　明

　　有關唐代詩人用韻通轉方面的問題，經由拙作一連串的歸納與整理，先後以初唐、盛唐、大曆、貞元、元和、晚唐、唐末五代七個階段分別將詩人之作品，依古體詩、樂府詩、近體詩，將其韻腳之通轉情形加以分析，不過爲顧及僧、道部分之作品，在詩律方面不甚嚴謹，如《全唐詩稿本》（第69冊）引貫休之《禪月集》，自卷7至卷25，皆註明爲律、絕，然細考其作品，多不合詩律，尤其以律詩的對仗，大多不工，且用韻似乎亦較寬，是以前文撰寫「用韻考」時，皆於凡例中註明「不含僧、道部分」，今唐代各時期詩人用韻考，皆已完成，並先後於學報中發表，逐就僧、道部分，再分別重新探討，除作韻譜之歸納、整理以外，並將其用韻情形和與其同時期之詩人用韻作一比較，如此更能將唐代詩人用韻之全貌，一一陳列出來。

　　本文一則因爲晚唐及唐末、五代詩人，用韻通轉之現象最爲突出，又由於受篇幅不宜過長之限制，是以本文僅就晚唐及唐末、五代僧侶詩，作一簡短之探討❶，再又本文有關詩體方面之判斷，因爲詩人之作品在律、絕方面，如前述所云，體例多爲不工，是以若嚴格依詩律判定爲古體詩或近體詩，困難之處甚多，故仍依

《全唐詩稿本》已作好之歸類，不再重新判定所屬。

貳、合韻譜及統計表

一、凡　例

㈠合韻譜之撰作，取材於文史哲出版社排印本《全唐詩》為內容。

㈡合韻譜將近體詩與古體詩、樂府詩，分為二部分，分別撰寫之。

㈢合韻譜各韻部之設立根據晚唐及唐末、五代詩人用韻通轉之
　常例，所歸納之結果(含四聲相承之各韻)，分別分東、冬(鍾)、
　江、支（脂之）、微、魚、虞（模）、齊、佳(皆)、灰（咍）、
　眞（諄臻欣）、文、元、魂（痕）、寒（桓）、刪（山）、先
　（仙）、蕭（宵）、肴、豪、歌（戈）、麻、陽（唐）、庚
　（耕清）、青、蒸（登）、尤（侯幽）、侵、覃（談）、鹽
　（添、嚴）、銜（咸凡）等三十一部。

㈣合韻譜之製作，凡《全唐詩》有「一作某字」「一作某人」之
　時，則從《全唐詩稿本》所引之善本，為校訂之憑藉。

㈤統計表部分為依據詩人之用韻，將其同部押韻及異部通轉分為
　兩個部分，分別表現之。

㈥統計表為避免引述過於雜亂，故凡作品過少，且用韻之現象又
　不影響歸納之結果者，皆不收錄於表內。

㈦作品凡有生卒年不可考，或作品有殘缺，以及不可解者，皆從
　闕。

二、合韻譜

㈠ 東 （近體詩部分）

東冬合韻譜

〔貫休〕庸同通紅功 送劉相公朝覲二首之二　〔齊己〕峰風空
東中 苦熱　重窮空同紅 遊三覺山　容終中鴻空 歲暮江寺住　冬
公紅通空重宿 舊房與愚上人靜話　松同風中空 庭際新移松竹　峰
空東同風 道林寺居寄岳麓禪師二首之一　峰空中 寄南嶽泰禪師
峰紅中 放猿　〔棲蟾〕溶宮風紅蓬 再宿京口禪院

　　（古體詩及樂府詩部分）

東冬合韻譜

〔貫休〕東農功從 上劉商州　中空公冬紅風 擬齊梁體寄馮使
君三首之一　同龍隆 舜頌　中龍 題成都玉局觀孫位畫龍　容朧風
中靈松歌　中龍 謝徽上人見惠二龍障子以短歌酬之

屋沃合韻譜 （入聲韻）

〔貫休〕哭曲 胡無人　綠逐木 春野作五首之一　幅伏福玉目
送盧舍人三首之三　木曲 夜曲　〔齊己〕蠱陸慾跼 苦寒行
竹曲風 琴引　曲哭腹肉伏 弔汨羅

屋沃職合韻譜 （入聲韻）

〔貫休〕屬宿酷肉束屋哭族復北_{酷吏詞}

屋職沃合韻譜 （入聲韻）

〔貫休〕目哭得曲_{古塞下曲四首之二}

㈡ **冬** （近體詩部分）

冬東合韻譜

〔子蘭〕紅中容春從_{華嚴寺望樊川} 〔貫休〕蟲容春_{歸東陽}

_{臨岐上杜使君七首之三} 〔齊己〕紅重逢蜂從濃蹤慵蓉 _{蝴蝶}

空松重峰蹤_{寄清溪道友} 東濃峰松蹤_{寄雲蓋山先禪師} 中峰松

蹤鍾_{寄廬岳僧} 風蹤峰重容_{東林寺別修睦上人} 空峰松鍾容_移

_{居西湖作二首之一}

　　（古體詩及樂府詩部分）

冬東合韻譜

〔貫休〕宗公_{陽春曲}　蹤重濃峰逢宮容_{和楊使君遊赤松山}

宋送合韻譜 （去聲韻）

〔貫休〕頌鳳_{擬君子有所思二首之一}

宋送董合韻譜 （去上通押）

〔齊己〕重鳳動_{昇天行}

沃屋合韻譜 （入聲韻）

〔子蘭〕足覆辱_{誠貪} 〔貫休〕族續轂曲足綠_{富貴曲二首之一}

粟浴穀屋_{野田黃雀行} 淥浴宿熟_{春晚書山家屋壁二首之二} 木

玉促綠_{閑居擬齊梁體四首之一} 〔齊己〕旭服屋瀆續曲_煌

_{煌洛陽行}

沃職合韻譜 （入聲韻）

〔貫休〕曲玉得國綠_{讀離騷經} 玉曲得_{少年行} 玉得_{偶作}

_{五首之三}

沃職屋合韻譜 （入聲韻）

〔貫休〕粟德穆_{舜頌}

(三) 江 （古體詩及樂府詩部分）

覺藥合韻譜 （入聲韻）

〔貫休〕覺閣漠角_{廿雨應祈}

(四) 支 （近體詩部分）

支微合韻譜

〔常達〕機衰移枝_{山居八詠之五} 〔貫休〕衣詩遲知垂_{覽李}

_{秀才卷} 畿時知兒垂_{懷劉得仁} 扉詩疑知池_{偶池} 微隨誰

時伊_{早秋卽事寄馮使君} 衣師知遲時_{送劉相公朝覲二首之一}

非為知_{禪師} 歸墀為遲伊_{春遊涼泉寺} 師知扉時池_{海覺師禪}

_院 衣知兒_{送少年禪師二首之一} 飛之疑_{同上之二} 〔齊己〕

微思岐枝時_{懷從弟} 磯詩時氄知_{寄湘幕重書記} 飛絲龜誰籬

湖上遺人 衣規時枝池中秋月 機師詩差時寄尚顏 〔尚顏〕
衣離時資詩將欲再游荊渚留辭岐下司徒

（古體詩及樂府詩部分）

支微合韻譜

〔貫休〕枝兒歸肥輝爲白雪曲 兒衣梨夢遊仙四首之二 時
蕤滋衣枝奇兒歸爲飛古意九首之九 湄飛枝衣閒居擬齊梁體四
首之四 遺稀飢送夢上人歸京 規怡飛奇之讀唐史 〔齊己〕
依資悲短歌寄鼓山長老 枝磯璃靈松歌

支齊合韻譜

〔貫休〕西眉奇懷張爲周朴

紙尾合韻譜 （上聲韻）

〔貫休〕起水鬼邊上作三首之二

寘未合韻譜 （去聲韻）

〔貫休〕醉愧睡渭意漁家 志地氣塞上曲二首之二 地智氣
行路難 議意媚地易臂沸畏翠味墜地宿位至上盧使君 氣
地端杜侯行 地氣春野作五首之四

(五) 微 （近體詩部分）

微支合韻譜

〔子蘭〕時歸垂鸚鵡 〔貫休〕敔扉歸暉稀山居詩二十四首

之十五　岐扉衣霏歸 遊靈泉院　怡機飛暉歸 過相思嶺　時

磯歸飛衣 釣冒潭　〔齊己〕時飛歸微衣 送朱侍御自洛陽歸閿

州寧親　詩機歸微飛 貽惠遲上人　知衣非機歸 贈樊處士　時

薇機飛暉 將舊山留別錯山　〔尚顏〕詩依歸飛微 自紀　〔盧

中〕垂稀衣歸微 寄華山司空圖　〔棲蟾〕騎飛衣歸非 牧童

　　（古體詩及樂府詩部分）

微支合韻譜

　　〔貫休〕飛枝機衣 偶作五首之一　飛貽 同左之二　微歸爲依

別杜將軍　微垂 觀懷素草書歌　〔齊己〕離機飛輝 還人卷

尾紙合韻譜　（上聲韻）

　　〔貫休〕幾理鬼裏 行路難

(六)　魚　（近體詩部分）

魚支合韻譜

　　〔齊己〕師盧居疏葉 喜彬上人見訪

魚虞合韻譜

　　〔貫休〕葉圖居枯躕 寒望九峰作　〔齊己〕墟餘居除褕 丙寅

歲寄潘歸仁　株初疏居書 韶陽微公　株餘疏除如 道林寓居

　　（古體詩及樂府詩部分）

魚虞合韻譜

　　〔隱嶧〕居餘無蜀中送人遊廬山

語麌合韻譜　（上聲韻）
　　〔貫休〕女語古女語主循吏曲上王使君　〔齊己〕杼處浦還
人巷

御遇合韻譜　（去聲韻）
　　〔齊己〕怒馭處苦熱行

(七)　虞　（近體詩部分）

虞魚合韻譜
　　〔貫休〕虛呼餘孤湖中秋十五夜月

虞尤合韻譜
　　〔齊己〕眸無湖孤途寄湘中諸友

　　（古體詩及樂府詩部分）

麌語合韻譜　（上聲韻）
　　〔貫休〕語祖聚圃乳書匡山老僧菴　舉虎主鼓雨語苦土送顥
雅禪師　〔齊己〕主去古劍歌

麌有遇合韻譜　（上去通押）
　　〔齊己〕虎婦住西山叟

遇麌御合韻譜 （去上通押）

〔貫休〕遇豎去義士行

遇有御合韻譜 （去上通押）

〔貫休〕婦樹顧賦去偶作五首之一

遇御合韻譜 （去聲韻）

〔子蘭〕住去襄陽曲 〔貫休〕路暮去書倪氏屋壁三首之三

袴錮露去閣前王使君在澤潞君 雨住去將入匡山別芳畫二公二

首之二

(八) **齊** （近體詩部分）

齊支合韻譜

〔處默〕敧溪西山中作

(九) **灰** （古體詩及樂府詩部分）

隊泰合韻譜 （去聲韻）

〔貫休〕會輩在對蓋古意九首之五

(十) **眞** （近體詩部分）

眞文合韻譜

〔貫休〕曛巾春人頻春末寄周璉 雲塵人歸東陽臨岐上杜使君

七首之七 雲巾人道士 〔齊己〕雲因春人身江寺春殘寄兼

中知己二首之一 君春塵民蘋寄澧陽吳使君 雲身塵片雲

（古體詩及樂府詩部分）

真文合韻譜

〔貫休〕濱銀君均人臣 讀離騷經　人塵辰紛人雲貧磷榛身洛

陽塵　〔齊己〕輪君 夏雲曲　人君輪浮雲行

質物合韻譜　（入聲韻）

〔貫休〕拂崒室密一 送楊秀才

質物錫合韻譜　（入聲韻）

〔貫休〕室崒一詰屈出躃律日謐滴實質鬱吉 大蜀高祖潛龍日

獻陳情謁頌

質沒合韻譜　（入聲韻）

〔齊己〕崒出骨 行路難

㈤　**文**　（近體詩部分）

文真合韻譜

〔子蘭〕貧分聞棼雲 寄乾陵楊侍郎　〔齊己〕身君雲聞群 送

秘上人　塵雲聞氳文 答崔校書

文魂合韻譜

〔貫休〕紛門君 送人遊茆山　〔齊己〕門聞雲分群 倦客　坤

君分聞紛 賀雪　門分雲君文 寄韓蛻秀才

（古體詩及樂府詩部分）

文眞合韻譜

〔貫休〕塵聞軍雲焚 古塞上曲七首之四

文魂合韻譜

〔齊己〕雲君昏崙 祈眞壇

物質沒合韻譜 （入聲韻）

〔齊己〕物出沒 古劍歌

(圭) **元** （古體詩及樂府詩部分）

願阮合韻譜 （去上通押）

〔貫休〕娩讜遠 送越將歸會稽

月沒屑合韻譜 （入聲韻）

〔貫休〕月柮雪 深山逢老僧二首之二

月沒屑物合韻譜 （去聲韻）

〔貫休〕月窟悅物 古鏡詞 ＊

月屑合韻譜 （入聲韻）

〔隱巒〕月發雪 蜀中送人遊廬山 〔貫休〕月月說 對月作

月血 古塞下曲四首之三 〔齊己〕發歇絕 風琴引

㈛　**魂**　（近體詩部分）

魂文合韻譜

〔貫休〕聞昏門終南僧　　紛門坤恩論壽春節進大蜀皇帝五首之
二　〔齊己〕文存痕根魂秋莒

魂文元合韻譜

〔貫休〕君園魂門論寄西山胡紛　君根言恩論東陽罹亂後懷王慥
使君五首之三

魂元仙合韻譜

〔齊己〕門魂源筌酬岳陽李主簿卷

（古體詩及樂府詩部分）

魂文合韻譜

〔齊己〕魂聞夏雲曲

魂文眞合韻譜

〔齊己〕尊君臣魂呑弔汨羅

魂元文眞合韻譜

〔貫休〕根園聞憨痕論 冬末病中作二首之一

沒質物合韻譜　（入聲韻）

〔齊己〕渤出物善哉行

沒物合韻譜 　（入聲韻）
　〔貫休〕鶻忽物少年行

沒末合韻譜 　（入聲韻）
　〔貫休〕沒末古塞下曲四首之三

沒屑合韻譜 　（入聲韻）
　〔齊己〕骨梟窟觀李瓊處士畫海濤

沒屑月合韻譜 　（入聲韻）
　〔貫休〕屑月沒骨蒿里

㈲　**寒** 　（近體詩部分）

寒刪合韻譜
　〔齊己〕關寒殘難安溪齋二首之二　山寒乾安難贈劉五經
顏盤壇難干廻雁峰　山殘寒看安遇元上人

寒先合韻譜
　〔卿雲〕邊殘寒餐蘭秋日江居閒詠　〔齊己〕圓寒安庚午歲
十五夜對月
　（古體詩及樂府詩部分）

　　寒刪合韻譜

　　　〔齊己〕間乾寒玕 贈念法華經僧

（盍）　**刪**　（近體詩部分）

　　刪寒合韻譜

　　　〔貫休〕難山間潺扳 山房詩二十首之一　　難間山 曹娥碑　　〔齊
　　己〕寒閑山灣還 南歸舟中二首之二　　殘間山閒還 送人遊衡岳
　　寒寰閒顏關 寄居道林寺作　歡間還山顏 送人入蜀　　〔無作〕
　　單關山 謝武肅王

　　刪先合韻譜

　　　〔貫休〕煙間還閒山 寄信州張使君　　〔曇域〕邊還山關閒
　　宿鄭諫議山居

（宍）　**先**　（近體詩部分）

　　先元合韻譜

　　　〔貫休〕猿煙天然船 三峽聞猿　〔齊己〕園仙天偏年 題南平
　　後園牡丹　　園鵑泉前天 聞道林諸友嘗茶因有寄

　　　（古體詩及樂府詩部分）

　　先元合韻譜

　　　〔貫休〕年煙言 經古戰場　〔齊己〕篇傳言 讀李白集

　　屑月合韻譜　（入聲韻）

〔貫休〕轍熱雪月尚關澈別長安道　雪輟月折裂 富貴曲三

首之二　鐵纈月掘雪折缺 還舉人歌行卷　別發上馮使君五首之

二　關別月雪潔 送崔使君　哲月雪別 杜將軍

屑月沒合韻譜　（入聲韻）

〔貫休〕節月月歇骨雪越潔蛻竭折血 經曠禪師院

屑沒物合韻譜　（入聲韻）

〔貫休〕設結沒物骨血 經古戰場

屑黠合韻譜　（入聲韻）

〔貫休〕碣札殺別說折 讀顧況歌行　〔齊己〕殺雪折 靈松歌

(莒)　蕭　（古體詩及樂府詩部分）

蕭豪合韻譜

〔齊己〕高妖朝銷 巫山高

(莪)　肴　（近體詩部分）

肴蕭合韻譜

〔貫休〕交寥茆拋 寶禪師見訪

（古體詩及樂府詩部分）

巧皓合韻譜　（上聲韻）

〔貫休〕巧炒島飽 偶作五首之二

(式)　**豪**　（古體詩及樂府詩部分）

　　晧篠合韻譜　（上聲韻）

　　　〔貫休〕小少草老棗掃_{春野作五首之五}

(圭)　**歌**　（近體詩部分）

　　歌哿合韻譜　（平上通押）

　　　〔齊己〕何他多峨塵_{寄吳都沈員外彬}

　　　　（古體詩及樂府詩部分）

　　哿馬合韻譜　（上聲韻）

　　　〔貫休〕下火左我可閒_{知己入翰林}

(盍)　**陽**　（近體詩部分）

　　陽江合韻譜

　　　〔齊己〕窗涼妨光鄉_{船窗}　　江陽長量堂_{題玉泉寺}

　　　　（古體詩及樂府詩部分）

　　藥覺合韻譜　（入聲韻）

　　　〔貫休〕落索角岳著_{送姜道士歸南岳}　　岳削籥著閣霍鶴諾
　　　_{寄大顚和尚}　岳廓鐸漠鶴郭落削渥角籥壑_{上杜使君}

(圉)　**庚**　（近體詩部分）

　　庚青合韻譜

〔貫休〕靈行輕鳴迎 送僧歸日本　星擎行明平 文有武備　　靈
明聲傾成 對雪寄新定馮使君二首之二　馨行明傾營 賀雨上王使君
二首之二　停情聲 聞杜宇　青輕聲 律師　〔齊己〕冥明行
聲生 留題仰山大師塔院　庭名清生貞平幷楹聲城撐行輕 禪庭
蘆竹十二韻呈鄭谷郎中　庭清行耕城 夜次湘陰　青生行情聲 西
墅新居　醒聲生行清 新秋病中枕上聞蟬　青晴嶸明生 舟中晚望
祝融峰　靈成名鶯京輕明驚鑑平傾盛生 詠茶十二韻　冥行生
平 與聶尊師話道　肩卿更生情 愛吟　經行兵更枰 荊渚偶作
青平兵情行 寄峴山道人　庭情聲 幽齋偶作　經行生 戒小師
〔尙顔〕行輕清冥 述懷

（古體詩及樂府詩部分）

庚青合韻譜
〔貫休〕兄生嶸鵠荊清生 上留田　冥馨嚶卿精輕明 古意九
首之一　鳴行平明聲貞形 偶作二首之二　馨晴鶯 春晚書山家
屋壁二首之一　精聽聲清生輕 上斐大夫二首之二　清腥聲 邊上
作三首之一　靈英嶸 觀懷素草書歌　〔齊己〕城霆 觀李瓊處士畫
海濤　生形桯矗

映徑合韻譜　（去聲韻）
〔貫休〕命定 續姚梁公坐右銘

陌錫合韻譜　（入聲韻）
〔貫休〕夕宅滴 行路難　淅壁擲惜 擬君子有所思二首之一

碧石覓將入匣山別芳畫二公二首之二　易籍錫觀懷素草書歌

陌錫職合韻譜　（入聲韻）

〔貫休〕炙適盆役壁的色憶苦熱寄赤松道者　擊石盆壁適碧

脊力鳥冬末病中作二首之二

陌職合韻譜　（入聲韻）

〔貫休〕力識石屐碧跡古意九首之七　〔齊己〕澤色夏雲曲

石色石竹花

陌職錫合韻譜　（入聲韻）

〔齊己〕碧息壁城中懷山友

㈤　青　（近體詩部分）

青庚合韻譜

〔貫休〕星青經營偶作　聲扃聽青靈避地昆陵寒月上陵徽使君

兼寄東陽王使君三首之三　成馨苓餅寧山居詩二十首之十二　輕

冥聽青屏登干霄亭　傾靈青冥惺經吳宮　〔齊己〕名寧青

醒聽寄歸州馬判官　聲聽庭經形蟋蟀　生冥青星庭寄西山鄭

谷神　驚亭青形經沙鷗

（古體詩及樂府詩部分）

青庚合韻譜

〔貫休〕形成循吏曲上王使君　〔齊己〕猩傾湘妃廟　靈生

刳腸龜

錫陌合韻譜 （入聲韻）

〔貫休〕滴赤碧靈_{江邊祠} 敵磧擊赤_{古塞下曲四首之四} 〔齊己〕覓碧_{巫山高}

錫陌職合韻譜 （入聲韻）

〔貫休〕劈席喫力櫪憶_{寄高員外} 笛赤喫識_{鼓腹曲}

錫職合韻譜 （入聲韻）

〔貫休〕壁力擊_{晉光大師草書歌}

錫職陌合韻譜 （入聲韻）

〔貫休〕極滴石益寂_{寄大願和尚}

㊆ 蒸 （近體詩部分）

蒸東合韻譜

〔貫休〕空騰僧崩登_{送僧遊天台}

蒸冬合韻譜

〔貫休〕峰登崩僧騰_{懷匡山山長二首之二} 龍僧能嶒騰_{寄新} 定桂雍 峰騰僧稜登_{懷南岳隱士二首之二}

蒸青合韻譜

〔貫休〕憑菱仍馨_{送衲僧之江西}

（古體詩及樂府詩部分）

職屋合韻譜 （入聲韻）

〔貫休〕國腹_{偶作五首之一}

職沃合韻譜 （入聲韻）

〔貫休〕塞束得_{題弘顗三藏院} 北足得賊黑束_{書陳處士屋壁二}
_{首之二} 北足_{陶種柑橙令山童買之}

職陌合韻譜 （入聲韻）

〔貫休〕測碧棘息_{行路難} 刺息憶 _{行路難} 〔齊己〕測白
_{觀李瓊處士畫海濤}

職錫合韻譜 （入聲韻）

〔貫休〕壁色力滴翼_{遇葉進士}

職錫陌合韻譜 （入聲韻）

〔貫休〕息力崱識織植壁極滴憶石寂積席_{寄韓團練}

㈤ 鹽 （近體詩部分）

鹽銜合韻譜

〔貫休〕慚讒三藍喃_{讀吳越春秋}

（古體詩及樂府詩部分）

葉洽合韻譜 （入聲韻）

〔貫休〕恰疊葉 漁家

（丟） 衙 （古體詩及樂府詩部分）

洽合合韻譜 （入聲韻）

〔貫休〕甲唈合 甘雨應祈

洽合葉合韻譜 （入聲韻）

〔貫休〕壓踢妾 輕薄篇二首之一

三、統計表

㈠ 近體詩同部押韻統計表

姓名\韻目	子蘭	可止	歸仁	貫休	齊己	尙顏	虛中	棲蟾	處默	修睦
東	3	1	1	25	31	1	1			3
冬		1		5	8	1	1			
江				2						
支	2	2	1	56	46	2	2			2
微				13	18	2				
魚				10	12	1	1			
虞	1			26	18	1	1			
齊		1		6	18	1				
佳				1						
灰	1			42	50	1	1			2
眞		1		37	28		1			3
文				18	16	3				
元										
魂		1		1	3	1				
寒		1		17	31	1				1

姓名\韻目	子蘭	可止	歸仁	貫休	齊己	尙顏	虛中	棲蟾	處默	修睦
刪		1		13	25					1
先	1			31	61	3		2	2	
蕭				8	24					
肴		1		1						
豪				6	16	1				
歌	1			16	20	1			3	1
麻				5	6				2	2
陽	3			32	51	3	1			2
庚	1		1	32	56	1	1			1
靑				8	12	1	1			2
蒸	1			10	25					
尤	3		1	20	50	1	1			
侵		1		19	42	5		1		
覃				2	5					
鹽				3						

(二) 近體詩異部通轉統計表

韻目通轉	子蘭	卿雲	貫休	齊己	尙顏	虛中	棲蟾	曇域	處默
東　多			1	8			1		
多　東	1		1	6					
支　微			10	5	1				
微　支	1		4	4	1	1	1		
魚　支				1					
魚　虞			1	3					
虞　魚			1						
虞　尤				1					
齊　支									1
眞　文			3	3					
文　眞	1			2					
文　魂			1	3					
元　魂			5	23	1	1			
魂　文			2	1					
魂文元			2						

韻目通轉	子蘭	卿雲	貫休	齊己	尙顏	虛中	棲蟾	曇域	處默
魂元仙				1					
寒　刪				4					
寒　先		1		1					
刪　寒			2	4					
刪　先			1					1	
先　元			1	2					
肴　蕭			1						
麻　佳		1		6					
陽　江				2					
庚　青			6	13	1				
青　庚			5	4					
蒸　東			1						
蒸　多			3						
蒸　青			1						
鹽　銜			1						

(三) 古體詩及樂府詩同部押韻統計表

1. 平聲韻

姓名／韻目	貫休	齊己
東	4	4
多	1	
支	14	1
微	4	
虞	5	2
齊		1
灰	7	
眞	9	3
文	1	
元		1
魂	4	
寒	4	4
刪	2	

姓名／韻目	貫休	齊己
先	6	4
蕭	3	2
豪	3	1
歌		2
麻	2	1
陽	8	3
庚	4	4
青	1	
蒸	1	
尤	4	
侵	5	1
覃	1	
鹽	1	

2. 上聲韻

姓名／韻目	子蘭	隱巒	貫休	齊己
董			1	
紙	1		15	7
麌			9	2
賄			2	
篠			1	1
巧				1
皓	1		6	1
哿			3	
馬			1	
養			1	
梗				1
有			8	
寢			1	

3. 去聲韻

姓名／韻目	貫休	齊己
寘	6	1
御	1	
遇	1	
泰	1	
隊	3	
翰	1	
霰	1	
禡	1	1
漾	1	
映	3	1
宥	1	

4. 入聲韻

姓名／韻目	子蘭	隱巒	貫休	齊己
屋			2	1
沃			3	
質			9	1
沒	1			
曷			1	
屑		1	6	1
藥			5	3
陌			7	4
錫			3	
職	1		10	
緝		1	4	3
葉			1	

(四)　古體詩及樂府詩異部通轉統計表

1. 平聲韻

韻通目轉＼姓名	隱巒	貫休	齊己
東冬		2	2
冬東		4	
支微		7	2
支齊		1	
微支		4	1
魚虞	1		
眞文		2	2
文眞		1	
文魂			1
魂文			1
魂文眞			1
魂元		2	
魂元文眞	1		
寒刪			1
先元		1	1
蕭豪		1	
麻佳		1	
庚青		8	2
青庚			2

2. 上聲韻

韻通目轉＼姓名	貫休	齊己
紙尾	1	
尾紙	1	
語麌	1	1
麌語	2	1
麌有遇		1
巧皓	1	
皓篠	1	
馬哿	1	

3. 去聲韻

韻通目轉＼姓名	貫休	齊己
宋送	1	
宋送董		1
寘未	7	
御遇		1
遇麌御	1	
遇有御	1	
遇御	3	
隊泰	1	
願阮	1	
映徑	1	

4. 入聲韻

韻通目轉＼姓名	貫休	齊己
屋沃	4	3
屋沃職	1	
屋職沃	1	
沃屋	4	1
沃職	3	
沃職屋	1	
覺藥	1	
質物	1	
質物錫	1	
質沒		1
物質沒		1
月沒屑	1	
月沒屑物	1	
月屑	2	1
沒質物		1
沒物	1	
沒屑		1
沒屑月	1	
沒末	1	

韻通目轉＼姓名	貫休	齊己
屑月	6	
屑月沒	1	
屑沒物	1	
屑黠	1	1
藥覺	3	
陌錫	4	
陌錫職	2	
陌職	1	2
錫陌	2	1
錫陌職	2	
錫職	1	
錫職陌	1	
職屋	1	
職沃	3	
職陌	2	1
職錫	1	
職錫陌	1	
葉洽	1	
洽合	1	
洽合葉	1	

叁、晚唐及唐末、五代僧侶詩用韻通轉之探討

　　晚唐及唐末、五代僧侶詩，經由前面合韻譜及統計表的歸納與整理，可以明顯地看出僧侶詩以貫休、齊己二人之作品為主，其他諸家之作品，由於全唐詩中所輯錄的甚少，故其用韻之統計，只能供作參考而已。

　　又貫休與齊己在用韻的通轉方面，似乎貫休較齊己寬鬆甚多，今考諸齊己與其他各小家詩人用韻通轉之現象，多與晚唐及唐末、五代詩人相近似，至於古體詩及樂府詩之用韻，亦不出中唐詩人之範疇❷，然貫休之作品，其用韻通轉之情形，則多有其特殊之色彩。

　　本章為彰顯晚唐及唐末、五代僧侶詩用韻之特徵，是以決定將之與唐代詩人用韻通轉之情形作一比較。

　　首先就拙作《唐代元和前後詩人用韻考》及《晚唐及唐末、五代近體詩用韻考》將中唐（元和前後）詩人古體詩、樂府詩之用韻，以及晚唐及唐末、五代近體詩用韻，就其叶韻通轉之情形，仿周祖謨先生〈唐五代的北方語〉一文，將之歸納並分部如下：

㈠　**陽聲韻**（含與其相承之上、去、入韻）

　1. 東部：包含廣韻東、冬、鍾三韻

　2. 陽部：包含廣韻江、陽、唐三韻

　3. 庚部：包含廣韻庚、耕、清、青、蒸、登六韻

　4. 眞部：包含廣韻眞、諄、臻、文、欣、魂、痕七韻

5. 寒部：包含廣韻元、寒、桓、删、山、先、仙七韻

6. 侵部：僅廣韻侵韻

7. 覃部：包含廣韻覃、談、鹽、添、銜、咸、嚴、凡八韻

(二)　**陰聲韻**（含與其相承之上、去韻）

8. 支部：包含廣韻支、脂、之、微、齊五韻

9. 魚部：包含廣韻魚、虞、模三韻

10. 佳部：包含廣韻佳、皆、灰、咍四韻

11. 蕭部：包含廣韻蕭、宵、肴、豪四韻

12. 歌部：包含廣韻歌、戈、麻三韻

13. 尤部：包含廣韻尤、侯、幽三韻

以上所列係根據中唐（元和前後）、晚唐（含唐末、五代）詩人用韻現象所作的分部，由於貫休、齊己二人用韻通轉之情形，與之有所不同，現在以此為相互比較之依據，分別將他們用韻通轉不同之處，說明於後：

(一)　**貫休**（832～912 蘭谿人——浙江蘭谿）

1. 元和及晚唐詩人以東、冬、鍾韻相互合用，庚、耕、清、青、蒸、登韻彼此通轉，未有東、冬、鍾韻與庚、耕、清、青、蒸、登韻合用之現象。然貫休於此九韻之間，以蒸、登韻和東、冬、鍾韻合用，又蒸、登韻與庚、耕、清、青韻通押，然東、冬、鍾韻絕不與庚、耕、清、青諸韻叶韻（含入聲韻之通轉），說明了蒸、登二韻的讀音，在貫休的語音是介於東、冬、鍾韻與庚、耕、清、青韻之間。

2.元和及晚唐詩人將元韻與寒、桓、刪、山、先、仙韻彼此
合用，魂、痕韻與眞、諄、臻、文、欣韻相互通押，形成
眞、寒二部，然而貫休對於元與魂、痕之關係，處理得非
常混淆不清，首先在近體詩部分，元韻與魂、痕韻合用 5
次，另外，元韻未出現任何單獨押韻之作，僅魂、痕韻合
用 1 次，但是魂、痕韻却與文韻合用 3 次，元韻與文韻合用
2 次。至於古體詩部分，元韻與眞、文韻合用（含入聲月
韻與質、物韻合用），以及入聲沒韻與末、屑、薛韻合用，
這似乎顯示了元韻與魂、痕韻的讀音，在貫休是相同的，
並且他們的讀音是介於寒、桓、刪、山、先、仙韻與眞、
諄、臻、文、欣韻之間。

(二) **齊己**（ ？～？ 　*潭州益陽人──湖南益陽*）

1.元和及晚唐詩人以庚、耕、清、青、蒸、登韻相互合用，
然而齊己則以庚、耕、清、青韻爲一部，蒸、登韻爲一部，
且兩部之間未見任何彼此合用之作，亦未曾發生如貫休之
蒸、登韻與東、冬、鍾韻通押，只有蒸、登韻的同部押韻
25 次，即使古體詩、樂府詩之用韻，甚至入聲韻部分也不
例外，說明了齊己的讀音是將此九韻，分爲東、庚、蒸三
部。

2.有關元韻與魂、痕韻之關係，在齊己的作品裏，近體詩方
面，元韻未見任何單獨押韻之作，僅魂、痕韻同部押韻 3
次，然而元韻與魂、痕韻的合用部分却有23次，至於與其
他鄰韻通押的部分，較之貫休，似乎有其規律性，因爲在

他的作品裏，其合用通轉的情形，是以元韻與先韻合用，
魂、痕韻與眞、文韻通押（含與之相承之入聲韻），這可
能說明了元韻字在齊己的讀音裏和魂、痕韻還是十分接近
的，唯元、先二韻之音讀相類似，而魂、痕韻則又與眞、
文韻略近些。

3. 齊己的《喜彬上人見訪》一詩，以《師虛居疏蕖》通押，
爲脂韻「師」字與魚韻合用，今由《漢語方音字滙》，查閱「長
沙」「雙峯」等地之音讀，「師虛居疏蕖」等字，長沙音
讀爲[sʅ, sᴀu, tɕy, ɕy, tɕy]，雙峯音讀爲[sʅ, sᴀu, ty, ɕy, dy]，
明顯地可以看出「師」的讀音與「虛居疏蕖」不同，然再
由袁家驊漢語方音概要（第105頁）指出「（長沙音）元音
y唇形不甚圓，舌位略後」（第113頁），「（雙峯音）
y是和 i 相當的圓唇音，圓唇的程度趕不上北京的 y」。
如果以此來做推測，湖南地區之方音 y 的讀音和 i 相近似。
再由周祖謨先生〈敦煌變文與唐代語音〉一文云：「變文
裏魚虞兩韻牙喉音字有跟止攝字相押的例子，因 i, iu 聲音
相近。」（周祖謨語言文史論集第 200 頁）作爲旁證，可知
倘若詩人在審音方面較寬鬆，極可能認爲首句可以出群，遂
將之合用通轉，也是會發生的。

4. 齊己的〈寄湘中諸友〉一詩，以「眸無湖孤途」通押，爲
尤韻「眸」字與虞韻合用，今由漢語方音字滙，查閱長沙
地區之音讀，「眸無湖孤途」等字讀音爲 [məu, u, fu, ku,
tᴀu]，韻尾皆爲 [u]，周祖謨於其〈唐五代北方語音〉一
文中（北大《語言學論叢》，15輯，13頁）云：「尤侯韻

屑音字可能讀 u。」因此「眸」字，在漢語方音字滙裏的北京、濟南、西安、太原、梅縣、廣州、陽江等地，都是讀爲 [u] 韻尾。

另外，我們如果從中唐元和前後詩人的古體詩及樂府詩裏來看，像這種情形已非特例了，如李賀的〈神仙曲〉以「母處去」通押，「母」爲厚韻字，白居易的〈夏旱〉以「午畝黍苦覩圃所雨」通押，「畝」爲厚韻字，〈有木詩〉以「茂露去住顧妬樹賦」通押，「茂」爲候韻字，〈琵琶引〉以「住部妒數汙度故婦去」通押，「部」爲厚韻字，「婦」爲有韻字，就以上所列舉之例證，尤部之字「母、畝、茂、部、婦」等字，其聲母皆爲屑音。因此，尤部之字，其聲母爲屑音者，讀音若魚部之字，自中唐時期已經發生了。是以綜合上述之例證，可知「眸」字因爲聲母屬屑音，讀音在方音之中有與魚部之字相同的現象，自然會產生合用通轉了。

肆、結　論

晚唐及唐末、五代僧侶詩人的用韻情形，經由前面之分析，並與一般詩人之用韻作一比較之後，本章擬將此時期僧侶詩人用韻之特點條列於後：

一、由近體詩與古體詩、樂府詩用韻通轉之常例，歸納韻部爲：

(一)　**陽聲韻**（含與其相承之上、去、入聲韻）

　　1. 東部：包含廣韻東、冬、鍾三韻
　　2. 陽部：包含廣韻江、陽、唐三韻

3. 庚部：包含廣韻庚、耕、清、青四韻

4. 蒸部：包含廣韻蒸、登二韻

5. 眞部：包含廣韻眞、諄、臻、文、欣五韻

6. 元部：包含廣韻元、魂、痕三韻

7. 寒部：包含廣韻寒、桓、刪、山、先、仙六韻

8. 侵部：僅含廣韻侵韻

9. 覃部：包含廣韻覃、談、鹽、添、銜、咸、嚴、凡八韻

(二)　**陰聲韻**

10. 支部：包含廣韻支、脂、之、微、齊五韻

11. 魚部：包含廣韻魚、虞、模三韻及尤韻（聲母爲脣音部分）

12. 佳部：包含廣韻佳、皆、灰、哈四韻

13. 蕭部：包含廣韻蕭、宵、肴、豪四韻

14. 歌部：包含廣韻歌、戈、麻三韻

15. 尤部：包含廣韻尤、侯、幽三韻

二、關於聲調之同化問題，由本文合韻譜中可以發現上、去聲通押有５次，平、上聲通押有１次。

(一)　**上、去聲通押部分**

1. 齊己，〈昇天行〉，以「重鳳動」通押，「動」：徒揔切，定紐，濁聲母。

2. 齊己，〈西山叟〉，以「虎婦住」通押，「婦」：房久切，奉紐，濁聲母。「虎」：呼古切，曉紐，清聲母。

3. 貫休，〈義士行〉，以「遇豎去」通押，「豎」：臣庾切，禪紐，濁聲母。

4. 貫休，〈偶作〉，以「婦樹顧賦去」通押，「婦」：房久

切，奉紐，濁聲母。

5. 貫休，〈送越將歸會稽〉，以「娬巘遠」通押，「巘」：
語偃切，疑紐，濁聲母。

以上所列上、去聲韻通押部分共計 5 次，上聲字「動、婦、
竪、巘」皆為濁聲母，除「虎」屬清聲母，為樂曲可能上、去要
求較寬之原因外，其他則應該為上聲濁母部分，已經讀如去聲了。

（二） **平、上聲通押**

1. 齊己，〈寄吳都沈員外彬〉，以「何他多峨麼」通押，
「麼」：亡果切，上聲果韻，漢語方音字滙未收錄此字，
然就集韻所收錄此字，讀音有三：①哿韻，母果切，②歌
韻，眉波切，③支韻，忙皮切。可知「麼」字在唐末、五
代之時，已有平、上二種讀音的存在了。

三、在本文之中，始終未見任何一首，n、ŋ、m三系韻尾的相
互通押之作，再由晚唐及唐末、五代詩人的用韻情形來看，
n、ŋ、m三系韻尾間，混用通轉並不普遍，可知n、ŋ、
m三系韻尾，此時在多數詩人的讀音裏，還是可以清楚地分
辨的。

附 註

❶ 本文稱爲晚唐及唐末、五代僧侶詩之原因，係因爲在撰寫本文之前，
余已將同時期一般詩人之作品，歸劃有二篇，一爲晚唐及唐末、五代
近體詩用韻考，一爲晚唐及唐末、五代古體詩、樂府詩用韻考，再加
上晚唐及唐末、五代道士詩用韻考凡四文，合併之即爲晚唐及唐末、
五代詩人用韻考，是以本篇雖引用之詩人有限，然爲整個研究的一部
分，是以不得不仍定名稱之〈晚唐及唐末、五代僧侶詩用韻考〉。

❷ 古體詩及樂府詩在中唐時期之作品最多，且用韻通轉之範圍亦最廣，
尤其以元和前後之詩人尤甚，至於晚唐及唐末、五代之作品，多爲近
體詩，僅曹鄴、于濆、邵謁、聶夷中、陸龜蒙、皮日休、李咸用、雍
陶諸家有較多的古體詩及樂府詩，且用韻通轉之現象亦不出中唐詩人
之範圍，加上〈晚唐及唐末、五代古體詩與樂府詩用韻考〉尙未於學
報中發表，是以本文於古體詩及樂府詩之比較，乃以中唐詩爲依據。

參考書目

一、資料及工具書

全唐詩　清聖祖御訂　文史哲出版社　民67

全唐詩稿本　錢謙益、季振宜遞輯　聯經出版社　民68

廣韻　陳彭年等撰　余迺永校注本　聯貫出版社　民69再版

韻鏡　張麟之撰　藝文印書館　民61

集韻　方成珪校正本　商務印書館

漢語方音字滙　北大　文字改革出版社　民78二版

中國古今地名大辭典　臧勵龢等撰　商務印書館　民49臺一版

二、研究專著

高本漢　中國音韻學研究　商務印書館　民62臺四版

王　力　南北朝詩人用韻考　清華學報11期　民25

王　力　漢語史稿　環球出版社　民49

王　力　中國詩律研究　文津出版社　民61

袁家驊　漢語方言概要　文字改革出版社　民78二版

周祖謨　周祖謨語言文史論集　浙江古籍出版社　民77

耿志堅　唐代元和前後詩人用韻考　彰化師大學報第1期　民79

耿志堅　晚唐及唐末、五代近體詩用韻考　彰化師大學報第2期
　　　　民80

海東文宗崔致遠詩用韻考

朴萬圭

壹、崔致遠事略

　　古代韓先人以漢文寫詩，很早就開始了。但是漢文詩的大量
創作則始於統一三國以後（韓人稱統一新羅王朝）。

　　新羅在實現了統一半島的目的以後，爲了鞏固王朝的統治，
採用「讀書三品科」的制度選拔人才，其標準是對漢文典籍的通
曉程度和漢文的寫作能力，以其學問的高低和漢文熟練的程度來
決定官職。與此同時，新羅還派遣了一批士人去唐朝留學，培養
了一此漢文學者。唐朝此時正處於五、七言詩繁榮時期。燦爛的
唐代詩歌對深受漢文薰陶的新羅學者產生了影響，漢文詩人輩出，
漢文詩讀者也大量增加，寫作漢文五、七言詩，成了當時文人抒
情、敍事、寫景、咏物的主要手段。九世紀，即新羅末期的卓越
詩人崔致遠，就是韓漢文詩人中的佼佼者。

　　文昌侯崔致遠是位在韓富俱傳奇性的漢文學開祖大師。少年
留唐及第賓貢科，在高駢幕下持揮文筆，嘗以檄黃巢書一文震驚
中原，後被提升爲承務郎待御史內供奉，並得到紫金魚袋的賞賜，
在唐朝頗受重視。《唐書·藝文志》有關崔氏的記載，在新羅人中他
居首位。韓土最古正史《三國史記》卷第四十六列傳第六崔致遠
條云：

　　崔致遠字孤雲，王京沙梁部人也。史傳泯滅，不知其世系。致遠少精敏好學，至年十二，將隨海舶入唐求學。其父謂曰：十年不第，即非吾子也。行矣勉之！致遠至唐，追師學問無怠。乾符元年甲午，禮部侍郎裴瓚下一舉及第。調授宣州溧水縣尉。考績為承務郎侍御史內供奉賜紫金魚袋。時黃巢叛，高駢為諸道行營兵馬都統以討之，辟致遠為從事，以委書記之任。其表狀書啓傳之至今。及年二十八有歸寧之志，而衰季多疑忌不能容。出為大山郡太守。唐昭宗景福二年，(中略) 其後致遠亦嘗奉使如唐，但不知其歲月耳。(中略) 始西遊時，與江東詩人羅隱相知，隱負才自高，不輕許可人，示致遠所製歌詩五軸。又與同年顧雲友善。將歸，顧雲以詩送別，略曰：我聞海上三金鼇，金鼇頭戴山高高。山之上兮，珠宮貝闕黃金殿。山之下兮，千里萬里之洪濤。傍邊一點雞林碧，鼇山孕秀生奇特。十二乘船渡海來，文章感動中華國。十八橫行戰詞苑，一箭射破金門策。《新唐書・藝文志》云：崔致遠四六集一卷，桂苑筆耕二十卷。注云：崔致遠高麗人，賓貢及第，為高駢從事。其名聞上國如此。又有文集三十卷行於世。

《新唐書》云：

　　崔致遠四六一卷，又桂苑筆耕二十卷，高麗人，賓貢及第，高駢淮南從事。

　　由上文中韓二史得知，崔氏生於西元八五七年，八六八年負

笈留唐，時正值晚唐。他的詩文，確乎爲新羅統一全韓半島三百
年（西元六六八～九三六年）中之冠。不止此也，後世編纂韓土
歷史者，莫不譽之爲一代文宗；稗官野史，更取爲素材，繪聲繪
影，以實其才子風貌。崔致遠受後人崇仰之程度以及留給後世影
響之大，他人遠遠不可及者也。

　　崔致遠在唐朝期間，經常懷念故土，關心祖國的命運。新羅
憲康王十一年（西元八八五年），他以唐朝使節的身份回到新羅，
時年二十九歲。此時身負唐使的重任，衣錦榮歸，充分實現了他
嚴父的要求。回顧留學唐朝期間的悠悠歲月，崔氏未免感到得意
與自豪，他以這樣的兩句詩概括了在唐十七年的成就：

> 巫峽重峰之歲，絲入中華，
> 銀漢列宿之年，錦還東國。

　　崔致遠回到新羅之後，任侍讀兼翰林學士守兵部知瑞書監。
三十歲時（西元八八六年），他向新羅國王獻上自己的詩文集共
二十八卷。三十八歲時，又向眞聖女王獻〈時務策〉十條，力圖
幫助王朝改革時政。由於崔氏所獻的〈時務策〉，國王封他阿湌
的官職，却沒有實行他所提出的建議。

　　九世紀的新羅社會大土地兼併盛行，人民陷於痛苦的境地，
到處發生農民起義。尤其是到了九世紀末，佞臣當政，朝政腐敗，
新羅王朝處於風雨飄搖之中。在這種條件下，崔致遠無法實現自
己振興新羅的理想，於是拋棄了富城郡太守之職，隱居於伽倻山。
當時他僅四十二歲。從此之後，有關他的行蹤，鮮爲世人所知，

史書上再未言及了。

貳、崔致遠詩存錄情形

據崔致遠在唐中和年間所寫的《桂苑筆耕》序：

> 臣崔致遠進所著雜詩賦及表奏集二十八卷具錄如後：私試
> 今體賦五首共一卷、五言七言今體詩共一百首一卷、雜詩賦
> 共三十首一卷、中山覆匱集一部五卷、桂苑筆耕集一部二十卷。

據傳，崔氏返國後還著過《帝王年代曆》，但現今所存者只有
《桂苑筆耕》及《東文選》中所保存的三十篇詩和《三國史記》
中的詩〈鄉樂雜咏〉五首，合計僅有一○八首（古體詩九首，近
體詩九十九首）。

叄、崔致遠詩韻譜

一、凡　例

㈠　詩韻譜之撰作，取材於朝鮮古書刊行會排印本《東文選》、
　　成均館大學大東文化研究院刊崔文昌侯全集（含收《桂苑筆
　　耕》、《孤雲先生文集》、《孤雲先生續集》）、《芝峯類
　　說》、《新增東國輿地勝覽》。

㈡　詩韻譜依《廣韻》順序排列，以上平聲「一東」為建首，依
　　次條列，終於下平聲「二十九凡」。

㈢　排列依次為：先排古體詩，後來近體詩。

二、合韻譜

甲、古體詩（五古五首、七古四首）

五言古詩

上平聲

㈠　**支**

　　支脂合韻譜
　　　枝欹窺遺_{蜀葵花}

㈡　**寒**

　　寒山合韻譜
　　　艱難看_{古意換韻者}

下平聲

㈢　**先**

　　先
　　　憐絃牽年_{江南女}

㈣ **庚**

庚青合韻譜

生形 古意
　　　。

上聲

㈤ **語**

語

女杼汝 江南女換韻者

㈥ **薺**

薺

體底洗醴 寓興

入聲

㈦ **月**

月薛屑合韻譜

結月雪 題無詩
　△　　。

七言古詩

上平聲

㈧ **東**

東

宮功雄 贈希朗和尚換韻者

(九) **支**

支之合韻譜

疑巋奇 ^{贈希朗和尚換韻者}
。

(十) **咍**

咍

來才 ^{贈希朗和尚換韻者}

(土) **眞**

眞

身神賓 ^{天威徑}

(圭) **山**

山刪合韻譜

山還 ^{贈山僧}
。

去聲

(圭) **笑**

笑

照耀廟 ^{贈希朗和尚換韻者}

入聲

(圭) **薛**

薛屑合韻譜

　　說結絕 _{贈希朗和尚換韻者}
。

㈤　昔

　　昔

　　釋譯跡 _{贈希朗和尚換韻者}

乙、近體詩（絕句六十七首、律詩三十二首）

五言絕句

上平聲

㈠　東

　　東

　　通空 _{題無詩}

㈡　之

　　之支合韻譜

　　時知 _{題無詩}
。

㈢　微

　　微

　　機歸 _{題無詩}

㈣　咍

咍

開來 題無詩

㈤ **眞**

眞諄合韻譜

新春 題無詩
。

下平聲

㈥ **先**

先

天前題無詩　天年 題無詩

㈦ **登**

登

燈僧 郵亭夜雨

㈧ **侵**

侵

吟音心 秋夜雨中

七言絕句

上平聲

㈨ **東**

東

功通漕運　竆中翁饒州鄱陽亭

東冬合韻譜

濃風中酬進士楊贍送別

㈩ 鍾

鍾

龍鋒蹤筆法　溶峰蹤黃山江臨鏡臺

(十一) 支

支脂合韻譜

眉涯枝題海門蘭若柳

支之合韻譜

碑絲收城碑　離歧期留別西京金少尹峻

(十二) 脂

脂之合韻譜

姿詞遺陳情

(十三) 之

之支合韻譜

祠持歧贈金川寺主人

之脂合韻譜

夷思祠生祠

㈤ **微**

微

威歸 安南　依飛 題無詩

㈥ **模**

模

塗姑枯 留別女道士　鴣壺 釣魚亭

㈦ **齊**

齊

低萋迷 海邊春望　齊低 題築城

㈧ **灰**

灰

嵬盃催 月顯

㈨ **咍**

咍

來埃才 發狽　來裁開 東風

咍灰合韻譜

來開杯 荊南　摧開來 浙西

㈩ **眞**

眞

親身人 <small>酬吳體秀才惜別</small>　　塵辛貧 <small>途中作</small>

眞諄合韻譜

辛春人 <small>春日遨知友不至因寄絕句</small>　　眞人春 <small>朝上清</small>　　春巾人山

陽與鄉友話別　人神春 <small>大面</small>　　神新春 <small>磻溪</small>

㈩ 痕

痕元合韻譜

喧根痕 <small>贈梓谷蘭若獨居僧</small>

㈢ 元

元魂合韻譜

源門言 <small>性箴</small>

㈣ 寒

寒桓合韻譜

丸看瀾 <small>金丸</small>

寒山合韻譜

閒安看 <small>練兵</small>

㈤ 桓

桓山合韻譜

間巒端 <small>束毒</small>

㈜ 刪

　　刪山合韻譜

　　　蠻顏閒 執金吾。

㈜ 山

　　山桓合韻譜

　　　巒間山 題伽倻山讀書堂。

下平聲

㈜ 仙

　　仙

　　　穿鞭 射鞭

㈜ 蕭

　　蕭宵合韻譜

　　　雕銷堯 射鵰。

㈜ 宵

　　宵蕭合韻譜

　　　銷寥 春曉閒望　　姚調 淮南。

㈜ 豪

　　豪

　　刀高韜 相印

㈦ **麻**

　　麻

　　　花誇家 雪詠

　　麻戈合韻譜

　　　螺家花 和金員外

㈧ **陽**

　　陽

　　　傷鄉腸 題無詩　　場章 奉和座主尚書

㈨ **庚**

　　庚

　　　兵坑生 降寇

　　庚清合韻譜

　　　城兵行 西川　　城槍 平天平

㈩ **清**

　　清庚合韻譜

　　　成兵聲 公山城　　程驚聲 軒虎

㈩一 **青**

　　青

庭局聽秦城

(壹) **尤**

尤

舟秋休 題芋江驛亭

尤侯合韻譜

秋讎侯 兵機　秋舟樓 楚州張尚書

(美) **侯**

侯尤合韻譜

投侯收 安化

(君) **侵**

侵

心深侵岸 口徑　沈襟深 題無詩　吟心林 和友人除夜見寄

七言律詩

上平聲

(美) **鍾**

鍾

重逢峰慵 送吳進士巒歸江南　重蹤慵蓉龍 潮浪

(禿) **之**

之支脂微合韻譜

飛持吹遲時沙汀

(四) **微**

微

依稀歸飛機 和李展長官冬日遊山寺　　輝違衣歸飛 秋日再經盱
眙縣寄李長官

(五) **虞**

虞模合韻譜

姝圖無扶枯 紅葉樹　　夫途麂愚無 辛丑年寄進士吳瞻

(六) **咍**

咍灰合韻譜

回才開來盃 酬楊瞻秀才送別　　回來開哉盃 春曉偶書

(七) **眞**

眞諄合韻譜

塵新人春神 登潤州慈和寺上房　　津塵春新身 汴河懷古　　人津
身春塵 陳情太尉

(八) **文**

文

紛軍雲群焚 野燒

㈤ **寒**

　　寒

　　　乾殘寒欄看 杜鵑

　　寒桓合韻譜

　　　端難闌湍安 寄顥源上人　　彈珊盤寒般 石上流泉

　　寒刪合韻譜

　　　彎寒看壇難 友人以越杖見惠以寶刀為答

㈥ **山**

　　山刪合韻譜

　　　間關顏山閑 將歸海東

下平聲

㈦ **先**

　　先仙合韻譜

　　　然仙天憐眠 海鷗　　天蓮烟泉仙 石峯　　傳年賢烟船 和張進士

　　喬村居病中見寄

㈧ **戈**

　　戈歌合韻譜

　　　磨螺多波和 山頂危石

㈨ **麻**

麻佳合韻譜

霞涯沙賒家 _{石上矮松}

㈠ **陽**

陽唐合韻譜

香長忙量鄉 _{暮春卽事和顧雲友使}

㈡ **庚**

庚清合韻譜

行名榮程橫 _{行次山陽}

㈢ **清**

清庚耕合韻譜

生城情鶯榮 _{和友人春日遊野亭}

㈣ **覃**

覃談合韻譜

諳憨潭甘 _{歸燕吟}

五言律詩

上平聲

㈤ **東**

東

通章中翁 _{泛海}

東鍾合韻譜

峰空中風籠題雲峰寺
。

㊑ **支**

支脂之合韻譜

衰悲吹時垂旅遊唐城有先王樂官
。　　△

㊟ **魚**

魚模合韻譜

廬餘書疎如贈雲門蘭若智光上人
。

㊛ **眞**

眞

人隣貧頻長安旅舍與于愼微長官接隣

三、韻譜之解說

由上述各式體裁詩，我們現在可得如下的用韻通轉簡表：

平聲韻目	在近體詩中出現次數	在古體詩中出現次數	古體詩中仄聲出現情況及次數		
			上	去	入
東	4	1			
東冬	1				
東鍾	1	1			
鍾	4				

支脂	1	1			
支脂之	1				
支之	2	1			
脂之	1				
之支	2				
之支脂微	1				
之脂	1	1			
微	5				
魚模	1		語1		
虞模	1	2			
模	2				
齊	2		薺1		
灰	1				
咍	3	1			
咍灰	4				
眞	3	1			
眞諄	9				
文	1				
痕元	1				
元魂	1	1			月薛屑1
寒	1				
寒桓	3				
寒刪	1				
寒山	1	1			
桓山	1				
刪山	1				
山桓	1				
山刪	1	2	1		
先	2	1			

先仙	3				
仙	1				薛屑 1
蕭宵	1			笑 1	
宵蕭	2				
豪	1				
戈歌	1				
麻	1				
麻佳	1				
麻戈	1				
陽	2				
陽唐	1				
庚	1				
庚清	3				
庚青		1			
					昔 1
清庚	2				
清庚耕	1				
青	1				
登	1				
尤	1				
尤侯	2				
侯尤	1				
侵	4				
覃談	1				

　　先從近體詩討論：東冬共見五次，其中通押一見，佔 25%，顯然同用。東鍾共見九例，兩韻通押只見一例，同用率只佔 10

％，看來東鍾分明是不得同用的。今定鍾獨用。支之共見四次，四次均是通押，完全沒有距離的。脂之共見二次，通押亦是二次，也完全是同用。支脂之三韻共八見，各韻之間通押支脂一次、支之四次、脂之二次、支脂之一次，此三韻之間可說，沒有實際上語音之差了。微韻獨用五見，與之通押的之支脂微一見，無疑是獨用。魚模通押一見，模獨用二見，同用率 33 ％強，同用。虞模通押二見，模獨用二見，同用率 50 ％，亦爲同用。因此魚虞模同用。齊只見獨用二次，獨用。灰咍共出現七次，其中灰咍通押四次， 57 ％強，分明是同用。眞諄共見十二例，眞諄通押多達九例，同用。文獨用一見，暫定獨用。魂痕元共見二例，痕元通押一次，同用；元魂通押一次，同用。不過魂痕通押未見一例，似乎兩者之間的距離遠些。寒桓刪山共見十次通押例，每個韻都互相通押，崔詩韻審音範圍之內，它們四韻幾乎是不分的，同用。先仙共見六次，先獨用二次，仙獨用一次，但它們之間的同用率高達 50 ％之強，無疑是同用。蕭宵共見三次例，都是通押的，兩個是一樣的音值，同用。豪只見獨用例一次，暫定獨用。佳麻共見二次韻例，通押一次，暫定同用。麻戈共見二例，通押一見，亦暫定爲同用。歌戈只見通押一次，暫定同用。至於佳歌(戈)、麻（佳）歌之間的關係，因詩篇太少，不見，暫不定。陽唐共三見，通押一見，顯然同用。但在此我們可以發現，唐詩人大家都喜歡用的一種寬韻——陽、唐韻，在新羅詩人崔致遠詩裏却被冷落的多了。值得一記。庚清共出現六次，其中庚清通押次數多達五次，同用率八成以上，同用。庚青共見二例，未見一次通押，顯然是不得同用的。耕韻字在崔致遠近體詩未見單獨出現，因其

爲險韻之故歟？青韻只獨用一次，未見與之通押者，獨用無疑。
登亦獨用一見，暫定獨用。尤侯共四見，通押三見，同用率高達
七成強，同用。侵獨用四次，並未見與之通押者，分明是獨用。
覃談同用更是不用贅言的。至於古體詩方面，因詩篇太少，而很
難看出其用韻通轉之範圍來。除了月薛屑通押一次，使得在近體
詩裏絕不往來的元先仙三韻合在一起之外，我們沒有理由相信古
體詩之通韻範圍異常於近體詩。起碼簡表見的十五次古體詩韻例
這麼告訴我們的。

肆、崔致遠詩用韻與晚唐詩人之用韻通轉之比較

　　既然體屬古詩的幾首，因詩篇數目不夠而無法構成韻系，我
們現在只好拿近體詩部分與時期大約的晚唐詩做一個客觀的比較，
觀察兩國之間究竟有何用韻範圍上異同及出入，這對研究中國中
古音系統之學者，將是很有啓發性的課題。下面即將崔致遠近體
詩押韻通轉範圍，透過耿志堅先生最近發表的晚唐及唐末近體詩
用韻考一文，與之比較，其對照的結果是這樣的：

崔致遠近體詩與晚唐詩用韻通轉比照表

晚唐及唐末、五代	崔致遠詩
東冬鍾	東冬同用，鍾獨用
支脂之微（咍）（麻）	支脂之同用，微獨用
魚虞模（之）	魚虞模同用
佳皆（灰咍）	齊獨用

灰咍（支）（佳皆）	灰咍同用
眞諄臻欣文魂痕（庚清蒸）	眞諄同用，文獨用（暫定） 魂痕元同用
元寒桓刪山先仙	寒桓刪山同用，先仙同用
蕭宵肴豪	蕭宵同用，豪獨用（暫定）
歌戈麻（佳）	佳麻戈歌同用
江陽唐	陽唐同用
庚耕清青蒸登（眞文侵）	庚清同用，青獨用，登獨用 　（暫定）
尤侯幽	尤侯同用
侵（眞）	侵獨用
覃談鹽添咸銜嚴凡	覃談獨用

［解　説］

　　(1)　崔詩東冬同用，鍾獨用；中土晚唐則東冬鍾同爲一韻，與之顯然有參差。

　　(2)　崔詩支脂之同用，微獨用；晚唐詩「支脂之同用，通微」，是和韓漢詩吻合，但至於「轉聲通齊」，此齊韻在崔詩裏却一直保持獨用的。再說，支脂之微與齊未曾混而出現。這點必須強調。

　　(3)　崔詩魚虞模同用，與晚唐詩人相合。至於「又通之」，却在韓詩沒見着。

　　(4)　崔詩灰咍同用；晚唐詩「轉聲通佳皆，司空圖再轉聲通支」。此又值得特記。

　　(5)　崔詩眞諄同用，魂痕元同用；晚唐詩「眞諄臻欣同用，通文、魂、痕，元魂痕同用，通寒、桓、刪、山、先、仙」，通

轉範圍迥然有別。

(6) 崔詩侵韻獨用現象非常明顯，無一不是如此。晚唐詩亦可謂大約如此。不過耿文所云「司空圖、羅隱轉聲通庚、清，崔珏轉聲通蒸，李群玉、李中轉聲通眞」已經顯示至晚唐侵韻字鼻音收尾 -m 便發生動搖，與喉音韻尾 -ŋ 或與舌音韻尾 -n 之間分不清的來往開始了。如此在不同韻尾之間的通轉現象和跨攝，若在崔詩裏絕不會見著的。今日的現代韓漢譯音還都很清楚地保持著中古音陰、陽、入聲韻尾之間的區別了，何況是當時？

在上文沒解說到的，都暫時可視之爲晚唐時期韓中用韻範圍上未見互相衝突者。但如今所得到的統計結果，究竟爲只由九十九首歸納、分析而得，其立論點總難免客觀性不強之嫌。既是這樣，如今我們只好如文交卷了。（附言：上文所顯示的，均從詩篇一一歸納而得。由於詩篇不夠而招致擬構不出韻系來，自是在所難免。）

試論《日本館譯語》的韻母對音

林慶勳

1. 有關《日本館譯語》

《日本館譯語》是丙種本《華夷譯語》之一，乃明代會通館（即會同館）編輯的學習外國語教科書，主要目的在讓館內通事學習會話，以便四夷朝貢時通譯之用（大友 1963:273）。以下先介紹《華夷譯語》有關資料，方能對《日本館譯語》的背景有更進一步的認識。

《華夷譯語》是明、清官方編纂的漢語與非漢語對譯辭書的總稱，可以有廣、狹二義，廣義指以下的各書，狹義則僅指甲種而已（馮蒸 1981:57）。日本學者石田幹之助於 1943 年主張將《華夷譯語》分成以下四類（見大友 1968:37，馮蒸 1981:57）：

甲種，又稱「翰林院直系《華夷譯語》」，是翰林侍講火源潔同編修馬沙亦黑等奉敕編纂，於洪武二十二年（1389）刊行。祇有記錄一種蒙古語。

乙種，又稱「四夷館（四譯館）系《華夷譯語》」，明永樂五年（1407）至萬曆七年（1579）共編輯《韃靼館譯語》、《女眞館譯語》、《西番館譯語》、《西天館譯語》、《回回館譯語》、《百夷館譯語》、《高昌館譯語》、《緬甸館譯語》、《八百館譯語》、《暹羅館譯語》十

　　　　種譯語。各館內容都有「雜字」（對譯詞滙）、「來文」
　　　　（公文）兩部分，並且有漢字與各民族文字對照，學術
　　　　價值較高。

　　丙種，又稱「會同館（會通館）系《華夷譯語》」，明茅瑞徵
　　　　（伯符）輯，會通館總其成，計有《朝鮮館譯語》、
　　　　《日本館譯語》、《琉球館譯語》、《安南館譯語》、
　　　　《暹羅館譯語》、《占城館譯語》、《滿剌加館譯語》、
　　　　《韃靼館譯語》、《回回館譯語》、《女眞館譯語》、
　　　　《畏兀兒館譯語》、《西番館譯語》、《百夷館譯語》
　　　　十三種譯語。此類僅有「雜字」沒有「來文」，「雜字」
　　　　也祇有漢字注音，缺少各民族文字。

　　丁種，又稱「會同四譯館系《華夷譯語》」，清乾隆十三年
　　　　（1748）會同四譯館設立後開始編撰。包括英、德、法、
　　　　意等西洋語及各種雲南方言，合計有三十六種之多❶，
　　　　都是「雜字」沒有「來文」，大多數附有各民族文字。

　　由以上所述可知，《日本館譯語》僅見於丙種本，書內祇有
「雜字」的詞條，其下各列注音的漢字，因爲沒有日語「假名」
(kana) 標示對照，因此研究上稍感不便。

　　有關《日本館譯語》的作者是否爲明代「楊振」，各家都無
定論，拙著（1990：2）也提出明代同名「楊振」的兩個人，但在方
志中皆找不到與撰述《日本館譯語》有關的資料。因此作者問題
迄未有更進一步答案。作者問題不明，連帶撰述時間也模糊不清，
法國學者伯希和，日本學者石田幹之助、濱田敦、伊波普猷等人
主張各不相同，日本學者大友信一教授綜合各家說法優劣，並據

《大明會典》、《皇明實錄》等資料加以討論（見大友 1963：
278-284；1968：48-50），推定《日本館譯語》可能完成於弘治
五年至嘉靖二十八年（1492-1549）間，目前一般學者大都肯定這
個結論。

目前尚存的《日本館譯語》有：①倫敦大學本、②河內本、
③稻葉君山舊藏本、④靜嘉堂文庫本。後二本藏於日本。此外另
有日本「阿波國文庫本」雖然毀於火災，但仍有「寫眞版」流傳
（見大友 1968：38）。以下本文之撰述，主要是依據「靜嘉堂文庫
本」的內容，有問題時再參考京都大學（1968）影印出版各本做
比較，以便得出最眞實的內容，在研究上應該較有說服力。

2. 對音研究說明

靜嘉堂文庫本《日本館譯語》收有 565 條詞語，較倫敦大學
本、稻葉本、阿波國文庫本少了「米，各セ」一條（大友 1968：
34 註 8），不過爲了與其他各本看起來統一，大友（1968）編號
時也給「米」字一個「142」號，最後總數仍做 566 號，目前所有
研究該書者都統一用此編號。靜嘉堂本 565 條詞語依序隸屬於天
文、地理、時令、花木、鳥獸、宮室、器用、人物、人事、身體、
衣服、飲食、珍寶、文史、聲色、數目、方隅、通用等十八門，
此種承繼類書分部的辦法不科學，因此出現了「帶、日、月、胡
椒、香、肉、近、遠」等八個重複詞語（見林慶勳1990：2），實
際上靜嘉堂本祇收 557 組常用詞。

《日本館譯語》一般的體例如下：

〈3〉　　月　　　　讀急　　　（天文門）

〈67〉　地方　　　谷尼　　　（地理門）

〈125〉梅　　　　吾セ　　　（花木門）

　　　　　A　　　　B

A就是漢語的詞語，B則是用漢字標音的日語讀法，日本學者都稱之爲「音注漢字」。靜嘉堂本的音注漢字去其重複總計有155個，本文即針對155個音注漢字與當時日語的對音現象做分析，以明瞭當時日語與漢語間的對應關係。

　　《日本館譯語》撰述年代1492～1549的說法若屬可信，則其背景相當於日語發展的「中世期」，即「室町時代」（1392-1603）的末期。當時日語的讀法與現代日語有多大差異，這是一個很重要的問題，正如明代的漢語與現代漢語語音有多少差異。如果我們忽視這個問題而用現代日語來做研究的憑藉，所得的結果必然與事實有一段距離。有關《日本館譯語》的讀音，大友信一（1963:288-311,1968:3-33）的音讀考證最可信也最通行，本文主要依據後者晚出爲主，間亦參考前者。至於「音注漢字」的讀法，拙著（1990）從聲母做整體的觀察，證明影、喻、微、疑（多數）已讀 [ɤ-]，濁音已經清化，泥、娘二紐合併，知、照系同讀等現象，的確如大友（1963:349）所說是北方官話的特有現象。基於此本文選擇了明代徐孝編輯反映當時北方官話的《重訂司馬溫公等韻圖經》（1606），做爲漢語討論的主要參考。

　　由於日語的音節結構是 [C(S)V(M)] ❷（黃國彥1982:25-26），與近代漢語的 [(C)(M)V(E)]（何大安1987:256）很相

近，因此做對音分析時方便不少，如：

〈6〉	雲	枯木	（天文門）	クモ [kumo]
〈148〉	核桃	谷祿密	（花木門）	クルミ [kurumi]
〈334〉	朋友	都門荅只	（人物門）	トモダチ
				[tomoⁿdatʃi]
A	B			C

C 的日語假名就是大友在 1963、1968 兩書所訂的讀法，各日語假名後面的音標則是大友（1963:589-601）特別爲《日本館譯語》所擬測的，與現代日語稍有不同。由上面三例可以清楚的比較它們對音的情況：

〈6〉 枯＝ク[ku] 木＝モ [mo]

〈148〉谷＝ク [ku] 祿＝ル [ru] 密＝ミ [mi]

〈334〉都＝ト [to] 門＝モ [mo] 荅＝ダ [ⁿda]

只＝チ [tʃi]

以上是一般的情況，但是也有個別的例外，留待以下各節再做詳細的說明。總之本文是就 B 列的「音注漢字」做全書系統性的考察，以便明瞭當時兩種語文的實際關係如何。

拙著（1990）已經做過聲母部份的分析，本文則是針對韻母部分做探討，雖然所用材料相同，但某些看法已有差異，因此諸如統計數字等若有不同，以本文所說爲是。本文以下討論所以用中古韻攝做分類標準，主要是要觀察其韻尾變化，同時在兩種語文對應下，可以看出它們之間的關係。

3. 陰聲字

3.1 止 攝

《日本館譯語》的音注漢字，屬於中古止攝的有八個字，以下把它們的對音情況羅列如後。標音根據大友信一（1963：589-601），音標後面的數目字代表對音出現次數。

1. 非　ヒ［Φi］32
2. 里　リ［ri］12，レ［re］　3
3. 貴　チ［tʃi］1
4. 只　チ［tʃi］24，ジ［ʒi］　2，ケ［ke］1，
　　　　デ［ⁿdʒi］1
5. 司　ス［su］20，ズ［ⁿzu］7，ツ［tsu］1
6. 寺　ス［su］1
7. 衣　イ［i］1
8. 尼　ニ［ni］17

《日本館譯語》「〈176〉砍柴，乞急尼里」(キキリ＝［kikirini］)，大友（1968：34 註 10）認爲「尼里」是「里尼」之誤，從對音上看很有道理，上列 2 里、8 尼部分計數依此改正。又「〈544〉右，民急里」（ミギ［miⁿgi］），大友（1968：35 註 36）認爲「里」字是多餘，所以無法計算在上列 2 里中。

從上列對音來看，「2里、4只、7衣、8尼」多數對應日語的 [i] 元音，應該是沒問題的。雖然在《重訂司馬溫公等韻圖經》中祇能見到「7衣」置於止攝第三開口篇，陸志韋（1988：58）讀 [i]，但是現代漢語方言「2里、8尼」讀 [i] 的例證也不少，連「4只」在廣州、陽江、廈門等（北大中文系1989：61）都有讀 [i] 的證據。至於「2里、4只」對 [e]，溫州、廣州「里」讀 [ei]；溫州「只」讀 [ei]（北大中文系 1989：81、61）都可以證明。至於「1非，3貴」也對應日語 [i]，西安、蘇州、梅縣（文讀）讀「非」為 [i]；蘇州（白讀）、溫州讀「貴」為 [y]，雙峰、南昌、梅縣讀 [ui] 都是取其近似（北大中文系 1989：158、166），大約可以證明。此外我在〈試論日本館譯語的聲母對音〉（1990）一文中，已從聲母系統推論編者是據明代的北方官話音來選擇音注漢字，如果這個推論也可以適用於韻母系統的話，「司、寺」兩字當時應該已讀舌尖元音 [ɿ]，明人徐孝編《重訂司馬溫公等韻圖經》（1606），正是將此類字置於精系第一排讀 [ɿ]（見陸志韋 1988：57-58）。因為日語沒有舌尖元音的音節，加上元音 [u] 並非圓脣，實際上是同部位的展脣音 [ɯ]，如果ス [sɯ] 注以漢語的「蘇、酥、素、訴」[su] 等字，可能相去太遠，因此選用5司、6寺來對音很恰當。

3.2 遇攝

屬於遇攝的音注漢字有十個，對音情況如下：

9.夫　フ [Φu]　3　，　ホウ [Φɔ:]　1

10.都　ト [to]　20 ，ッ [tsu] 、[tu]　15 ，

　　　　　ヅ [ⁿdzu] 、[ⁿdu]　6 ，ド [ⁿdo]　3 ，

　　　　　トウ [to:]　　1

11.度　ツウ [tu:]　1

12.姑　ク [ku]　1

13.枯　ク [ku]　7

14.樹　シユ [sju]　1

15.祖　ツ [tsu]　1

16.蘇　シヤウ [sjɔ:]　1

17.吾　ウ [u]　　24 ，オ [wo]　9 ，ユ [ju]　1

18.魚　ユ [ju]　　1

10.都的讀音，大友 (1963：590、592)以爲室町時代末期ッ有[tsu]、[tu] 兩讀，濁音的ヅ也有 [ⁿdzu] 、[ⁿdu]兩讀。顯然地若以[tu] 和 [ⁿdu] 來對應「都」字，聲母上比較諧合。不過現代日語祇有 [tsɯ] 和 [dzɯ]兩種讀音而已。

　　上列音注漢字多數以 [u] 元音相對，顯然與遇攝字當時韻母也讀 [u] 有關，《等韻圖經》祝攝第五收有上列多數字如「夫、都、枯、祖、蘇、吾」，正是讀 [u]（陸志韋 1988：59-60）可證。「10.都」中有多數讀 [o] 或長音 [o:]，可能是16世紀時北方官話「都」字讀 [tou] 已經很普遍，因此《日本館譯語》的編者將 [tu] 、[tou] 兩者混用，從日語對音 [o] 與 [u] 的數目不相上下可以察覺，現代北方官話也多數有 [tu] 、[tou] 二讀的現象。漢語的 [tou] 這類複元音，在日語的音節中不存在，可是感覺上與

日語的 [o] 或 [o:] 有些接近，這就是取「都」字對 [to]、[ⁿdo]、[to:] 高達24見的原因。

《等韻圖經》把「18 魚」收入止攝第四合口篇，陸志韋認爲它的韻母讀 [y](1988:59)，與今天多數的北方官話沒有不同，而「17 吾」字收在祝攝讀 [u]，一個讀撮口一個讀合口，在明代兩個字已有如此區別。《日本館譯語》的編者體會到日語沒有 [y] 的音節，因此把「18 魚」用來對應稍微接近的 [ju]，以便與「17 吾」的 [u] 有所不同，可謂用心良苦。然而也不是沒有例外，「〈232〉看寺」16世紀的日語讀テラノミユ [teranomiju]，最後一個音節 [ju] 音注漢字是「吾」，大友（1968:15）亦覺得此中有疑問，可惜未加說明。

3.3 蟹攝

蟹攝的音注漢字有以下九個：

19. 賣　「ウイ [ui]　1 」
20. 大　ダイ [ⁿdai]　2 ，　タイ [tai]　1
21. 乃　ナイ [nai]　5 ，　ナ [na]　　3
22. 蓋　カ [ka]　　7 ，　ガ [ⁿga]　5 ，
　　　　カイ [kai]　2 ，　ガイ [ⁿgai] 1
23. 開　カイ [kai]　1
24. 祭　チ [tʃi]　　6 ，　チイ [tʃi:] 5
25. 齊　チ [tʃi]　　3
26. 世　シ [ʃi] 113 ，ジ [ʒi]　7 ，シュ [sju] 1 ，

シツ 1 ， セ [ʃe] 1

《日本館譯語》「〈324〉外郎，賣老」,室町時代末期日語「外郎」
讀做ウイテウ [uirau] ，外郎係賣外郎藥❸的徒步商人略稱，ウ
イ [ui] 是「外」字音讀宋音（見佐伯1981:105）的關係,因此音
注漢字不便用「外老」注，最後不知何故外字才訛爲「賣」字。
如果此推論可信的話，19賣字自然不讀 [ui]。又日語的「促音」
(sokuon) 是一個小寫的「ツ」，受後接音節的同化有 [p]、[t]、
[k]、[s]、[ʃ] 五種不同讀音（參見戶田、黃 1982:123 ）。「26世」
シッ一音見於「〈390〉知道，世荅」，16世紀日語讀シッタ [ʃit-
ta] ，可以補上面的闕如。

中古蟹攝字是有元音 [-i] 尾,現代方言多數北方官話20大至
23開也是收 [-i] 尾， 24祭、25齊雖不收 [-i] 尾,却是以 [i] 爲
主要元音的開尾韻，26世則是舌尖元音 [ɿ] 、[ʅ]。《等韻圖經》
收「齊、世」在止攝第三開口篇，「大（泰）、乃、蓋、開」在
蟹攝第六開口篇,陸志韋（1988:58、61）擬齊 [i]、世 [ʅ]、大、
乃、蓋、開 [ai]，與現代北方官話很相似。可見本組漢語讀音不
是有 [-i] 尾就是以 [i] 爲主要元音,而《日本館譯語》的編者,
用這些字來對應當時日語イ [i] 段字或ア [a] 段加イ尾的字,應
當是非常恰當的。至於以22蓋對應カ [ka] 、ガ [ŋga]，雖然不像
其他各組有 [-i] 尾,但在現代北方官話中也可找到如[kɛ]（濟南）、
[kæ]（西安）（1989:150）無 [-i] 尾的例子,不必當做例外。

3.4 效 攝

效攝的音注漢字有十七個之多，但每字出現的次數都不高：

27.漂　ビャウ [bjo:]　2，ヘウ [Φjo:]　1

28.毛　マウ [mɔ:]　　2

29.苗　ミャウ [mjɔ:]　1

30.妙　ミャウ [mjɔ:]　1

31.刀　タウ [tɔ:]　　1，トウ [to:]　1

32.島　ト [to]　　　1

33.道　ダウ [ⁿdɔ:]　2

34.老　ド [ⁿdo]　　　2，ラウ [rɔ:]　1

35.稿　カウ [kɔ:]　　9

36.交　キャウ [kjo:]　2，ケウ [kjo:]　1，

　　　キョ [kjo]　　1

37.照　チャウ [tsjɔ:]　2

38.燒　セウ [sjo:]　　3，シャウ [sjɔ:] 2

39.少　ショ [sjo]　　2，「ジャク [zjaku] 1」

40.遠　ジャウ [zjɔ:]　1

41.糟　ザウ [ⁿdzɔ:]　2

42.騷　サ [sa]　　　　1

43.敎　ワウ [wɔ:]　　1

「36 交」キャウ與ケウ，大友（1963：595）將兩個假名同讀[kjo:]。
又《日本館譯語》「〈292〉乳香，由裔」，16世紀日語「乳香」讀
ニュウカウ [nju:kɔ:]，音注漢字給後一音節 [kɔ:] 用「裔」字

對音，有問題，大友（1968:34，註17）認爲商字可能是「高」字的訛字，極有道理。果如此則本組應加「高」カゥ [kɔ:] 一字。

本組「刀、島、老、稿、少、糟、騷、敖、高」與「漂、苗、妙、交」，都見於《等韻圖經》效攝第十開口篇，陸志韋（1988:64）讀前者爲 [ɒʊ]、後者爲 [iɐʊ]；「毛」字則見於效攝第十一合口篇，陸志韋（1988:65）以爲應讀同 [ɒʊ]。則本組效攝字在明代（1606）北方官話都是有 [-ʊ] 尾，與現代北方官話收 [-u] 尾應當是相同的。《日本館譯語》的編者把這些收有 [-u] 尾字，拿來對應多數有ゥ [u] 長音的音節，不論讀 [o:] 或 [ɔ:] 感覺上是很恰當的。雖然32島、34老、36交、39少、42騷，有幾個對應日語短音的現象，但是現代濟南話把它們都讀開尾韻（北大中文系:1989:177-194），即島 [tɔ]、老 [lɔ]、交 [tɕiɐ]、少[ʂɔ]、騷[sɔ]。可見用島、老等字去對 [o]、[a] 短音，應該是沒問題。

《日本館譯語》「〈202〉孔雀，公少」，16世紀的日語「孔雀」讀做クジャク [kuzjaku]（大友 1968:13），與現代日語完全相同。然音注漢字却以「少」字對 [zjaku]，頗爲可疑。尤其最後一個音節ク [ku]，應該是「雀」字漢音讀法，也就是反映漢語入聲字舌根塞音尾 [-k] 的讀法，可惜編者不察，選用了一個不太合適的「少」字來對音，因此讀來不甚調合。

3.5 果 攝

屬於果攝的音注漢字有九個，它們對應的讀音如下：

44.波　ホ [Φo]　5 ， バゥ [bɔ:] 2 ， ブ [ᵐbu] 1

45.它　ト [to]　4，トオ [to:]　3

46.那　ノ [no]　91，ヲ [nu]　4，ル [ru]　4，

　　ン [N]　3，モ [mo]　1，マ [ma]　1

47.羅　ロ [ro]　6，ラウ [rɔ:]　1

48.賀　ホ [Φo]　1

49.唆　ソ [so]　10，サウ [sɔ:]　4，ス [su]　2

50.阿　ア [a]　40，ガ [ŋga]　2，ワ [wa]　1

51.鵝　ゴ [ŋgo]　3

52.倭　オオ [wo:] 11，オ [wo]　7，ゴ [ŋgo]　1，

　　ワウ [wɔ:]　1

　　以上除「50 阿」外，其餘日語多數是 [o]，或長音 [o:]、[ɔ:]。
日語分長音與短音的不同，漢語無此區別，上列各組同用一個音
注漢字對日語的長短音，也就不必在意。

　　「46 那」有三個對應日語的撥音ン [N]，然而「ン」向來是
不獨立成為一個音節的，《日本館譯語》的三次對音是：

〈223〉門，捫那。モン [mon]

〈233〉大門，倭亦捫那。オオイモン [wo:imon]

〈234〉小門，祭塞捫那。チイサイモン [tʃi:saimon]

很顯然「那」字是被當做詞尾 [N] 的對音用字，可是日語的撥音
ン [N] 祇附加於詞尾，因此並不像漢字「那」讀舌尖中鼻音，可
見「那」對應 [N] 僅是一種借用而已。

　　《日本館譯語》「〈160〉楊梅，牙馬木那」讀ヤマモモ [ja-
mamomo]，又「〈395〉跪，非撒那都傑」讀ヒザマヅケ [Φiza-
ma^{n}dzuke]。兩個「那」字，前者對 [mo] 後者對 [ma]，大友
(1968:11、23) 已經覺得可疑，因爲用舌尖中音漢字去對雙脣部位
是有些奇怪，唯一可以相通的不過是同爲鼻音而已。

　　「50 阿」全部43見的日語都讀 [a]，與果攝其他字對音不太
相同。《等韻圖經》列「阿」字在果攝第十二開口篇，陸志韋
(1988:66) 讀做 [ɔ]，既然明代「阿」字北方官話讀 [ɔ]，何以
《日本館譯語》編者偏取之對應 [a] 音？現代北方官話「阿」字
的白話讀音一律是 [a] 元音（北大中文系 1989:9），而《等韻圖
經》也在假攝第十四開口篇影紐下收有「阿」，據陸志韋觀察此
字係「舊等韻失載，是徐〔孝〕書新收的」，並且擬音做 [a]
(1988:55、67)，這或許就是明代的北方官話白讀，取來做有43見
的日語 [a] 對音，應該是很恰當。

3.6　假　攝

　　本組收有八個音注漢字，對應的情況如下：

53.巴　バ [ba]　　7 ，　ハッ　1

54.麻　マ [ma]　　1

55.馬　マ [ma]　38 ，　マイ [mai]　2

56.乜　メ [me]　13 ，　ミ [mi]　6 ，　「エ [je]　5 」

57.加　カ [ka]　　8

58.斜　セ [ʃe]　　4

59. 牙　ヤ [ja] 25
60. 哇❹　ワ [wa] 26， グヮ [ŋgwa] 9， ワウ [wɔ:] 1

《日本館譯語》「〈386〉法度，巴都各」，16世紀日語讀ハットガ
❺ [Φattoŋga]（見大友 1968:23）。日語的促音ッ [tsu] 書寫時
字體稍小，而且讀音受後接音節影響而改變，因此「53 巴」ハッ
無法標音乃緣於此，今補如前。此外「56 乜」有五個字對エ[je]，
它們是：

　　〈391〉歡喜，約乜祿。　　ヨエル [jojeru]

　　〈421〉肥，各乜貼。　　　コエテ [kojete]

　　〈541〉前，馬乜。　　　　マエ [maje]

　　〈545〉內，吾只乜。　　　ウチエ [utʃije]

　　〈546〉外，活蓋乜。　　　ホカエ ❻ [Φokaje]

首先明母的「乜」字對應半元音的日語エ [je]，有點奇怪；其次
五個字都是如此，未免太過一致。我懷疑這五個「乜」是「也」
字的形近而訛，稻葉君山舊藏本《日本館譯語》「〈545〉內」之下
正是「吾只也」（京都大學 1968:40）可證。
　　假攝八個音注漢字，在《等韻圖經》的措置及陸志韋的擬音
（1988:67-69）分別如下：[-iɑ] 加、牙（假攝第十四開口篇），
[-uɑ] 巴、麻、馬、哇（娃）（假攝第十五合口篇），[-iɛ] 乜、
斜（邪）（拙攝第十六開口篇）。拿來對應上列16世紀日語讀音，
再恰當不過。其中「53 巴」《等韻圖經》雖列在合口，經脣音異

化後可以改讀開口；哇、娃、蛙三字在清初《五方元音》(1654-
1673)已同音歸入「馬韻、蛙母」。「58斜」也出現在假攝第十四
開口篇讀 $[-ia]$，陸志韋 (1988:67) 認為此是徐孝新收的音，我
認為它是白話音，現代成都話（北大中文系 1989:49）斜字正有
文讀 $[\varepsilon ie]$、白讀 $[\varepsilon ia]$ 的區別。由此可見「58 斜」是文讀，才
能對應日語的 $[\int e]$。

3.7　流　攝

流攝有六個音注漢字，對應的情形如下：

> 61.母　ム $[mu]$　　　　1
>
> 62.牛　ノウ $[no:]$　　　1
>
> 63.收　シヤ $[sja]$　　　1
>
> 64.受　シユ $[sju]$　　　1　，　シウ $[sju:]$　1
>
> 65.柔　ジウ $[zju:]$　　11
>
> 66.由　ユ $[ju]$　　　　10　，　ニュウ $[nju:]$　1

流攝在中古是收元音 $[-u]$ 尾，《等韻圖經》流攝第二十四開
口篇也收「62 牛、63 收、64 受、65 柔」，陸志韋（1988:76）
擬音牛 $[-i \partial u]$，其餘三字都讀 $[-\partial u]$，可見明代北方官話本組字也
有 $[-u]$ 尾；母字見於祝攝第五，陸志韋 (1988:60) 讀做 $[u]$。由
上列音注漢字對音看，大多數有 $[u]$ 尾或長音 $[u:]$，應該是合理
的。牛字雖然對長音 $[o:]$，事實上與 $[u:]$ 很接近。祇有「63 收」
對音較奇怪，《日本館譯語》「〈389〉謝恩，收世」，大友(1968:

23) 讀做シャシ [sjaʃi]，收字對 [a] 頗爲難解，現代北方官話「收」字除太原 [-iəu] 外，其餘一律 [-iou]，其他方言也沒有讀 [-a] 的例子（北大中文系 1989:212），大友在讀音上也覺得用「收」有些問題。

4. 入聲字

4.1 通 攝

通攝入聲的音注漢字共有八個，它們對音的情況如下：

67. 木　モ [mo] 30，　ム [mu] 9，　モッ　　2

68. 福　フ [Φu] 12，　ホ [Φo] 3，　ブ [ᵐbu] 1

69. 讀　ツ [tu]、[tsu] 4，　ト [to] 1

70. 禿　ツ [tu]、[tsu] 1

71. 祿　ル [ru] 31，　ロ [ro] 24，　レ [re] 1

72. 谷　ク [ku] 56，　コ [ko] 10，　カ [ka] 3

73. 足　ヅ [ⁿdu]、[ⁿdzu] 9，　ツ [tu]、[tsu] 4

74. 宿　ス [su] 1，　ソ [so] 1

《日本館譯語》「〈14〉天陰」、「〈469〉斟酒」，兩組的音注漢字都有「木」字對促音「モツ」，「〈14〉天陰，唛喇那枯木的」讀ソラノクモッテ [soranokumotte]，此處「モツ」讀 [mott] 是促音，用促音對原來是入聲的「木」字很恰當。又「69 讀、70

禿、73 足」都對有「ツ」音，大友（1963：590）讀做[tu]、[tsu]
兩音，表示不同於現代日語的 [tsɯ]。在タ [ta] 行中 [tu] 與
[tsu] 同屬一個音位，不過「讀、禿」對 [tu]，足對 [tsu]，可
能較符合明代的實際讀法。「73 足」的對音「ヅ」也有 [ⁿdu]、
[ⁿdzu] 二讀，同理應該是 [ⁿdzu] 較接近「足」的讀音。

本組多數對音都是日語ウ [u] 段，這是符合事實的。《等韻
圖經》祝攝第五獨韻篇收有「68 福、70 禿、71 祿、73 足」四
字，陸志韋（1988：60）把它們都擬成 [u] 韻母，可見這些字在明
代的北方官話都已遺失塞音尾 [-k]，與陰聲字沒有兩樣，《等韻
圖經》祝攝正是將上述的中古入聲字與陰聲字「孤、都、虎、魯」
等同置一圖，因此《日本館譯語》取來對應日語ウ [u] 段的字是
很恰當的。

上列音注漢字「67 木、68 福、69 讀、71 祿、72 谷、74 宿」
中，也有極高的比例對應日語オ [wo] 段音，我想它們可能不是
明代的北方官話讀音。現代漢語的北方官話「67 木」等六字，絕
大多數讀 [u] 韻母，祇有太原仍保留入 聲且以喉塞音結尾：木
[məʔ]、福 [fəʔ]、讀 [tuəʔ]、祿 [luəʔ]、谷[kuəʔ]、宿[ɕyəʔ]。
其他方言如揚州都讀 [ɔʔ] 韻母，蘇州也都讀 [oʔ] 韻母（以上見北
大中文系 1989：103-124）。雖然都有喉塞音 [ʔ] 尾，比較上揚州、
蘇州的讀音稍微接近日語的オ [wo] 段音，不過值得考慮的是對
音本來就是求其「近似」而已，太原的 [əʔ] 韻母不見得不能做
[wo] 的音注漢字。就整個對音系統來觀察，編者已經把入聲字
依照當時北方官話讀同陰聲字，因此假設オ [wo] 段讀音是對應
太原、揚州或蘇州讀法，可能也會有意忽略喉塞音 [ʔ]尾的存在，

如此才能比較合乎實際現象。

4.2 臻 攝

臻攝入聲有六個音注漢字，對音情況如下：

75.必　ビ [ᵐbi]　8
76.不　ブ [ᵐbu] 12 ，　フ [Φu] 1
77.蜜　ミ [mi]　2
78.密　ミ [mi] 41 ，　メ [me] 7 ，　ビ [ᵐbi] 1 ，
　　　ジ [ʒi] 1
79.乞　キ [ki]　1
80.日　ジ [ʒi]　2

本組六個字多數讀成韻母 [i]，也就是對應日語イ [i]段音，
這與事實符合。明末《等韻圖經》列「75 必、78 密」在止攝第
三開口篇，陸志韋 (1988:58) 擬韻母為 [i]；「80 日」也在止攝
開口列第二排，陸氏以為應讀 [ɿ]。日語並無舌尖元音，取近似
的舌面音 [i]，感覺上並無不妥，因此《日本館譯語》編者取
「80 日」對應ジ [ʒi]，應該是合適的。此外清初反映北方音系的
《五方元音》(1654-1673) 把「76 不、79 乞」分別歸入「虎、
地」二韻，陸志韋 (1988:112、115) 分別擬成 [uʔ] 與 [iʔ]，這是
《五方元音》特別獨立入聲字的讀法，如果我們不管後面的喉塞
音尾 [-ʔ]，把它們拿來對應日語的 [ᵐbu]、[Φu] 及 [ki]，可以
說再恰當不過。至於「78 密」有七次之多對應 日語的メ [me]，

《等韻圖經》與《五方元音》都找不到類似的讀音，倒是現代太原、揚州及福州白讀都是 [meiʔ]（北大中文系 1989:75），可見「78 密」讀 [e] 韻母是有根據的。

4.3　山　攝

山攝入聲有以下九個音注漢字，對音的情況如下：

81. 別　べ [ᵐbe] 6 ，　ビャ [bja] 1
82. 喇　ラ [ra] 38
83. 列　レイ [rei] 1
84. 活　ホ [Φo]、[ho] 2 ，　ホッ　1
85. 節　ゼ [ⁿʒe] 6
86. 傑　ケ [ke] 4 ，　ゲ [ⁿge] 2 ，「オ [wo] 1 」
87. 扎　チャ [tsja] 3 ，　シャ [sja] 2
88. 熱　ゼ [ⁿʒe] 1
89. 撒　サ [sa] 58 ，　ザ [za] 2

《日本館譯語》「〈434〉官絹，活見」讀ホッケン [ΦokkeN]或者 [hokkeN]，此補上列「84 活」字的標音。又「〈447〉鹽，世傑」讀爲シオ [ʃiwo]，但是オ [wo]這個音節用「傑」字對應很奇怪，應該是靜嘉堂本的錯字，倫敦大學本、阿波國文庫本、稻葉君山舊藏本都做「倭」字才是正確❼，倭字見於陰聲韻「52」正有對應オ [wo] 一音。「87 扎」讀「チャ」一音，大友 (1963:593)音標做 [tsjo]，疑爲 [tsja] 之誤，今更正於上。

本組「81 別、85 節、86 傑、88 熱」絕大多數對應日語エ
[je] 段音。81別、88熱在《等韻圖經》置於拙攝第十六開口篇，
陸志韋 (1988:69) 以為韻母當讀 [ɛ]；85節、86 傑兩字在《五方
元音》置於蛇韻剪母和金母，陸志韋 (1988:114)以為韻母讀[ɛʔ]。
漢語讀[ɛ]取來對應日讀的 [e]，不論舌位的高低前後應該是很適
合的。「83 列」《等韻圖經》也列在拙攝開口讀 [ɛ] 韻母，取來
對應日語エ段長音レイ [rei]，雖然感覺上稍有差異，但兩音「近
似」應無問題。「82 喇、89 撒」全數98見都對應ア [a] 段音，《等
韻圖經》把兩字都措置於假攝第十四開口篇，陸志韋 (1988:67)
說它們是徐孝書新收的讀音擬 [a]，取之對應日語ア [a] 段音絕
無問題。「87 扎」見於《五方元音》馬韻竹母，陸志韋（ 1988：
113) 讀 [aʔ]，《日本館譯語》編者把它拿來對日語ア [a] 段音
也是合理的。「84 活」見於《等韻圖經》果攝第十三合口篇，陸
志韋 (1988:66) 讀 [uo]，雖然取之對應日語ホ [Φo] 或 [ho]有開
合口之異，可是日語並無開合口之別，此外オ [wo]段音本身亦
有合口的感覺，兩者對音是很諧合的。

4.4 宕 攝

90.酪 　ラウ [rɔ:] 1

91.各 　コ [ko] 18 ， カ [ka] 12 ， ガ [ŋga] 4 ，
　　　ゴ [ŋgo]、[go] 4 ， ク [ku] 3 ， カウ [kɔ:] 2

92.着 　チョ [tsjo] 1

93.弱 　ニョウ [njo:] 1

94.索 　ス [su] 2

95.約　ヨ [jo] 8，エゥ [jo:] 2，ヨゥ [jo:] 1，

　　　　アゥ [au] 1，イ [i] 1，ヨッ　1

以上是宕攝入聲六個音注漢字對音的情況。《日本館譯語》「〈330〉老人，都世那約的」讀トシノヨッテ [toʃinojotte]，此補「95約」字「ヨッ」的標音。大友 (1963:595、598) 把「95 約」的兩組長音對音エゥ與ヨゥ同擬成 [jo:] 如上，並非錯誤或重複，與現代日語稍有不同。

上列明代的日語讀音，多數的元音是 [ɔ:]、[o]、[o:]，有長音也有短音。而音注漢字「95 約」置於《等韻圖經》果攝第十二開口篇，陸志韋 (1988:66) 擬做 [iɔ]；其餘90酪至93弱 皆 見 於《五方元音》駝韻各母下入聲，陸志韋 (1988:113) 擬 做 [ɔʔ]。以上的讀音取之做爲日語 [ɔ:] 等字的對音字應該是合適的。「94索」也見於《五方元音》駝韻讀 [ɔ:]，却對應日語的 [u]，可能此字不據北方官話對音，現代方言雙峰讀索爲 [sʊ]（北大中文系 1989:37），或許可證「索」字對日語的 [u] 應該是可信的。「91各」也有三次對 [u]，雙峰方言「各」字正讀 [kʊ]（北大中文系 1989:23），也是有依據的。「91 各」對應 [a] 元音的高達十六見，雖然在明、清的韻書中找不到證據，現代方言太原讀 [kaʔ]（白話）、揚州 [kaʔ]、潮州 [kak]，也證實用「各」字對音是有根據的。

4.5　梗、曾攝

梗、曾兩攝入聲字少可以合併，下列三字「的、亦」屬梗攝

入聲，「得」字屬曾攝入聲，它們對音情況如下：

96. 的　チ [tʃi]、[ti] 11 ，　テ [te] 7 ，　デ [ⁿde] 2
97. 亦　イ [i] 61 ，　エ [je] 2
98. 得　テイ [tei] 1

「96 的」對應日語チ，若以明代「的」漢語北方官話讀音考慮，自然是 [ti] 較接近。《等韻圖經》置「的」於止攝第三開口篇，陸志韋 (1988:58) 擬韻母爲 [i]，與日語的 [ti] 完全相契合。至於上列讀韻母爲 [e] 也有九次，現代方言「的」太原讀 [tieʔ]、揚州 [tieʔ]、潮州 [tek]（北大中文系 1989:76），稍微接近些，在「近似」的要求下，根本無法去管有無介音 [i] 或喉塞音尾 [ʔ] 了。漢語與日語原來是兩種系統的語音，因此「對音」與日語「原音」之間祇能有一定程度的近似，而不能完全相同，完全相同反而是偶然的（參見史存直 1986:176），明白了這個道理，對某些特殊對音自然也能有滿意的答案。

「97 亦」收在清初《五方元音》地韻雲母下，陸志韋(1988: 115) 擬韻母 [i]，正符合有六十一見之多的對當讀法。至於二次對應 [e] 的日語讀法，在漢語方言中也可以找到證據，太原、揚州讀 [ieʔ]，潮州文讀是 [ek]（北大中文系 1989:99），似乎可以說明當時以「亦」字對應 [e] 是合適的。「98 得」《等韻圖經》置於曾攝第八開口篇，陸志韋 (1988:62) 擬韻母爲 [ei]，而且註明此種讀音是「舊等韻失載，徐孝書新收」，可見讀 [tei] 是明代的眞實讀音，取之對應日語的テイ [tei]，却是「偶然」得天

衣無縫。

4.6　深　攝

深攝入聲的音注漢字有三個，它們對音情況如下：

99.立　リ[ri] 14 ， レ[re] 1

100.急　キ[ki] 52 ， ギ[ŋgi] 13 ， ケ[ke] 8 ，

　　　ゲ[ŋge] 1

101.習　シ[ʃi] 1

「99 立、100 急、101 習」三字見於《五方元音》地韻，分屬雷、金、系三母，陸志韋（1988：115）擬韻母做[iʔ]，大約明代此等字都讀[i]韻，因此得以做日語イ[i]段音的音注漢字。「99 立、100 急」兩字也有十次對應日語[e]的紀錄，現代方言「99 立」太原、揚州讀[lieʔ]，溫州白讀是[lei]；「100 急」太原、揚州讀[tɕieʔ]，福州讀[keiʔ]（以上見北大中文系：1989：83、85）。以上方言讀音都有主要元音[e]，證明「立、急」在明代做為日語エ[je]段音的音注漢字是可信的。

4.7　咸　攝

咸攝入聲字當做音注漢字的有七個字，對音情況如下：

102.法　ハ[Φa] 31 ， バ[ba] 2 ， ヒャ[Φja] 2

103.荅　タ[ta] 42 ， ダ[ⁿda] 4 ， タウ[tɔ:] 2

104. 貼　テ [te] 11 ，デ [ⁿde] 5

105. 納　ナ [na] 22 ，ノ [no] 1 ，「ヨ [jo] 1 」

106. 聶　ネ [ne] 20 ，ニ [ni] 1

107. 嗑　カ [ka] 41 ，ガ [ŋga] 8 ，クヮゥ [kwɔ:] 1

108. 葉　エ [je] 3 ，「ハ [Φa] 1 」

《日本館譯語》靜嘉堂本「〈118〉夜，納祿」，納字倫敦大學本、
阿波國文庫本、稻葉君山舊藏本都作「約」字，夜的日語明代到
現代都讀ヨル [joru]，可見靜嘉堂本納字是約字之誤，因此「105
納」ヨ [jo] 一音當刪。又靜嘉堂本「〈146〉葉，急那葉」，明代日
語是キノハ [kinoΦa]，以 [Φa] 音節對「葉」字有些奇怪，原來
倫敦大學本、阿波國文庫本及稻葉君山舊藏本「葉」字都作「法」
字才是正確的，料想靜嘉堂本所以誤做「葉」，可能是抄寫者以
訓讀方式把ハ [Φa] 記做「葉」字❽，因此「108 葉」ハ [Φa]
一音當刪。

　　上列「102 法、103 荅、105 納」絕大多數對應日語的 [a]
是符合事實的，《等韻圖經》把以上三字置於假攝，法字在第十
五合口篇，荅、納兩字則在第十四開口篇，陸志韋（1988:67-68）
將此三字都擬 [a]，雖然與日語的 [a] 有元音前後之分，但已經
算是近似了。「104 貼」《等韻圖經》則見於拙攝第十六開口篇，
陸志韋（1988:69）讀音擬作 [iɛ]，日語沒有介音，因此 [e] 與 [iɛ]
也算是近似。「103 荅」有兩次對應明代日語 [tɔ:]，「105 納」
也有一次對應日語 [no]，但是與 [ɔ:] 或 [o] 相近的現代方言在荅、
納兩字中幾乎見不到，未知當時是何種近似而對應？

「106 矗、107 嗑、108 葉」三字矗、葉同收於《五方元音》
蛇韻，陸志韋（1988:114）擬 [iɛʔ]；嗑字收於駝韻，陸志韋(198
8:113）擬 [ɔʔ]。矗、葉兩字若明代也讀 [iɛ]，則與當時日語的
[e] 讀法相近，在對音上應該沒有問題。嗑字若讀 [ɔ]，也可以
解決一見的長音 [ɔ:] 對音問題。不過嗑字有四十九見對應日語
的 [a]，這是多數絕不能忽視的一個讀音，嗑字不見於一般的方
音字滙，可能是非「常用字」的關係。嗑在《廣韻》入聲盍韻有
兩見，一是「胡臘切」與盍同音，一是「古盍切」與鰪同音，兩
音同屬咸攝開口一等韻。北大中文系編《漢語方音字滙》倒是收
有「磕」字屬溪紐，其餘條件與嗑字全同，該書「磕」字的注釋
說：「又轄臘切，咸開一入盍匣。」（1989:24）　其實這是依據
《集韻》盍字下同收磕、嗑等字屬同音的說明。嗑（磕）字太原
讀 [k'aʔ]（白讀），梅縣、廈門、潮州讀 [k'ap]，可以證明
「107 嗑」有四十九次對應明代日語 [a] 元音是可信的。

5.　陽聲字

5.1　通　攝

通攝的音注漢字有五個字，它們對音情況如下：

109. 農　ノ [no] 2

110. 公　ク [ku] 2

111. 空　コ [ko] 1

112. 容　ヨ [jo] 2
113. 翁　ウ [u]　3，　ゴ [ŋgo]、[go] 1

　　以上「109 農」等五字，在《等韻圖經》都置於通攝第二合口篇，陸志韋（1988:57）擬作 [uŋ]、[iuŋ] 韻母，這是明代北方官話的讀音都有舌根鼻音尾 [-ŋ]，而且現代方言幾乎都讀陽聲字，除長沙、雙峰收 [-n] 舌尖尾之外，一律收 [-ŋ] 尾沒有例外（北大中文系 1989:357-368）。何以《日本館譯語》的編者以這些陽聲字來對應明代日語的非收鼻音字？依個人的觀察，可能是受吳音、漢音系統的影響所致。依據史存直（1986:181）的說法，現代日語的「撥音」（hat suo N）ン [N]，在五十音圖中是沒有地位的，可能是後來才產生的，所以古代日本人在移借漢語讀音時，用 ム [mu] 來對當 [-m] 尾，用 ヌ [nu] 來對當 [-n] 尾，後來日語產生了ン [N]，漢語的 [-m] 也消失併入 [-n]，於是日本人就用ン [N] 來對當漢語的 [-m]、[-n] 尾。至於處理漢語 [-ŋ] 尾，日本人並沒有用グ [gu]、[ŋgu] 來對當，可能與グ有兩種讀法有關，於是祇得用ウ [u] 或イ [i] 來對當 [-ŋ]。史氏說以ウ、イ來對當漢語的 [-ŋ] 尾，的確在通、梗、曾、江、宕五攝的吳音、漢音讀法上反映出來了。《日本館譯語》與漢音、吳音剛好相反，是用漢字來對當日語，雖然如此，還是不能疏忽兩種語音系統該有的區別。假設我們把上列五個音注漢字的日語對音改做：109 農 [noŋ]、110 公 [kuŋ]、111 空 [koŋ]、112 容 [joŋ]、113 翁 [uŋ]，它們的讀音與陸志韋擬定的《等韻圖經》讀音幾乎沒有差別，祇在元音 [o]、[u] 有高低差異，以及日語無送氣不送氣之別，這些

現象在對音上都無法求其相似的。但是《日本館譯語》的編者或
許受了吳音、漢音系統的影響，仍然取有舌根鼻音尾的「農、公、
空、容、翁」五個字，去對應日語的オ［wo］、ウ［u］段音，主
要目的是如此一來可以和以撥音尾ン［N］對應的收［-n］尾的漢
字有所區別。否則日語ノ［no］、ク［ku］、コ［ko］、ヨ［jo］、
ウ［u］，大可用「46 那、13 枯、72 谷、91 各、95 約、17 吾」等使
用頻率高的音注漢字就行了。如果這個推論可信的話，我們不能
不讚嘆編者的苦心安排，一方面保存傳統的對應關係，另一方面
仍照顧實際讀音。

　　「113 翁」也有一個字對應日語濁音ゴ［ŋgo］、［go］，不論
日語是否帶有鼻音［ŋgo］的成份，在現代漢語方言中都可找到近
似的例子，太原的俗讀是［kuŋ］、武漢讀［ŋoŋ］，若比照前例去
其韻尾［-ŋ］，也是相當適合的對應關係。

5.2　臻　攝

　　臻攝的陽聲字有十個音注漢字，對音情況如下：

　　114. 門　モ［mo］1
　　115. 捫　モ［mo］3
　　116. 民　ミ［mi］10
　　117. 分　ヒ［Φi］4，フ［Φu］3
　　118. 根　コン［kon］1
　　119. 斤　キ［ki］1，キン［kin］1
　　120. 近　キ［ki］3，ク［ku］1

121. 申　シン [ʃin] 2，　シ [ʃi] 1

122. 孫　ス [su]　 3，　ソ [so]　1

123. 文　オ [wo] 2，　ウ [u]　　1

以上十個字除「115 捫、119 斤」外，其餘均見於《等韻圖經》臻攝第十八、十九開口或合口篇，陸志韋擬[uən]、[in]（1988:70-71），與今北京音無異。也就是說它們每一個字都有 [-n] 尾。可是上列漢字多數與日語無撥音ン [N] 的音節對應，甚至有「119 斤、121 申」既對無撥音尾又同時也對撥音尾的音節，此種現象極奇特，不過對音的次數都不會太高，祇有「116 民」字有十見是例外。

118 根對コン [kon]、119 斤對キン [kin]、121申對[ʃin]，基本上都算近似。其他對無撥音尾的現象，如「114門」現代濟南、西安讀 [mẽ]，若以有鼻化元音 [ẽ] 所以對應モ [mo]，似乎解釋得不很圓滿，何況兩者元音差異太大，很難感覺近似。不如假設說現代太原話「門」是 [məŋ]（北大中文系 1989:274），《日本館譯語》編者因其收尾是舌根鼻音 [-ŋ]，所以依例去掉，即 [məŋ] → [mə]，而後者與日語モ [mo] 感覺上很接近。此外門字潮州讀 [muŋ]、福州 [muoŋ]、建甌 [mɔŋ]，如果去掉韻尾同樣與 [mo] 接近，也是證據。「116 民」太原、揚州、潮州、福州讀 [miŋ]；「117 分」太原 [fəŋ]，潮州、福州的文讀分別是 [huŋ]、[Xuŋ]；「119 斤」太原 [tɕiŋ]；「120 近」太原、揚州讀 [tɕiŋ]；「121 申」潮州、福州讀 [siŋ]；「122 孫」太原、潮州（文讀）是 [suŋ]，建甌 [sɔŋ]；「123 文」太原 [vəŋ]、福

州 [uŋ]（以上見北大中文系 1989：274-297）。依照這些方言的
讀音去其 [-ŋ] 尾，自然與日語無撥音尾的音節很接近。不過這種
解釋也是有缺點，何以「119 斤、121 申」同用一個漢字却對日語
的有ン [N] 音節及無 [N] 音節？而臻攝對應的次數皆不多是一個
事實，難道是編者不經意的隨興對音嗎？

5.3　山　攝

山攝有十五個音注漢字，幾乎每一個字對音的次數都不高：

124. 卞　ペン [peN]　1

125. 瞞　マン [maN]　2

126. 綿　メン [meN]　1

127. 旦　ダン [ⁿdaN]　1

128. 殿　テン [teN]　1

129. 年　ネ [ne]　1

130. 幹　カ [ka] 3，　ガン [ⁿgaN] 2

131. 貫　クヮン [kwaN]　1

132. 刊　カ [ka]　7

133. 見　ケン [keN]　1

134. 先　セン [ʃeN]　2

135. 散　サン [saN]　3

136. 安　ア [a]　2

137. 言　エン [jeN]　1

138. 萬　ワン [waN]　1

以上見於《等韻圖經》的有「130 幹、135 散、136 安」、「126 綿、129 年、137 言」（以上在山攝第二十開口篇）、「131 貫」（山攝第二十一合口篇），陸志韋（1988：72-73）分別擬做[an]、[iɛn]、[uan]。其餘各字雖未見於《等韻圖經》，但都屬於山攝字，因韻圖祇能收代表字無法全列，可以推知它們也屬於三種讀音無疑。這些漢字與日語的對應很整齊（左為漢語，右是日語）：

[an] ↔ [aN]、[a]　[iɛn] ↔ [eN]、[e]　[uan] ↔ [waN]

這是《日本館譯語》編者處理對應關係最整齊的部分。

至於「129 年、130 幹、132 刊、136 安」對應無撥音ン [N] 的日語音節，在音注漢字數量的出現次數，都比臻攝字減少許多。「129 年」太原讀 [nie]，福州讀 [nien]；「130 幹」潮州、福州、建甌讀 [kaŋ]；「132 刊」潮州、福州、建甌讀 [k'aŋ]；「136 安」潮州（文讀）、福州讀 [aŋ]（以上見北大中文系 1989：237-239、245）。以上的讀音除太原一讀可以直接證明外，其餘需要去掉 [-ŋ] 尾後方能完全對應無誤。不過此種解釋不夠周延，值得再斟酌。

5.4 宕攝

宕攝字有五個音注漢字，對音情況如下：

139. 忙　マ [ma]　　　1

140. 康　カ [ka]　　　1

141. 「商」カウ [kɔ:]　1

142. 桑　サ [sa] 1
143. 羊　ヤ [ja] 1

「141 菌」《日本館譯語》諸本都是記「〈292〉乳香，由菌」，菌字可能是「高」字的形訛，詳見 3.4 效攝的說明。此處「141 菌」字當刪。

　　「140 康、142 桑」、「139 忙」，分別置於《等韻圖經》宕攝第二十二開口篇、第二十三合口篇，陸志韋（1988：74-75）兩組都擬 [aŋ]。「143 羊」雖不見於《等韻圖經》，但在《廣韻》與「陽」字同音，陽在二十二開口篇，陸氏讀 [iaŋ]，羊字也應該讀音同。由於《日本館譯語》編者可能尊重吳音、漢音的傳統，因此把 [aŋ]、[iaŋ] 後面 [-ŋ] 尾視而不見，以便與日語ア [a] 段音對應，我們檢視本組各個日語讀音，除 [a] 元音與漢語 [a] 稍有前後不同外，其餘可以說完全恰當。由此可見 5.1 通攝與本攝的解釋應該可以成立。

5.5　梗、曾攝

　　梗、曾攝因為字少，合併一組討論：

144. 兵　ピン [pi N]　　1
145. 定　ヂン [ⁿdʒi N]　1
146. 寧　ニ [ni]　　　　1
147. 升　シ [ʃi]　　　　1
148. 盈　ユ [ju]　　　　1

除「147 升」字外，其餘四字都見於《等韻圖經》通攝第一開口篇，依照陸志韋（1988：56）擬音它們讀 [iŋ]，是有 [-ŋ] 尾的字與現代北京話沒有兩樣。前面 5.1 通攝與 5.4 宕攝也都是收 [-ŋ] 尾，在對應日語時爲了尊重吳音、漢音的傳統，沒有一個字對撥音尾，但是本組「144 兵、145 定」兩字却有了例外，不知做何解釋較妥？不過因爲出現次數各祇有一次，無從比較分析，難道是編者無意的疏忽嗎？

「147 升」是本組唯一的曾攝字，現代北方官話都讀開口 [ən]，廣州、陽江讀 [ʃɪŋ]，廈門文讀 [sɪŋ]，福州文讀 [siŋ]（以上見北大中文系 1989：337），可見對應日語 [ʃi] 是有根據的。其餘除「148 盈」字外，明代北方話讀 [iŋ]，拿來對應日語的イ [i] 段音是有道理的。「盈」《等韻圖經》是讀 [ɑiŋ]，依例應該對應日語的 [i]，可是它祇有一見（〈417〉指，盈必 。大友讀ユビ [juᵐbi]）對 [ju]，兩者讀音差異不小。盈字的吳音是ヤウ[jau]（見釋文雄 1774：37a），是否編者受此讀音影響而誤爲日語ユ [ju] 的音注漢字以求近似？

5.6 咸攝

咸攝有七個音注漢字，對音情況如下：

149. 淡　タン [taN]　1
150. 南　ナ　 [na]　 3，ナン [naN] 1
151. 念　ネン [neN]　2
152. 濫　ラン [raN]　1

153. 敢　ガン [$^{\eta}$gaN]　1

154. 三　サ [sa]　2，サン [saN] 1

155. 暗　ア [a]　　1

　　以上除「149 淡」之外，都收於《等韻圖經》山攝第二十開口篇，陸志韋（1988:72）把「151 念」擬 [iɛn]，其餘擬 [an]。如果持此明代的北方官話讀音去對照日語的對音，可以說是天衣無縫，甚至漢語的念 [niɛn] 對應日語的 [neN]，除日語系統沒有介音音素無法表現外，連主要元音「念」與本組其他字有別，都能反映得清清楚楚。「149 淡」在清初《五方元音》中收在天韻斗母，與「但」同音，《等韻圖經》「但」也讀 [an]，置於山攝開口篇，可見取淡（但）做日語タン [taN] 的對音是極合適的安排。

　　「150 南、155 暗」分別有三次及一次對應日語無撥音字，南、暗兩字在現代方言除讀鼻音尾 [-m]、[-n]、[-ŋ] 外，也有濟南等讀鼻化元音 [æ̃]，蘇州等讀 [ø] 等，不過都距離對應日語的 [na]、[a] 很遠。南字出現三次，可見不是疏忽，有可能其字聲母已是舌尖鼻音，因此不甚在意韻尾的舌尖鼻音有無，因爲對音不過是取其近似而已。暗字現代雙峰話有一個白讀 [ua]（北大中文系 1989:240），却是一個合口字，與ア [a] 還是有相當大的距離，難道這個祇有一見的對音也是偶疏嗎？

6.　結　論

6.1　反映的對應關係

從上面的分析，可以見到 155 個音注漢字對應室町末期日語
的情形。以下按日語 [a]、[i]、[u]、[e]、[o] 音節的順序整理對應
的總結果，撥音ン [N] 則附於最後。每一個音節之後按照中古陰
聲、入聲、陽聲先後排列，音注漢字之後的數字代表出現次，一
次者省略不記。

6.1.1　對應 [a] 者

ア [a] 50 阿 (40)。136 安 (2)、155 暗。　アウ [au] 95 約。
カ [ka] 57 加 (8)、22 蓋 (7)。107 嗑 (41)、91 各 (12)、72
谷 (3)。132 刊 (7)、130 幹 (3)、140 康。　カイ [kai]　22 蓋
(2)、23 開。　クヮン [kwaN] 131 貫。　ガ [ŋga] 22 蓋 (5)、50
阿 (2)。107 嗑 (8)、91 各 (4)。　ガイ [ŋgai] 22 蓋。　ダワ
[ŋgwa] 60 哇 (9)。　ガン [ŋgaN] 130 幹 (2)、153 敢。

サ [sa] 42 騷。89 撒 (58)。154 三 (2)、142 桑。　シャ
[sja] 63 收。87 扎 (2)。　サン [saN] 135 散 (3)、154 三。
ザ [za] 89 撒 (2)。

タ [ta] 103 荅 (42)。　タイ [tai] 20 大。　チャ [tsja]
87 扎 (3)。　タン [taN] 149 淡。　ダ [ⁿda] 103 荅 (4)。
ダイ [ⁿdai] 20 大 (2)。　ダン [ⁿdaN] 127 旦。

ナ [na] 21 乃 (3)。105 納 (22)。150 南 (3)。　　　ナイ
[nai] 21 乃 (5)。　ナン [naN] 150 南。

ハ [Φa] 102 法 (31)。　ヒャ [Φja] 102 法 (2)。　　　バ
[ba] 53 巴 (7)。102 法 (2)。　ビャ [bja] 81 別。

マ [ma] 55 馬 (38)、46 那、54 麻。139 忙。　マイ [mai]
55 馬 (2)。　マン [maN] 125 瞞 (2)。

ヤ [ja] 59 牙（25）。143 羊。

ラ [ra] 82 喇（38）。　ラン [raN] 152 濫。

ワ [wa] 60 哇（26）、50 阿。　ワン [waN] 138 萬。

6.1.2　對應 [i] 者

イ [i] 7 衣。97 亦（61）、95 約。

キ [ki] 100 急（52）、79 乞。120 近（3）、119 斤。キン [kin] 119 斤。　ギ [ᵑgi] 100 急（13）。

シ [ʃi] 26 世（113）。101 習。121 申、147 升。　シン [ʃiN] 121 申（2）。　ジ [ʒi] 26 世（7）、4 只（2）。80 日（2）、78 密。

チ [tʃi] 4 只（24）、24 祭（6）、25 齊（3）、3 貴。[ti] 96 的（11）。　チイ [tʃi:] 24 祭（5）。　ヂ [ⁿdʒi] 4 只。ヂン [ⁿdʒiN] 145 定。

ニ [ni] 8 尼（17）。106 聶。146 寧。

ヒ [Φi] 1 非（32）。117 分（4）。　ビ [ᵐbi] 75 必（8）、78 密。Φピン [piN] 144 兵。

ミ [mi] 56 乜（6）。78 密（41）、77 蜜（2）。116 民（10）。

リ [ri] 2 里（12）。99 立（14）。

6.1.3　對應 [u] 者

ウ [u] 17 吾（24）。113 翁（3）、123 文。

ク [ku] 13 枯（7）、12 姑。72 谷（56）、91 各（3）。110 公（2）、120 近。

ス [su] 5 司（20）、49 嗖（2）、6 寺。94 索（2）、74 宿。122 孫（3）。　シュ [sju] 14 樹、26 世、64 受。　シウ [sju:] 64 受。　ズ [ⁿzu] 5 司（7）。　ジウ [zju:] 65 柔（11）。

ツ [tsu] 5 司、15 祖。73 足（4）。〔tu] 10 都（15）。69

讀 (4)、70 禿。　ツウ [tu:] 11 度。　ヅ [ⁿdzu] 73 足 (9)。
[ⁿdu] 10 都 (6)。

ヌ [nu] 46 那 (4)。　ニュウ [nju:] 66 由。

フ [Φu] 9 夫 (3)。 68 福 (12)、76 不。117 分 (3)。
ブ [ᵐbu] 44 波。76 不 (12)、68 福。

ム [mu] 61 母。67 木 (9)。

ユ [ju] 66 由 (10)、17 吾、18 魚。148 盈。

ル [ru] 46 那 (4)。71 祿 (31)。

6.1.4　對應 [e] 者

エ [je] 108 葉 (3)、97 亦 (2)。　エン [jeN] 137 言。

ケ [ke] 4 只。100 急 (8)、86 傑 (4)。　ケン [keN] 133
見。　ゲ [ⁿge] 86 傑 (2)、100 急。

セ [ʃe] 58 斜 (4)、26 世。　セン [ʃeN] 134 先 (2)。
ゼ [ⁿʒe] 85 節 (6)、88 熱。

テ [te] 104 貼 (11)、96 的 (7)。　テイ [tei] 98 得。
テン [teN] 128 殿。　デ [ᵐde] 104 貼 (5)、96 的 (2)。

ネ [ne] 106 轟 (20)。129 年。　ネン [neN] 151 念 (2)。

ベ [be] 81 別 (6)。　ペン [peN] 124 卞。

メ [me] 56 乜 (13)。78 密 (7)。　メン [meN] 126 綿。

レ [re] 2 里 (3)。71 祿、99 立。　レイ [rei] 83 列。

6.1.5　對應 [o] 或 [ɔ] 者（附 [N]）

オ [wo] 17 吾 (9)、52 倭 (7)。123 文 (2)。　オオ [wo:]
52 倭 (11)。　ワウ [wɔ:] 43 敖、52 倭、60 哇。

コ [ko] 91 各 (18)、72 谷 (10)。111 空。　カウ [kɔ:]

35 稿 (9)、〔高〕。91 各 (2)。　キョ [kjo] 36 交。　キャウ [kjɔ:] 36 交 (2)。　ケウ [kjo:] 36 交。　クヮウ [kwɔ:]107 嗑。　コン [koN] 118 根。　ゴ [ᵑgo] 51 鵝 (3)、52 倭。91 各 (4)。113 翁。

ソ [so] 49 唆 (10)。74 宿。122 孫。　サウ [sɔ:] 49 唆 (4)。　ショ [sjo] 39 少 (2)。　セウ [sjo:] 38 燒 (3)。シャウ [sjɔ:] 38 燒 (2)、16 蘇。　ジャウ [zjɔ:] 40 遶。ザウ [ⁿdzɔ:] 41 糟 (2)。

ト [to] 10 都 (20)、45 它 (4)、32 島。69 讀。　トウ [to:] 10 都、31 刀。　トオ [to:] 45 它 (3)。　タウ [tɔ:] 31 刀。103 苔 (2)。　チョ [tsjo] 92 着。　チャウ [tsjɔ:] 37 照 (2)。　ド [ⁿdo] 10 都 (3)、34 老 (2)。　ダウ [ⁿdɔ:] 33 道 (2)。

ノ [no] 46 那 (91)。105 納。109 農 (2)。　ノウ [no:] 62 牛。　ニョウ [njo:] 93 弱。

ホ [Φo]44 波 (5)、48 賀。68 福 (3)、84 活 (2)。　ホウ [Φɔ:] 9 夫。　ヘウ [Φjo:] 27 漂。　バウ [bɔ:] 44 波 (2)。ビャウ [bjo:] 27 漂 (2)。

モ [mo] 46 那。67 ホ (30)。115 捫 (3)、114 門。　マウ [mɔ:] 28 毛 (2)。　ミャウ [mjɔ:] 29 苗、30 妙。

ヨ [jo] 95 約 (8)。112 容 (2)。　エウ [jo:] 95 約 (2)。ヨウ [jo:] 95 約。

ロ [rɔ] 47 羅 (6)。71 祿 (24)。　ラウ [rɔ:] 34 老、47 羅。90 酪。

附：ン [N] 46 那（3）

由以上對照排列，可以清晰看到明代會同館編者取用哪些漢字去對應日語的音節。中古陰陽入三種有別的讀音，在明代北方官話雖然入聲已變成陰聲字，但是在對應日語時陰、陽聲也可能合併在一起，這是日語音節簡單而漢語複雜的必然結果。以上屬於室町時代末期的日語音節數，用《日本館譯語》做統計，屬於 [a] 類有35個、[i] 類有 17、[u] 類有 17、[e] 類有20、[o] 或 [ɔ] 類有42，合計 131 個音節。如果再仔細觀察各類音節的分佈，除重複的イ [i] 與井 [イ]、エ [je] 與ヱ [je]、オ [o] 與ヲ [o] 不計外，幾乎包含大多數的音節，未出現的僅有濁音的「ゾ、パ、プ、ポ、ボ」等少數，可見本文的對應分析是有相當的代表性，不能以僅有五百餘條常用詞的比較，而誤認爲祇是抽樣的分析研究而已。從音注漢字的角度看，出現數也算全面，除江、深攝及江攝入聲外，這 155 個漢字在其他各攝都能見到，雖然曾攝陽、入聲各僅有一字，代表性也稍嫌不足，可是對 155 個漢字，又能苛責什麼？總之《日本館譯語》一書的對音關係，雖然不足以代表那個時代的全部現象，但至少它提供了一些具體的事實。

6.2　一些特別現象

由上面第三到第五節對音關係的分析，大約「音注漢字」所據的漢語方言是北方官話，應該是無疑的。尤其從中古入聲塞音尾的消失變同陰聲，以及鼻音 [-m] 尾變同 [-n]尾的現象來看，《日本館譯語》也充分反映了這個事實。因此音注漢字的韻母與

聲母相同，都是以北方官話的讀音來對應日語的。

　　本節 6.1 所列韻母對音，可以看到16世紀漢語北方官話與當時日語的對應關係，這是本文研究的主要目的。由上列對應也可以看到一些比較特別的現象：

　　①日語的ス [su]，音注漢字選「5司、6寺」來對應，而不用「蘇、素」等字，實在是有原因的。日語 [su] 元音的眞正音值應該是舌面後高展的 [ɯ]，而「5司、6寺」在16世紀時已讀舌尖元音 [ʅ] 與現代國語無別。對音是取其近似，用[suɯ]對[sʅ] 感覺上很適當。如果由 [su] 來選字，「5司、6寺」不如「蘇、素」等接近。

　　②多數的音注漢字，都是以文讀對應當時的日語，但是從明代《等韻圖經》的安排，我們也看到了白讀的對應例子，如「50 阿、82 喇、89 撒」對日語的ア [a] 段音，「98 得」對日語テイ [tei]。

　　③全部音注漢字總數是 1,742 字，中古入聲字佔的比例48.1％（838 字）最高，其次是陰聲字 46.1％（803 字），陽聲字僅有 5.8％（101 字）。因爲當時入聲塞音尾已經消變，事實與陰聲沒有兩樣，所以被選來對應絕大多數無鼻音 [N] 尾的日語，應該是合理的。日語的鼻音尾也就是具撥音 [N] 尾的音節，在《日本館譯語》全書中本來就不多，因此對應的陽聲字低到 5.8％，也是事實的反映。如果把 1,742 個音注漢字去其重複，總數得155字，其中陰聲 66、入聲 42、陽聲 47，這個統計是不能做爲比較的依據，比如陽聲有47個字，每字出現的頻率都很低，甚至好幾個字都祇一見。表面上陽聲有47，入聲僅有42，而實際全書音注漢字

入聲是陽聲的八倍之多。利用統計數字不能不小心。

④除「19 賣、56 乜（對應 [je] 部份）、141 㐌」等的疑似錯字外，以下幾個字的對音情況值得注意：

a.「46 那」對日語的撥音ン [N]。在日語中ン [N] 是不能獨立為一個音節，《日本館譯語》有三次モン [moN] 對音「捫那」，顯然的如果不用「那」來記ン [N]，因為「115 捫」字祇是對應無鼻音尾的陰聲字，並不足以反映音讀「門」的撥音尾特性，因此祇好以「46 那」對 [N]。

b.「39 少」對日語的二音節ジャク [zjaku]。這是全書唯一的特殊情況，第二音節 [ku] 有可能是衍文，涉《日本館譯語》「〈202〉孔雀，公少」的「雀」字漢音而羼入。此種詞條讀音與音注漢字糾纏的情況「少」並不是孤例，靜嘉堂本有「〈146〉葉，急那葉」，是對キノハ [kinoΦa]，音注漢字「109 葉」對 [Φa]，正是因為涉詞條「葉」的訓讀而誤，其他本子作「急那法」才是正確。

c.日語的促音選用了原是入聲字的音注漢字。如「67 木」對モッ [mot]、「84 活」對ホッ [Φok]、「95 約」對ヨッ [jot]，以上讀音的 [-t]、[-k] 尾是隨著後接音節的讀法而不同❾。「木、活、約」三個字中古都屬入聲字，雖然當時已讀陰聲，但被選用為日語促音的對音字，編者必然是有意的。

⑤陽聲的音注漢字，中古的 [-m] 讀做 [-n]極為明顯，對應

日語時也多數是撥音ン[N]尾。[-ŋ]尾的通、宕、梗、曾攝字，對應日語時也遵從歷史上漢音、吳音的習慣對無撥音尾字❿。至於[-n]尾的臻、山攝，理論上應該對應撥音ン[N]尾，可是事實上臻攝祇有少數對撥音，其餘多數對無鼻音尾的音節；山攝則相反，對應撥音尾的却是多數。臻、山攝對應非撥音尾音節者，的確很奇怪，本文則試從它們可能所據的方言是[-ŋ]尾來解釋，因爲漢、日語的對應關係是[-ŋ]↔[-ɒ]，因此那些臻、山攝的字對日語的非撥音。當然如此解釋有些勉強，證據也不是很充足，在沒有更好的解決前，祇好暫時保留以上的說法。

　　兩種不同語言的接觸，必然有格格不入的感覺，不過就音節結構來看，漢、日語的對應還算是很整齊。就不同語言特性的背景來說，在對應時會產生如上的一些特點，可能是不可避免的事。

　　大友信一教授（1963：269-349）對《日本館譯語》的研究，主要在探討材料所反映的16世紀日本語，對於「音注漢字」的討論則是闕如，祇在文後提到對「音注漢字」的觀察有七點推測，其中與本文有關的是：②入聲韻尾脫落，變成開尾韻；③蟹攝齊韻讀[i]；④果攝歌戈韻除特別情況外讀[o]；⑦[-m]型韻尾與[-n]尾合流，鼻音韻尾已單純化。本文在第四節對②做了詳細的分析，其餘③、④、⑦，本文也分別在3.3蟹攝、3.5果攝、5.6咸攝做過詳細的說明與討論。本文的目的除了在分析討論《日本館譯語》音注漢字與當時日語的對應關係外，或許可以做爲補充大友教授所缺音注漢字研究的不足吧！

民國80年4月13日撰成於高雄學韻樓

　　補記：本文於會議後重新校讀，發現漏列音注漢字「塞サイ[sai]」一字，共出現六次。理應補於正文 3.3 蟹攝，並加編號為宜，惟文中統計及代號繁雜，更易不便，特補充說明於此。80.7.1 記。

附　註

❶　馮蒸(1981：57)認爲有四十二種七十一－冊。

❷　黃國彥(1982：25-26)自注說，S是半元音，M包括撥音、促音、長音的後半部、二合元音的後半部。

❸　室町時代元朝禮部員外郎陳宗敬歸化爲日本人，在九州博多地方創製一種藥丸發賣，當時一般人稱之爲「外郎藥」（見佐伯1981：105）。

❹　哇字《廣韻》收入佳韻，與「娃」同音；《集韻》除見於佳韻外也收在下平麻韻，與「蛙」同音，因爲明、清北方官話三個字已經同音，如《五方元音》置於馬韻。因此本字從《集韻》歸入假攝。

❺　大友(1968：35 註28)認爲「ガ」可能是格助詞，也就是說「法度」的音注漢字祇有「巴都」（ハット）即可。

❻　大友(1968：35 註37)認爲〈545〉、〈546〉兩條的日語ヱ [je]，可能是格助詞。也就是說「〈545〉內，吾只」、「〈546〉外，活蓋」即可，「乜」（疑爲「也」字之誤）字在此對應 [je] 是一個格助詞，表示漢語「在（內或外）」的意思。

❼　大友(1968：35 註31)也認爲「傑」是「倭」字之誤。

❽　「葉」字的訓讀（日本傳統的讀音）是ハ [Φa]。倫敦大學本等作「法」字（〈146〉葉，急那法）不誤，靜嘉堂本可能是疏忽，誤用訓讀的「葉」字入替爲音注漢字。

❾　據戶田、黃(1982：123-130)說，促音隨後接音節不同讀音有異，大致是ッ [p]：在パ [pa] 行音之前；ッ [t]：在タ [ta] 行音之前；ッ[k]：在カ [ka] 行音之前；ッ [s]：在シ除外的サ [sa] 行音之前；ッ[ʃ]：在ッ [ʃi] 音之前。

❿　參考本文 5.1 通攝的解釋。

參考書目

大友信一

1963　　《室町時代の國語音聲の研究》，東京：至文堂。

1968　　《日本館譯語本文と索引》（與木村晟合編），京都：
　　　　洛文社。

戶田昌幸、黃國彥

1982　　《日語語音學入門》，臺北：鴻儒堂。

北大中文系

1989　　《漢語方音字滙》（修訂版），北京：文字改革。

史存直

1986　　〈日譯漢音吳音的還原問題〉，《音韻學研究》2：
　　　　172-186，北京：中華。

何大安

1987　　《聲韻學中的觀念和方法》，臺北：大安。

佐伯梅友、馬淵和夫（編）

1981　　《古語辭典》，東京：講談社。

林慶勳

1990　　〈試論日本館譯語的聲母對音〉，「高雄師大國文所
　　　　系教師學術研討會」論文。

京都大學文學部國語學國文學研究室（編）

1968　　《纂輯日本譯語》，京都大學國文學會。

陸志韋

1988　　　《陸志韋近代漢語音韻論集》，北京：商務。

馮　蒸

1981　　　〈華語譯語調查記〉，《文物》1981.2:57-68。

黃國彥

1982　　　〈華日語音的對比〉，《中日中國語言教學研討會論文集》23-48，臺北：中華民國日本研究學會。

釋文雄

1774　　　《磨光韻鏡》（刻本），藏於東京大學文學部漢籍室。

日本館譯語

天文門

天　唻喇　　日　非禄
月　讀急　　星　波世
風　刊節　　雲　枯本
雷　納禄喧嵐　雨　阿嵓
霜　世禾　　雪　由急
大風　倭禾刊節　風吹　刊節福谷
天晴　唻喇那法里的　天陰　唻喇那枯本的
天熱　唻喇那阿都禾　天冷　唻喇那三不世

（中山氏藏）

靜嘉堂文庫本《日本館譯語》

錄自京都大學國文學會編《纂輯日本譯語》

空區別性特徵理論與漢語音韻

鍾榮富

1. 導 論

　　漢語音韻的研究，迄今仍籠罩在《切韻》的陰影裏。所謂《切韻》的陰影，就是把漢語的每個音節，切割成兩大部份——聲母和韻母——的觀念。多年來，我們的漢語音韻研究，就停留在這股聲韻的傳統裏，不再去探究韻母的內部結構，比如：爲什麼國語有 uo，如 kuo（郭），有 ou，如 t'ou（偷），而沒有 *io 和 *oi（*表不合文法）？爲什麼客家話正好相反，有 io，如 mio（摸），有 oi，如 poi（背），卻沒有 *uo 和 *ou？而這兩個方言，都有 au，如 pau（包），也有 ua，如 kua（瓜）?這些耐人尋味的問題，在傳統聲韻的研究裏，一直就被忽略了。要理解這個問題的本質，我們就必須對漢語的韻母結構，有通盤的瞭解。

　　本章的目的，就是要探討漢語方言韻母的內部結構，並從而指出北方官話系統和南方官話系統，在韻母結構上的基本差異。我的分析，主要基於當代音韻理論中的空區別性特徵論（under-specification theory），因此，在討論之前，要花一些篇幅來介紹這個理論。

　　除了這小節外，本章還有四個小節，分別是：第二節介紹區別性特徵的觀念、起源和標示法，第三節介紹區別性特徵的理論，

第四節談空區別性特徵論的實用，和利用這種理論所做的客語韻母
結構的分析，並藉此分析說明溫和性區別性特徵論的可行性，第
五節是結論。

2.　區別性特徵

　　區別性特徵 (distinctive feature) 的構想，肇始於Jacob-
son 的觀念。理論系統最早成形於 Jacobson & Halle 1956 　一
書，但發揚光大，以至於滙爲主流 ，則完全仰賴 Chomsky &
Halle 1968 所創設的衍生音韻學(Generative Phonology)。之
後，區別性特徵系統，雖迭經修正，但基本上仍然承襲了Chom-
sky & Halle 的系統。

　　遠在衍生音韻學之前，主導語音研究垂三十年的結構語言學，
不用區別性特徵，也一樣有相當輝煌的音韻學研究的成績，因此，
我們不免會問：爲什麼要用區別性特徵呢？要回答這個問題，先
要瞭解結構語言學和衍生音韻學，在觀念上和態度上的基本差異。
前者側重語音的純粹描述，後者除了描述外，還想做某種程度的
解說 (explanation)。試舉個例子來說明描述與解說的差別。如
果參觀了橘子園後，我們說：「果園內的橘子是黃色的，而葉子
則是綠色的。」這就是純粹的描述，因爲這句話並沒有說明爲什
麼橘子和葉子會有不同的顏色。如果我們進一步說：「果園的橘
子是黃色的，因其皮內含有黃色的花青素；葉子是綠色的，因爲
樹葉內部含有葉綠素。」這個陳述，不但加了說明，而且同樣也
做了事實的描述，因而更接近科學。

瞭解了這個區別，再回頭來探討：爲什麼音韻的研究要用區別性特徵呢？主要的理由是區別性特徵可以幫我們說明底下三個音韻現象：1. 自然類音 (Natural Class)，2. 語音的內在成份 (internal elements) 和 3. 語音距離 (Phonetic Distance)。

區別性特徵的使用，同時也透露出結構語言學和衍生音韻學對音位的看法不同。結構語言學一向認爲音位 (phoneme) 是不能再細分的語音單位，而衍生音韻學則認爲每個音素 (phone)，不論是否爲音位，都由很多區別性特徵組合而成的。

如果每個音位，都是不能再細分的語音單位，我們就無法解釋爲什麼音韻的規則大都發生在自然類音上。舉個例子來說，西方歷史語言學中有名的格林規律 (Grimm's law)，描述了底下的音變 ❶：

(1) 格林規律

p → f
t → θ
k → x

這個規律引起了幾個令人深思的問題：如果音位是最小的語音單位，爲什麼發生音變的，恰好是 [p,t,k]，而不是 [p,t,d] 或其他任一組音呢？爲什麼音變後的結果是 [f,θ,x]，而不是其他任一組音呢？

或許結構語言學者會說，採用國際音標 (IPA) 的用語：

(2) 不帶音的塞音變成擦音

[Voiceless stop] → [fricative]

　　這樣我們就規範了 [p,t,k]，而非其他的任一組音了。然而，再詳細的思考一下，我們就會發現像 (2) 那樣的規則，事實上已經把音位做了更細的劃分：不帶音、擦音，和塞音。也就是說，(2) 其實已承認音位並非最小的語音單位，而是可以再細分成其他更小的音的成份。

　　此外，如果 p 音位是不可再細分的語音單位，那麼 p 變成 f，和 p 變成 x，同樣都是不帶音的塞音變成了擦音，因而其發生的概率應該相等。但是，為什麼在古印歐語系裏，p 只會變成 f，而不會變成 x，或變成 θ 呢？這又是一個結構語言學者無法回答的問題！

　　這些問題，如果用了區別性特徵，我們就知道 [p,t,k] 這三個音素，都具有 [－帶音，－延續] 等特徵，因而形成一組自然類音。另方面，p 和 f 同為 [＋唇音]，t 和 θ 同為 [＋齒音]，k 和 x 同為 [＋舌根音]，因而各別形成自然類音。如此一來，我們立刻就知道格林規律所描述的音變，絕非偶然的，任意的，而是一種自然類音的變化。

　　第二個需要區別性特徵的理由是，有很多語言的音韻現象，一再顯示音素是由好幾個特徵所組成的。茲以北京話的儿化為例。北京話的舌根鼻音韻尾，儿化後，其韻母會有鼻化的現象：

　　(3)　huang＋r → huãr（黃儿）

　　如果音位是不能再細分的語音單位，那麼(3)裏的 ng 消失時，應該完全消失。而本來就沒有鼻化韻母的北京話，就不可能會有(3)中的鼻化韻母 ũa 的出現。因此，要解釋(3)的音變，最合理的理由就是說，ng 這個音素是由 [＋鼻音] 和 [＋舌根音] 等其他特

徵所組成的。在(3)的音變過程裏，當ng消失時，並不是所有的語音特徵都消失，至少［＋鼻音］仍然存在。而且，［＋鼻音］最後與元音合起來，因而得到ua的鼻化韻母。

第三個理由是，區別性特徵的使用令我們瞭解到，音韻變化與語音發音部位的距離有密切的關係。自然語言裏，有個很普遍的現象：舌根音在前元音 i 之前，常常會有顎化的傾向。但是，顎化卻很少發生在唇音上。如果音位是最小的語音單位，那麼 k, k′, h 等舌根音和 p, p′, b 等唇音，其顎化概率應該完全一樣，因爲都是某個音位變成另一個音位。然而，爲何獨有舌根音較易於顎化呢？這實在令主張「音位是不能再細分的單位」的人困擾。反過來用區別性特徵來表示，則舌根音是［＋高，＋後］，而 i 則是［＋高，－後］，也就是說舌根音與前高元音在一起時，我們的舌位必須由後往前。由於講話時速度很快，我們的舌位很難從後面移到前面，因此在軟顎（即舌根音的部位）和硬顎（即前元音的部位）之間，找個中介點，顎化遂應運而生。換言之，由舌根音變成顎化音，並非整個音位的改變，而只是［＋後］變成［－後］的特徵改變而已。

至於唇音不會顎化，則歸因於唇音與顎化音的發音部位完全沒有相同的地方。這樣的描述，充份反映了人體結構上發音的自然現象。同時也說明了音韻的變化與語音距離有關。

上面我們用三個理由，來說明爲什麼現代音韻理論要採用區別性特徵的原因。底下我來談談區別性特徵的標示法。

區別性特徵都採用兩分式的標法，標值只有＋(正)或－(負)，沒有其他的。比如說，國語元音的區別性特徵矩陣是：

(4)　國語元音的區別性特徵矩陣

	i	ü	e	a	ɤ	o	u
1. 成節 (syllabic)	+	+	+	+	+	+	+
2. 輔音 (consonant)	—	—	—	—	—	—	—
3. 高　(high)	+	+	—	—	—	—	+
4. 後　(back)	—	—	—	+	+	+	+
5. 低　(low)	—	—	—	+	—	—	—
6. 鼻音 (labial)	—	+	—	—	—	+	+

　　只要稍加注意，我們就會發現，上面的區別性特徵的值，有些是可以由其他的特徵值來推知的。如從低元音 a 的〔＋低〕，就可以推知它一定也是〔－高〕，因為沒有一個音會是〔＋高〕又是〔＋低〕的。因此，〔－高〕對低元音而言，是可預知的，這種可以由其他的特徵推測而來的就叫做冗贅特徵（ redundant features）。

　　隨之而來的問題是：既然某些標值是冗贅的，是否要標示上去呢？一九七六年以前的衍生音韻學者認為，所有的音位、音素，都必含有完整的區別性特徵值，即便是冗贅值，也必須標示出來。至於標示的原則，則依一套繁複的理論，叫做「標示理論」。由於這個理論，詳細的介紹必需佔很大的篇幅，在此不贅，有興趣者請參考 Khan 1979。

3. 區別性特徵理論

　　衍生音韻學在 1976 年，有了劃時代的改變。促使這個改變的是 John Goldsmith 於 1976 年在 MIT（麻省理工學院）提出的博士論文：自主音段的音韻（Autosegmental Phonology）。這個理論的主要觀念，就是音韻的表現（phonological represen-tation），並不是單線的，而是多線的，每個線有一個獨立的自主架（autonomous tier），而以支構架（skeleton tier）為其中樞，架與架之間由連接線（association line）來銜接，因而這種分析又叫做非單線的架構（non-linear framework）。底下就以國語的顎化，來討論單線與非單線理論的不同 ❷。

(5)　(a)　　$k \rightarrow t\varepsilon /$＿＿i

$$\begin{bmatrix} +high \\ +back \end{bmatrix} \rightarrow [-back] / \underline{\quad} \begin{bmatrix} +high \\ -back \end{bmatrix}$$

(b)

$$\begin{array}{ccc}
x & x & \cdots\cdots\cdots 支構架 \\
| & | & \cdots\cdots\cdots 連接線 \\
[+high] & [+high] & \cdots\cdots\cdots 特徵架 \\
& | & \\
[+back] & [-back] &
\end{array}$$

　　上面的 (5a) 就是傳統的單線音韻，因為每個音素就像用一條線串連起來似的，並沒有予人為什麼 k 的 [+back] 在 i 的 [-back] 之前，就要同化。反觀 (5b)，就是非單線的分析，由虛線知道顎化是由於 i 的 [-back] 已經漂移（spread）到 k 上，同時 k 的 [+back] 特徵就被剪掉（delete）了。由 (5b) 的表示裏，我們很清楚地理解，為什麼會有顎化的產生。

　　在自主音段的音韻理論中，區別性特徵的標示，有了重大的改變。凡是冗贅的，可預測出來的區別性特徵，就不需要標示在

音位上。舉個例子來說，臺灣閩南話的 m, n, 和 ng 與 b, d 和 g 的分佈，正好呈互補配對（complementary distribution ）：m, n, 和 ng 只出現在鼻化韻母或帶鼻音韻尾的韻母之前，而 b, d, 和 g 則只出現在非鼻音化韻母或不帶鼻音韻尾的韻母之前。字例見於(6) ❸。

(6)　a.　mi　　（麵）　vs.　bi　　（味）

　　　　　ni　　（泥）　　　　di　　（而）

　　　　　nga　（雅）　　　　ga　　（牙）

　　　b.　mong　（墓）　　　　bo　　（某）

　　　　　nam　（覽）　　　　dai　（來）

　　　　　ngam　（岩）　　　　gai　（艾）

另外，m, n, 和 ng 可做爲陽聲的韻尾，而 p, t, 和 k 則爲入聲尾。依 Roberts & Li 1964 之見，入聲尾的 p, t, k 其實是由 b, d, g 衍生而來。換言之 b, d, g 和 m, n, ng 在韻尾也呈互補配對。

我的分析是，閩南語的深層結構中，只有 b, d, g 而沒有鼻音。也就是說，m, n, ng 的[＋鼻音]特徵是冗贅的，因而在深層結構中是空的，不存在的，它的出現是由於下列的規律：

(7)　鼻音律

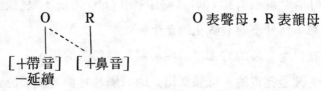

　　　　　　　O　　　R　　　　　　　O 表聲母，R 表韻母

　　　　　　　｜＼　　｜

　　　[＋帶音]　[＋鼻音]

　　　－延續

試以 mi [麵] 爲例，它的深層結構是 (8a)，經鼻音律運作後，導致了 (8c) 的表音結構 (phonetic structure) ❹。

(8) a.　　　　　 b.　　　　　　　　　c. m i

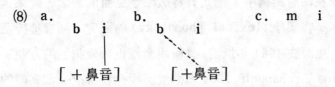

像 (6b) 那樣含有鼻音尾的例子，我認爲有底下的先定規則 (default rule)：

(9)　陽聲

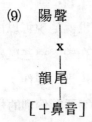

這個規則的意思，就是說凡是陽聲的韻尾，都一定會有個鼻音的區別性特徵出現。試以 mong（墓）爲例。其中 (10a) 是深層結構，(10b) 則是由於(9)的先定規則，(10c) 時鼻音律開始運作，最後得到 (10d) 的結果 ❺。

(10) a.　　　　　　 b.　　　　　　　 c.

　　　b o g　　　　　b o g　　　　　b o g

　　　　　　　　　　[＋鼻音]　　　　　[＋鼻音]

　　 d.　mong

我這裏簡略的舉例，旨在說明：自主音段音韻的理論性，凡是可由其他規則預知的區別性特徵值，在深層結構中，這種看法因而被稱爲空區別性特徵論 (underspecification theory)。有

了這種區別性特徵空置的觀念後，音韻的分析，會顯得更自然，更具說服力。

這種在深層結構中，把冗贅特徵給予空置的觀念，後來也被應用於字構音韻學（lexical phonology）的研究，同樣獲得空前的成功。然而在 1984 年以前，這種觀念僅止於分析上的方便，其後，Diana Archangeli 1984 才把這個觀念發展成一個完備的理論，同時也提供了強而有力的語料分析，作爲經驗分析上的依據。後來，更多的語音實驗個案，如 Keading 1985, 1989，也支持了這個理論。

這個理論的要旨是說，所有的冗贅特徵，也就是說可以由規則預知的特徵，在底層結構中都是空的，不存在的。這些區別性特徵，後來之所以出現在音位上，得之於兩組規則的運作：(1)通用的先定規則（universal default rule），(2)語言個別的規則（language specific rule）。

通用的先定規則，是自然語言所共同具備的。比如說，任何語言的低元音，就一定不是高元音。因此，a 有了［＋低］的特徵後，我們就知道它也具備［－高］的特徵。換言之，這個［－高］是可由［＋低］預測得來的冗贅特徵。因此，底下的規則就是通用的先定規則：

(11)　［＋低］→［＋高］

語言個別的規則，因語言而異。以客家話和閩南話爲例，前者沒有帶音的塞音，而後者有。除外，它們不帶音的塞音，均有送氣與不送氣的區別。底下就是這兩個語言的非鼻音的塞音

（ stops ）：

(12)

		客語	閩南語
帶　　音			b,d,g
不帶音	不送氣	p,t,k	p,t,k
	送氣	p',t',k'	p',t',k'

　　這種不同的分佈，使這兩個語言在底層結構的空區別特徵大
有區別。就客語而言，只要知道是塞音，就一定是不帶音，因此，
不帶音就是空的，不存在於底層結構中的特徵。但就閩南語而言，
這條 [塞音] → [－帶音] 的規則並不成立。另方面，就閩南語
而言，帶音的塞音均不送氣，因此， [送氣] 這個特徵可以是空
的，但在客語中則不然。這種因語言之不同，而呈現不同空特徵
的規則，叫做語言個別的規則。

　　空區別性特徵的理論，後來分成兩派。一派堅決主張所有的
冗贅特徵都是空的，這派姑稱為強烈空特徵論 (Radical Under-
specification)。其要旨承續前面所說的理論傳統，代表作是：
Archangeli 1984, 1988, Archangeli & Abaglo 1989, Archan-
geli & Pulleyblank 1986, 1989, Pulleyblank 1988。另一派
則主張冗贅特徵裏，沒有對比作用的，才是空特徵。這派叫做溫
和空特徵理論 (Contrastive Underspecification)，代表作是：
Clements 1987, Steriade 1987, Chung 1989, Ito & Mester
1989。這兩派理論的基本不同是：前者認為只要是冗贅特徵，不
論有沒有對比作用，均是空的；後者則認為只有沒有對比作用的

冗贅特徵才是空的。主張旣然不同，其處理語料的態度，自然也會有差異，爲明確起見，我用國語的韻母結構來說明這兩個理論的差別。

一般說來，國語有底下八個元音❻：

(13)　　　前　　　　　後

高　　i　u　ï　u

中　　e　　ɤ　o

低　　　a

用區別性特徵來表示，就是（請比較(4)）：

(14)　　　i　u　ï　u　e　o　ɤ　a

高　　＋　＋　＋　＋　－　－　－　－

低　　－　－　－　－　－　－　－　＋

後　　－　－　＋　＋　－　＋　＋　＋

唇　　－　＋　－　＋　－　＋　－　－

上面我們只用了四特徵，就足以區分八個元音的差異了，可見使用區別性特徵的好處。另外，在(14)裏，那些是冗贅的呢？一般決定冗贅值的基本原則是愈少標示愈好。基於這個道理，高元音中，正負各半，但由於低元音只有一個，因此，低元音的［＋低］，必存於深層結構中。就低元音而言，［－高］是冗贅的，是可以由［＋低］預測而來的。易言之，就高元音而言，［高］特徵的負值是冗贅的。其次看［後］特徵。含負值的只有三個音，要比正值少，因此，負值必標於深層結構裏，因而［＋後］是冗

贅的。唇音則相反，〔－唇〕是冗贅的。決定了冗贅值後，我們
就依這兩個理論，來看國語的深層區別性特徵了。依強烈空特徵
理論，所有冗贅的特徵值都必空置，如此則國語的深層結構是：

(15)　　　　i　u　ï　u　e　o　a

高　＋　＋　＋　＋

低　　　　　　　　　　　＋

後　　　－　－　　　－　－

唇　　　＋　　　＋　　　＋

由(15)的深層結構到(14)的表層結構，是由於底下規則的運作：

(16)　a.　〔　〕　→　〔－高〕

　　　b.　〔　〕　→　〔－低〕

　　　c.　〔　〕　→　〔＋後〕

　　　d.　〔　〕　→　〔－唇〕

現在起，我們且把注意力集中在（16c）上。雖然（16c）使 i，
u 和 e 以外的其他元音，都含有〔＋後〕的特徵，但我們仔細一
看，就知道 u, o 和 ɤ, a 的〔＋後〕，雖同為冗贅特徵，本質上
卻大有區別。i 和 u 同為高元音，其差別在 i 是前元音而 u 為後
元音，因此〔＋／－後〕具有對比的功用。同理，〔後〕的特徵值
對 e 和 o 而言也有對比功用。另方面，ɤ 和 a 的〔＋後〕特徵，
則沒有對比功用。因為國語再也沒有其他的央中元音，也沒有其
他的低元音。依溫和空特徵論之見，國語的區別性特徵應是：

(17)　　　i　u　ï　u　e　o　a

	i	u	ï	u	e	o	a
高	+	+	+	+			
低						+	
後	-			-	+	-	+
唇		+			+		+

(17)和(15)的差別，主要在 u 與 o 的後音特徵上。強烈派空特徵論，認爲 u 與 o 的［＋後］是冗贅的，因而在底層結構中不存在；溫和派空特徵論，則認爲 u 與 o 的［＋後］具有和 i 與 e 對比的功用，故必存在於深層結構中。問題是：那一派的看法較有助於國語韻母的分析呢？這就必須更深一層的探討國語元音的分佈了。

國語的元音，表層結構裏，雖然有八個如(14)，但深層結構中，卻只有四個：i, u, a 和 ɤ⑥。其他的元音，則由這四個元音的結合而來的。我先談談爲什麼說國語的 u, i, e 和 o 可由這四個元音的結合而來。

首先，u 在深層結構裏，可用(18)來表示：

(18)

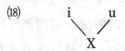

也就是說，i 和 u 同佔一個支構音位。這樣分析的理由有四：(1)u 之前的舌根音配對和 i 之前一樣，只接 tɕ, tɕ', ɕ，而不接 k, k', h 及 ts, ts', s 或 tʂ, tʂ', ʂ。(2)u 和 i, u 的性質一樣，可爲介音，也可爲主要元音。(3)國語有個限制，使介音不可與元音韻尾相同，即 *uVu 和 *iVi。有趣的是，含元音韻尾的音節都不許 u 作介音，故 *uVi 和 *uVu。(4)在流行歌曲中，u 與 i

和 u 分別押韻。Cheng 1973 說，如果把 u 看成 i 和 u 的結合，則像 tɕiuan（捐）這種字，就有了兩個介音，且有了五個音位，破壞了中文只有四個音位（除ㄦ化韻外）及只有一介音的規律。當時未有多線音韻的表示法，故有此顧慮。現在一如⑴所示，在支構架上，我們仍然只有一個音位，完全不會破壞上面的規律（參見 Pulleyblank 1984 ）❼。

其次，i 也不必視爲深層元音。i 只出現在 ts, ts′, s 及 tʂ, tʂ′, ʂ 之後。我們可視爲在這些音之後，插入了一個元音的位置。而出現在這個位置的元音，即爲 i 。因爲如果 ts, ts′, s 及 tʂ, tʂ′, ʂ 都是高輔音，則這個過程見諸下❽：

⑴9　tsi（資）

$$[\ +高\ ]$$

$$| \quad \backslash$$

$$C \quad V$$

最後就是 e 及 o 的本質了，它們的分佈在國語的元音上最富趣味。首先 e 及 o 均不單獨存在，亦即國語沒有 *e,*Ce, *eC，也沒有 *o, *Co, *oC ❾。e 與 i 一定出現在一起，如 ei,pei（背）；又如 ie, mie（滅）。o 則一定和 u 配在一塊，如 ou, hou（喉）；又如 uo, kuo（郭）。

另外，就元音的配對而言，如果 u 及 i 可做介音和元音韻尾，而 a 可以出現在 i 及 u 之前，如 au(pau 包)，ai(hai 海)，也可以出現在 i 及 u 之後，如 ua(kua 瓜)，ia(tɕia 家)，那麼 ɣ 也應該可以出現在 i 及 u 之前後，然而國語卻沒有 *iɣ,*uɣ,也沒有

*ɣi，*ɣu的配對，換言之，就配對分佈而言，有了不均勻的斷層：

(20)　　　i　u　a　ɣ
　　　i　x　x　ai　*
　　　u　x　x　ua　*
　　　a　ai　au　x　*
　　　ɣ　*　*　*　x

　　上面 *aɣ 及 *ɣa 之所以不可能，是因為只有 i 及 u 可以做介音或元音韻尾。其它的 X 號部分是長元音 ，如：*ii, *uu, *aa, *ɣɣ ， 這應是受音節結構的限制⑩。星號則是元音的前後值不同，如 *iu, *ui。這個現象，加上國語中為什麼沒有 *iɣ，*ɣi，*uɣ 和 *ɣu 的斷層分佈，使我認為國語的深層結構中，沒有 e 及 o 的存在，而它們的出現，應源於 *iɣ 等的結合，及底下的後音共享原則：

(21)　後音共享原則

　　這個原則的意思，就是說在雙元音結構中的兩個元素，它們的後特徵一定要一樣：同為［＋後］，或同為［－後］。這個原則也說明了為什麼國語沒有 *oi, *io, *eu, *ue 等韻母存在的原因，因為它們的後音值不相同。後音共享原則的運作，要看國

語元音的深層區別性特徵，才會更清楚。前面我已強調國語的深層元音，只有 i，u，ɤ 和 a 四個。現在再回頭檢視這四個元音的深層區別性特徵。依強烈派特徵論，其矩陣（matrix）是 ⓫：

(22)   i   u   ɤ   a

高   +   +

後   −

依溫和派空特徵論，則是：

(23)   i   u   ɤ   a

高   +   +

後   −   −

上面到底那個理論，才能使後音共享原則的運作，產生 e 及 o 的結果呢？我們先看(23)。依溫和派之見，ɤ 的後音特徵是空的，因它不必與其他中元音成對比（事實上，也沒有其他中元音的存在）。但 a 的 [−後] 特徵，卻必須標示上去，以便和 i 做前後音的對比。如此一來，ei，ie，ou 及 uo 之產生過程便如下：

(24) (a)   ɤ   i   (b)   i   ɤ
        | | | |
UR   [−高] [+高]   [+高] [−高]
            | |
           [−後]   [−後]

後音共享   ɤ   i   i   ɤ
                | | | |
        [−高] [+高]   [+高] [−高]
             \ | |
           [−後]   [−後]

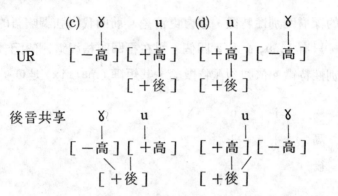

上面的例子，在後音共享原則運作後，高元音 i 和 u 的 [－後] 及 [＋後] 分別漂移（spread）到 ɣ 上，本來 ɣ 是沒有 [後] 音特徵的，但後音漂移後，ɣ 已是 [－高，－後] 或 [－高，＋後] 了，因此表音上 [－高，－後] 的就是 e，[－高，＋後] 的就是 o（敬請查閱⒁的特徵表），這就是 e 及 o 的由來。

由⒆的例子知道，溫和派空特徵論很能幫後音共享原則產生 e 和 o。現在再來看強烈派空特徵論的分析。依這派之見，u 的 [＋後] 和 ɣ 的 [＋後]，都可由下列的規則來預測，因此同為冗贅特徵。

⒂　[　]　→　[＋後]

既然同為冗贅特徵，在深層結構裏，就是空的，不存在的。換句話說，ɣ 和 u 在一起時，兩者都沒有「後」特徵的正（＋）負（－）值。即使有後音共享原則，也無法導出 ɣ 具有 [－高，＋後] 的區別性特徵，基於此，表音上絕不可能有 o 的出現。或謂：規則⒂可以在次序上排在後音共存原則的前面，這樣 u 就含有 [＋後] 的特徵了。但即是如此，這派理論也有其困難，因為規則⒂運作

後，ɣ也含有[+後]的特徵了，又如何使iɣ，ɣi中的ɣ含有[－後]以便衍生e呢？這是個難以解決的問題。

上面，我介紹了空區別性特徵理論的發展、背景及分裂。同時我利用國語元音的分佈，來印證這個理論的可行性，兼以說明溫和派空特徵論，較適用於國語元音分佈的分析。現在我們已熟知空區別性特徵的主張、運作及分析，也瞭解兩派空特徵理論的分歧，底下我再用客語韻母的結構，來證明溫和派空區別性特徵理論的可行性。

4. 空區別性理論和客語的韻母結構

4.1 客語的韻母

表音上，客語有五個元音⑫：

⑳ 客語的元音

	前	中	後
高	i		u
中	e		o
低		a	

客語的韻母，由上面五個元音中的兩個或三個，或是上面五個元音中的一個與m／p，n／t，ng／k中的任一個所組成。底下就是客語的57個韻母（如果加上⑳裏的五個，則是62個）：

(27)　　　　　i　e　ue　a　ia　ua　o　io　u

　　-i　　　　　　　　　ai　　uai oi　　ui

　　-u　iu eu　　　au iau

　　-m　im em　　　am iam

　　-p　ip ep　　　ap iap

　　-ng　　　　　ang iang　　　ong iong ung iung

　　-k　　　　　ak iak　　　ok iok uk iuk

　　-n　in en uen an ian uan on ion un iun

　　-t　it et uet at iat uat ot iot ut iut

　　如果說客語音位的特徵就像底下(28)所示，則我們可從(27)中，找出兩個通則：(a)除了低元音 a 外，其他雙元音（或叫複合元音）及三合元音的組成份子，不可有相同的[後]特徵值，即 *[－後][－後] 或 *[＋後][＋後]。(b)輔音除 n/t 外，m/p 和 ng/k 與其前面的元音，不可含不同的[後]特徵值，即 *[＋後][－後] 或 *[－後][＋後]。

(28)　　　i　e　a　o　u　m/p　n/t　ng/k
　　　後　－　－　＋　＋　＋　　－　　－　　＋

　　現在的問題是：為什麼 a 可與[＋後]元音，如 au, ua，又可與[－後]元音，如 ai 及 ia 結合呢？為什麼 n/t 可和[－後]（如 in/t, en/t）和[＋後]（如 on/t, un/t）的元音共組韻母呢？

4.2　温和派空區別性理論的分析

　　本節分成兩大部份：第一部份談複合元音及三合元音的結構，

第二部份談元音和輔音韻尾共組韻母的結構。

4.2.1　複合及三合元音

分析韻母的結構前，我們先看看客語元音的區別性特徵，在溫和派空區別論中的分佈。從⑳中，我們已知道這五個元音和相關輔音的區別性特徵，在表音結構上的分佈情形。其中後音的正負值各半，然而一般含五個元音的語言，其低元音都被視為 [＋後] 元音（參見 Trubetzkoy 1939）。也就是說，後音值的 [＋] 是可預知的，因而是冗贅特徵。

高元音中，i 和 u 有前後對比的功能；同理，中元音的 e 和 o 也成對比，只有 a 的後音特徵沒有對比功用，因為客語沒有其他的低元音。依溫和派空區別性理論的說法，只有非對比功用的冗贅特徵才是空的。職是之故，客語的元音區別性特徵，在底層結構中是：

⑳　　　 i　 e　　a　　o　 u

　　後　　 －　 －　　　 ＋　　＋

依這個區別性特徵，客語的複合及三合元音的結構，就可用底下的限制來說明：

⑳　　異化限制

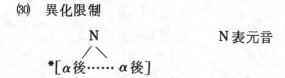

　　　　　N　　　　　　　N 表元音

　　*[α後……α後]

上面的 N 代表元音。這個限制的意思就是：複合或三合元音內的任意兩個元音，不可含相同的後音值，即不可同為 [＋後]，也

不可同為 [-後]。異化限制排除了下列元音的組合，因為如右欄
的後音值所示，它們均含有相同的值。

(31) a. *ie, *ei   [-][-]

b. *uo, *ou   [+][+]

c. *iei，*iai，*ioi，*iui，*iii [-] ⋯ [-]

d. *uiu,*wow, *uau, *uiu, *uuu [+] ⋯ [+]

e. *ieu，*iiu，   [-][-] ⋯ ，

*iuu，*iou   ⋯ [+][+]

f. *uei，*uii，   ⋯ [-][-]，

*uui，*uoi   [+][+] ⋯

　　另方面，底下的元音組合卻是合法的，因為它們含有不同的
後音值，應注意的是，像 [ ][-] 或 [ ][+] 的結合，並沒有違反
異化限制，因此合乎文法：

(32) a.　ui　例：kuy　　[+][-]　歸

oi　　　k'oy　　[+][-]　開

ai　　　may　　[ ][-]　買

iu　　　k'iw　　[-][+]　舅

eu　　　pew　　[-][+]　漂

au　　　kaw　　[ ][+]　教

b.　ia　　　pya　　[-][ ]　跑

io　　　myo　　[-][+]　摸

ua　　　kwa　　[+][ ]　瓜

　　　　　　ue　　　　kwe　　　　[＋][－]　很

　　由上面的分析，我們發現：利用溫和派區別性特徵論來分析客語的複合及三合元音，只須一個簡單的異化限制，就足以描述所有的元音結構，真是省事又簡單！

　　或有人要問，表音結構的 a ，不是含有 [＋後] 的特徵嗎？為什麼我們這裏又宣稱 a 是沒有任何後音值呢？答案是：a 的 [＋後] 值，是 [ ]→[＋後] 的規則給予的，而這個規則的順序排在異化限制之後。換言之，異化限制運作時，a 還沒有任何後音的值。

4.2.2　元音和輔音韻尾共組的韻母

　　在⑱中，我們已然知道這三對可以當韻尾的輔音，其區別性特徵在表音結構上是：

(33)　　　　m／p　　　n／t　　　ng／k

　　後　　　　－　　　　－　　　　＋

　　m／p 和 n／t 兩對，都含[－後] 的特徵值。我們前面說過，負值是冗贅的。如果我們把 m／p 和 ng／k 的後音，看成前後的對比，則 n／t 的後音質純然是沒有對比功用的冗贅值，因為所有客語的舌尖音（cornal），都是[－後] 的。依溫合派空特徵論這三對輔音的後音值，在深層結構中是：

(34)　　　　m／p　　　n／t　　　ng／k

　　後　　　　－　　　　　　　　　＋

　　如果⑭的區別性特徵正確，我們就可以用個很簡單的規律，

來描述客語中元音和輔音組成的韻母：

(35)　同化限制

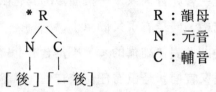

* R	R：韻母
N　C	N：元音
［後］［─後］	C：輔音

　　同化限制，用文字來說就是：韻母中的元音和後面的輔音，不可含有不同的後音值。這個限制，排除了底下元音與輔音組合的可能，因它們的後音值，如右欄所示，完全不同。

(36)　a.　*om／p, *um／p, *ium　　[+][-]

　　　b.　*i　／k, *e　／k　　　　　[-][+]

　　然而底下的韻母，卻是合法的，因它們的後音值沒有不同。

(37)　a.　im　　例：ki m　　金　　[-][-]

　　　　　i p　　　li p　　　笠

　　　b.　em　　　hem　　　喊

　　　　　ep　　　k′ep　　　抓

　　　c.　ong　　　hong　　　行　　[+][+]

　　　　　ok　　　　ok　　　惡

　　　d.　iung　　liung　　龍

　　　　　iuk　　　liuk　　　六

　　　e.　in　　　t′in　　　停　　[-][ ]

　　　　　it　　　　kit　　　吉

	en	ten	燈	
	et	tet	得	
f.	un	nun	嫩	[+][−]
	ut	vut	屋	
	on	k'on	寬	
	ot	hot	渴	
g.	an	san	山	[ ][ ]
	at	sat	殺	

注意：上面 (37g) 中的元音和輔音值是 [ ][ ]，彷似相同，但因均為空的，因此不違反同化限制。

最後，且讓我們回想一下：如果 a 不含任何後音值，那麼它應該可以和任何一組輔音，共同組成韻母。這個推論完全正確，⒆的例子可為明證。這個發現更證明我們前面把 a 看成不含任何後音值的分析是正確的。

⒆　a.　a + [−後]

　　ham　鹹

　　hap　合

　　b.　a + [ ]

　　han　閑

　　hat　瞎

　　c.　a + [+後]

　　hang　行

　　hak　嚇

上面這些例子與分析，使我們得到初步的結論：強烈派空特徵論認為客語的元音 a 不含任何後音值，因而使我們可用個簡單的異化限制，來完全描述客語的複合及三合元音的結構。同樣地，這個理論也只須要一個簡單的同化限制，就足以掌握客語元音和輔音韻尾組成韻母的規律。簡而言之，我們只須兩個規則，就完全掌握了客語韻母的結構，因此，溫和派空區別性理論是很可取的。

現在剩下的問題是：(1)強烈派空區別性特徵論是否也能做如此簡單而有效的分析？(2)是否可用其他方法，來取代上面的分析呢？(3)為什麼只有低元音 a 與舌尖音 n/t 的 [後]音值空置呢？這三個問題，分別討論於后。

4.3 強烈派空區別性特徵論的問題

強烈派空區別性特徵論的主旨，就是強調深層結構的所有冗贅特徵，都是空的，不存在的。基於此，只有具分辨音位的特徵，才存在於深層結構。準此，與我們的討論有關的音位，其深層結構的後特徵是：

(39)　　　i　e　a　u　o　m/p　n/t　ng/k

　　後　　　　　＋　＋　　　　　＋

空白的特徵將由底下的規則來負責填補：

(40)　a.　[＋低] → [＋後]

　　　b.　[　　] → [－後]

這兩個規則和異化律，可能有六種順序：

(41)　a.　（40a）　→　（40b）　→　異化律

　　　b.　（40b）　→　（40a）　→　異化律

　　　c.　（40a）　→　異化律　→　（40b）

　　　d.　（40b）　→　異化律　→　（40a）

　　　e.　異化律　→　（40a）　→　（40b）

　　　f.　異化律　→　（40b）　→　（40a）

　　在客語的複合或三合元音的結構中，要排除 *ie，*ei，*uo 和 *ou，（40b）必然排在異化律之前，因為如(39)所示，i 及 e 在深層結構中，沒有任何後音值，而要排除 *ie 等結構，i 及 e 必然已含有 [－後] 的特徵，否則異化律就沒法加以排除像 *ie 那樣的結構。所以(41)的六種順序中，（41c）、（41e）和（41f）是不可能的，可能的規則順序只有：

(42)　a.　（40a）　→　（40b）　→　異化律

　　　b.　（40b）　→　（40a）　→　異化律

　　　c.　（40b）　→　異化律　→　（40a）

　　我們先看（42a）的情形。如果（40a）先運作，我們就有了[＋後] 的 a 了。然後（40b）使所有空白的部份，都標上 [－後]的音值，因此這些音素的後音特徵就變成：

(43)　　　i　　e　　a　　u　　o　　m/p　　n/t　　ng/k

　　　後　　－　　－　　＋　　＋　　＋　　－　　　－　　　＋

　　這樣的結果，使異化律誤把 au, ua 等合法的複合元音排除在外，同化律則把 an/ t 等完全合法的韻母誤以為不合法，因此（42a）的規則順序，無法使強烈派特徵論做正確的分析。

　　依（42b）的順序，則（40b）運作時，所有後音空白的音素都標上 [－後] 了。 這個意思就是說，（40b）運作時，還沒有任何後音值的低元音 a 就得到 [－後] 的值，這樣一來，異化律就會把 ia 及 ai 等合法的複合元音誤以為不合法了，是以這個規則次序也無法使強烈派空特徵論做正確的分析。

　　最後一種可能的順序是（42c）。這種順序的結果與（42b）完全一樣，因為（40b）運作後，所有後音空置的音素都有了 [－後] 的值， ia 及 ai 也因含同樣的 [－後] 特徵而誤遭異化律的排除。

　　上面的討論，使我們知道，不論是那一種規則順序，強烈派空區別特徵論，都會遭到困難。也就是說，就客語的韻母結構而言，強烈派空區別特徵論無法做出正確的分析。

4.4　有否其他可行的分析

　　目前對客語韻母的研究，只有兩種：(1)傳統上的分析，及(2)我上面的分析。

　　傳統上的分析，其實只是忠實的描述。以前的客語研究，如 Yang（楊福綿）1966, Hashimoto（橋本萬太郎）1973，楊時逢 1957 、 1971 ，袁家驊 1960 ，羅肇錦 1984 ， Yu （余秀敏） 1984 ，丁邦新 1985 等，都只有列出客語的韻母，而未詳細敍述這些韻母的內部結構。因此，基本上我認為那樣的描述，很難取代我上面的分析。

在進一步的研究足以取代我的分析以前，我的分析除了簡單自然外，同時掌握了南方官話的特色。說簡單，是因爲客語的韻母，如果可由兩個或三個元音，或一個元音和輔音韻尾組成，那麼客語應該有 150 個韻母。然而爲什麼實際上只有57個呢？理由是客語韻母的結構，受到我分析中的異化律及同化律的限制。這兩個簡單的規律，就描述了所有客語韻母的結構，這樣的分析眞是簡單而自然。

說到掌握南方官話的特色，當然有待更進一步的研究。如果客語的異化及國語的同化，可看成南北官話韻母結構的差異，那麼我們的發現又爲漢語的音韻研究，找到一個有趣的規則。

4.5 ［後］音空置的討論

過去的語音研究，早已指出：在世界上，有許多語言的低元音的 [後] 音特徵是空的。例如塔米爾（Tamil）（請參閱Steriade 1987, Christdas 1988）的低元音就是如此。在該語言裏，前元音 e 和 i 絕不可以和前滑音 y 配，而後元音 o 和 u 則不與後滑音 w 配。然而，低元音 a 卻可與前元音也可和後元音配。這種分佈，只能假設低元音的後音值是空的才有辦法做合理的解釋。與此相同的語言還有很多，有興趣者可參考國語（Cheng 1972），西班牙語（Carreira 1988）， 和馬來語（Teo 1988）。

至於舌尖音的區別性特徵，近兩年才開始引起注意。如Avery & Rice(1989) 就以Ponapean 與Catalan 兩個語言爲基礎，說舌尖音的特徵是空置的。我這裏的研究，除了提供客語的分析外，也爲空特徵理論添加了一個經驗上的證據。

5. 結　論

　　本文介紹了空區別性特徵論的起源、發展和分裂。同時利用國語韻母的結構分析，來說明溫和派和強烈派空區別特徵論的基本差別，以及由這個差別而引起的不同分析。後來再用客語的韻母結構，來測試空區別性特徵理論的可行性。結論是：空區別性理論可使客語的分析，簡單而自然地呈現漢語內部結構的特色。

　　通過這個分析，我們知道國語和客語的複合及三合元音，其結構限制正好相反。國語持的是同化律，同爲 [＋後] 或同爲 [－後]。也就是說，組成複合元音的兩個元音，其後音值必須相同。而客語則持異化律，即不能同爲前或同爲後。這種類於互補分配的發現，使我們知道爲什麼國語有的韻母，如 ie, ei, uo, ou 從不出現在客語中，而客語的 io, oi, eu, ue 也不見容於國語。這可能就是南北官話的分歧點。這兩個方言之共有 au 及 ua 等韻母，乃因爲低元音 a 的後音值是空的。且這個相同點，又反應了漢語各方言的共同點。

　　** 本文爲國科會NSC80-0301-H017-01號支助下所做的專案研究的一部份。其中有些觀念已用英文寫在題爲 "On the R-value in Underspecification" 的論文內，並在成功大學所辦的第三屆跨文化國際研討會 (1991, 4, 3) 上宣讀。

附 註

❶ Grimm′s Law 其實遠比這裏所論還複雜，但就我們的討論而言，
舉此三個音變已夠。

❷ 並非每個研究都認為國語有的顎化是由舌根音而來。有興趣者敬請參
閱 Cheng 1972 （ 中文譯本即將由學生書局出版 ）。

❸ 這種分佈，見於張振興 1982 。其它有關閩南語音的研究，如董同龢
1948，丁邦新 1985，其分佈略異於我這兒的看法。就音韻分析而言，
我個人深覺得張振興的分析較簡單較合理。更詳細的討論，請參見鍾
榮富（ 準備中 ）。

❹ 因鼻音律只說，聲母是帶音時，才會運作。因此，像 pi（病）的 p 就
不會變鼻音，因為 p 是不帶音的聲母。

❺ 如果是入聲，我們須要一個規則如下：

因此，像 gak（岳）的深層音本來是：入聲

由於上面的規則，韻尾必須是無聲，因而 g → k。注意，在我的分析
裏，像 bai（壞）中的元音韻尾並不是真的韻尾，因為我的韻尾只限
於 [+輔音]，請參閱 Chung 1989。

❻ 有人認為有 10 個（Cheng 1973）。即把 ï 看成 ɨ 和 ʅ。ɨ 是 [資] [雌]
[思] 等字的元音，而 ʅ 則是 [知] [蚩] [詩] 等字的元音。我個人認為，
這些元音基本上相同，差異來自前面的輔音。另外，低元音也有兩個：
a 及 ɑ，一前一後。我認為這只是語音現象（ phonetic implimenta-
tion），音韻的關係不太大。

⑦ 持此論者尚有薛鳳生 1985。

⑧ 本看法異於 Cheng 1973，因該書認爲深層的元音是：i，ï，ɿ，ü，u，ɤ 和 a。

⑨ 但依大陸的新華字典，[喔]注音是 o。但 [喔] 字臺灣中華書局出版的《辭海》上冊注音是 ㄨㄛ 或 ㄛ 如是前者應是 uo，後者是 o。

⑩ 漢語方言，大都只有 i、u 可做介音或韻尾（元音韻尾）。又國語沒有長元音，故 *ii 及 *uu 均不被視爲音位。其實，語音上，國語像 [比]（pi）字的元音要比 [丙]（pin）字的元音長。請參考 Chung 1990。

⑪ 我把與討論不相關的 [低]、[唇] 等特徵，略而不談。

⑫ 有些方言有 ï，是個央高元音，如 [斯] 唸 sï，但在我的客語把 [斯] 唸成 si。

參考書目

一、中文部分

丁邦新　　1985　臺灣語言源流，臺北：學生書局。

袁家驊　　1960　漢語方言概要，北京：文字改革出版社。

楊時逢　　1957　桃園客家方言，臺北：中央研究院歷史語言研究
　　　　　　　　所專刊 22。

楊時逢　　1971　臺灣美濃客家方言，臺北：中央研究院歷史語言
　　　　　　　　研究所集刊 34:405-406。

羅肇錦　　1984　客語語法，臺北：學生書局。

鍾榮富　　1990　客家話韻母的結構，漢學研究 16:57-78。

董同龢　　1948　廈門方言的音韻，收於丁邦新編（1974）董同龢
　　　　　　　　先生語言學論文集，275-297，臺北：食貨出版
　　　　　　　　社。

二、英文部分

Abaglo, Poovi & Diana Archangeli. 1989. *Linguistic Inquiry* 20:3, 457–480.

Archangeli, Diana. 1984. *Underspecification in Yawelmani Phonology and Morphology*. MIT dissertation.

Archangeli, Diana. 1988. Aspects of Underspecification

theory. *Phonology Yearbook* 5.183-207.

Archangeli, Diana, and Douglas Pulleyblank. 1986. *The Content and Structure of Phonological Representations*. University of Arizona and University of Southern California, MS.

Avey, Peter and Keren Rice. 1989. Segment structure and coronal underspecification. *Phonology* 6. 179-200.

Carreira, Maria. 1988. The Representation of Diphthong in Spanish. *Studies in the Linguistic Sciences* 18.1-24.

Cheng, Chin-chuan. 1973. *A Synchronic Phonology of Mandarin*. The Hague: Mouton.

Christdas, Prathima. 1988. The Phonology and Morphology of Tamil. Cornell University dissertation.

Chomsky, Noam, and Morris, Halle. 1968. *The Sound Pattern of English*. New York: Harper & Row.

Chung, Raung-fu. 1989. *Aspects of Kejia Phonology*. University of Illinois at Urbana-Champaign dissertation.

Chung, Raung-fu. 1990. Phonological Knowledge in English Teaching. Paper presented at the 8th Conference on English Teaching and Learning in the Republic of China, National Taiwan University. May 13.

Clements, G. N. 1987. Phonological Feature Representation and the Description of Instructive Stops. *Chicago Linguistics Society* 23.

Goldsmith, John. 1976. *Autosegmental Phonology*. MIT dissertation.

Hashimoto, M. J. 1973. *The Hakka Dialect*. Cambridge: the Princeton University Press.

Ito, J. and Armin Mester. 1989. Feature predictability and underspecification: palatal prosody in Japanese mimetics. *Language* 65.258-93.

Jakobson, Roman, and Morris, Halle. 1956. *Fundamentals of Language*. The Hague: Mouton.

Keading, Patricia A. 1985. CV Phonology, Experimental Phonetics, and Coarticulation. *UCLA Working Papers* 62. 1-13.

Keading, Patricia A. 1989. The Phonology-phonetics interface. In F. J. Newmyer (eds.) *Linguistics: The Cambridge Survey* I.281-302.

Kiparsky, Paul. 1982. Lexical morphology and phonology. In I.-S Yang (ed.) *Linguistics in the morning calm*. Seol: Hanish. 3-91.

Kiparsky, Paul. 1985. Some consequence of Lexical Phonology. *Phonology Yearbook* 2.85-138.

Lin, Yen-hwei. 1989. *Autosegmental Treatment of Segmental Processes in Chinese Phonology*. University of Texas, Austin Dissertation.

Mohanan, K. P. 1986. *The Theory of Lexical Phonology*. Dordrecht: D. Reidel Publishing Company.

Pulleyblank, Douglas. 1986. Underspecification and Low Vowel Harmony in Okpe. *Studies in African Linguistics* 17.119-153.

Pulleyblank, Douglas. 1988. Vocalic Underspecification in Yoruba. *Linguistic Inquiry* 19.233-270.

Pulleyblank, E. D. 1984. Voiceless Chinese? *Proceedings of the XVI International Conference on Sino-Tibetan Languages and Linguistics*. 568-619.

Roberts, L. and Li, Yi-che. 1964. Problems in Taiwanese. Tunghai University Journal.

Steriade, Donca. 1987. Redundant Values. *Chicago Linguistics Society* 23.339-362.

Teo, S. Y. 1988. *The Phonology of Malay*. University of Illinois dissertation.

Trubetzkoy, N. S., 1939. Principles of Phonology. English translation by C. Baltaxe. California: University of California University Press.

Yang, F. Paul. 1966. Elements of Hakka Dialectology. *Monumenta Serica* 26. 305-352.

Yu, Shou-min. 1984. *Aspects of the Phonology of Miaoli Hakka*. Fu Jen Catholic University M. A. Thesis.

國語的抵輔調

殷允美

　　本文由構詞上與輕聲有關的聲調問題談起，指出 Yip(1980)
以自主音律論 (autosegmental phonology)的方法分析輕聲僅能
解決一部分問題，仍有許多疑點無法解釋，譬如 Yip 設定輕聲的
音節都是沒有聲調的 (toneless)，輕聲的調值來自前面一個調的
擴展 (spreading)，那麼我們要問：輕聲字在單獨唸的時候要怎
麼唸？因為在單獨唸的時候輕聲字前面沒有聲調可以擴展過來，
那麼輕聲字是不是就無調可唸了？本文提出一個解決辦法，就是
為國語設定一個抵輔調(default tone)，如此則不但可解決上面
的問題，且一併可解釋詞彙上的一些聲調現象 ❶。

一、構詞上輕聲的問題

　　首先讓我們來看一看輕聲有什麼特性。趙元任先生在 (1968)
出的中國話的文法一書中指出，輕聲多半是緊接著另外一個有重
音的音節出現，而且輕聲的調值會因為前面的調而有所不同。書
中並舉出了下面的例字（為了方便起見，本文將以 T¹,T²,T³,
T⁴ 分別代表國語的陰平 [55]，陽平 [35]，上聲 [214/21]，及
去聲 [51]，T⁰ 表輕聲 ）：

(1)　第一音節的調值　輕聲調值T^0　　　例　字

	第一音節的調值	輕聲調值T^0	例字
T^1	55	2	他的^0
T^2	35	3	黃的^0
T^3	21	4	你的^0
T^4	51	1	大的^0

我們注意到除了在上聲後面的輕聲調值較高以外（爲4），其他的調後面的輕聲都比較低，大約是在音域的中下。（T^3的[21]代表「半上」，就是上聲在其他調前出現時的調型，本文所提之變調不含半上。）

　　輕聲多半出現在語助詞、詞綴、代名詞、重疊詞及複合詞上，我們可看下面的幾個例子（輕聲字以黑體字標示）。

(2)　a.語助詞　　他好嗎？　　　他來了。

　　　b.詞綴　　　桌子　　外頭　　我們

　　　c.代名詞　　看他　　想你

　　　d.重疊詞　　姐姐　　走走

　　　e.複合詞　　東西　　暖和

代名詞「他」在(2a)出現的時候是T^1，但是在(2c)卻是輕聲，這表示代名詞當受詞用的時候沒有重音，所以是輕聲。在(2a)，(2b)列舉的語助詞及詞綴通常都是沒有重音，讀輕聲。

　　比較有趣的是(2d)，(2e)的例子，首先我們注意到的是這些詞爲什麼會是輕聲並沒有像(2a)，(2b)，(2c)那些詞那麼容易解

釋，我們可以說：語助詞、詞綴及代名詞都是語法上的 結 構 詞
(structural words/function words)，可算是虛詞，所以是輕
聲。但是像 (2e) 那樣的複合詞就不容易解釋了。Zadoenko (1958)
曾做實驗，測量成對的雙音節詞「弱讀」（輕聲）的第二音節與
非輕聲的第二音節的長度，發現輕讀的幾乎不到重讀的一半長。
在他的實驗所用的四組對比詞 (minimal pairs) 中，就有一組用
的是「東西」：

(3)　東[1]　　西[1]　　　（東跟西）

　　　東[1]　　西[0]　　　（物品）

由(3)我們可以看出，複合詞的輕聲不太容易預測，應當特別註明
❷。

　　第二點值得注意的是 (2d) 裏的重疊詞，同樣是上聲，一個變
了調，一個卻沒有變調（見下）：

(4)　a. 姐[3] 姐[0]　（姐[3] →姐[3] 姐[0]）

　　　b. 走[2] 走[0]　（走[3] →走[2] 走[0]）

一般而言，只有在兩個上聲連讀的時候第一個上聲才會變調：

(5)　a.　小[3] 書[1]　　　b.　小[3] 湖[2]

　　　c.　小[2] 筆[3]　　　d.　小[3] 帽[4]

⑸顯示上聲字「小」只有在後面跟另一個 T³ 時才會變調（見5c）。但是（4b）裏，使上聲字「走」變調的卻是輕聲（T⁰），我們或許可說本來兩個都是 T³，先變了調，然後第二個 T³ 才變成 T⁰，可是這樣只能幫助我們解釋（4b），（4a）仍是問題，因爲（4a）應該也是由兩個 T³ 組成的，然而（4a）裏第一個「姐」字並沒有變調。

我們可將輕聲的特點歸納如下：

㈠　輕聲與音節弱讀有關，

㈡　輕聲較短，但調值與前面音節的調有關，

㈢　有些詞的輕聲無法預測，

㈣　輕聲前的上聲有的會變調，有的不會。

在下面一節，我們先大略的討論一下 Yip(1980) 如何以自主音律論的方法分析輕聲的問題，特別是她如何處理㈡和㈣的問題，再提出本文的論點及證據 ❸。

二、Yip（1980）的分析

Yip 採用自主音律論的方法分析了五種漢語方言，包括國語、上海話、廣州話、福州話及廈門話。自主音律論的特色就是將音段（segments）與聲調當成自主單位，分層處理。在 Goldsmith（1976）最初提出這種分析法時，主要是用以處理非洲語言的聲調，所設定的層次只有兩個，一層是音段，另一層是聲調。

Yip(1980) 則將聲調的層次再細分爲二，一層代表音域（register），另一層代表調（tone），每一層各有一種區別成分（distinctive feature): 在音域方面用的區別成分是 [上]([upper])，在調方面用的區別成分是 [高]([high])。各以正、負二值區分，[+上]就代表音域的上半，[-上]則代表音域的下半，同樣的，[+高]代表高調，[-高]代表低調。在這兩種區別成分的配合之下，一共可以分別出四種不同的調值，見下圖(6)。

(6)　Yip(1980)

音 域	調
+上	+高
	-高
-上	+高
	-高

由(6)兩種區別成分 [上]、[高]的組合，這四種調值分別是：[+上, +高]、[+上, -高]、[-上, +高]、[-上, -高]。

　　Yip 並設定每一個聲調都是由一個音域區別成分與兩個調區別成分配合而成。國語的四個聲調設定如下：

(7)　a.　　T^1[55]　　　b.　　T^2[35]

　　　　　[+上]　　　　　　　[+上]
　　　　　／＼　　　　　　　　／＼
　　　[+高][+高]　　　　[-高][+高]

　　　c.　　T^3[21]　　　d.　　T^4[51]

　　　　　[-上]　　　　　　　[+上]
　　　　　／＼　　　　　　　　／＼
　　　[-高][-高]　　　　[+高][-高]

值得注意的是 Yip 設定的上聲 (T³)基本調是 [21]，與一般將單獨唸的調 [214] 視爲本調不同，也因此 Yip 必須解釋 [214] 調是怎麼來的，她用的是加添的方式，爲 [21](7c) 加添了一個 ﹝＋高﹞ ❹ 。

　　對國語輕聲的分析 Yip 最主要的論點就是設定一些音節爲「無調的」(toneless)；也就是說這些音節只有音段沒有聲調，它們的聲調由前面一個音節的聲調擴展 (spreading) 過來，或是另外加添的一個空調 (floating tone)。由於自主音律論的基本假設就是承認各個音韻層次的獨立自主，因此「無音段的空調」及「無調的音段」都是理論上允許的 ❺ 。

　　Yip 設定的無調音段有兩類：第一類就是 (2a)(2b) 所代表的語助詞、詞綴，另一類則是 (2d) 中不變調的重疊詞（姐姐）（見下）。

(2)　a.語助詞　　他好嗎？他來了。

　　　b.詞綴　　　桌子　　外頭　　我們

　　　d.重疊詞　　姐姐　（走走）

　　語助詞及詞綴 Yip 都設定爲原本就是無調的音段。重疊詞則區別兩類：一類是「詞」的重疊，另一是「詞素」的重疊。屬於詞的重疊指的是整個音節的重複，包括了音段和聲調；屬於詞素的重疊指的是只有音段的重複，不含聲調。所以 (2d) 裏的兩個重疊詞所產生的方法就不一樣，我們以下圖解釋 Yip 的分析：

(8)　a.姐^{3}姐^0

　　　（詞素的重疊）姐^3 → 姐^{3}姐

　　　（輕聲的形成）　　姐^{3}姐 → 姐^{3}姐^0

　　b.走^{2}走^0

　　　（詞的重疊）走^3 → 走^{3}走^3

　　　（上聲變調）　　走^{3}走^3 → 走^{2}走^3

　　　（輕聲的形成）　　　　走^{2}走^3 → 走^{2}走^0

由(8)可看出 Yip(1980) 如何解決前面第一節所提㈣「輕聲前的上聲有的會變調，有的不會變調」的問題。會變調的［像（8b）的走^{2}走^0］，是因爲屬於詞的重疊，整個音節都重複，包括音段和聲調；不會變調的［像(8a)的姐^{3}姐^0］，是因爲屬於詞素的重疊，重複的只有音段，沒有聲調，旣然第二個音節沒有聲調，自然無從使前面第一個音節的上聲變調了。

　　現在我們再來看看Yip怎麼解決輕聲調值的問題。她的主要論點是：上面所說的「無調音段」它們後來的聲調完全由前面一個音節的聲調擴展過來，或者是另外添加的。在 T^1,T^2,T^4 後面的輕聲調值是擴展而來的，在 T^3 後面的輕聲調值則 是另外添加的。

　　爲什麼調會擴展（spreading）？是由於每個音段都必需連接了聲調才能算合於「構成條件」（Well-Formedness Condition），語助詞及詞綴等旣然無調，必需由前面的音節借聲調，也就是讓前面音節的調尾（[＋上]或[－上]及[＋高]或[－高]）也連接到後面的語助詞及詞綴上來。至於爲什麼在 T^3 後面的輕聲調值會是

另外添加的，Yip並未解釋。

我們認為上面所簡述的 Yip(1980) 的處置方法有一項很大的缺失，就是將輕聲硬性區分為兩類。似乎沒有什麼理由可以解釋為什麼必須將輕聲硬性區分為兩類。

我們認為輕聲應是音節輕讀時的自然現象。因為在音節輕讀時，不但音節裏的語音弱化了，音節也會變短（見第一節所提 Zadoenko 1958 實驗結果），也因為音節變短了，連帶的，原來的聲調必然也因此變得短而不清楚，因此調與調之間的區別必定也較不明顯。另外，也由於音節輕讀，兩個音節之間的距離會縮短，而音節距離近的結果使前面音節的調尾延續到後面的音節，這現象也是可以理解的。所以綜括而言，如果我們仔細觀察音節輕讀時的各種變化，可為輕聲調值找個一個很合理的解釋。

值得注意的是，我們以上的分析是將四個調 (T^1, T^2, T^3, T^4) 後面的輕聲一樣的對待，並沒有像 Yip 將輕聲硬性區分為兩類：一類是 T^1, T^2, T^4；另一類是 T^3。〈事實上，Yip 為什麼設定在 T^3 後面的輕聲調值是另外添加的，完全是受限於她所預設的 T^3 本調是 [21](不是 [214])，所以 T^3 後面的輕聲調值 [4] 必須要另外添加，否則 [21] 擴展的結果後面的輕聲調會是 [1]，絕不會是 [4]。〉其實，Yip 如能將四個聲調 (T^1, T^2, T^3, T^4) 後面的輕聲一樣的對待，都視為由前面一個音節的聲調擴展過來，她的分析還會比較合理，因為這樣至少可以掌握住音節輕讀時會因為兩個音節之間的距離縮短，造成前面音節的調尾延續到後面音節的現象。

然而，Yip 就算這樣分析還是有問題。由於 Yip 設定輕聲字

的音節都是沒有聲調的（toneless），而且這些輕聲的調值多半來自前面一個調的擴展（spreading），那麼我們要問：輕聲字在單獨唸的時候要怎麼唸？因為在單獨唸的時候輕聲字前面沒有聲調可以擴展過來，那麼輕聲字是不是就無調可唸了呢？

還有一個相關的問題，就是外國借字，尤其是數學上常用的字母「A，B，C，…」等，由於這些字母都是來自「非聲調語言」（non-tonal languages），它們理所當然沒有原來的聲調，那麼這些借字要怎麼唸？是否也該算是跟語助詞及詞綴等一樣，調值多半來自前面一個調的擴展？我們也可問同樣一個問題：那麼這些借字在單獨唸的時候要怎麼唸？因為在單獨唸的時候前面沒有聲調可以擴展過來，那麼是不是也跟輕聲字一樣無調可唸了呢？

本文提出一個解決這個問題的辦法，就是為國語設定一個抵輔調（default tone），如此則不但可解決上面的問題，且一併可解釋詞彙上的一些聲調現象。所謂「抵輔調」指的是在聲調不明的情況下，有一個聲調可以隨時提供調值「抵用」。

在下一節，我們將由一組重疊詞的聲調問題談起，先看一下Yip(1980)如何分析這組詞，及其處理方式之缺失，然後再提出本文的論點，就是設定「陰平調為國語的抵輔調」。最後一節則是抵輔調在詞彙上的一些例證。

三、本文的論點：陰平調是國語的抵輔調

趙（1968）曾提及一組特別的重疊詞，叫「生動的重疊詞」（"vivid reduplicates"）（p.205）（見下例）。

(9)　a.高¹高¹兒　（的⁰）

　　b.飽³飽¹兒　（的⁰）

　　c.漸⁴漸¹兒　（的⁰）

這組詞是由音節重複以後加捲舌詞尾「兒」構成。這類重疊詞的特點就是重複的第二音節不是 T^0，而且不論原來的聲調是什麼，第二音節的調一律都是 T^1（見 9b,9c）。

　　Yip(1980) 採取了下面三個步驟來分析這組詞：

　　㈠詞素重複：只重複音段，不重複聲調；

　　㈡加添一個特別的詞素：一個由「兒」音及空的 [+高] 調組成的詞素；

　　㈢空的 [+高] 調連接到無調的音段上，構成 T^1。

我們以例⑽來說明 Yip 的處置方式。

⑽　常² → 常²常¹兒

　　a.原型　　　　常
　　　　　　　　 ⋀⋀
　　　　　　　[−高][+高]

　　b.重複（僅重複音段）

　　　　　　　常　　　常
　　　　　　 ⋀　　　⋀
　　　　　[−高][+高]

　　c.加添詞素（兒，[+高]）

　　　　　　　常　　　常　兒
　　　　　　 ⋀　　　⋀
　　　　　[−高][+高]　　[+高]

d.連接　　　常　　　常　兒

[-高][+高]　　[+高]

由(10)可看出：詞素重複（10b）只重複音段（常），不重複聲調；加添一個由「兒」音及空的 [+高] 調組成的詞素（10c）；以及空的 [+高] 調連接到無調的音段（常）上，構成常¹（10d）。

雖然上面的分析看來似乎已解決了「生動的重疊詞」中 T¹ 的問題，然而 Yip 這種處理方法卻有明顯的缺失。就是 Yip 所添加的空的 [+高] 調完全是無中生有的，並沒有任何其他令人信服的憑據，更何況在分析其他「兒」化韻的時候，也不見 Yip 有任何空 [+高] 調的加添，顯然這個由「兒」音及空 [+高] 調所組成的詞素只是臨時湊在一起的「急就章」（ad hoc device）。

本文的看法（也代表 Yin(1989, 1990) 的看法）是：這個出現在(10)這類「生動的重疊詞」上的 T¹ 就是國語的抵輔調。所謂「抵輔調」指的是在聲調不明的情況下，有一個聲調可以隨時提供調值「抵用」。我們可以想見在一個「聲調語言」(tone language)，像國語，不可能容許沒有調的字或詞出現，所以每當一些詞（如：語助詞、借字……等）或詞素（如：詞綴、重疊詞……等）聲調不明的時候，必需有一個聲調可以隨時提供調值「抵用」，國語的陰平調（T¹）（高平調，[55] 調）就是這個能隨時提供調值抵用的抵輔調。

那麼國語這個抵輔調是不是永遠都以高平調（[55]）姿態出現呢？我們認為這要看它有沒有「重音」而決定，它如果有重音，才會以高平調（[55]）姿態出現，如果沒有重音，會跟其他輕讀的

字一樣以「輕聲」姿態出現。我們也認爲各個字在單獨唸的時候一定有重音,那些聲調不明的詞和詞素在單獨唸的時候也一定有重音,因此抵輔調應當會以高平調([55])姿態出現。前面(9),(10)例舉的「生動的重疊詞」上的 T^1 就是因爲第二個音節有重音,抵輔調才會以高平調([55])姿態出現的。

本文設定國語的陰平調爲抵輔調不但可以解釋像(9),(10)的「生動的重疊詞」爲什麼會有 T^1,而且可以把國語輕聲的各種現象聯結起來,可算是一舉兩得。除此之外,設定國語的陰平調爲抵輔調還有另一個好處,就是爲詞彙上的一些聲調現象提供了合理的詮釋。在下一節,我們就來看看詞彙上有那些聲調現象跟抵輔調有關。

四、詞彙上的證據

首先讓我們來觀察一下一組重疊詞 ,就是像姐³姐⁰一樣的 T^3T^0 調型的親屬稱呼:

(11)　親屬稱呼

　　　a.姥³姥⁰　　　　　　b.奶³奶⁰

　　　c.嫂³嫂⁰　　　　　　d.嬸³嬸⁰

這類親屬稱呼除了像(11)這樣的唸法以外,還有另一種,就是在強調語氣、大聲叫的時候用的加重唸法,如(12):

(12)　親屬稱呼(加重式)❻

　　　a.姥³姥¹　　　　　　b.奶³奶¹

c.嫂³嫂¹   d.嬸³嬸¹

值得注意的是，這種加重式親屬稱呼⑿的第二個音節跟前面提的
「生動的重疊詞」一樣，都是 T¹。我們認為二者的相似不可能是
巧合，比較合理的解釋應該是：這些 T¹ 都是抵輔調，是因為這些
詞的第二個音節有重音，抵輔調才會以高平調（[55]）姿態出現
的。

第二組詞彙是擬聲詞，由名稱我們就知道這些詞是專門形容
大自然的聲音的。下面就是一些雙音節的例子：

⒀　擬聲詞
　　a.噗¹通¹　　　　　　　b.叭¹答¹
　　c.滴¹答¹　　　　　　　d.咯¹吱¹
　　e.嘰¹喳¹　　　　　　　f.咚¹嚨¹

值得注意的是，⒀所列的這些擬聲詞都是 T¹。

國語除了雙音節擬聲詞以外，還有許多四音節重疊擬聲詞，
這些詞也是高平調：

⒁　重疊擬聲詞 ❼
　　a.嘰¹哩¹咕¹嚕¹　　　　b.唏¹哩¹嘩¹喇¹
　　c.叮¹呤¹噹¹啷¹　　　　d.唏¹哩¹呼¹嚕¹
　　e.嘰¹哩¹括¹啦¹　　　　f.乒¹呤¹乓¹啷¹
　　g.滴¹哩¹答¹啦¹　　　　h.霹¹哩¹趴¹喇¹

⒀和⒁所例舉的這些擬聲詞的聲調全都是陰平調，實在太巧了。

我們的解釋是：擬聲詞既然專門形容大自然的聲音，應該與其他本來就有調的「實詞」不同，可能比較像詞綴及語助詞，屬於「聲調不明」的詞，所以擬聲詞的陰平調其實就是拿來抵用的抵輔調。

現在讓我們再來看看外國借來的「字母」在國語用的是什麼聲調。在數學或科學上方程式裏常用的字母「A，B，C，……　」等，由於都是來自「非聲調語言」(non-tonal languages)，它們理所當然沒有原來的聲調，那麼它們是不是因爲無調就無法唸了呢？事實上，我們只要稍微留心觀察一下，就可以發現這些字母不但有聲調，而且聲調就是 T^1。

⒂　方程式

　　a. A^1 加 B^1 等於 C^1

　　b. M^1 加 N^1 等於 P^1

　　c. H^1 減 Y^1 等於 Z^1

顯然在唸字母的時候，我們必須給這些原來沒有聲調的字母找個調。爲什麼在國語的四個調裏，我們選的不是別的調，偏偏是陰平調？（見⒂）如果我們承認國語裏的這個陰平調是個很特別的聲調，是個可以隨時提供調值抵用的「抵輔調」，前面的難題就可以迎双而解了。我們可以說：在字母上出現的 T^1 就是抵輔調❽。

我們在跟上面所提的英文字母類似的另一組字上，也可看到同樣的聲調現象。我們指的就是特別爲國語標音而設計出來的「注音字母」。首先我們注意到的就是注音字母在單獨唸的時候，每個字母一律是陰平調。另外一點就是國語注音字母標聲調的方式跟其他外國設計的各種羅馬字拼音 (romanization) 的標示法

不同（見下例）。

　　⒃　聲調的標示
　　　　a.國語注音字母

$$T^1 \quad T^2 \quad T^3 \quad T^4 \quad T^0$$

$$\quad\quad ˊ \quad ˇ \quad ˋ \quad ・$$

　　　　b.各種羅馬字拼音
　　　　（如Wade-Giles, Yale, Pin-Yin……）

$$T^1 \quad T^2 \quad T^3 \quad T^4 \quad T^0$$

$$ˉ \quad ˊ \quad ˇ \quad ˋ$$

國語注音字母標聲調的方式（16a）是標T^2、T^3、T^4，甚至於輕聲（T^0），卻不標T^1；其他各種羅馬字拼音（如Wade-Giles,Yale,Pin-Yin……）則是標T^1、T^2、T^3、T^4，而不標T^0。顯然最初特別為國語標音設計「注音字母」的中國音韻學家也對陰平調另眼看待，認為這是個最不必標示的聲調。這個現象也可算是為抵輔調提供了有力的旁證。

　　我們只要稍微留心觀察一下，就可以發現在詞彙上有不少以陰平調出現的「本該無調」的例子，由於篇幅的關係，我們就提出上面的這些聲調現象作為例證。

　　總結而言，我們如果為國語設定一個抵輔調：一個可以隨時提供調值「抵用」的聲調，則不但可以解決輕聲調在構詞上所造成的問題，也可為詞彙上的一些聲調現象找到合理的詮釋❾。

附　註

❶　Yin(1990) 與本文的論點相同，曾以英文於 1990 年 11 月在美國東南語言學學會（SECOL）宣讀。

❷　Li(1987) 探討複合詞中輕聲的出現是否有些規則可循，並定出一個程度表，一般而言，愈常用的愈易保存輕聲，而且兩個音節之間語意的距離愈近的也愈易保存輕聲。

❸　討論輕聲的英文論著除 Chao(1968)，Yip(1980)，Li(1987) 以外，還有 Cheng(1973)，Tseng(1981)，Chen(1984) 等。

❹　Yin 在 (1989, 1991) 兩文都提出論點，提出 Yip 分析 T^3 所用的加添方式並不妥當，這種無中生有的加添沒有其他的證據，僅為遷就其理論的架構而設。

❺　自主音律論的基本假設就是承認各個音韻層次的獨立自主，音韻層次包括：音段、聲／韻、音節、詞素、韻腳、調……等，但究竟有（容許）多少層次，似乎尙無定論。「無音段的空調」指的是「調」沒有連上任何音段的情形；同理，「無調的音段」指的是沒有連上任何調的「音段」；都是理論上允許的。設定這些空調、空音段，在處理音韻刪除（deletion）、添加（epenthesis）的時候，比較方便。

❻　本文所引的親屬稱呼加重式，是以在臺灣地區使用的國語為準的，其他地區是否也有這種現象，還有待觀察。

❼　這些重疊擬聲詞的第二和第四個音節也可唸為輕聲，但這並不影響本文的基本假設，反而可作為旁證。（按：第二和第四個音節可唸輕聲，表示是 T^1 輕讀的結果。）

❽　事實上，英文字母唸 [55] 調的例子比比皆是，中國人在拼英文字的時候，一般都以 T^1 唸字母。這尤以語音結構簡單的字母（像 A, B, C, D, E, G, I, J, K, N, O, P, Q, T, U, V, Y, Z）最明顯，也最一致，其他如 F, H, L, M, R, S, T，因爲音節語音結構比較複雜，所以唸的方式也五花八門，不一定是什麼調了。

⑨　Yin(1989，1990)還引用了一組兒童隱語（太空話）作為旁證，說這組隱語的時候，所有原來的調都不見了，都變成了 T^1。

參考書目

Chao, Y. R. (1968) *A Grammar of Spoken Chinese*, University of California Press, Berkeley and Los Angeles.

Chen, C. Y. (1984) "Neutral Tone in Mandarin: Phonotatic Description and the Issue of the Norm," *Journal of Chinese Linguistics* 12.2,299–333.

Cheng, C. C. (1973) *A Synchronic Phonology of Mandarin Chinese*, Mouton, The Hague.

Goldsmith, J. (1976)"An Overview of Autosegmental Phonology," *Linguistic Analysis* 2/1,23–68.

Li, C. (1987) "Remarks on the Underlying Representations of Neutral-Tone Words in Mandarin Chinese," *Studies in English Literature and Linguistics*, Taiwan Normal University, 189–199.

Tseng, C. Y. (1981) *An Acoustic Phonetic Study on Tones in Mandarin Chinese*, Doctoral dissertation, Brown University.

Yin, Y. M. (1989) *Phonological Aspects of Word Formation in Mandarin Chinese*, Doctoral dissertation, University of Texas, Austin.

Yin, Y. M. (1990) "The Default Tone in Mandarin Chinese," paper presented at the Southeastern Conference on Linguistics, Nov. 15–17, Florida.

Yin, Y. M. (1991) "On the Underlying form of Tone 3 in Mandarin" (in Chinese), *Journal of National Chengchi University* 62,251–262. (Also presented at the International Conferene on Chinese Phonology, June 11–12, 1990, Hong

Kong.)

Yip, M. (1980) *The Tonal Phonology of Chinese*, Doctoral dissertation, MIT, IULC.

Zadoenko, T. P. (1958) "Experiment of the Weak-stressed Syllable and Neutral Tone in Chinese" (in Chinese), *Zhongguo Yuwen* 78,581-587.

粵方言處理國語詞彙的音韻問題

張雙慶

(一)

　　粵方言是南方重要的方言，是漢語方言中與共同語差別較大的方言之一。由於歷史文化經濟等原因，粵方言又是一種強勢的方言，有相當的獨立性。強勢的方言有一個特徵，就是有發達的方言文學，以粵語區論，以前有劇本唱本龍舟木魚書，今日有粵語電影粵語流行曲，其影響的範圍甚至超出粵方言區之外。粵語口語詞基本上都可以用漢字記錄，方言詞如果是來自古漢語，自然可以採用本字，如「行」（走）、「飲」（喝）、「頸」（脖子）之類。來源不明的，則自造方言字，如「冇」（沒有）、「嚿」（塊）、「啱」（對、合適)等，粵語的口語和書面語基本上可以互相適應，沒有記錄上的困難。

　　但是，粵方言的口語書面語雖可以自給自足，並不表示它可以完全拋開共同語，共同語的影響還是無所不在的。首先，從寫作上說，粵方言區正常的書面語還是以共同語為主，其次在閱讀時，也要讀不是用粵語寫成的各種文章或文學作品。在說話讀書時，尤其是較高層次的朗誦時，還是要接觸到北方話詞彙，也不可避免的會遇到如何把北方話詞彙的讀音對應到粵語的問題。本地不少用粵語教中國語文的老師都表示，教書時用粵語誦讀課文，

文言文非常順暢，一讀白話文便感到十分彆扭難聽。也有人表示最怕聽粵語朗誦白話文學作品，其不自然之處簡直可用「恐怖」二字去形容。這種情形說這兩種語言在語音上各有特點，其語音對應的研究將是一個有趣的課題。

對這個問題產生興趣的另一個原因，是在拿粵音與中古音作比較研究時，遇上一些例外對應的情形啓發出來的。和其他方言比，粵方言與中古音的對應規律是較爲嚴整的，尤其是韻母方面更加有規律，例外較少，故一有例外字便十分有趣。產生例外對應有多種原因，其中一項是某些字的粵音受國語書面語讀音的影響；或是某些字詞少用或不同，這些字詞的粵音是人爲的定音，故決定這些字的讀音時到底有什麼根據，便有進一步研究的價值。

本文試圖探討粵語處理國語詞彙時所受的國音的影響。有關借用國語詞彙問題，可以分爲兩方面看，其一是同一種事物，國粵語各有自己的詞彙，粵方言平時用方言詞，只有在寫作或閱讀國語文學作品時，才用國語詞彙，而應用時，當然會按粵語音系的特徵去作類推。例如第三身人稱代詞「他」，粵語用「渠」，多寫作「佢」。只有在讀書或寫文章時才用「他」，「他」粵音 [t'a¹] 便是仿照國語的讀法。其二是北方話獨有的詞彙，已被吸納入共同語中，成爲國語詞彙的一部分，這類詞粵語口語中沒有，只有讀國語文學作品才會使用，其語音的對應也是值得注意的，如「茬」、「搗」、「甭」這一類詞的粵語發音都屬這一類。總之，這個課題實際上就是粵語的讀書音的研究，當然這種讀書音並非文白的對應，而是方言與共同語間的對應。

語言中，實詞的數量可以是無限的，所以詞彙比較研究的規

模可以十分龐大，限於時間篇幅，本文以丁聲樹編錄的《古今字音對照手冊》(以下簡稱《手冊》)所收的字爲主，選取八十七個字加以討論。這個數量是極微小的，下面兩種情形的國語詞並沒有完全收入：一是完全合乎國粵語對應規律者，如北方方言詞「伢」音yá，粵音 [ŋa⁴]，聲韻調俱合，故不必討論。二是某些國語詞彙，相當的粵語口語詞不同，像「些」，粵語用 [ti+] (寫作「啲」)，把「些」讀作 [sɛ¹]。「澆水」粵語說「淋水」，「澆」字蕭韻見母今粵音 [kiu¹](或音 [hiu¹]，k, h 互用粵語有其例)，這些詞也屬正常對應，下面將不作討論。此外，討論國語詞彙却從以提供中古音材料爲主的《古今字音對照手冊》找資料，或者有人會認爲過於偏重古音，而忽略某些重要的近代及現代的語詞。但因爲該書有提供古音資料的好處，兼且原書也收《廣韻》、《集韻》之外的字 (該書以 [ ] 號表示)，所以用它作爲全面研究的一個起點，自信這樣做還是可以接受的。

　　本文的題目雖用「國語詞彙」，準確來說還是以字爲單位，只有一兩個合音字或聯綿詞才是雙音詞，其他的雙音詞以及連讀引起的音變等問題均未涉及。在討論具體的字詞之前，有幾點需要加以說明：

　　㈠字的排列採用漢語拼音方案音序。

　　㈡字的古音資料根據丁聲樹的《古今字音對照手冊》(中華書局 1981 年新一版)及中國科學院語言研究所的《方言調查字表》(科學出版社 1964 年)。

　　㈢國語的音標採用漢語拼音方案，後附相應的注音符號。

　　㈣粵語用國際音標記音，聲調則用數字表示，即陰平(1)、陰

上(2)、陰去(3)、陽平(4)、陽上(5)、陽去(6)、上陰入(7)、下陰入(8)、陽入(9)、超平 (+)。

㈤常用的粵音字典簡稱如下：

《粵音韻彙》──《韻彙》，中華書局，1957 年初版。

《中華新字典》──《中華》，中華書局，1976 年初版。

《廣州音字典》──《廣州》，廣東人民出版社，1983 年初版。

㈥《手冊》未收的字以「＊」號表示。

（二）

1. ái（ㄞˊ）呆：見 dāi 獃。

2. ái（ㄞˊ）癌：此字舊讀 yan，但癌症、炎症容易混淆，故把「癌」定音為 ái 以作區別。「癌」從「疒」從「嵒」得聲，「嵒」古平聲咸韻疑母字，今粵音為 [ngam⁴]，而「癌」亦音[ngam⁴]，並無隨普通話的讀音改讀。

3. an（ㄢˇ）＊俺：北方方言第一人稱代詞。《廣韻》去聲艷韻於驗切、梵韻於劍切兩讀，義為「大也」，收 -m 尾。作我、我們解收入《正字通》，阿罕切，罕屬 -n 尾韻（旱韻），此字《廣州》據國音讀 [an²]，《中華》則據古音讀 [jim³]。

4. aῆg zang（ㄤ⁻ ㄗㄤ）骯髒：此二字具見於《廣韻》，「骯」上聲蕩韻溪母及匣母，「髒」上聲蕩韻精母，但意非污穢。作污穢解應始自近代，故粵音可類推為 [ɔng¹ tʃɔng¹]，《中華》據上述古音把「骯」字定為 [hɔng⁴] 音，反而不合。

5. bĕng（ㄅㄥˇ）甭；不用的合音，粵語無此類詞，此字《中華》
仿讀作［pɐng²］，國語讀 eng 韻的字，如登、等、騰、能、增，
今粵音讀［ɐng］韻，《中華》之定音當據此類字。但 eng 韻的
碰、風、封、峰今粵音讀［ung］韻，故《廣州》定爲［pung²］
也有根據。另有「甮」字，也是「不用」的合音，今粵音音
［fung⁶］，或作［feng⁶］。

6. bŏ（ㄅㄛˉ）餑：又音 bú，「餑」是北方的一種麵食，粵語區
所無。此字的粵讀據古音屬入聲沒韻並母讀爲［put⁹］，與國音
的讀法不同。

7. bó（ㄅㄛˊ）脖：頸項北方話叫「脖子」，粵方言則叫「頸」。
頸項稱「脖子」大概始於元朝。廣韻入聲沒韻並母有「脖」字，
但意爲「胅臍」，並非頸項。同一小韻有勃渤浡等，蒲沒切，
粵音［put⁹］，國音 bó，都是由此音而來。

8. chá（ㄔㄚˊ）茬：意謂農作物收割後剩下的部分，如麥茬、豆
茬，字屬假攝平聲麻韻崇母，今粵音多類推爲［tʃ'a⁴］，《中
華》音［tʃ'i⁴］，後者應出自之韻崇母士之切，《說文》義爲
草盛貌，當以前一音爲合。（此字另有上聲馬韻崇與「槎」通
的音義。）

9. chī（ㄔˉ）喫（吃）：此一義項粵語用古語詞「食」，「喫」
粵音［hɛk⁸］是由錫韻溪母的「苦擊切」推出來的，溪母字唸成
［h］是粵音的特點。粵語表示吃義尚有一音［jak⁸］，是否由
［hɛk⁸］脫落喉音［h］而來，不詳。

10. chuāi（ㄔㄨㄞˉ）揣：此字《說文》、《廣韻》俱收，意爲「量
度」，與今日解作「揣在懷裏」不同。《廣韻》此字上聲紙韻，

與讀平聲不同。粵語這個字的衆多的義項，都只讀作 [tʃ'œy²]，也是上聲，同《廣韻》，另又讀作 [tʃ'yn²]，這個讀法應是因爲偏旁「耑」引起的誤讀。

11. dāi（ㄉㄞ⁻）獃：今多通「呆」，其實「獃」古音平聲咍韻端母，意爲傻、愚蠢。「呆」古音平聲咍韻疑母，今國音 ái 意呆板。粵方言將二者混而爲一，《廣州》以 [ngɔi⁴] 爲正讀，[tai¹] 爲又讀，《中華》則相反。

12. diū（ㄉㄧㄡ⁻）丟：《字彙》所收，音丁羞切，意爲抛、丟失。粵語的發音同國音，均爲 [tiu¹]。

13. dǔn（ㄉㄨㄣˇ）旽：《廣韻》去聲稕韻章母收此字，意爲「鈍目」，今閉目小睡之「盹」讀舌頭音上聲與此音義不合，此字應是近代漢語新出的詞彙，《字彙》目部：「旽，目藏也。」粵音定爲 [tœn⁶]，用 [œ]元音對國語 [u] 元音表示合口，但讀爲陽去聲不知道有何根據。

14. dùn（ㄉㄨㄣˋ）燉：《廣韻》平聲魂韻定母、透母均收此字，意爲火色，按演變規律今國音讀 tūn 或 tún。今國音變爲去聲 dùn 的意義是和湯煮爛，粵人也有這種烹飪法，音爲 [tɐn⁶]，又音 [tœn⁶]。

15. duǒ（ㄉㄨㄛˇ）粜：此字見《字彙》，丁可切。此一意義粵方言用「匿」，音 [nik⁷]，口語中又音 [ni +]，「粜」字的讀音按照聲符「朵」的讀音定爲 [tɔ²]，此音亦合於「丁可」這個反切。

16. duò（ㄉㄨㄛˋ）跢：《集韻》上聲果韻收此字，義爲「行貌」，丁果切。北方話的「頓足」義應爲「跢」，爲去聲箇韻端母，

故讀爲 duò，粵語頓足義只取《集韻》上聲的讀法音［tɔ²］。

17. dí, dì, de（ㄉㄧˊ、ㄉㄧˋ、ㄉㄜ）的：「的」字在「的確」、「目的」和作助詞時分讀 dí, dì 及輕聲 de，但粵語無區別，一律讀［tik⁷］，合乎錫韻端母的讀法。

18. diē（ㄉㄧㄝ－）爹：古屬平聲麻韻知母，今北方話音 diē 是古舌上音讀爲舌頭音的遺留，粵語音［tɛ¹］也是同一個現象。

19. èn（ㄣˋ）摁：意爲用手按壓。粵語定音爲［ɔn³］，與「按」同意，音亦接近。《廣州》有又音［ngɔn³］，是某些零聲母字類化爲［ng］的結果。

20. gǎo（ㄍㄠˇ）鎬：古上聲皓韻匣母，《說文》解作溫器，但主要用作地名，國語音 hào。音 gǎo 是「鎬頭」，一種農具，刨土用。粵語無此詞，作此音義時仍按上聲皓韻匣母讀成［hou⁶］，全濁上聲變去聲。

21. gān gà（ㄍㄢ－ㄍㄚˋ）尷尬：尷尬國音 gān gà，一說爲吳方言詞，今已吸收入北方話詞彙。此二字見《廣韻》，「尷」爲平聲咸韻見母，「尬」爲去聲怪韻見母。但宋時因爲收［-m］韻尾的字可能已有併入［-n］的現象，故《朱子語類》這類書已有「牮間不界」、「不間不界」的說法，「間界」即是「尷尬」。但粵語仍保留「尷」字收 -m 的讀法讀作［kam¹ kai³］，原因可能是有邊讀邊，也可能是保留古讀。

22. gǎn（ㄍㄢˇ）趕：《廣韻》有「趕」字，一屬入聲月韻，今不論；一屬平聲元韻，二者皆爲「舉尾走也」（見《說文》），元韻之「趕」又通「趄」，但今日作追趕義的「趕」爲近代漢語詞，《正字通・走部》：「趕，追逐也。」今粵音［kɔn²］ 與

古音無涉，乃仿國語讀上聲之音而來。

23. gùn（《ㄨㄣˋ）棍：古音上聲混韻匣母有此字，意爲綑束，當音 hùn，今罕用。作棍棒解的棍見《正字通》，古困切，聲母 [k]，這個聲母粵音可帶 u 介音合成圓唇聲母 [kw]，故「棍」粵音讀 [kwɐn³]。

24. huàng（ㄏㄨㄤˋ）撔：搖撔，《龍龕手鑑》胡廣切，意爲「讀書床」，作搖幌解是近代漢語詞。粵音讀作 [fɔng²]，一方面是舌根或喉門音合口字，如 [k'u-]、[hu-] 今粵語讀作 [f-]，此點合乎粵音特點，但由去聲讀爲上聲，則是此字又通「晃」，「晃」字讀上聲所影響也。

25. jiàn（ㄐㄧㄢˋ）毽：一種脚踢的玩具，始於明代，國語一般稱「毽子」。粵音口語爲單音節 [jin²]，但《中華》、《廣州》等字典別收按國音推出的讀音 [kin³]，[jin²] 音可能是讀變調並失落舌根塞音的結果。

26. jiāo（ㄐㄧㄠ-）礁：此字古字書所無，國音 jiao，粵音有兩音，一爲 [tʃiu¹]，一爲 [tʃ'iu⁴]，有送不送氣與陰陽平之不同，今可能爲了和國音對應而傾向讀 [tʃiu¹]，見《中華》及《廣州》等字典。

27. jiǎo（ㄐㄧㄠˇ）餃：「餃（子）」和「角」應該是古今字，指的都是兩頭尖，中間大，有餡的那一類食物。今廣州點心中仍有不少以「角」命名，「芋角」，「咸水角」及過年炸的「角仔」等。北方話入聲消失後，另造「餃」字代替「角」字，音 jiǎo。粵語一方面保留「角」的這種用法，仍讀入聲[kɔk⁸]，一方面又仿國語的讀音把「餃」字讀作 [kau²]，口語中多稱

「水餃」。

28. kǎn（ㄎㄢˇ）砍：字見《正字通》，音坎，苦感切，粤音[hɐm²]
即由此音而來。不過口語中表示用刀斧把東西劈開多用「斬」
[tʃam²]。

29. káng（ㄎㄤˊ）扛：此音義或據《集韻》上聲講韻曉母虎項切而
來。按《集韻》講韻有「摃」，「山東謂擔荷曰摃，或作扛。」
但不知爲何今讀爲陽平。《廣韻》平聲江韻見母另有「扛」字，
意爲用兩手舉重物。今粤音只有 [kɔŋ¹] 一音，合於《廣韻》
讀法，不合《集韻》及國音讀法。

30. kào（ㄎㄠˋ）銬：刑具，今多稱「手銬」，後起字，見《清會
典事例》832〈刑部刑律捕亡〉。粤音仿國語音 [kʼɐu³]，此
音與「扣」字同音，所以書面上又常寫作「手扣」。

31. lā（ㄌㄚ‑）拉：此字原屬咸攝入聲合韻，按演變規律，今北方
方言合韻的舌音、齒音、舌齒音讀 [a]，喉音、牙音讀 [ə]，
故「拉」音 lā，由入聲讀作陰聲韻。此韻的大部分字粤音讀
[ap]，如答、納、合等，保留了入聲的讀法，只有「拉」這個
字讀作 [lai¹]，屬於例外。從聲調上看，「拉」屬次濁來母，
今粤音當讀陽調，現音陰平或超平，無論韻母聲調都明顯是按
北方方言類推而來。又「打」字原屬梗韻端母德冷切，今各地
方音都讀 dǎ，無一唸 ing 韻母的，到底是同時變化還是先由北
方話變讀其他方言跟隨，似乎難以考究。

32. lèng（ㄌㄥˋ）愣：北方方言中指呆、鹵莽，粤語所無，依國音
推爲 [liŋ⁶] 音。《廣州》另收 [liŋ⁴]，讀爲陽平，不知有何
根據。

33. liǎ（ㄌ丨ㄚˇ）倆：北方話「兩個」讀 liǎ，粵方言無此讀法，
也不作類推，只讀回「倆」的讀音讀作 [lœng⁵]。

34. liào（ㄌ丨ㄠˋ）* 摎：放下之意，出《集韻》入聲藥韻，力灼
切，粵語雖有入聲，但此字據國音類推為 [liu¹]，但聲調作陰
平，不知有何根據。

35. lìn（ㄌ丨ㄣˋ）賃：原屬去聲沁韻泥母，今國音已作 [l] 聲母，
可能是 [n/l] 互混。粵語音 [jɐm⁶] 與恁、任同音，可能是依
聲符「任」的讀法。

36. liū（ㄌ丨ㄡ⁻）溜：古音去聲宥韻來母有此字，其音義仍保留在
國語中。但作「滑行」或「溜走」解則是近代漢語才出現，並
讀成陰平。粵語按古音資料讀成 [lɐu⁶]，去聲，無平聲的讀
法。

37. lūn（ㄌㄨㄣ⁻）掄：此字國音有 lūn、lún 兩音，後者出自《廣
韻》平聲來母諄韻及魂韻，意為選擇、選拔。陰平一讀意為用
力揮動手臂或刀斧。此一義項當為近代後起，次濁音唸陰平較
特殊，故此字粵音按規律只有 [lœn⁴] 一讀。

38. mán（ㄇㄢˊ）饅：饅頭，一種用發麵蒸成的食品，無餡。《廣
韻》同「鏝」，平聲桓韻明母。廣東少麵食，此詞即仿國音之
讀法音 [man⁴]，而非如一般桓韻字粵讀 [un] 韻或 [yu] 韻。

39. máo（ㄇㄠˊ）錨：停船的用具，字見《正字通》作眉韶切。此
字《方言調查字表》屬《廣韻》、《集韻》都不收的字，按其
音韻特點寄放在相當的地位，即置於平聲肴韻明母下，屬二等
韻，以反切下字「韶」字論，當是三等宵韻，有 -i- 介音。肴
韻字今粵音讀 [au]，故「錨」今粵音作 [mau⁴] 合乎規律。如

按宵韻今粵音讀 [iu] 推，便要讀 [miu⁴] 音了。此字粵音另有 [nau⁴] 一讀，不知有何根據，大概與明母的彌今粵人讀[nei] 相類似。

40.miáo（ㄇ丨ㄠˊ）瞄：瞄準的「瞄」甚後起，粵語音 [miu⁴] 完全和國音對應。

41.mō（ㄇㄛ⁻）摸：「摸」字中古為入聲鐸韻明母，慕各切，北方話無入聲，音mō。粵語 [mɔ²]，又讀作 [mɔ⁺]，後一個讀音多出現在口語音。粵語原能保留入聲，此字屬例外，音[mɔ⁺]尤其不合乎次濁字今讀陽調的規律，故推測此字的讀音受國音影響。

42.nǎ（ㄋㄚˇ）哪：疑問代詞粵方言用 [pin¹]，如 [pin¹ tou²]（哪一處），[pin¹ wei⁶⁻²]（哪一位）。「哪」是果攝哿韻，按變化規律韻母當為 [ɔ]，今粵音讀 [na⁵] 是受國音影響的例外讀法。國音中，「哪」和「一」可以合音něi，但粵語少合音字，遇到這種情況仍然音 [na⁵]。國音哪吒之「哪」另音né，粵音無別，仍音 [na⁴]。

43.nà（ㄋㄚˋ）那：指示代詞，相當於粵語的[ni¹]如[ni¹ tou⁶]（這裏），[ni¹ wei⁶⁻²]（這位）。「那」屬果攝去聲箇韻，按規律讀 [ɔ] 韻，今粵音讀 [na⁶]，是受國音影響的讀法。此外粵語也不能區別「那」「一」合音讀 nèi 的這個音，依然讀作 [na⁵]，這兩個音都讀作陽上聲，和北方方言仍然讀作去聲不同。「那」作為姓氏解時屬平聲歌韻，粵音 [nɔ⁴]，這個音便能合乎歌韻字發展到今日粵語的規律。

44.nǐn（ㄋ丨ㄣˇ）您：粵語無敬稱的用法，此字讀同「你」[ni⁵]。

45. niu（ㄋㄧㄡˉ）妞：女孩通稱，或重疊作「妞妞」，俞正燮《癸巳存稿》補遺「妞」條認爲「妞」是「娘」轉音。粵語此字音[nɐu²]，韻母合乎國粵語的對應，但讀作陰上聲較特別，可能是變調，也可能受聲符「丑」的影響。

46. ǒu（ㄡˋ）慪：《集韻》平聲侯韻影母有此字，意爲吝惜，今國音當爲ōu。讀去聲音爲逗弄、使著急氣，粵語無此詞，意依國音定爲[ɐu³]。

47. pāng（ㄆㄤˉ）乓：乒乓二字粵語由國音類推，乒字無問題，但乓字按規律應讀[pɔ́ng¹]。《廣州》把它定爲[p'ɐm¹]，原因是[pɔng]的韻尾受下字[pɔ¹]（球的意思，由英文 ball 借來）脣音聲母的影響，產生逆同化作用而形成的特殊讀法。

48. pǎng（ㄆㄤˇ）耪：意爲用鋤頭翻鬆土地，粵語按國音讀作[p'ɔng⁵]。

49. pàng（ㄆㄤˋ）胖：肥胖之意的「胖」當爲「肨」之形誤，「肨」去聲絳韻滂母，脹臭也，今國音讀 pàng。「胖」去聲諫韻滂母，意爲「牲之半體」，今國音 pàn，此音義甚僻，極少用。另外《集韻》平聲桓韻亦有「胖」字，意爲「安」也，如「心廣體胖」，今國音 pán。粵語肥胖義多用「肥」，書面上則用國語的「胖」字，但發音不類推爲[p'ɔng³]，而是按古音讀作[pun⁶]。（有關胖、肨兩字的關係參看拙著《「胖」與「肨」》，《中國語文通訊》6 期。）

50. piáo（ㄆㄧㄠˊ）*朴：作姓氏解時國音 piáo，粵語此用法讀音有分歧。香港人一般讀作入聲的[p'ɔk⁸]，與「朴」的其他用法同，《中華》類推作[p'ɐu⁴]，《廣州》可代表廣州人的讀

法音「p′iu⁴」。

51. piáo（ㄆㄧㄠˊ）嫖：《廣韻》平聲宵韻滂母有此字，意爲「身輕便貌」，今當讀陰平 piao，作狎妓解見明沈德符《萬曆野獲編》二十，國音讀陽平，粵音亦讀作陽平 [p′iu⁴]。

52. piào（ㄆㄧㄠˋ）票：《說文》有此字，意謂「火飛也」，可隸定作[熛]，《廣韻》屬平聲宵韻滂母，今當讀平聲。以紙片爲「票」始於明宣德後的「票擬」制度，參看《明史‧宦者傳》，國音讀去聲 piào，粵音亦讀作去聲 [p′iu³]。

53. pīn（ㄆㄧㄣˉ）拼：《廣韻》平聲耕韻幫母有此字，意爲「使也」，又「從也」。今國音讀雙脣塞音送氣，又收 -n 尾，意爲「拼合」、「連合」，二者不知是否一字，粵音讀 [p′ing¹]，韻尾 -ng 同耕韻，但把幫母讀作送氣，可能是國音的影響。

54. qiān（ㄑㄧㄢˉ）鉛：「鉛」中古平聲仙韻以母，與專切，國音 qiān 的「q」[tɕ′] 聲母不知因何而加，照規律應讀零聲母。今粵音 [jyn⁴] 合乎古音至今音的變化規律。國音另有 yán 音，山西縣名，粵音則無別。

55. qiāng（ㄑㄧㄤˉ）嗆：此字有平去兩讀，平聲 qiāng 是水或食物進入氣管，如「吃嗆了」，去聲 qiàng 指氣體刺激，如「煙嗆人」。平聲一讀見《集韻》陽韻，今粵音《中華》一律讀作 [tʃ′œng¹]，不區別；《廣州》另仿國音增去聲 [tʃ′œng³] 一讀。

56. qiáo（ㄑㄧㄠˊ）瞧：《字彙》作慈消切，音樵。作「看」解始於近代漢語，如元曲。粵語不用此詞，發此音仿國語作[tʃ′iu⁴]。

57. ruó（ㄖㄨㄛˊ）挼：意爲揉搓。國音另有 ruá 音收入《集韻》平

聲戈韻泥母，奴禾切。今北方話音 ruó/ruá 聲母變讀爲日母的 r，不明其原因。粵音作 [nɔ⁴]，反而符合《集韻》的讀法。

58. ruò（ㄖㄨㄛˋ）* 偌：作如此、這般解。收入《集韻》去聲禡韻，人夜切。今粵音字典據反切定爲 [jɛ⁶] 音，不讀作與聲符「若」字同音的 [jœk⁸] 音。（「若」字另有上聲馬韻的讀法。）

59. rēng（ㄖㄥ－）扔：《廣韻》平聲蒸韻日母，去聲證韻日母收此字，意爲牽引，與今日用法不同。「扔」作拋擲解爲近代漢語所用，今粵音按日母字讀爲 [j] 聲母之例音 [jing⁴]，聲調亦按日母爲濁音讀陽平。口語音又讀作 [wing¹]（《廣州》）或 [wing⁴]（《中華》）。

60. sā（ㄙㄚ－）仨：北方話表示「三個」的讀法，粵語無這個語法特徵，也沒有作類推，和「三」一樣讀作 [sam¹]。

61. sào（ㄙㄠˋ）臊：《廣韻》平聲豪韻心母有此字，指肉類或尿一類的腥臭味。今另有去聲的讀法是近代漢語才產生的，意爲害羞。粵方言表害羞用「醜」[tʃ'ɐu²]、「怕醜」[p'a³ tʃ'ɐu⁵]，此字之發音即按國粵語之對應定爲 [sou³] 音。

62. shào（ㄕㄠˋ）哨：古音分見平聲宵韻心母（意「口不正也」）和去聲笑韻清母（意「壺口黵者名也」）。作「放哨」、「口哨」解是近代漢語的用法。宵、小、笑各韻今粵語音 [iu]，唯此「哨」字粵音 [sau³]，應是仿國音的讀法。

63. shuāi（ㄕㄨㄞ－）捽：此字見於《篇海類篇》這一類近代字書，音「山律切」。今粵音多音 [sœt⁷]，合乎字書反切。《中華》又收 [sœy¹] 音，明顯是仿照北方話 shuāi 的讀法。

64. shuǎi（ㄕㄨㄞˇ）甩：意爲扔、拋開、擺動。粵語此字音[lɐt⁷]，韻母由 uai 陰聲韻變爲入聲的 [ɐt] 韻，聲母由 sh 轉爲 [l]，極難解釋，是否是同一個字也有疑問。《廣州》有 [sɔi²] 音則是仿北方話的讀法。

65. shuàn（ㄕㄨㄢˋ）涮：北方著名食物「涮羊肉」粵語區所無，此字一度誤讀 [tʃʼat⁸]，有邊讀邊之故。今多讀作 [syn³]，從 shuàn 類推，並以 [y] 表示合口也。但《韻彙》、《中華》、《廣州》音 [san³]，則是省略介音的結果。

66. tā（ㄊㄚ－）他它：第三身代詞，廣州話用「渠」，又寫作「佢」。此二字爲果攝平聲歌韻字。按演變規律，歌韻今粵讀 [ɔ]，只有這兩個字讀 [tʼaˈ]，這是因爲照國音讀法而形成的例外。敬稱「怹」國音 tán，粵語無類推，與「他」無別。

67. tǎng（ㄊㄤˇ）淌：此字另音 chàng 出《集韻》去聲漾韻，意爲「大浪」，今罕用。tǎng 淌意爲水順下流，近代漢語所用·今粵音類推爲 [tʼɔng⁵]。

68. tùn（ㄊㄨㄣˋ）褪：此字見《音韻闡微》去聲願韻，吐困切。有寬衣、凋謝、減色（此義音 tùi）、退卻等義，粵音無 tùi 一音，一律音 [tʼɐn³]，今粵語口語有 [tʼɐn³] 這個詞，指退卻，應即此字。

69. wá（ㄨㄚˊ）娃：北方話稱小兒爲「娃」，讀陽平。另外平聲佳韻影母有「娃」，意爲「美女」，按規律當讀 wā，現代漢語已少用後一義項。但粵語則無論「小兒」、「美女」俱音[waˈ]。

70. wǔ（ㄨˇ）摀：或寫作「捂」，意爲嚴密的遮蓋或封起來。《廣韻》去聲暮韻有「捂」字，意爲「逆」，與今北方話之讀音（聲調）和用法不同。粵語無此詞，發此音時仿北方話讀法

爲 [wu²]。

71. xià（ㄒㄧㄚˋ）嚇： 古有兩音，一屬假攝二等去聲禡韻曉母，禡韻牙喉二類聲母今北方話都發生顎化，故今音 xià。另一音爲梗攝二等入聲陌韻曉母，今國音讀 hè。前者用於「嚇一跳」，後者用於「恐嚇」。此字粵音只有 [hak⁸] 音，通用於兩種用法，其讀音來源應爲陌韻。

72. xià（ㄒㄧㄚˋ）髉 ：去聲禡韻曉母字，今國音讀法正合演變規律。粵音讀作 [la³]，聲母變爲邊音[l]，十分奇怪，疑粵音的讀法是訓讀，[la³] 音另有本字。

73. xǐng（ㄒㄧㄥˇ）擤：《正字通》音省，一寫作揩，今國音讀上聲，但粵音讀 [sɛng³]，去聲，原因不明。

74. yè（ㄧㄝˋ）拽：意爲拖。屬開口薛韻喻四，此韻今粵音讀[it]，仍保留塞尾 -t，只有此字讀 [jɐi⁶] 爲例外。按國音的 ie 韻字有不少在粵方言中音 [ɐi]，如偕、鞋、械、解（姓）、邂等，此字不讀入聲，應是依國音 ie 韻類推而來。至於國語「扔」義的 [zhuāi] 音，粵語亦不能區別，並音 [jɐi⁶]。

75. zá、zán（ㄗㄚˊ、ㄗㄢˊ）咱：粵語的第一人稱代詞無包括不包括對方的區別，都用「我」[ngɔ⁵]。 [咱]字北方話有 zá、zán 兩音，單一「咱」字較少用，如「咱家」，多見於舊小說。「咱們」合用「咱」音 zan。粵語二個音都類推作 [tʃa¹]，不過在「咱們」這個雙音詞中，上字「咱」多因爲同化作用而音 [tʃam⁵]，讀作 [tʃam⁵ mun⁴]。

76. zěn（ㄗㄣˇ）怎：此字不見《廣韻》、《集韻》，但李清照詞已有「這次第，怎一個愁字了得」。可見宋人已用。《五音集

韻》收入寢韻，《正字通》收入心部，都是收 -m 尾的韻，國
語 -m 尾拼入 -n 尾讀 zěn，但粵語仍有 -m 韻尾故讀 [tʃɐm²]，
上聲的讀法可能是受國音的影響。

77. zhǎ（ㄓㄚˇ）眨：此字中古屬入聲洽韻莊母，粵語讀書音爲
[tʃap⁸]，合乎演變規律。但口語把這種眼睛一開一閉的動作
叫做 [tʃam² 眼]，有時書面寫作「瞇眼」，這個音，與 tʃap
是陽入對轉，tʃam² 是 tʃap⁸ 對轉後的派生詞。

78. zhǎo（ㄓㄠˇ）找：《集韻》平聲麻韻有此字，通「划」，今日
已不用此音義，「找」字今作「找錢」、「尋找」見明焦竑的
《俗書刊誤》十一「俗用雜字」及明沈榜《苑署雜記》十七的
〈民俗〉「方言」條等。今粵音 [tʃau²] 與國音相仿。

79. zhè（ㄓㄜˋ）這：作爲指示代詞用的「這」大概始於唐時，「這」
「者」音近，常互爲通假。按「者」上聲馬韻章母，而「這」
爲去聲，粵方言依國音的讀法讀成陰入 [tʃɛ³]，也有讀變調爲
[tʃɛ²]。而且也不能區別「這一」音 zhèi 的讀法。

80. zhēng（ㄓㄥ-）睜：《廣韻》上聲靜韻從母有此字，意義不同。
今張目之意用於近代漢語，國粵音之發音俱不同古音，粵音
[tʃɐng¹] 由國音類推而來。

81. zhèng（ㄓㄥˋ）掙：見《字彙》，作爲「掙扎」一詞的「掙」，
國粵語皆唸陰平，無問題。但解作「掙脫」，「掙開」、「掙
錢」時，國音念 zhèng，去聲，《中華》念 [tʃɐng¹] 平聲，而
《廣州》則唸 [tʃɐng⁶] 去聲，似乎後者較普遍。

82. zhuā（ㄓㄨㄚ-）抓：「抓」字中古效攝平聲肴韻莊母，屬這個
韻的字今粵音讀 [au]，只是「抓」讀 [tʃa¹] 是例外。估計這

個字是吸收國音 zhuā 的讀法，但因爲粵語沒有 [tʃua] 這個音節，而且粵語只有 k、k′ 有[u]介音，因設計了一套圓唇聲母 kw、kw¹，成爲一個沒有介音的語音系統。粵語「抓」的讀音便是在北方話讀音的基礎上省去 [u] 介音而形成的。粵方言又有方言詞 [tʃa¹]，一般寫作「揸」，意爲「拿」，如「揸住本書」（拿着一本書），和「抓」的關係如何，一時未能確定。《中華》「抓」又有 [tʃau²] 一音，明顯是從着韻類推而來者，但改讀上聲。

83. zhuǎi（ㄓㄨㄞˇ）跩：意爲走路像鴨子似的搖擺。粵語口語中極少應用，此字之粵讀爲 [jɐi⁶]，應是因爲與拽、曳同一聲符而類推爲同一讀法。

84. zhuàng（ㄓㄨㄤˋ）幢：《手册》只收平聲江韻一讀，不收去聲絳韻的讀法。國語用於表示房屋的量詞應來自去聲一讀。此字今粵音作 [t′ɔng⁴]（《中華》） 可能另有所本。《韻彙》 [tʃ′ɔng⁴] 音之外另收 [t′ɔng⁴] 音，下注「粵海幢寺」，[t′ɔng⁴] 音或本此。按「幢」的兩個古讀皆爲澄母，或可解釋爲此爲「知端不分」之遺留。粵語口語作房屋量詞的「幢」又音[tung⁶]，讀作陽去聲，或者更近古音讀法。

85. zòu（ㄓㄡˋ）揍：《集韻》候韻收此字，千候切，今國音當爲 còu。作「打」義的「揍」後起，見《官場現形記》等小說，粵音仿國音讀 [tʃɐu³]。

86. zuàn（ㄗㄨㄢˋ）攥：意爲用手握住，粵語無此詞，按對應規律讀作 [tʃan⁶]，删去 [u] 介音以合乎粵語無介音的特色。《廣州》另收 [tʃyn³] 音，可能是以 [y] 爲主元音以對應國音 zuàn

爲合口音的特點。

87.zuò（ㄗㄨㄛˋ） 做：「做」和「作」是古今字，今北方話同音
zuò，粵語保留入聲，所以屬鐸韻的「作」仍讀收-k的[tʃɔk⁸]，
「做」是因爲入聲消失而產生的後起字，收入《集韻》去聲暮
韻精母，粵語類推作[tʃou⁶]，全清聲母（精母）而讀陽去，
原因未明。至於「作」、「做」在用法上的區別，與北方話相
同。

（三）

考察過上述的例字之後，可以發現粵語在使用國語詞彙時，
其語音的對應與意義的分合有下列幾種現象。

㈠從中古音發展到現代音，有些字國語和粵語有相同的規律，
尤其是個別例外變化字，二者完全一致，甚至其他的方言也一樣。
例如屬梗韻的「打」，除蘇州話還能讀[ᶜtang]，閩方言文讀鼻
化爲[ᶜtã]外，其他多數音[ta]。「拉」原爲入聲，除個別方音
保留喉塞音外，其他多數音[la]，少數音[lai]，成了陰聲韻。
「爹」爲知母，各地均保留端母[t]的讀法。這種情形，很難說
是那個方言先變，影響另一方言也有相同的變化。

㈡某些字的粵音和古音比較，屬例外變化，例如「摸」爲入
聲，粵語有入聲，但此字讀陰聲韻[mɔ²]；「抓」所屬的肴韻全
讀[au]而只有此字讀[tʃa¹]，明顯是粵音受國音的影響。

㈢某些字爲粵語所不用，爲了讀國語寫成的文章，必須作出
類推，其有古音根據者，可能據古音而不據國音。例如「踩」《集

韻》有上聲果韻及去聲箇韻（即「跢」字）兩讀，後者與國音duò意義俱合，是國音所本；但粵方言反取上聲的一讀作 [tɔ²]。「胖」字國音誤用以代「胖」，已將錯就錯，不作更正。在書面語中，說粵語的人也照寫「胖」字，但發音時，則根據「胖」字古音去聲諫韻滂母讀作 [pun⁶]（滂母不讀送氣屬例外），而不據國音 pàng 的讀法類推。

　　四某些字粵方言不用或少用，朗讀發音時據國音類推，但其類推之音則合乎粵方言音系的特點，例如粵音無 [u] 介音，「攢」字（國音 zuàn）的粵音便讀成 [tʃan⁶]，失去 [u] 介音，合乎國音的 uan 韻今粵音讀 [an] 的規律，如慣、晚、關 。 此 字 一 音 [tʃyn³] ，則是爲了顯示其合口，而以撮口的 [y] 爲主要元音，當然這也合乎國音 uan 韻今粵音讀 [yn] 的規律，如算、鑽、傳等。又攬音 [fɔng²]，合乎粵音喉音加 [u] 介音讀成輕唇音的規律。

　　㈤某些字因古今字的關係而分化爲兩個字，後起字多數是入聲字消失後北方話新造以代表陰聲韻的字，如「做」之於「作」，「餃」之於「角」。「作」和「角」粵方言雖仍保存入聲的讀法，但也據古音或國音採用後起讀陰聲韻的字，而且其用法依照國語的用法作了相應的區別。

　　㈥某些字國音有區別，但粵語無區別，如「的」字國音有三讀，「帖」也有妥帖 tiē，請帖 tiě 和字帖 tiè 三讀，但粵語都只有一讀。國語有敬稱的讀法，如「您」，粵語只能照「你」字發音。初步看來，粵語因爲音系比較複雜，區別音節較易，所以對國語一字多音、一字多調的情形，均不作一一對應。

　　㈦某些字聲韻差別較大，是否同一字的變轉，不無疑問，如

「甩」字由 shuǎi 讀作 [lɛt⁷]，原因難明，有可能是訓讀的結果，二者根本不是同一個字。又「攮」由國音的上聲變爲粵音的去聲，原因也不易查明。

(八)某些字今日粵音在類推時有分歧，不同的字典，不同的人有不同的讀音，二者並存，一時未有結論，如「甭」有[pɛng²]和 [pung²] 兩讀，此字爲「不」、「用」的合音，「用」屬鍾韻去聲，鍾、腫、用各韻今粵音讀 [ung]，據此則以音 [pung²] 較爲合理。

皮黃科班正音初探

謝雲飛

一、前　言

　　筆者不會唱戲，但是愛好聽戲。無論是崑腔、皮黃以及各種地方戲曲，都曾加意留情。而對皮黃劇種（今已定稱爲國劇），更是倍加愛好。因爲我本身是學「語言學」的，所以平日在聽戲之際，也會有意無意地經意到戲曲中的語言。尤其是皮黃戲，那伶人們對戲詞的咬字，不論曲詞抑或賓白，其間似有一番特別的情調韻味，很值得聆聽者去加意體味欣賞。

　　在明、清那個年代，優伶是最沒有社會地位可言的，凡人之淪爲優伶，與女子之淪入花街柳巷，幾乎完全無異。因此，當時再「大牌」的伶工，也都是沒有讀過書的，對於戲曲中的文字科白，單憑硬背死記；而師徒傳授，則賴口耳相傳。所以，自有皮黃以來，便不曾有人爲他們編集過一本類似《中原音韻》那樣的韻書。

　　因爲自來沒有皮黃專用的韻書，所以從事皮黃串演的優伶，對於戲詞賓白之學習，便沒有一個可作具體依據的「標準音」字書。一般學戲的人，只憑自身的聰明，多自留意名角的唱腔咬字，以作本身的標準依據。但是自乾隆初高朗亭、程長庚入京❶，以及四大徽班❷之紅遍京師，至今已逾時二百年，在這二百年當中，

也不知出過多少的名伶要角，其間的薪火相傳，自然多多少少總是有點兒準則的。

　　皮黃戲只因歷來沒有可以遵奉的韻書，所以在唱腔咬字中的某些疑團，往往言人人殊，莫衷一是，比仿說咬字的疑難關鍵——「尖團」，便是多數人都不甚了了的。

　　本文為探求皮黃戲的「咬字」標準，從各方面的資料之研判所得，掌握到一個比較中肯的準則，特為之詳述如下文。

二、皮黃戲咬字的標準正音

　　一般學皮黃戲的人都以為，皮黃戲詞的咬音是以《廣韻》為準的。筆者唸大學時，曾修過閔守恆先生的「中國戲劇」課程，在當時隨手筆記的資料當中，有一段「國劇聲韻源流」的表解，表中解說得很有意思，茲把它錄在下面以供參考：

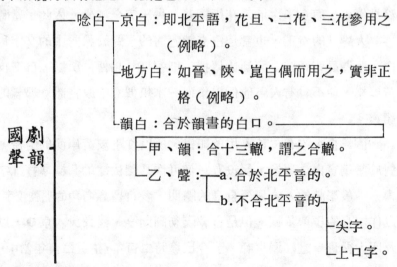

└─唱的字音：全遵韻白（插演的崑曲除外）不因脚色
　　　　　而有別。

但也有些人認爲除用《廣韻》的標準音以外，又必須摻雜一些方
音進去，而所摻進去的方音則以「鄂音」爲主，也就是二黃調的
發源地的語音。但是，哪些是《廣韻》的音，哪些是鄂音？却又
是無人能把它釐清的。

　　自來談論皮黃音韻的著述極少，早年曾看到過一篇〈論上口〉
的短文，當時曾把它錄下部分內容，而今再找那篇文章的原作，
竟遍尋不著。作者趙庸之，對皮黃戲詞的咬音，曾提出一點兒大
要的說明，但並不能深入肯綮，其言云❸：

　　皮黃戲詞裏的字音，唱道時有些個不和平常音讀（大體指
　　北音，尤其是北平音）一樣的，叫做「上口字」。上口字的分
　　別方面，大體可分兩類：一類是遵用正音的，一類是遵用
　　方音（湖北）的。遵用正音的，非深悉韻部、字母、反切
　　等呼各項者，絕對說不清楚；沿用方音的，又非熟悉鄂語
　　者，不能置喙。有此兩種關係，糾纏在內，尤足使人以鄂
　　音當正音，或以正音當鄂音，愈想辨別愈混雜，越加解說
　　越糊塗，而上口字幾乎無人能道其理由者。余從江陵曾浩
　　然先生受業多年，旣得音韻學全例的涯涘，又熟聞湖北的
　　語言，然後把皮黃的上口字，拿來比照，才斷定有如此兩
　　種。試分別條述如下：

㈠　正音的上口：

正音是廣韻所載反切之音，不是專指某一地之方音，也不是現在所謂國語標準音之北平音。上口字為遵用此項正音的有四：

一為分別聲母而上口。

二為分別韻母而上口。

三為分別等級而上口。

四為分別呼勢而上口。

（二） **方音的上口：**

方音是指皮黃發源地的鄂音而言。皮黃為沿用此項方言有三：

一為韻尾收ㄥ之字，皆變為收ㄣ（《廣韻》庚、耕、青、清、蒸、登六韻之字全變ㄣ收尾）。

二為歌、戈二類之字，全讀合口。

三為類似歌、戈入聲字，開合隨鄂音而定。

趙氏所謂的「上口字」之名，大抵都是根據往時一些名伶之傳言所得的一個結論。實際上，我們都應明白，所謂的「上口音」並不是指「與北平不一樣的音讀」；所謂「上口」即是指「文字在口中的讀音」。皮黃是一種戲劇，它有它所自來的來源，皮黃戲初起的曲調是「二黃」，二黃的說法有多種，有的人說是指湖北的「黃陂」和「黃岡」；有的人說是指湖北的「黃岡」和「黃安」；也有人說是指湖北的「黃岡」和安徽的「黃梅」；更有人說是指江西的「宜黃」，說是因為「宜黃」「二黃」江浙人讀音相似，

因此把「宜黃」訛爲「二黃」了。總而言之，它指的是一種地方戲的曲調。諸說之中，徵之文獻記載，以指「黃陂」和「黃岡」的爲最多。其實，是哪幾個地方並不十分重要，巧的是「黃陂」「黃岡」「黃安」「黃梅」，甚至連「宜黃」都算上，我們可以發覺這幾個地方都在鄰近的一個區域當中。實在是，戲劇的上演，不可能只在一個地點長久不動地一直演下去，戲班子是要跑碼頭的，必需到處去上演以推展他們的業務來招攬觀眾。這五黃地區的方言是非常相近的，因此「二黃戲」在這幾個大城的演出，次數必然是最多的，時間一久它自然便形成了一種獨特而膾炙人口的地方曲子，這是一種很自然的現象。所以，我們可以想像得到，二黃戲的基本語言應是以「黃岡」「黃陂」那一帶的方言爲主的。而那一帶的語音與北平音比較，從聲韻發音方面來看，相同的多而相異的少，但四聲的聲調則大部不同。所以四大徽班入京以後，他們雖以家鄉方言咬字，京中人士却是無有不懂的，至於少數的「尖團」之別，「書梳」之異，「葛格」之差，「知之」之不同，以及庚耕青清蒸登之讀舌尖鼻音，四聲之大異於北平等等，便變成了學徽戲者不可不備的學問了。其後，二黃戲中雖然再加入了西皮、梆子等陝甘的地方曲牌，但咬字仍然以徽班原本的咬音爲準，時間一久，相沿成習，即使是京人學戲，也必然是以徽腔爲準的，這就成了所謂的「正音上口」了。

　　事實上，戲文中的道白與依曲而唱字，以其爲戲劇之故，所以在腔口上不免會自然而然地有些「裝腔作勢」的調調兒出現，這種現象，我們姑且稱之爲演戲的腔勢和語調，這不僅是徽班如此，即使是用其他方言演出，或者是各種不同的地方戲的腔勢表

現，與平常的實際語言總是不一樣的，這原因很簡單，正是受了串演戲劇的那種特有的「裝腔作勢」之影響，而形成的一種特殊腔調。所以，如果你一定要去考查「皮黃」戲的道白和戲詞咬音，究竟是否與「黃岡」一帶的方言密合，那恐怕又不能完全如你的始料了，因爲歸根到底是：戲曲咬音的腔勢已與方言有一段距離了，至於它的基本聲母和韻母，則大體上是和黃岡一帶的方言相似的。

談到「上口」，許多伶工都有一套奇怪的解釋，以爲戲詞中大部分與北方官話❹相同的讀音爲「正音」，而異於北方官話音的「徽」「鄂」一帶的方音如「知、書、出、柱、非、尺、歌、科」等爲「上口音」，其實這是大錯的。說實在的，所謂「上口」就是指「文字在口頭讀出來」的意思，「上口音」就是在口裏讀出來的語音。因此，不同的讀音，就叫不同的「上口音」，國劇當中以北方官話讀字，再加上一部分異於北方官話音的少數「徽」「鄂」音，基本上就是「皮黃」戲的正統咬音，正是所謂的「正音上口」，這種「皮黃正音」，凡正統正派的生旦道白及其唱詞都是必須如此的；另有一部分專用標準北平話道白的「京白」，也叫「京音上口」，則如某些花旦、二花、三花的白口就是；還有一種於「正音上口」「京音上口」之外，而用各地方言爲道白的，則叫「方音上口」，如「活捉三郎」中的「蘇白」，「黑驢告狀」及「全本玉堂春」中的以山西方音上口，更有其他的一些逗人一笑的輕鬆劇種有用山東、揚州方音上口的也是常見的。

說到這裏，我們可以很明顯地看出來，皮黃戲的標準語音，因爲源出「徽」「鄂」，所以它的基本音韻應是以「徽」「鄂」

音為主體的，但因戲詞與一般的講話不同，為了順應戲中情節的特殊需要，因而產生了一些「裝腔作勢」的特別腔口，經年累月地在梨園界長久傳承，於是就自成一套「皮黃語言」了，這一套語言的聲韻，除了少數異於北方官話的「徽」「鄂」音之外，絕大部分仍是與北方官話相同的，因為「徽」「鄂」的方言本來就與北方官話相去不遠。但四聲的升降就有比較大的不同了，再加上串戲時的特殊腔口，因此當今皮黃戲詞中的四聲也不能悉同於「二黃」地區的方言了。

三、本文記音的音標符號

以前的梨園界，對劇本戲詞的咬音，都喜歡故引而深之，說皮黃戲中的正音，都是《廣韻》中的「反切音」，什麼是反切音，却又無人知曉，只知那是一門絕學，一般人是沒法兒了解的。因此，學戲只能跟著師父死記一點兒也就罷了。其實，根據前文的分析，很明顯地，目前皮黃戲中的標準咬字，既不能到《廣韻》中去找；也不全是「京音十三轍」或《五方元音》十二道的音韻；當然也不可能完全落實到某一方言音系（如「黃岡」、「黃陂」音）作為標準正音。因為前文已經說過，這一套語言，它雖發源於「二黃」那一帶的方言，但因入京以後，為時已久，而各地入京學戲的梨園子弟，未必全是「二黃」地區的人，因此，師徒間的戲詞之口耳相傳，經久而自成一派「皮黃語音」。這一套語言的整體系統，它也不必落實為某一地的方言，它可以很自然地在梨園界長久流傳而不息。因此，目前如要立下一套標準以供今後

學戲者取用的話，唯一的辦法就是聆聽歷來的名伶唱詞及道白，記下他們的咬音標準，再與近代漢語的聲韻系統比對，作出一個合理的記錄，則今後的運用，就可以此爲據了。當然，我們不是要創造一種語言，而是記錄伶工們的上口音，與語音演變的「音理」比對，如「希西」「曉小」「經精」「輕清」之不同，是有音理可考的，凡兩字中的前一字皆爲團字，後一字皆爲尖字，若有少數伶人讀得不對，我們儘可在記音中把它校正過來，這樣立下來的標準，也就正確可用了。

　　作者不僅平日聽戲時注意各脚色的咬音，同時也曾專門細聽過數目可觀的名伶錄音帶，再加上個人對音理的分析，整理出下文的皮黃標準音讀，凡所注音，皆注準確度較高的「國際音標」，並標「調值符號」，又加注「國語注音符號」，但因「皮黃」戲咬音的聲調與國語不同，不能用國語的調號去標皮黃音，所以「注音符號」就標音而不標調值符號，不過特別注明「陰」「陽」「上」「去」的類別，以資聲調得以區分。茲先將本文記音的音標符號分列如下：

(一)　聲母音標與注音符號對照表：

脣　　音：	p	p′	m	f	v
	ㄅ	ㄆ	ㄇ	ㄈ	万
舌尖音：	t	t′	n		l
	ㄉ	ㄊ	ㄋ		ㄌ
舌根音：	k	k′	ŋ	ㄨ	

	《	丂	兀	厂
舌面音：	tɕ	tɕ′		ɕ
	ㄐ	ㄑ		ㄒ
舌尖後音：	tʂ	tʂ′	ʂ	ʐ
	ㄓ	ㄔ	ㄕ	ㄖ
舌尖前音：	ts	ts′	s	
	ㄗ	ㄘ	ㄙ	

(二) 韻母音標與注音符號對照表：

單韻母：a o ɤ e ai ei au ou

ㄚ ㄛ ㄜ ㄝ ㄞ ㄟ ㄠ ㄡ

an ən aŋ əŋ i u y ï

ㄢ ㄣ ㄤ ㄥ ㄧ ㄨ ㄩ ㆆ

結合韻母：ia io ie iai iau iou ian in iaŋ

ㄧㄚ ㄧㄛ ㄧㄝ ㄧㄞ ㄧㄠ ㄧㄡ ㄧㄢ ㄧㄣ ㄧㄤ

ua uo uɤ uai uei uan un uaŋ uŋ

ㄨㄚ ㄨㄛ ㄨㄜ ㄨㄞ ㄨㄟ ㄨㄢ ㄨㄣ ㄨㄤ ㄨㄥ

ye yan yn yuŋ

ㄩㄝ ㄩㄢ ㄩㄣ ㄩㄥ

(三) 調值符號與四聲對照表❺：

在聲調方面，自中原音韻以來有一個現象，就是全濁上聲字

一律變爲去聲，皮黃戲的字音也是如此。中原音韻的入聲字分別變爲陰平、陽平、上聲、去聲，方俗稱之爲「入派三聲」，蓋謂「入聲」分別派到平、上、去三個聲調中去；但皮黃戲卻是單一地變入「陽平」，故下表「入聲」的調值與「陽平」同。

陰平：ㄱ 55 ——天光非昌

陽平：Ⅵ 313 ——田平留林

上聲：Ⅴ 51 ——忍董領頂

去聲：ㄱ 35 ——帝路命令厚近動跪

入聲：ㄩ 313 —— 賊德決列

四、皮黃戲咬字的尖團區分標準

尖團音之必須區分，因京音與「徽」「鄂」音有別而產生。事情是這樣的，原來在我們的中古期漢語當中，有一部分「舌根音」聲母ㄍ [k-]、ㄎ [k'-]、ㄏ [x-] ❻細音的字，到清朝乾、嘉年代以後，它們的聲母都因顎化而變成 ㄐ [tɕ-]、ㄑ[tɕ'-]、ㄒ [ɕ-] 了，如：

基ㄍㄧ [ki] —— ㄐㄧ [tɕi]

欺ㄎㄧ [k'i] —— ㄑㄧ [tɕ'i]

希ㄏㄧ [xi] —— ㄒㄧ [ɕi]

居ㄍㄩ [ky] —— ㄐㄩ [tɕy]

區ㄎㄩ [k'y] —— ㄑㄩ [tɕ'y]

虛ㄏㄩ [xy] —— ㄒㄩ [ɕy]

另有一部分「舌尖前音」聲母ㄗ [ts-]、ㄘ [ts'-]、ㄙ [s-] ❼
細音的字，也在乾、嘉之後因顎化而變成了ㄐ [tɕ-]、ㄑ [tɕ'-]、
ㄒ [ɕ-] 了，如：

> 濟ㄗㄧ [tsi] —— ㄐㄧ [tɕi]
>
> 妻ㄘㄧ [ts'i] —— ㄑㄧ [tɕ'i]
>
> 西ㄙㄧ [si] —— ㄒㄧ [ɕi]
>
> 疽ㄗㄩ [tsy] —— ㄐㄩ [tɕy]
>
> 趨ㄘㄩ [ts'y] —— ㄑㄩ [tɕ'y]
>
> 須ㄙㄩ [sy] —— ㄒㄩ [ɕy]

這樣的字，若以標準京音來讀，前六個字與後六個字，它們的讀
音根本是一樣的，可是皮黃戲的語言却不然，前文已經說過，它
的基本底子是「二黃」一帶地區的方音，到了流行於京師而形成
了一套獨特的皮黃語言之後，京人學戲也必須學皮黃腔，否則，
聽起來便沒有皮黃劇所特具的韻味。因此，大北方多少人學戲都
必須學會這套皮黃語言的特殊咬音和特殊聲調，而辨別尖團字在
「二黃」地區的人並不困難，可是京城人並不通方音，也不是研
究聲韻學的專家，辨別起來可就困難了。

其實，說穿了也很簡單，不過讀者必須略通古聲韻才行，否
則，還是很難辨別的。一般的情形是：當今北平音中屬於舌尖音
的字分三方面，一是屬於舌尖的閉塞音和鼻音、邊音，也就是屬
於ㄉㄊㄋㄌ聲母的字音，這些聲母古來沒有顎化的現象，所以不
會發生尖團混淆的情形；二是屬於舌尖後的捲舌音，也就是屬於

ㄓㄔㄕㄖ聲母的字音，這些音也沒有發生顎化的情形，所以也不會發生尖團混淆的現象，唯一須特別注意的是南方人學習這一系列的字音時，切莫忽略了「捲舌」，否則，便會與ㄗㄘㄙ的洪音攪混不清了；三是屬於舌尖前的塞擦音和擦音ㄗㄘㄙ聲母的字音，這些聲母的細音如前述都顎化成ㄐㄑㄒ了，而另有一些不是舌尖（是舌根）的ㄍㄎㄏ聲母字的細音也顎化為ㄐㄑㄒ了，ㄍㄎㄏ是團音，ㄗㄘㄙ是尖音，它們的細音（就是與介音ㄧㄩ相拼的韻），統統都顎化成ㄐㄑㄒ了，可是唱戲時又一定要把它們區分開來，所以辨別尖團就是把那些從前屬於ㄍㄧ、ㄎㄧ、ㄏㄧ和ㄍㄩ、ㄎㄩ、ㄏㄩ的音都讀成ㄐ、ㄑ、ㄒ的團音，而把從前屬於ㄗㄧ、ㄘㄧ、ㄙㄧ和ㄗㄩ、ㄘㄩ、ㄙㄩ的音仍讀原來ㄗ、ㄘ、ㄙ的舌尖音，而不要誤讀成ㄐ、ㄑ、ㄒ。這樣，尖團音就分開來了。可是，在現在北平音中屬於ㄐ、ㄑ、ㄒ的那些字，哪些是尖音？哪些是團音？要如何去區分呢？這就得去追尋它們的本源了，本源不易追尋，必須對聲韻學略有了解才行，為此，本文就乾脆以北京十三轍（也就是十三個韻）為序次，把相對的尖團音對比排列出來，並注出它們的標準音值和聲調，為使一般讀者易了解起見，更配以注音符號，以示易讀，不過注音符號不標調值符號，因為皮黃語言的聲調不同於國語，我們不能用標準國語的調號來標皮黃戲詞的聲調，所以調值一項，只望讀者從附於國際音標後的調值符號中去揣摩了。

　　茲先列十三轍的名稱及序次，與《五方元音》十二道、《中原音韻》十九韻，並加注音值如下：

十三轍名與五方元音十二道、中原音韻十九韻比較表

序次	十三轍名 （異名）	五方元音	中原音韻	音　　值
1	中東轍	三龍	東鍾	[-uŋ]　ㄨㄥ [-yuŋ]　ㄩㄥ
2	江陽轍	四羊	江陽	[-aŋ]　ㄤ [-iaŋ]　ㄧㄤ [-uaŋ]　ㄨㄤ
3	人辰轍 （陳轍 壬臣轍）	二人	眞文 庚青 侵尋	[-ən]　ㄣ [-in]　ㄧㄣ [-un]　ㄨㄣ [-yn]　ㄩㄣ
4	發花轍 （沙花轍）	十馬	家麻	[-a]　ㄚ [-ia]　ㄧㄚ [-ua]　ㄨㄚ
5	言前轍	一天	寒山 桓歡 先天 監咸 廉纖	[-an]　ㄢ [-ian]　ㄧㄢ [-uan]　ㄨㄢ [-yan]　ㄩㄢ
6	灰堆轍	十二地 （ei 部分）	支思、齊微 （ei 部分）	[-ei]　ㄟ [-uei]　ㄨㄟ
7	一七轍 （衣其轍）	十二地 （ i 部分）	支思、齊微 （ i 部分）	[-i]　ㄧ [-i]　帀
8	姑蘇轍	七虎	魚模	[-y]　ㄩ [-ï]　ㄨ

9	由求轍 （尤求轍）	五牛	尤侯	[-ou] ㄡ [-iou] ㄧㄡ
10	么條轍 （搖條轍）	六嫯	蕭豪	[-au] ㄠ [-iau] ㄧㄠ
11	梭撥轍 （娑波轍）	八駝	歌戈	[-o] ㄛ [-io] ㄧㄛ [-uo] ㄨㄛ
12	懷來轍	十一豺	皆來 (ai 部分)	[-ai] ㄞ [-iai] ㄧㄞ [-uai] ㄨㄞ
13	車蛇轍 （乜邪轍）	九蛇	車蛇 皆來 (ɤ及e部分)	[-ɤ] ㄜ [-uɤ] ㄨㄜ [-e] ㄝ [-ie] ㄧㄝ [-ye] ㄩㄝ

茲再依十三轍之次，列各轍尖團相對之字如下(每轍先列「尖字」符號「△」，次標國際音標及調號；再附注音符號，但不標調號；而後抄錄同轍之「尖字」於同一音值之下。爲相互比較方便起見，錄畢「尖字」之後，即以韻母完全相同的「團字」承之，以明示其相互間之異同實況，「團字」前加「○」符號，注音序次與「尖字」同）：

㈠　**中東轍**（無尖團當辨之字）

㈡　**江陽轍**

　　陰　平

△ [tsiaŋ ˥ 55] ㄗㄧㄤ 　將漿螿鱂

○ [tɕiaŋ ˥ 55] ㄐㄧㄤ 　江杠豇缸姜僵橿薑殭疆韁

△ [tsʼiaŋ ˥ 55] ㄘㄧㄤ 　槍瑲鏘搶蹌斨

○ [tɕʼiaŋ ˥ 55] ㄑㄧㄤ 　腔羌蜣

△ [siaŋ ˥ 55] ㄙㄧㄤ 　相廂湘箱緗襄驤鑲

○ [ɕiaŋ ˥ 55] ㄒㄧㄤ 　香鄉薌

　　陽　平

△ [tsʼiaŋ ˩˧ 313] ㄘㄧㄤ 　牆嬙廧檣薔戕

○ [tɕʼiaŋ ˩˧ 313] ㄑㄧㄤ 　強彊鰮勥

△ [siaŋ ˩˧ 313] ㄙㄧㄤ 　詳祥庠翔痒群

○ [ɕiaŋ ˩˧ 313] ㄒㄧㄤ 　降

　　上　聲

△ [tsiaŋ ˅ 51] ㄗㄧㄤ 　獎蔣槳

○ [tɕiaŋ ˅ 51] ㄐㄧㄤ 　講縫繈

△ [tsʼiaŋ ˅ 51] ㄘㄧㄤ 　搶

○ [tɕʼiaŋ ˅ 51] ㄑㄧㄤ 　強（勉強）弜

△ [siaŋ ˅ 51] ㄙㄧㄤ 　想鯗

○ [ɕiaŋ ˅ 51] ㄒㄧㄤ 　響饗享

　　去　聲

△ [tsiaŋ ˧˥ 35] ㄗㄧㄤ 　醬將匠

○ [tɕiaŋ ˧˥ 35] ㄐㄧㄤ 　降絳強（倔強）

△ [tsʼiaŋ ˧˥ 35] ㄘㄧㄤ 　愴嗆

○ [tɕʼiaŋ ˧˥ 35] ㄑㄧㄤ 　唴䁒戧

△ [siaŋ ˧˥ 35] ㄙㄧㄤ　相像象橡

○ [ɕiaŋ ˧˥ 35] ㄒㄧㄤ　向嚮巷

㈢ **人辰轍**

陰　平

△ [tsin ˥ 55] ㄗㄧㄣ　津璡❽　精睛菁晶旌　祲梫綅

○ [tɕin ˥ 55] ㄐㄧㄣ　巾斤筋　京兢更驚粳涇荆耕矜　金今
衿襟禁（禁受）

△ [ts'in ˥ 55] ㄘㄧㄣ　親寴　青清圊蜻鯖　侵駸

○ [tɕ'in ˥ 55] ㄑㄧㄣ　輕卿傾　欽嶔衾

△ [sin ˥ 55] ㄙㄧㄣ　新薪辛莘　星惺猩腥　心芯枍

○ [ɕin ˥ 55] ㄒㄧㄣ　欣忻昕炘　興馨　歆婞

△ [tsyn ˥ 55] ㄗㄩㄣ　逡竣皴

○ [tɕyn ˥ 55] ㄐㄩㄣ　軍君麕均鈞

○ [tɕ'yn ˥ 55] ㄑㄩㄣ　囷

△ [syn ˥ 55] ㄙㄩㄣ　荀峋洵恂詢郇

○ [ɕyn ˥ 55] ㄒㄩㄣ　熏勳壎燻曛薰纁勛

陽　平

△ [ts'in ˧˩˧ 313] ㄘㄧㄣ　秦螓蓁　情晴

○ [tɕ'in ˧˩˧ 313] ㄑㄧㄣ　勤懃芹　檠擎剠黥鯨　琴妗禽擒檎

△ [sin ˧˩˧ 313] ㄙㄧㄣ　餳　尋潯鱘

○ [ɕin ˧˩˧ 313] ㄒㄧㄣ　行珩邢形刑型硎陘

○ [tɕ'yn ˧˩˧ 313] ㄑㄩㄣ　群裙

△ [syn ˧˩˧ 313] ㄙㄩㄣ　旬巡馴循

上　聲

△[tsin ∨ 51] ㄗㄧㄣ　儘盡井

○[tɕin ∨ 51] ㄐㄧㄣ　緊卺蓳槿謹　景憬璟儆警境剄頸　錦

△[tsʻin ∨ 51] ㄑㄧㄣ　請寢

○[tɕʻin ∨ 51] ㄑㄧㄣ　謦頃

△[sin ∨ 51] ㄙㄧㄣ　省醒

○[ɕin ∨ 51] ㄒㄧㄣ　悻

○[tɕyn ∨ 51] ㄐㄩㄣ　窘

△[syn ∨ 51] ㄙㄩㄣ　筍隼

去　聲

△[tsin ㄥ 35] ㄗㄧㄣ　晉搢縉進璡盡　浸

○[tɕin ㄥ 35] ㄐㄧㄣ　敬更竟獍鏡境勁徑　禁噤

△[tsʻin ㄥ 35] ㄑㄧㄣ　清倩穽

○[tɕʻin ㄥ 35] ㄑㄧㄣ　慶磬罄

△[sin ㄥ 35] ㄙㄧㄣ　信汛迅訊藎臔　性姓

○[ɕin ㄥ 35] ㄒㄧㄣ　杏倖幸行荇興

△[tsyn ㄥ 35] ㄗㄩㄣ　俊晙餕駿峻濬

○[tɕyn ㄥ 35] ㄐㄩㄣ　捃郡

△[syn ㄥ 35] ㄙㄩㄣ　徇殉

○[ɕyn ㄥ 35] ㄒㄩㄣ　訓

(四)　**發花轍** ❾

陰　平

○[tɕia ㄱ 55] ㄐㄧㄚ　家加枷珈笳痂迦袈嘉葭豭佳

○ [tɕ'ia ㄱ 55] ㄑㄧㄚ　呿

○ [ɕia　　ㄱ 55] ㄒㄧㄚ　蝦鰕

　　陽　平

○ [tɕia ㄑ 313] ㄐㄧㄚ　甲岬胛夾挾郟袷（皆入聲字）

○ [tɕ'ia ㄑ 313] ㄑㄧㄚ　恰搯劼怯（皆入聲字）

○ [ɕia　ㄑ 313] ㄒㄧㄚ　瑕霞遐暇瞎狎柙匣洽狹峽俠

　　上　聲

○ [tɕia ㄚ 51] ㄐㄧㄚ　假賈檟罕榎

○ [ɕia　ㄚ 51] ㄒㄧㄚ　下夏廈

　　去　聲

○ [tɕia ㄣ 35] ㄐㄧㄚ　嫁稼架價駕假

○ [ɕia　ㄣ 35] ㄒㄧㄚ　唬嚇蟐暇夏下

(五)　**言前轍**

　　陰　平

△ [tsian ㄱ 55] ㄗㄧㄢ　煎湔韉箋牋濺　尖殲瀸漸

○ [tɕian ㄱ 55] ㄐㄧㄢ　堅肩开間管艱奸　兼蒹縑監緘械

△ [ts'ian ㄱ 55] ㄘㄧㄢ　千仟阡羊遷韆　籤韱

○ [tɕ'ian ㄱ 55] ㄑㄧㄢ　牽搴褰騫愆慳　謙

△ [sian　ㄱ 55] ㄙㄧㄢ　先仙秈僊躚鮮　纖暹銛

○ [ɕian　ㄱ 55] ㄒㄧㄢ　軒掀　醃

△ [tsyan ㄱ 55] ㄗㄩㄢ　鐫鋑朘劂

○ [tɕyan ㄱ 55] ㄐㄩㄢ　涓悁娟捐蜎鵑鐫

△ [ts'yan ㄱ 55] ㄘㄩㄢ　佺荃痊詮荃銓悛諢

○[tɕ'yan ㄱ 55] ㄑㄩㄢ 圈

△[syan ㄱ 55] ㄙㄩㄢ 宣揎愃瑄鸇

○[ɕyan ㄱ 55] ㄒㄩㄢ 嗳譞煖暄萱喧鸇諠翾叫

陽　平

△[ts'ian ˩ 313] ㄘㄧㄢ 前錢　潺

○[tɕ'ian ˩ 313] ㄑㄧㄢ 乾捷倢度　鈐黔拑鉗

△[sian ˩ 313] ㄙㄧㄢ 涎焊

○[ɕian ˩ 313] ㄒㄧㄢ 賢弦絃舷閒閑嫻　嫌咸誠鹹唨銜

△[ts'yan ˩ 313] ㄘㄩㄢ 全牷泉

○[tɕ'yan ˩ 313] ㄑㄩㄢ 拳惓棬瘘蜷踡鬈權顴

△[syan ˩ 313] ㄙㄩㄢ 旋璇

○[ɕyan ˩ 313] ㄒㄩㄢ 玄泫懸

上　聲

△[tsian ˩ 51] ㄗㄧㄢ 剪翦揃戩

○[tɕian ˩ 51] ㄐㄧㄢ 寒謇謭筧繭柬揀簡　檢瞼瞼減

△[ts'ian ˩ 51] ㄘㄧㄢ 淺

○[tɕ'ian ˩ 51] ㄑㄧㄢ 遣繾譴　傔嗛慊

△[sian ˩ 51] ㄙㄧㄢ 銑洗跣獮鮮蘚癬

○[ɕian ˩ 51] ㄒㄧㄢ 顯蜆䁠　險嶮玁喊

○[tɕyan ˩ 51] ㄐㄩㄢ 卷捲

○[tɕ'yan ˩ 51] ㄑㄩㄢ 犬畎綣

△[syan ˩ 51] ㄙㄩㄢ 選籑籑吮

○[ɕyan ˩ 51] ㄒㄩㄢ 咺烜諼

去　聲

△ [tsian ㄱ 35] ㄗㄧㄢ　箭薦荐洊餞濺賤踐　漸僭暫

○ [tɕian ㄱ 35] ㄐㄧㄢ　見諫澗覵健建楗鍵件　劍儉鑑鑒

△ [ts'ian ㄱ 35] ㄑㄧㄢ　茜倩蒨靖　塹槧

○ [tɕ'ian ㄱ 35] ㄑㄧㄢ　縴牽譴　欠茨歉

△ [sian ㄱ 35] ㄙㄧㄢ　線綫霰羨

○ [ɕian ㄱ 35] ㄒㄧㄢ　獻憲縣睍現莧限　陷餡

○ [tɕyan ㄱ 35] ㄐㄩㄢ　眷卷狷絹

○ [tɕ'yan ㄱ 35] ㄑㄩㄢ　勸券

○ [ɕyan ㄱ 35] ㄒㄩㄢ　絢泫泫炫眩衒鉉繯

(六) **灰堆轍** (無尖團當辨之字)

(七) **一七轍**

陰　平

△ [tsi ㄱ 55] ㄗㄧ　齎齋躋

○ [tɕi ㄱ 55] ㄐㄧ　機幾璣磯譏饑枅笄基箕乩肌飢机几姬稽雞羈奇畸歆

△ [ts'i ㄱ 55] ㄑㄧ　妻悽凄棲栖萋

○ [tɕ'i ㄱ 55] ㄑㄧ　欺崎攲溪谿蹊

△ [si ㄱ 55] ㄙㄧ　西栖犀

○ [ɕi ㄱ 55] ㄒㄧ　希晞唏欷豨僖嬉嘻熹禧釐熙羲犧曦巇攜醯

陽　平

△ [tsi ㄱ 313] ㄗㄧ　郇 **⑩** 螂喞鯽勣績積禥脊蹐鶺稷寂疾嫉

蔟籍籍輯

○[tɕi ˇ 313] ㄐㄧ 吉⑩佶咭姞拮袺及汲伋笈炇笧級訖急亟極殛戟棘激擊屐

△[tsʼi ˇ 313] ㄘㄧ 齊臍螬薺（荸薺）⑪七漆戚慽磩葺緝戢

○[tɕʼi ˇ 313] ㄑㄧ 其淇棋萁碁祺箕騏麒旗奇琦埼騎幾祁祈頎蘄岐芪祇俟耆鬐⑪泣乞詰縀契

△[si ˇ 313] ㄙㄧ 昔⑫惜腊析淅皙蜥晰錫褟息熄熜悉蟋膝

○[ɕi ˇ 313] ㄒㄧ 兮奚傒徯蹊谿畦攜嵇⑬席蓆夕汐穸隰習襲檄覡吸汽迄肸翕淪歙闟

上　聲

△[tsi ˅ 51] ㄗㄧ 濟霽癠薺擠泲

○[tɕi ˅ 51] ㄐㄧ 几幾麂蟣剞倚踦庋己紀

△[tsʼi ˅ 51] ㄘㄧ 泚玼縗玼

○[tɕʼi ˅ 51] ㄑㄧ 起啓棨綮屺杞綺豈稽企

△[si ˅ 51] ㄙㄧ 徙屣蓰枲壐蕙躧洗洒

○[ɕi ˅ 51] ㄒㄧ 喜蟢

去　聲

△[tsi ˊ 35] ㄗㄧ 霽濟穧祭際稯皆劑瘠

○[tɕi ˊ 35] ㄐㄧ 記計季悸既塈曁冀驥薊繼髻覬寄覬系繫芰伎妓技洎忌惎

△[tsʼi ˊ 35] ㄘㄧ 砌睞朒朒

○[tɕʼi ˊ 35] ㄑㄧ 氣汽棄契器憩企

△[si ˊ 35] ㄙㄧ 細婿壻

○ [ɕi   ㄟ 35] ㄒㄧ   戲餼憙嘻系係

(八) **姑蘇轍**

     陰 平

△ [tsy   ㄅ 55] ㄗㄩ   疽趄蛆砠首沮菹且諏

○ [tɕy   ㄅ 55] ㄐㄩ   居琚裾車拘駒俱

△ [ts'y ㄅ 55] ㄘㄩ   趨趄蛆岨

○ [tɕ'y ㄅ 55] ㄑㄩ   區驅軀嶇胠祛

△ [sy   ㄅ 55] ㄙㄩ   須鬚需繻胥稰

○ [ɕy   ㄅ 55] ㄒㄩ   虛噓墟歔吁盱姁煦

     陽 平

○ [tɕy   ㄣ 313] ㄐㄩ   菊❹掬鞠揭踘侷局橘蘜

○ [tɕ'y ㄣ 313] ㄑㄩ   衢劬朐瞿癯渠藋璩蘧❺曲麴屈鴝闃

△ [sy   ㄣ 313] ㄙㄩ   徐邪狳❻溫恤邮欻

     上 聲

△ [tsy   ㄥ 51] ㄗㄩ   咀齟

○ [tɕy   ㄥ 51] ㄐㄩ   舉莒柜寠枸苣筥

△ [ts'y ㄥ 51] ㄘㄩ   取娶

○ [tɕ'y ㄥ 51] ㄑㄩ   齲踽竘

△ [sy   ㄥ 51] ㄙㄩ   諝湑縃

○ [ɕy   ㄥ 51] ㄒㄩ   許栩詡煦

     去 聲

△ [tsy   ㄟ 35] ㄗㄩ   沮聚

○ [tɕy   ㄟ 35] ㄐㄩ   句倨据踞鋸遽據屨具颶醵懼巨矩拒炬

秬苣距詎鉅

△ [ts'y ㄟ 35] ㄑㄩ 覷趣娶狙

○ [tɕ'y ㄟ 35] ㄑㄩ 去軀胠莹呿

△ [sy ㄟ 35] ㄙㄩ 絮序緒敍夑

○ [ɕy ㄟ 35] ㄒㄩ 昫煦姁酗

㈨ 由求轍

陰　平

△ [tsiou ㄏ 55] ㄗㄧㄡ 啾揪湫擎

○ [tɕiou ㄏ 55] ㄐㄧㄡ 勾鳩丩糾赳樛闂

△ [ts'iou ㄏ 55] ㄘㄧㄡ 秋僦楸荍鞦鰍鰌

○ [tɕ'iou ㄏ 55] ㄑㄧㄡ 丘坵邱蚯

△ [siou ㄏ 55] ㄙㄧㄡ 修脩羞饈

○ [ɕiou ㄏ 55] ㄒㄧㄡ 休咻庥貅

陽　平

△ [ts'iou ㄚ 313] ㄘㄧㄡ 首道

○ [tɕ'iou ㄚ 313] ㄑㄧㄡ 求毬球逑絿裘虬

△ [siou ㄚ 313] ㄙㄧㄡ 囚泅茵觓泙

上　聲

△ [tsiou ㄥ 51] ㄗㄧㄡ 酒

○ [tɕiou ㄥ 51] ㄐㄧㄡ 九久玖糾赳韮

○ [tɕ'iou ㄥ 51] ㄑㄧㄡ 糗

○ [ɕiou ㄥ 51] ㄒㄧㄡ 朽畂疛殠

去　聲

△ [tsiou ㄧ 35] ㄗㄧㄡ　就鷲

○ [tɕiou ㄧ 35] ㄐㄧㄡ　究灸疚廄救舊臼柏舅柩咎

△ [siou ㄧ 35] ㄙㄧㄡ　秀琇銹綉繡鏽宿袖

○ [ɕiou ㄧ 35] ㄒㄧㄡ　嗅臭褲

㈩　**么條轍**

陰　平

△ [tsiau ㄧ 55] ㄗㄧㄠ　焦噍燋蕉鷦椒

○ [tɕiau ㄧ 55] ㄐㄧㄠ　嬌驕僬澆驍交郊蛟鮫繳膠

△ [ts'iau ㄧ 55] ㄘㄧㄠ　鍫鏰帩幧籖槁

○ [tɕ'iau ㄧ 55] ㄑㄧㄠ　敲趫蹺磽撬橇

△ [siau ㄧ 55] ㄙㄧㄠ　蕭簫瀟消宵逍硝蛸銷霄鮹魈

○ [ɕiau ㄧ 55] ㄒㄧㄠ　鴞枵嚻哮休梟嘵驍

陽　平

△ [ts'iau ㄣ 313] ㄘㄧㄠ　樵憔瞧譙嶕

○ [tɕ'iau ㄣ 313] ㄑㄧㄠ　喬僑橋蕎翹

○ [ɕiau ㄣ 313] ㄒㄧㄠ　爻肴淆餚殽殽餚

上　聲

△ [tsiau ㄥ 51] ㄗㄧㄠ　勦剿

○ [tɕiau ㄥ 51] ㄐㄧㄠ　佼姣狡皎絞餃攪繳僥矯

△ [ts'iau ㄥ 51] ㄘㄧㄠ　悄愀

○ [tɕ'iau ㄥ 51] ㄑㄧㄠ　巧

△ [siau ㄥ 51] ㄙㄧㄠ　小篠筱謏

○ [ɕiau ㄥ 51] ㄒㄧㄠ　曉皢曉膮

去 聲

△［tsiau ˊ 35］ㄗㄧㄠ 醮礁潐醮

○［tɕiau ˊ 35］ㄐㄧㄠ 叫教醮敫皦皭窖較餃校轎嶠

△［ts'iau ˊ 35］ㄘㄧㄠ 俏峭誚

○［tɕ'iau ˊ 35］ㄑㄧㄠ 竅撽

△［siau ˊ 35］ㄙㄧㄠ 肖鞘笑嘯

○［ɕiau ˊ 35］ㄒㄧㄠ 孝哮効效校

㈦ **梭撥轍**

陽 平❶⓱

△［tsio ˪ 313］ㄗㄧㄛ 爵爝嚼皭

○［tɕio ˪ 313］ㄐㄧㄛ 角桷脚覺珏蹻噱醵攫攉

△［ts'io ˪ 313］ㄘㄧㄛ 鵲雀

○［tɕ'io ˪ 313］ㄑㄧㄛ 却恪埆殼愨攉確礐塙碻戄攫躍鑊

△［sio ˪ 313］ㄙㄧㄛ 削

○［ɕio ˪ 313］ㄒㄧㄛ 學嶨噱

㈢ **懷來轍**⓲

陰 平

○［tɕiai ˉ 55］ㄐㄧㄞ 皆偕喈堦階街

陽 平

○［ɕiai ˪ 313］ㄒㄧㄞ 鞋諧骸齰骸

上 聲

○［tɕiai ˋ 51］ㄐㄧㄞ 解

○ [ɕiai ˇ 51] ㄒㄧㄞ　蟹駭

　　去　聲

○ [tɕiai ˊ 35] ㄐㄧㄞ　戒誡介价玠芥疥界蚧解廨懈屆

○ [ɕiai ˊ 35] ㄒㄧㄞ　械薤盆盇解邂懈薢蟹駭

㈓ **車蛇轍**

　　陰　平

△ [tsie ㄱ 55] ㄗㄧㄝ　嗟羞瘥

○ [tɕie ㄱ 55] ㄐㄧㄝ　迦

○ [tɕʻie ㄱ 55] ㄑㄧㄝ　佉呿

△ [sie ㄱ 55] ㄙㄧㄝ　些

△ [sye ㄱ 55] ㄙㄩㄝ　靴鞾

　　陽　平❶

△ [tsie ˇ 313] ㄗㄧㄝ　節慚櫛瘥接婕䇭睫捷截

○ [tɕie ˇ 313] ㄐㄧㄝ　結袺拮桔揭竭羯絜潔笳蛺鋏頰孑刦刼刧竭碣偈楬桀傑杰

△ [tsʻie ˇ 313] ㄘㄧㄝ　切妾竊竊

○ [tɕʻie ˇ 313] ㄑㄧㄝ　伽迦　怯愜愜篋挈契

△ [sie ˇ 313] ㄙㄧㄝ　斜袤邪　屑薛寱褻蝶渫屧泄枻紲洩緤

○ [ɕie ˇ 313] ㄒㄧㄝ　協勰頡擷襭纈歇蠍脅血

△ [tsye ˇ 313] ㄗㄩㄝ　茁絕蕝

○ [tɕye ˇ 313] ㄐㄩㄝ　厥劂獗蹶蹷蹶撅夬抉決玦訣欮馱馼譎倔掘崛

△ [sye ˇ 313] ㄙㄩㄝ　雪

○ [ɕye ㄚ 313] ㄒㄩㄝ　穴埳

　　上　聲

△ [tsie ㄚ 51] ㄐㄧㄝ　姐

△ [ts'ie ㄚ 51] ㄑㄧㄝ　且

△ [sie ㄚ 51] ㄙㄧㄝ　寫

　　去　聲

△ [tsie ㄟ 35] ㄐㄧㄝ　借藉

△ [sie ㄟ 35] ㄙㄧㄝ　卸瀉謝榭

五、皮黃戲咬字根據鄂音標準的部分

　　所謂的「京音十三轍」，其實也就是大北方的官話系統的發音，皮黃戲初以徽鄂音咬字，其後傳入北京❷，四大徽班紅遍京師以後，發覺原本的徽鄂音與北方官話大體相同，因此，在咬字方面，也就不必有太大的改變，就可運用自如了。但是戲劇究竟不同於一般口語，唱腔白口，總不免有異於平日的談話，在那種戲詞咬字的特殊腔勢之下，久之自成一種皮黃的專用語言。這種專用語言的咬音，大部分與北方官話相同，小部分則是沿用了徽鄂一帶方言的腔口，這一異於北方官話咬音的部分，北方伶工必須特別加意學習才能運用，否則便會發生咬音訛誤的現象。但究竟哪些字是異於北方官話的？自來並無文籍記錄。這些異於北方官話的咬音，學戲的人稱之為「上口字」，這一名稱的本身原是不倫不類的，但久之也就自然被梨園界接受了。

　　梨園界教戲，多半得自師承，教習的方法，以口耳相傳的為

多，學生要臨時問老師究竟哪些字是「上口字」，幾乎是無人能答得出來的，而坊間也無可據的專書，即令可買到「京音十三轍」等之類的小册子，但書中所載只是北方官話的發音，與皮黃戲的語言却仍是不同的。本文前面已詳述了「尖團音」的區別，此處再據諸家傳習的錄音各戲，比對韻書的「聲」「韻」發展系統，據音理判定，仍依前文「十三轍」的序次，整理出發音異於北方官話的部分，這些字的咬音，正是梨園界所謂的「上口字」。至於咬音與北方官話相同的部分，則略而不錄，讀者只消用國語讀音去咬字也就不會錯了。但所謂的與國語「相同」，只單指聲母和韻母的相同，「聲調」的部分却仍是不同的，所以，當你用國語的聲韻去讀那些相同的字音時，却必須用前文所列「陰平 ˥ 55」、「陽平 ˧˩˧ 313」、「上聲 ˥˩ 51」、「去聲 ˧˥ 35」的聲調去讀所有的字，如此一來，也就可以實實在在地把握住所謂的「正音上口」了。

茲分別注音抄錄異於北方官話部分的徽鄂皮黃音如下：

㈠ **中東轍**

本轍的皮黃戲咬音，大部同於北方官話，只少數「脣音」字，在北方官話中都是讀「ㄅㄥ」「ㄆㄥ」「ㄇㄥ」「ㄈㄥ」的，可是在皮黃戲中必須讀「ㄅㄨㄥ」「ㄆㄨㄥ」「ㄇㄨㄥ」「ㄈㄨㄥ」，茲列其字音如下：

陰 平

[puŋ ˥ 55] ㄅㄨㄥ 崩綳絣浜伻

[p'uŋ ˥ 55] ㄆㄨㄥ 怦抨砰

[fuŋ ㄱ 55] ㄈㄨㄥ　風楓瘋豐酆丰峯烽蜂鋒封葑

　陽　平

[p'uŋ ㄣ 313] ㄆㄨㄥ　蓬篷芃朋棚硼鵬

[muŋ ㄣ 313] ㄇㄨㄥ　蒙濛懞曚矇艨

[fuŋ ㄣ 313] ㄈㄨㄥ　逢縫馮

　上　聲

[p'uŋ ㄥ 51] ㄆㄨㄥ　捧捀

[muŋ ㄥ 51] ㄇㄨㄥ　懵猛艋蜢

　去　聲

[puŋ ㄟ 35] ㄅㄨㄥ　迸埲

[p'uŋ ㄟ 35] ㄆㄨㄥ　揰碰

[muŋ ㄟ 35] ㄇㄨㄥ　夢孟

[fuŋ ㄟ 35] ㄈㄨㄥ　鳳奉俸

㈡　**江陽轍**

　　本轍除尖團字之辨已見於前節外，餘皆同於北音。又本轍中之「娘」字因鄂音「ㄋ」「ㄌ」不分，一般伶人或誤爲「上口字」，其實依徽班咬音，仍以與京音相同爲是。至「泥」「娘」二字母之不分，則自古而然，尤不必在皮黃中區分矣。

㈢　**壬辰轍**

　　壬辰轍除原屬《中原音韻・眞文韻》的字外，並將《中原音韻》原本分列的 [-ŋ] 尾「庚青」韻和 [-m] 尾「侵尋」韻都併入本轍了。以北方官話音而論，[-m] 尾本已消失而變爲 [-n] 尾與

「眞文」韻合流了。所以在本轍中主要的只須把 [-ŋ] 尾改讀爲 [-n] 尾，也就完全合轍了。換言之，以注音符號來說，除了「中東轍」以外，凡是在本轍中收「ㄥ」尾的字，必須全部改讀「ㄣ」尾。因此，凡 [-ŋ] 尾變 [-n] 的字，就不再在這裏抄錄一遍了。

　　另有部分雖屬 [-n] 尾，但介音却不同於北方官話音的字，則在此特別把它們抄錄出來，以示其有異於北音的實況。這些介音不同的讀音，都是韻圖置於三、四等的細音。

　　　陰　平
[tṣyn ㄅ 55] ㄓㄩㄣ　諄肫窀
[tṣ'yn ㄅ 55] ㄔㄩㄣ　春椿

　　　陽　平
[ṣyn ㄥ 313] ㄕㄩㄣ　唇脣淳醇鶉蓴純純

　　　上　聲
[tṣyn ㄥ 51] ㄓㄩㄣ　准準
[tṣ'yn ㄥ 51] ㄔㄩㄣ　蠢
[ṣyn ㄥ 51] ㄕㄩㄣ　吮楯

　　　去　聲
[ṣyn ㄣ 35] ㄕㄩㄣ　舜瞬楯順

(四)　發花轍

　　本轍除「尖團」音之辨已詳見於前文以外，餘皆同於北方官話系統。

(五)　言前轍

這一轍中的咬字，有些伶人把「安鞍庵」讀成 [ŋan ˥ 55]「兀ㄢ」，把「按案岸暗黯」讀成 [ŋan ˧˥ 35]「兀ㄢ」，算是應該留意的上口音，但若沿用京音而不改變，依漢字音變系統的歷史觀來看，應是讀「無聲母」爲更正確才對。因爲以上諸字都是來自中古音的「影」母，而不是來自「疑」母，所以讀「無聲母」是應該比較正確的。

另有「年粘拈」「碾攆輦」「念唸」諸字也有人把它們列爲「上口音」的，這裏所發生的問題與前文「江陽轍」中「娘」字的情況完全相同，基本原因仍出於湖北一帶「ㄋ」「ㄌ」不分之故，若以徽音而論，則其讀音與北方官話並無二致，至於「泥」「娘」二母，則自古本爲一個音位 (phoneme)，是可以不分的。所以，這些字根本不必列爲特別的「上口字」。

㈥ **灰堆轍**

本轍中的某部分字，京音讀開口的，皮黃仍保持傳統的合口；京音讀洪音的，皮黃仍保持傳統的細音。茲列該部分不同於京音的字如下：

陽　平

[luei ˙ 313] ㄌㄨㄟ　雷擂櫑罍櫐累羸

上　聲

[nuei ˇ 51] ㄋㄨㄟ　餒

[luei ˇ 51] ㄌㄨㄟ　儡壘蔂蕾累磊耒誄

去　聲

[nuei ˧˥ 35] ㄋㄨㄟ　內

[luei ㄟ 35] ㄌㄨㄟ　淚類累酹

(七)　**一七轍**

　　陰　平

[fi　　ㄱ 55] ㄈㄧ　非扉菲緋霏飛蜚妃

[tʂi　　ㄱ 55] ㄓㄧ　知蜘

[tʂ'i　ㄱ 55] ㄔㄧ　癡痴摛螭笞蚩嗤媸鴟眵

　　陽　平

[vi　　ㄚ 313] ㄇㄧ　微薇唯惟維濰肥淝腓

[tʂi　ㄚ 313] ㄓㄧ　秩炙

[tʂ'i　ㄚ 313] ㄔㄧ　池馳遲墀蚳箎踟㉑叱赤斥敕飭吃彳

[ʂi　　ㄚ 313] ㄕㄧ　石碩實十什食蝕拾㉒

[ʐi　　ㄚ 313] ㄖㄧ　日㉒

　　上　聲

[fi　　ㄚ 51] ㄈㄧ　匪榧篚悱棐菲誹

[vi　　ㄚ 51] ㄇㄧ　尾亹

[tʂ'i　ㄚ 51] ㄔㄧ　恥褫侈

　　去　聲

[fi　　ㄟ 35] ㄈㄧ　沸怫狒費翡肺芾廢

[vi　　ㄟ 35] ㄇㄧ　未味沬

[tʂi　ㄟ 35] ㄓㄧ　智致至制製置治稚峙雉豸㉓

[tʂ'i　ㄟ 35] ㄔㄧ　掣

(八)　**姑蘇轍**

　　本轍的字，在北方官話中都讀洪音，皮黃正音則在下列各字中仍保持宋元以來的傳統細音。

　　陰　平

[tʂy 　 ˥ 55] 　 ㄓㄩ 　 諸豬濡朱侏姝洙郱株珠蛛誅銖

[tʂ'y 　 ˥ 55] 　 ㄔㄩ 　 樞櫨攄

[ʂy 　 ˥ 55] 　 ㄕㄩ 　 書舒紓抒輸洙姝殊茱樞櫨攄

　　陽　平

[tʂy 　 ˨ 313] 　 ㄓㄩ 　 屬㉔囑矚築筑竺竹燭祝逐妯軸舳蠋躅朮

[tʂ'y 　 ˨ 313] 　 ㄔㄩ 　 除滁蜍厨躕儲躇㉕觸畜搐矗亍出黜齣怵

[ʂy 　 ˨ 313] 　 ㄕㄩ 　 茱洙姝銖殳㉕叔俶菽束倏孰熟塾淑蜀屬贖述術

[ʐy 　 ˨ 313] 　 ㄖㄩ 　 如茹儒襦繻孺㉕入肉辱溽蓐褥縟

　　上　聲

[tʂy 　 ˅ 51] 　 ㄓㄩ 　 主拄麈渚柱紵煮煮

[ʂy 　 ˅ 51] 　 ㄕㄩ 　 墅竪豎

[ʐy 　 ˅ 51] 　 ㄖㄩ 　 乳汝擩

　　去　聲

[tʂy 　 ˧ 35] 　 ㄓㄩ 　 注炷拄註駐柱鑄著翥澍住宁佇竚貯紵苧箸筯

[tʂy 　 ˧ 35] 　 ㄔㄩ 　 處

[ʂy 　 ˧ 35] 　 ㄕㄩ 　 恕庶輸戍樹澍署薯

[ʐy 　 ˧ 35] 　 ㄖㄩ 　 孺茹

(九)　**由求轍**

　　由求轍除尖團之辨已詳見前文以外，餘皆同於北方官話系統。

(十)　**么條轍** ㉟

　　　陰　平
[ŋau ㄱ 55]　ㄤㄠ　　廒凹坳熬
　　　陽　平
[ŋəu ㄩ 313]　ㄤㄠ　　敖遨嗷敖獒鷔驁鰲廒翱
　　　上　聲
[ŋau ㄨ 51]　ㄤㄠ　　襖懊媼
　　　去　聲
[ŋau ㄱ 35]　ㄤㄠ　　奧澳壩隩拗傲

(十一)　**梭撥轍**

　　本轍的上口音較爲單純，除部分的尖團字分辨已詳列前文以外，所有其餘的字，凡是在國語中讀「ㄜ」母的，一律把它們改讀爲「ㄛ」母，也就完全合乎皮黃傳統的標準咬字了。

(十二)　**懷來轍**

　　本轍除部分須辨尖團的字音已在前文列舉過以外，另有部分原本屬於「無聲母」的字，有些伶人把它們用「ㄤ」母來讀，這一部分的字若依韻書傳統而論，仍以讀「無聲母」爲是，但也有幾個字原本就應該讀「ㄤ」母的，下文列舉時特別用小註說明。

　　　陰　平
[ŋai ㄱ 55]　ㄤㄞ　　哀唉哎

[iai ˉ 55] ㄧㄞ　　挨埃

　　陽　平

[ŋai ˊ 313] ㄫㄞ　　呆獃㉗

[iai ˊ 313] ㄧㄞ　　挨厓捱涯睚騃

　　上　聲

[ŋai ˇ 51] ㄫㄞ　　藹靄

[iai ˇ 51] ㄧㄞ　　矮

　　去　聲

[ŋai ˋ 35] ㄫㄞ　　艾碍碍㉗

(三)　**車蛇轍**

　　除部分須辨尖團的字音已在前文列舉過以外，其餘皆爲一些
入聲字的特殊咬音，分列如下（悉爲陽平）：

[pɣ ˊ 313] ㄅㄜ　　百伯佰柏擘北白舶帛

[p'ɣ ˊ 313] ㄆㄜ　　拍珀魄

[mɣ ˊ 313] ㄇㄜ　　陌貊驀麥万（万俟）冒（冒頓）脈墨默

[ŋɣ ˊ 313] ㄫㄜ　　額厄扼呃阨軛

[xɣ ˊ 313] ㄏㄜ　　黑赫嚇核

[xuɣ ˊ 313] ㄏㄨㄜ　　或惑獲穫畫核

[tʂye ˊ 313] ㄓㄩㄝ　　拙柮絀啜惙畷輟餟

[tʂ'ye ˊ 313] ㄔㄩㄝ　　啜輟

[ʂye ˊ 313] ㄕㄩㄝ　　説

六、結　論

　　皮黃戲自清乾隆五十五年（1790）入京以來，至今整整兩個世紀，以其發展的歷史來看，確實也曾盛極過一時。近世以來，戰亂頻仍，民衆衣食尚且多虞，更遑論發展戲劇藝術？所幸少數有識之士，竭力提倡這項與傳統文化息息相關的綜合藝術，在百般艱困中教導弟子，使能薪傳不絕。可惜愛好這項藝術的人，多數不習音韻，因此沒有能力來整理這個劇種中的咬字發音，少數專論上口咬字的述作，往往只憑本人的經驗列舉某些特殊讀音的文字，但却無法作有系統地把這些字標注出音值，說明其音理，以及古來於語音演變源流裏所連貫的因果關係。筆者雖知聲韻，却並不深悉此一劇種咬字之來龍去脈，與夫所依據之實際準則。數十年來，聆聽皮黃錄音帶漸多，無論收音機、電視臺的國劇放播，也時加留意，凡所聽則必留意其咬音，並隨手予以記錄，久之而整理成帙，然後又與韻書材料及歷代語音的演變源流相比對，計得聲、韻、調之結果如前述。爲稽考其究屬何時何地之音，乃又深入各家對皮黃發展所紀述之各類著述，因作私下主觀之判斷：以爲皮黃語言係一種戲劇語言，其基本標準音原起於「黃陂」「黃岡」「黃安」「黃梅」等相近之數城市方言，而全盛於四大徽班之崛起，所以，它的基本發音爲「四黃」地區之方言，而此一地區之方言，除了聲調不同於北方官話以外，另有少數尖團字的區分，以及少數捲舌聲母的三四等細音字也不同於北方官話，除此以外，大部發音與大北方所通行的官話是大同小異的。因此徽班

入京，即時就可被人們接受，又因它的曲調婉轉動聽，變化無窮，與先期流行的南北曲之呆滯，一時形成了膾炙人口的上乘聲色之娛。而唱戲科白，本身原就是要「裝腔作勢」的，這裝腔作勢配上了鄂語徽腔，便形成了最爲優美的皮黃正音。所以有人說「皮黃正音」的依據是《廣韻》的反切音，那只是不通聲韻者的無端想像；其實，「皮黃語言」不僅不是《廣韻》的切音，就是和《中原音韻》也頗有一段距離。至本文作者的判斷，雖或失諸主觀，但於情於理是可以接受的。

我們可以這樣說：皮黃正音是四黃方言加上戲曲的特殊腔勢，而形成的一種特殊的戲曲語言，它的聲韻，大同於北方官話，却有四黃地區的特色，至其聲調則以四黃地區的方言爲基礎，配上了串戲時的特殊腔口，而產生出一套獨具特色的聲調，與當今的四黃方言相近，却也不盡相同了。

既探得其準則，乃又整理聲、韻、調的系統如前述，並將「辨尖團」及「異於北音的上口字」，別以「四」「五」兩小節列舉出來，作爲一般有興趣學戲者的參考，自宜有其一定的意義。至其得失如何？則望方家多所指正。

附　註

❶　相傳乾隆、嘉慶間高朗亭以花部的二黃調合京秦二腔而成三慶部，稱
　　之爲「皮黃戲」；乾隆間程長庚主三慶班，有盧勝奎爲之編劇，紅極一
　　時，轟動京師娛樂界。

❷　四大徽班皆自安徽入京，四喜班以崑曲爲本；三慶班則新編近事，以
　　生動感人而投人之所好；和春班則專演三國、水滸爲主；春臺班則以
　　演孩子戲爲時人所稱道。四大班皆以各有專擅而盛極一時。

❸　印象中似乎是《北平戲劇旬刊》第三期，1946 年見到的。

❹　指近世以來中國北方所通行的官方用語，以北平爲中心點，可擴大至
　　整個華北地區，乃至東北地區都普遍使用這種語言。參見董同龢先生
　　《中國語音史》pp. 22-27 。

❺　調值的標注方法請參見拙著《語音學大綱》pp. 225-228 。

❻　出於中古「見」「溪」「群」「曉」「匣」諸字母的細音。

❼　出於中古「精」「清」「從」「心」「邪」諸字母的細音。

❽　字與字之間空一格，係表示出於中原音韻不同韻的字，下文均此不另。

❾　本轍悉爲團字，沒有尖字攪混。

❿　自此字始，以下皆爲入聲字。

⓫　以下皆爲入聲字。

⓬　自此字始，以下皆爲入聲字。

⓭　以下皆爲入聲字。

⓮　自此字始，以下皆爲入聲字。

⓯　以下皆爲入聲字。

⓰　以下四字爲入聲字。

⓱　本轍「陽平」全是從入聲韻變來的。

⓲　本轍全爲團字，無尖字與之對比。

⓳　本轍「陽平」除「迦伽」「斜衺邪」五字外，餘皆入聲字。

⓴　民國十七年北伐成功後始改稱「北平」，自清初以來是向稱「北京」

的。

㉑ 以下皆爲入聲字。

㉒ 此皆入聲字。

㉓ 這一部分字，有些伶人的咬音仍與北方官話同。

㉔ 自本字始，以下皆爲入聲字。

㉕ 以下皆爲入聲字。

㉖ 本轍所列諸字中有「疑」母字也有非「疑」母字，有些伶人把它們讀爲無聲母，但皮黄傳統却以讀「兀」母爲正統。

㉗ 這些字依字音古來演變的源流來看，它們本來就是應該讀「兀」母的。

參考書目

史煥章　1977　中華國劇史，臺灣商務，臺北。

余迺永　1980　互註校正宋本廣韻，聯貫出版社，臺北。

李浮生　1970　中華國劇史，正中書局，臺北。

　　　　1981　鍛鍊國劇唱工的基本知識，復興劇校，臺北。

周德清　1324　中原音韻，臺灣商務，臺北。

周貽白　1986　中國戲劇史，木鐸出版社，臺北。

周重韶　1973　國劇概論，天林出版社，臺北。

徐慕雲　1977　中國戲劇史，河洛出版社，臺北。

袁家驊等　1960　漢語方言概要，文字改革出版社，北京。

閔守恆　1956　國劇聲韻考源，臺灣師大學報 1, pp. 173-239 ，
　　　　　　　臺北。

陳新雄　1982　聲類新編，臺灣學生書局，臺北。

費雲文　1988　中華戲劇史，復興劇校，臺北。

董同龢　1962　中國語音史，中華文化事業出版會，臺北。

齊如山　1979　齊如山全集，聯經出版社，臺北。

劉　嗣　1986　劉嗣論國劇，黎明文化事業出版會，臺北。

趙庸之　1946　北平戲劇旬刊，旬刊第三期，北平。

樂韶鳳　1376　洪武正韻，臺灣商務（1983 四庫影本），臺北。

謝雲飛　1987　語音學大綱，臺灣學生書局，臺北。

　　　　1987　聲韻學大綱，臺灣學生書局，臺北。

樊騰鳳原著　1673　增補剔弊五方元音，錦章書局，上海。

蘭　茂　1442　韻略易通，廣文書局（1962 影本），臺北。

音序辭典編輯觀念改進的構思

曾榮汾

一、前　言

　　以音讀作爲排序體例的辭書，在國內並不多見，一般辭書編輯仍以「部首筆劃序」爲主要體例。這一則是因爲「部首」的確便於整理「形符文字」的關係；二則是在不認識字才去使用辭書的前提之下，「音讀序」顯然並不實用；三則是因爲編輯難度較高。但是若想要透過一部辭書去表現某一「時區」的語言狀況、語音的體系，那「音讀序」的編輯體例顯就較爲適切了。

　　音讀序的辭書在編輯技術與觀念上與部首序有著相當大的差異，不僅在單音、多音的分化與標準的擬訂上，有著實質上的困難，即於資料的建檔方面亦存有許多在部首序辭書不會發生的困境。音讀序辭書既有其不可忽視的價值，對其理想的編輯體例與所存在的一些難題就有必要提出來供各界參考，並試求可行的解決途徑。

　　筆者這幾年參與教育部《重編國語辭典》的修訂工作，雖因編輯環境諸種因素的影響，使工作推行十分困難，但從其中卻也得到許多前所未有的工作經驗。這部目前在國內最大部頭的音讀序辭書，早期存留下許多觀念十分可貴，但也有不少有待改進的地方。本文即利用個人工作的一些淺薄心得，析述今後編輯音讀

序辭書在觀念上可以改進的意見。

二、音序辭典編輯觀念的改進重點

㈠ 釐清與部首序辭典編輯觀念相異之處

音序辭典較部首序辭典難編，最主要的差異在編輯體例。部首序是依下列條件來排字頭序：

(1)先分部首，依 214 部首次序加以排列。

(2)再分筆劃，同部首中再依筆劃多寡排序。

(3)再分筆順，同筆劃中再依筆順（如：點、橫、豎、撇、折）排列。

詞目序的排列，則一般依次字筆劃多寡與筆順次序，有時會考慮到詞目本身的字數的條件。音序的排列可複雜多了。字頭序的排列方式如下：

(1)首先依注音符號的聲母、韻母序排列。

(2)同一聲母者，所含音節次序再依聲調、介音、韻母序排列。

(3)同一音節所含之字，需先聚合同一形根之字。

(4)同一形根之字，按筆劃多寡排序。

(5)同一筆劃者，再依筆順排序。

詞目序的排列，則依下列原則：

(1)先考慮次字的聲母。

(2)同聲母者，再考慮其聲調、介音、韻母序。

(3)次字相同者，則考慮第三字的條件。

(4)第三字復同者，則考慮第四字的條件，以下類推。

從二者排列原則的不同，可以發現在資料蒐輯建檔工作上，顯然後者負擔重於前者甚多。而且一般資料的原始編排體例少見音序，所以許多在編部首序辭典不會發生的狀況在編音序辭典時都會發生。譬如「多音字判斷問題」，在資料蒐輯滙整時，處理起來就相當困擾。在無法肯定音讀，大量作互見的情形下，使要整理的資料數量無形中增加了很多。當然部首序辭典的編輯也會遇到部首難以判斷的情況，但是處理起來，就比較單純。而且初步辨音的互見資料爲了保持連繫的線索，在每一張資料上都必需注明互見條的檔案編號，以及主要資料的所在，以待撰稿者有了決定後，可以順利的抽掉其它不需要的資料。在檔案管理上，對於這些資料的進出狀況都需詳予登錄，否則緒亂無端，檔案的條理，必然無存。凡此，都會影響到編輯觀念，譬如預算的估計、撰稿的研判、體例與索引的編輯等都會與編輯部首序辭典有所不同。分述於下：

①預算的估計

基本上，編一部音序辭典所需的經費，絕對會超過編一部同型部首序辭典，除了因爲資料的蒐輯與建檔較爲費事外，收發與撰稿的工作負擔也相隨而增，所以不可以拿部首序辭典的編輯觀念來作預算的評估。要仔細的推算每一相關工作可能加添的負擔，否則會導致編輯工作因經費不足而陷入進退兩難的困境。

②撰稿的研判

在音序辭書的撰稿過程中，要注意的是對於原來檔案所作的「互見多音資料」，需作音讀的正確判斷，有了決定以後，需調

整主資料附屬的所在，並刪除其餘不正確的資料。遇到「破音詞」也需先「成組」撰稿後，再分歸應有的所在。如果是「多音字」的字頭，則需由「字頭組」將字卡先依編輯體例予調整好，撰稿組即以此爲憑，「成組處理」此多音的字頭，不同的音讀置於不同的所在。

③編輯體例的安排

以「字頭」爲例，如果是單音字，即將其列屬於所屬之音底下；如果是多音字（包括語讀、正又、歧音異義），則需考慮下列原則：

(1)語音讀音、正讀又讀的義項歸屬：即判斷音讀的合併與分化的問題。

(2)多音次序的排列：即考慮多音音讀的排序，是以常用音爲先或是隨意安排。

(3)互見體例的決定：即考慮各種多音現象的注明，如：「白」字有語讀之分，互見安排上當如下列：

在「ㄅㄞˊ」音底下：

【白】(1)ㄅㄞˊ語

　　　(2)ㄅㄛˊ讀

在「ㄅㄛˊ」音底下：

【白】(2)ㄅㄛˊ讀

　　　(1)ㄅㄞˊ語

如果是正又之分，就標「正」或「又」；如果是歧音異義，就只標明音序號碼即可。

④索引的編輯

索引的編輯，在部首序辭典的編輯中當然是以「部首序」爲主索引，其它爲副；但在音序辭典編輯上，則以「音序」爲主索引，其它爲副。除此觀念不同以外，音序辭典各類索引編輯難度都要比部首序高，最主要是因爲音序的排列，一字可出現多處，在「出處」的交代上，有時會產生疏漏的現象，因此編輯音序辭典的各類索引，卡片的控制需非常愼重才行。

從以上的說明，可以得知這兩種類型的辭典在編輯上確有一些特異之處，不宜等而視之。

㈡ **呈現音變資料的線索**

此處所謂「音變資料」是指或因連讀變調，或因兒化韻、輕聲變讀的情形。一本辭典的標音體例由編輯目標而定，以一本表現現代漢語爲主的語言辭典爲例，在作編輯規劃時，往往會以保留唇吻間的口語音爲主要目標，因此語詞音讀遇有變讀情形亦當直接加以標注變讀後的結果，如：

①上聲＋上聲　→　陽平＋上聲

　【表演】ㄅㄧㄠˊ　ㄧㄢˇ

　【海島】ㄏㄞˊ　ㄉㄠˇ

　【永久】ㄩㄥˊ　ㄐㄧㄡˇ

②上聲＋上聲＋上聲　→　陽平＋陽平＋上聲

　【總統府】ㄗㄨㄥˊ　ㄊㄨㄥˊ　ㄈㄨˇ

　【洗臉水】ㄒㄧˊ　ㄌㄧㄢˊ　ㄕㄨㄟˇ

【五斗米】ㄨˇ ㄉㄡˇ ㄇㄧˇ

③一、七、八、不的變調

如「一」的本調讀陰平，可變讀爲去聲或陽平：

【一夫一妻】ㄧˊ ㄈㄨ ㄧˋ ㄑㄧ

【一鳴驚人】ㄧˋ ㄇㄧㄥˊ ㄐㄧㄥ ㄖㄣˊ

【一動一靜】ㄧˊ ㄉㄨㄥˋ ㄧˊ ㄐㄧㄥˋ

【一日千里】ㄧˊ ㄖˋ ㄑㄧㄢ ㄌㄧˇ

「七」的本調讀陰平，可變讀爲陽平：

【七上八下】ㄑㄧˊ ㄕㄤˋ ㄅㄚ ㄒㄧㄚˋ

【七月七日】ㄑㄧˊ ㄩㄝˋ ㄑㄧˊ ㄖˋ

「八」的本調讀陰平，可變讀爲陽平：

【八卦】ㄅㄚˊ ㄍㄨㄚˋ

【八字】ㄅㄚˊ ㄗˋ

「不」的本調讀去聲，可變讀陽平：

【不孝之人】ㄅㄨˊ ㄒㄧㄠˋ ㄓ ㄖㄣˊ

【不見天日】ㄅㄨˊ ㄐㄧㄢˋ ㄊㄧㄢ ㄖˋ

④兒化韻變讀

如：

【臺階兒】ㄊㄞˊ ㄐㄧㄝㄦ

【壓根兒】ㄧㄚ ㄍㄜㄦ

【小雞兒】ㄒㄧㄠˇ ㄐㄧㄝㄦ

⑤輕聲變讀

　　【地方】ㄉ丨ˋ　˙ㄈㄤ

　　【耳朵】ㄦˇ　˙ㄉㄨㄛ

　　【嘴巴】ㄗㄨㄟˇ　˙ㄅㄚ

　　這些變讀的情形各有其原則，但若於辭典中直接標注變讀後的結果，雖便於口語的識讀，於音韻演變的過程卻無從考查，而且很容易混變音爲本音。因此，較爲理想的標音體例是不管會不會發生變讀，一律先標注本音，若遇有變讀情形再另作注明。如：

　　【七上八下】ㄑ丨　ㄕㄤˋ　ㄅㄚ　ㄒ丨ㄚˋ　（變）ㄑ丨ˊ
　　　　　　　　ㄕㄤˋ　ㄅㄚˊ　ㄒ丨ㄚˋ

　　【臺階兒】ㄊㄞˊ　ㄐ丨ㄝㄦ　（變）ㄊㄞˊ　ㄐㄧㄝㄦ

　　【耳朵】　ㄦˇ　ㄉㄨㄛˇ　（變）ㄦˇ　˙ㄉㄨㄛ

不過像一、七、八、不等，因爲與其結合的複詞數量非常多，爲節省篇幅，亦可各於單詞下說明其變讀情形，實際標音時，複詞下不另注變讀資料。

㈢　加強一字多音的互見功能

　　一字多音的現象可分三種：①語音讀音之分，②正讀又讀之分，③歧音異義之分。在部首序辭典中，因以部首歸列文字，所以遇有一字多音，只要將多音情形逐一陳列即可，處理起來較爲簡單。如：

　　刀部八劃

　　　　【剝】①（讀音）ㄅㄛ
　　　　　　②（語音）ㄅㄠ

　　　　　——釋　　　義——
　　水部五劃
　　　　【波】①（正讀）ㄅㄛ
　　　　　　②（又讀）ㄆㄛ

　　　　　——釋　　　義——
　　人部五劃
　　　　【佛】①ㄈㄛ

　　　　　——釋　　　義——
　　　　　　②ㄅㄧˋ

　　　　　——釋　　　義——
　　　　　　③ㄈㄨˊ

　　　　　——釋　　　義——

但音序辭典則不然。遇一字多音時，則於不同音節處皆見此字。
如：「剝」見於ㄅㄛ、ㄅㄠ二音；「波」見於ㄅㄛ、ㄆㄛ 二音；「佛」
見於ㄈㄛˋ、ㄅㄧ、、ㄈㄨˊ三音。諸音之間相隔也許甚遠。因此爲
了存留一字完整的音讀，多音資料需作互注，如：

　　　　【剝】①（讀音）ㄅㄛ

　　　　　——釋　　　義——

於釋義末需另加注：

　　②（語音）ㄅㄠ

而於「ㄅㄠ」音下：

　　【剝】②（語音）ㄅㄠ

需另加注：

　　①（讀音）ㄅㄛ

其餘諸例類推。但若只是如上例之互注，仍然不是最理想的。如「ㄅㄛ」、「ㄅㄠ」二音相距不遠，前後翻查不算太難，但若像「ㄈㄛˊ」、「ㄅㄧˋ」二音，於大型辭典中，可能已跨冊了，查索殊為不便。因此為改進此缺點，在編輯時當逐「字」的編上序號，以便於多音互注時，亦能同時標明各音序號。如此於查索功能上自可加強。如：

0053

【剝】①（讀音）ㄅㄛ

　　——釋　　　義——

　　②（語音）ㄅㄠ（00210）

00210

【剝】②（語音）ㄅㄠ

　　——釋　　　義——

　　①（讀音）ㄅㄛ（0053）

00358

【佛】②ㄅㄧˋ

　　——釋　　　義——

①ㄈㄛˋ（01542）

③ㄈㄨˋ（01778）

此種序號的編列，若結合版面設計時適當版框的條件，必能使多音字音讀資料的查索得到相當程度的改善。

㈣　**確定成組撰稿的重要**

「成組撰稿」是指相關的詞目於撰稿時一起處理。所謂的「相關詞目」是指：

①同一典源分出之詞目。如：「杯弓蛇影」一詞出自應劭《風俗通義》，後來文獻上見有「弓影杯蛇」、「杯底逢蛇」、「杯蛇」、「杯中蛇」、「影中蛇」、「雕弓蛇」、「弓影浮杯」等不同的用法。

②同一語義，詞素大同小異的詞目。如：「一目十行」與「一目五行」、「青天白日」與「白日青天」、「報社」與「報館」等。

③多音詞。

如：「便宜」音ㄅㄧㄢˊ　ㄧˊ與ㄆㄧㄢˊ　ㄧˊ

「大家」音ㄉㄚˋ　ㄐㄧㄚ與ㄉㄚˋ　ㄍㄨ

「調配」音ㄉㄧㄠˋ　ㄆㄟˋ與ㄊㄧㄠˊ　ㄆㄟˋ

等情形。將相關詞目一起處理有下列好處：

①可對同一典源之詞，分出主附條，撰稿標準輕重易把握。

②可建立相關詞的參互見關係。

③可對同族群的語詞撰稿態度一致。

④可對多音而有義混情形，作適當的釐清。

因此在字辭典編輯中，成組撰稿的觀念非常重要。尤於音序辭典中，多音詞隨音分置異處，撰稿時若分條處理，則無法對詞義範疇作總體的觀察，易犯顧此失彼之弊。下舉「便宜」爲例說明之。

【便宜】音ㄅㄧㄢˋ ㄧˊ時，有下列諸義：

(1)有利的事情。如漢書・卷六十四・嚴助傳：「公孫弘起徒步，數年至丞相，開東閣，延賢人與謀議。朝覲奏事，因言國家便宜。」

(2)方便合宜。如紅樓夢・第三回：「我帶了外甥女過去，倒也便宜。」

(3)適宜、舒適。如京本通俗小說・拗相公：「逍遙快樂是便宜，到老方知滋味別。」

音ㄆㄧㄢˊ ㄧˊ時，有下列諸義：

(1)物價低廉。如初刻拍案驚奇・卷六：「只此也要得一半價錢，極是便宜的。」

(2)指不應得到的額外利益。如儒林外史・第四回：「小弟只是一個爲人率眞，在鄉里之間，從不曉得占人寸絲半粟的便宜。」

(3)寬容放縱，使得好處。如紅樓夢・第二十一回：「必定是外頭去掉下來，不防被人揀了去，倒便宜也。」

二音義雖有別，卻十分容易相混。因此遇此類語詞，以「成組撰稿」爲妥。

㈤　展列海峽兩岸的異音情形

　　海峽兩岸四十餘年的隔異，雖然在言語溝通上沒什大礙，但不可否認的，某些音讀已明顯有了不同。大陸地區設有一個「普通話審音會」，長久以來持續的進行語音審訂的工作，如先後在西元一九五七年十月、一九五九年七月、一九六二年十二月發表了《普通話異讀詞審音表初稿》正續及第三篇；一九六三年輯結成《普通話異讀詞三次審音總表初稿》，一九八五年出版定稿。這些的成果被廣泛的取爲教材與工具書的標準。但這個「標準」與海峽這一岸的「標準國語」並非一致的。試以一九八八年四月出版的《現代漢語詞典》修訂本爲據，舉幾個例子(下表所列「標準國語」以教育部所編《國語辭典》爲據)：

詞目	標準國語	大陸普通話
期	ㄑㄧˊ	ㄑㄧ
危	ㄨㄟˊ	ㄨㄟ
妮	ㄋㄧˊ	ㄋㄧ
可惜	ㄎㄜˇㄒㄧˊ	ㄎㄜˇㄒㄧ
聽憑	ㄊㄧㄥˋㄆㄧㄥˊ	ㄊㄧㄥ　ㄆㄧㄥˊ
煞尾	ㄕㄚˋㄨㄟˇ	ㄕㄚ　ㄨㄟˇ
廣播	ㄍㄨㄤˇㄅㄛˋ	ㄍㄨㄤˇㄅㄛ
古玩	ㄍㄨˇㄨㄢˊ	ㄍㄨˇㄨㄢˋ
德行	ㄉㄜˊㄒㄧㄥˊ	ㄉㄜˊㄒㄧㄥ˙
堤岸	ㄊㄧˊㄢˋ	ㄉㄧ　ㄢˋ

若此情形十分普遍。這種差異也許多爲聲調的問題，對語言總體的交流造成的困難不大，但若要對兩岸語音作對比研究，或將來要發展共通的電腦語因辨識系統，這些的差異可得「毫釐計較」了。

英語與美語也有類似的情形，於是在許多編輯觀念較爲進步的字辭典中，必然將英美語相異之處注明出來。如一九八九年版的 LONGMAN DICTIONARY OF CONTEMPORARY ENG-LISH 即將英語與美語與相異者分別用「BrE」與「AmE」來加以表示。如：「axe」（斧頭）下注明：「axe BrE/ax AmE」，「basin」（面盆）下注明：「washbasin BrE/washbowl AmE」等。今日大陸地區普通話與標準國語許多音讀不同的資料，在編輯辭典時似也可仿此加以注明。如：

「星期」下注明：

ㄒㄧㄥ ㄑㄧˊ／（大）ㄒㄧㄥ ㄑㄧ

「小妮子」下注明：

ㄒㄧㄠˇㄋㄧˊ・ㄗ／（大）ㄒㄧㄠˇㄋㄧ・ㄗ

「可惜」下注明：

ㄎㄜˇㄒㄧˊ／（大）ㄎㄜˇㄒㄧ

如此不僅有益於促進兩岸民間交流，對於兩岸所用語音的比較研究亦有所憑。

㈥ **掌握音序索引編輯的新技術**

音序索引的編輯技術較爲困難，因此利用電腦來支援最方便

不過。首先建立起一個資料庫，再利用其中所存的欄位值作各種
需求的「排序」，即可完成索引的編輯。關於此點，在拙作〈處
理中文資料的電腦利用及實例介紹〉、〈中國字的工具書〉、〈談
部首序字典編輯觀念的改進〉諸文中已多次析述，於此不再贅言。

三、結語：幾個待突破的難題與一點企盼

　　一部辭典要編得理想，一則要靠堅實的學理基礎，二則要靠
進步的技術。今日這環境，如果想編出一部夠水準的音序辭典，
在這兩方面的許多觀念上，都得做一些突破。技術方面也許可靠
各方面專家的支持與配合，但在學理方面的許多問題就只能靠聲
韻學界自己的努力了。諸如：文獻音的全面整理、標準音的審訂、
多音字的整理、兒化音讀、輕聲問題、變音問題、連詞標音與臺
灣區國語的特性調查等等，每一項都是亟待有人投入作全面且深
入的探討。而這些研究工作的成果就是促使一部高水準音序辭典
誕生的力量來源！

　　西元一九八九年當英國人推出他們花了五年時間與七百二十
五萬英磅所修訂完成的《牛津字典》時，令人不得不佩服這樣的
決心與「對工具書的尊重」，可是當我們移轉目光至 Longman
公司與 Collins 公司（由伯明罕大學建立資料庫）所推出的字典
時，會更訝異於他們的成就是那麼「普遍」。個人曾經分析過這
兩部字典，實在「羨慕」於他們對自己語文的自敬與愛護。反觀
我們，對「中文」這個號稱全世界強勢的語言的照顧與溉灌，實
在做得太少了。

　　個人這些年在工具書編輯的投入與堅持，也許在各方條件配合不上的困境中，成果也只能「盡力而為」了。但是我們不能沒有遠大的眼光。當中東戰爭爆發時，我們的記者不落人後趕往波斯灣，回來的感覺是：「日韓的記者像是開五星級飯店，我們像是經營路邊攤。」這環境因缺少了強而有力的資訊查詢的管道，以致於無法在極短時間內滙聚出給記者可以「衝鋒陷陣」的「戰情」。假如今日我們有了擴續傳統「方志」觀念的「世界各國百科」，持續保有世界各地的最新的「行情」，我們的記者也住得起高級飯店的。今天兩岸民間的來往頻繁，但是相隔數十年，我們對對方的資訊掌握很完整嗎？也許這是我們在「快樂」使用他們類廣量多的工具書時，該「冷靜」思索的問題。因此個人希望會有更多人願意「盡力而為」，造就出一個成熟的工具書環境來！最後感謝大會接納這篇體質不純的「聲韻學」論文。

參考書目

1. 重編國語辭典　商務印書館

2. 現代漢語辭典　香港商務印書館　′88-4

3. 國音學　正中書局　′85-2

4. 普通話異讀詞三次審音總表　文字改革出版社　′64-6

5. 常用典故詞典　上海辭書出版社　′85-9

6. LONGMAN DICTIONARY OF CONTEMPORARY ENG-
   LISH Longman ′89

7. 辭典編輯學研究　曾榮汾　世界文物供應社　′89-3

8. 處理中文資料的電腦利用及實例介紹　曾榮汾　第一屆中國文
   字學術討論會論文

9. 中國字的工具書　曾榮汾　七十八年度全國中國語文研習會論
   文　′90-2

10. 談部首序字典編輯觀念的改進　曾榮汾　第二屆中國文字國際
    學術研討會論文　′91-3

聲韻學知識用於推斷文學
作品時代及眞僞之限度

丁 邦 新

一、聲韻學知識之適用性

「聲韻學知識」是一個籠統的名詞，大約泛指研習聲韻學之後所獲得的知識，淺的如「雙聲」、「疊韻」，深的如「重紐」、「列圍」。前者是一般性的知識，稍加涉獵即可了解；後者是專門性的知識，要有比較深入的探討，才能把握其意義。

這些深淺不同的知識之中，哪些可以應用於推斷文學作品的時代及眞僞呢？我們可以從以下幾個方面來一一檢討。

㈠ 聲 母

聲母在文學上的功用主要在於雙聲，但是雙聲只是我所說的一種「暗律」❶，詩人未必用，用者也未必明確，很不容易利用雙聲的關係來推斷時代或判定眞僞。我們可以說某一詩人精於詩律，善用雙聲，例如杜甫。卻不能進一步說某一首詩用雙聲極妙，必爲杜甫的作品，或者某詩通篇未用雙聲，因此斷定絕非杜作。

如果根本是一首雙聲詩，也許我們可以根據聲母的關係加以討論，例如蘇軾〈戲和正輔一字韻〉：

> 「故居劍閣隔錦官，柑果薑蕨交荆管。奇孤甘掛汲古綆，
> 僥覬敢揭鈎金竿。己歸耕稼供薰桔，公貴幹蠱高巾冠。改
> 更句格各寨吃，姑固❷狡獪加間關。」

如果以國語來讀，共有兩種聲母：ㄍ（ k- ）和ㄐ（ tɕ- ），可見在東坡寫此詩時， 見母字尚未分化。見母字分化的時間大約在十七世紀❸，足證此詩不會是十七世紀以後寫成的。這種推論其實沒有很大的意義，因爲古人作雙聲詩的極少，沒有什麼作品有時代、眞僞的爭論。卽使發生爭論，從聲母來推斷也無濟於事，從東坡的十一世紀到十七世紀見母分化的時代長達六百年，只要有人在那六百年間僞造此詩，就無法從聲母的分化時代來考辨。

(二) **聲 調**

雙聲的關係也應用在連緜詞裡，連緜詞在中國文學作品中是常見的一種構詞法，例如杜其容（一九六○）就研究過毛詩中的連緜詞。大體上我們可以從時代確定的作品中分辨連緜詞，卻無法從連緜詞推斷作品的年代。因爲第一，我們不能肯定某一個連緜詞何時開始形成；第二，在連緜詞以外還有許多別的複詞，並不具有聲韻關係。用連緜詞斷代自會產生認定上的糾葛。

一般對於聲調在文學作品中的了解，大約止於平仄，或者進一步知道上聲去聲對於詞曲的吟唱產生不同的效果。例如元周德清在〈作詞十法〉末句、定格二法之中，一再指明上聲、去聲不同的功用，應該如何用字才能音律調暢❹。這些觀念對於辨別作品的時代與眞僞未必有用。

現在聲調不同的字在古代也許聲調相同，例如江有誥在唐韻四聲正一書之中早就指出，「慶、信」等字今讀去聲，其實在上古原讀平聲。現在也有類似的情形，例如國語的「跑」字讀上聲，其實從切韻到中原音韻都是陽平字，許多方言都讀陽平調。如

果詩文完全用同聲調的字押韻，那麼出現這一類字的時候我們便可以用來推斷時代。可是這一類的字為數不多，而更重要的一點是：從古以來儘管大體上都用同聲調的字押韻，但異調通押的例子一直都有。我（一九八七Ａ）曾經用來證明上古同部的陰聲字具有相同的輔音韻尾，漢代以後輔音韻尾才漸次消失。元曲裡異調通押的例子最多，即使在唐人的樂府詩中也偶有用例，例如李白白紵辭三首之二：

> 「館娃日落歌吹深，月寒江清夜沈沈。美人一笑千黃金，
> 垂羅舞縠揚哀音。郢中白雪且莫吟，子夜吳歌動君心。動
> 君心，冀君賞。願作天池雙鴛鴦，一朝飛去青雲上。」

最後三句就是用聲調不同的「賞、鴦、上」三字押韻。由此可見以聲調作為條件，在一般的情形下，無法分辨作品的時代，更難言真偽。

有一種特殊情形可以利用：從上古到東漢，陰聲各部的去入聲字有通押現象，魏晉南北朝時只有收 - t 尾的入聲字才跟同部的去聲字來往，其他收 - p、 - k尾的幾乎完全不跟同部的去聲字押韻❺。如果正好有問題的文學作品中出現去入聲通押的情形，那麼聲調的關係可以幫助判斷。

㈢　韻　母

以聲韻學知識來推斷作品年代的最有用的一環大概是韻母。因為從詩經以來，韻文與詩歌一直是我國文學的主流之一，而古人用韻通常都代表自然的語音，後代人通常無法偽造古代的語音。

問題是「古人」指哪一個時代的古人？既說「通常」，那麼特殊情形又如何呢？大體說來，要受到幾方面的限制。

第一，在中國聲韻學史上，韻書的出現是一件大事。在有韻書之前，古人用韻基本出於自然，儘管各人尺度的寬嚴容或會有不同。等到韻書出現，尤其各代官修韻書流行之後，當時文人奉爲圭臬，用韻可能未必跟自己的語音相合。正如平水韻不僅影響當時，連現代人寫舊詩的也還遵用。因此，「古人」之中，用自然語言押韻的在魏晉之前應無問題，隋唐之後至少有一部分受到韻書的影響，研究他們的作品就要仔細考辨，有時候只是按照韻書依樣葫蘆，並不代表眞正的語音。

例如梁啓超飲冰室詩話曾選刊石達開「答曾國藩五首」，據柳亞子指證，石達開的遺詩有許多篇都是清末南社詩人高旭所僞託，高氏並曾輯印石達開遺詩，稱爲「殘山剩水樓刊本」，目的在於鼓吹革命，以廣流傳❻。我們舉其中一首來看：

> 揚鞭慷慨斷中原，不爲讎仇不爲恩。
> 祇覺蒼天方瞶瞶，欲憑赤手挽元元。
> 三年攬轡悲羸馬，萬衆梯山似病猿。
> 我志未成人亦苦，東南到處有啼痕。

這首詩用平水韻的十三元，到清末的時候，「原、元、猿」三字大概已經不再跟「恩、痕」這樣的字押韻。無論此詩是石達開所作，或者是高旭僞託，從用韻上都無法辨別，他們只是照平水韻選用韻字而已❼。

第二，如果文人有意仿古，可能不易分辨。例如韓愈是想復古明道的人，他爲文要以五經兩漢之文爲典範，那麼他有沒有可能在用韻時仿古呢？下面是一段韻文，引自他的〈送李愿歸盤谷序〉：

> 「盤之中，維子之宮。盤之土，可以稼。盤之泉，可濯可沿。盤之阻，誰爭子所。」

這八句話兩句一韻，連用四韻，「中宮、泉沿、阻所」皆無問題，但「土、稼」二字在唐代已不可能有相同的韻母。「土」字在模韻的上聲姥韻，而「稼」字則在麻韻的去聲禡韻，各家的擬音相差都很遠。這兩個字只有在上古音及西漢的時候同屬魚部，從東漢開始，魚部麻韻一系的字就轉入歌部，到唐代麻韻早已獨立成韻。現在的問題是：韓愈何以要用上古兩漢的舊韻？又何以會用這種舊韻？我想最可能的答案就是仿古。例如〈小雅·北山〉：

> 溥天之下，莫非王土。率土之濱，莫非王臣。大夫不均，我從事獨賢。

頭兩句以「下、土」爲韻。又如〈豳風·鴟鴞〉：

> 逮天之未陰雨，徹彼桑土，綢繆牖戶，今女下民，或敢侮予。　予手拮据，予所捋荼，予所蓄租，予口卒瘏，曰予未有室家。

接連兩章都用魚部字爲韻，其中有「土」字，也有「家」字。韓愈對於經書的熟悉自不待言，如果他爲復古起見，模仿詩經的用韻，以「土、稼」相押，應該有很大的可能。

如果上面的推斷近乎情理的話，等於說後代人可以藉模仿來僞造古韻，這對於辨別問題作品的時代及眞僞就會產生困難。只有不善仿古的僞託，才能讓我們找到漏洞。

第三，要用韻母來辨別作品的年代必須要了解中國語音史的分期問題。分期的困難等於是「抽刀斷水」，語言一直在演變，有時慢，有時快，跟大政治環境有關。政治變動引起人民遷徙，連帶引起語言或方言的接觸，接觸頻繁可能演變就快；承平日久，可能演變就慢。因此朝代的更迭在某種意義上確與語言的演變有關，我們用「兩漢、魏晉」等朝代的名稱給古語斷代，雖然未必科學，卻合於實際。

韻母的變遷有時跟押韻沒有關係，儘管古今音異，但同韻的字仍舊可以押韻，試以今音讀關雎首章四句，「鳩、洲、逑」三字還是協韻的。有的韻更是從古至今沒有產生很大的變化，例如下面一首詩：

> 飄零無復見家鄉，滿眼旌旗襯夕陽。
> 芳草有情依岸綠，殘花無語對人黃。
> 漢家崛起傳三傑，晉祚潛移哭八王。
> 卻憶故園金粉地，蒼茫荊棘滿南荒。

只從用韻來看，五個韻字從上古音到國語一直都是押韻的，說這

一首是唐人的詩或者今人的詩都無不可。當然，「晉祚潛移」、「故園金粉」，多少點出時代的上限，但下限很難設定。其實這也是上文提過的〈答曾國藩五首〉之一，可能是高旭僞託的石達開的詩。換句話說，對某些韻母而言，幾乎無法考訂古今。

韻母的變遷跟押韻有密切關係的是轉變了韻類，例如西漢魚部一部分後來麻韻的字如「家、華」等字到東漢時就轉入歌部，而歌部的支韻字如「奇、爲」等字又在東漢時轉入支部❽。產生這一類的變化之後，押韻的方向就隨之更改。根據目前研究的結果，像這樣比較重大的轉韻情形在南北朝之前，頗有一些可以作爲中國語音史分期的根據❾。換句話說，這一部分聲韻學的知識對於推斷文學作品的時代及眞僞是最有用處的。至於疊韻連緜詞或可用作旁證，跟上文所說的雙聲連緜詞一樣，如果用來斷代，也會引起如何認定的爭論。

二、文學作品本身的性質問題

文學作品種類繁多，性質各異。照上文所說，要用聲韻學的知識來研究作成時代的先後，大概重要的前提是討論的作品必須要用韻。在有韻的作品之中，無論詩詞歌賦，還有一層本身性質的問題影響可能的推斷。

㈠ 方言性

從詩經以來，一般可以把文學作品分爲貴族廟堂文學及民間通俗文學兩種，國風儘管並非民歌本來面目，但保有若干方言成分則是不爭的事實，例如齊風著：

俟我於著乎而，充耳以素乎而，尚之以瓊華乎而。

俟我於庭乎而，充耳以青乎而，尚之以瓊瑩乎而。

俟我於堂乎而，充耳以黃乎而，尚之以瓊英乎而。

通篇以「乎而」爲句尾，韻字在「乎而」之前，這種情形是詩經中僅見的一處，不能不說是一種方言現象。如果現在發現佚詩一篇，也以「乎而」爲尾，我想大家都會歸之於齊詩。由此可見方言性的特點有助於推斷。

以一個實例來說，《焦氏易林》相傳爲漢焦延壽所作，胡適之先生（一九四八）曾經以種種文獻上的證據寫過一篇〈易林斷歸崔篆的判決書〉，認爲該書是王莽時崔篆所作。崔篆爲涿郡人❿，他的孫子崔駰在後漢書有傳。崔駰和他的兒子崔瑗都有韻文流傳下來，羅常培、周祖謨（一九五八）兩位先生比較崔駰崔瑗的文章以及焦氏易林的用韻，發現兩者押韻非常接近，都有方言性的相同特點，例如：之魚幽宵通押、東多陽通押、眞元通押、元談通押、入聲通押等，從而證明易林確爲崔篆所作，他的用韻代表當時幽州的方言。

從這一個例子我們可以了解：如果文學作品本身有特殊的方言音韻現象，可以使研究者把握可靠的證據，作出有力的判斷；如果只有一般性的韻字，有時候就難以著力了。

㈡　**時代性**

上文提到利用語音史分期中韻母的演變來推斷作品的時代，但是一定要討論的作品有時代性，才能適合於這一類的分析。有

時候作品的問題未必跨越語言史上的兩個階段，韻母的知識就無所用其技。請看以下兩個實例。

我（一九七六）曾經寫過一篇〈從音韻論柏梁臺詩的著作年代〉，恰好關於柏梁臺詩的爭論可以牽涉西漢、東漢、魏晉等幾個階段。該詩相傳作於漢武帝時，但顧炎武日知錄卷二十二認為是後人擬作。後人當然可以是東漢人，也可以是魏晉間人。逯欽立（一九四八）則持相反的看法，以為不是後人偽託。

我先從校勘的角度論證其中兩句關鍵性的詩應該是：

「三輔盜賊天下尤」（尤或作危）
「走狗逐兔張罝罘」（罝罘或作罘罳、罘罝）

再說明「尤罘」兩字在兩漢時代都可以跟「灰、咍、之」韻的字押韻，全都是之部字，柏梁臺詩的其他韻字如「時來才治」都在之部。到了魏晉時代，「尤罘」兩字就歸入幽部，不大可能再跟之部字押韻。結論是該詩的著作年代最晚不會晚於東漢，但也不能確指其著作年代就是西漢，當然更不能說是漢武帝時代。

另一個例子是一個沒有解決的問題。相傳最早的兩首詞為李白的作品：〈菩薩蠻〉及〈憶秦娥〉，早有人指出其不可靠，因為「菩薩蠻」一調是李白死後大中（西元八四七－八五九）初年才新製的，但有人指出開元時崔令欽所著教坊記中已有此一調名，因此仍有屬於李白作品的可能❶。

菩薩蠻：平林漠漠煙如織，寒山一帶傷心碧。暝色入高樓，

有人樓上愁。　　　玉階空佇立，宿鳥歸飛急。何處是歸程？
長亭連短亭。

憶秦娥：簫聲咽，秦娥夢斷秦樓月。秦樓月，年年柳色，
灞陵傷別。　　　樂遊原上清秋節，咸陽古道音塵絕。音塵
絕，西風殘照，漢家陵闕。

撇開氣象、風格等問題不談，從韻字看來，頗有特色。現在分別
注上廣韻韻目，作一觀察：

　　菩薩蠻：織（職）碧（陌）；樓（侯）愁（尤）；立、急
　　（緝）；程（清）亭（青）。

　　憶秦娥：咽（屑）月（月）別（薛）；節（屑）絕（薛）
　　闕（月）。

主要的特色是三等字跟四等字通押，如三等清與四等青，三等薛、
月與四等的屑，一般來說，青韻字在唐人詩裡獨用，但因體裁
不同，亦有與清韻同用之例（另見下文）。李白的詩〈獻從叔
當塗宰陽冰四首〉之四就以「清、青」通押：

　　小子別金陵，來時白下亭（青韻）。……月銜天門曉，霜
　　落牛渚清（清韻）。長歎卽歸路，臨川空屏營（清韻）。

薛、屑通押，很少跟月韻來往，正如平聲的仙、先通押，很少跟

元韻來往一樣。但李白詩裡亦有間接通押之例：

> 蘇武：「蘇武在匈奴，十年持漢節。白雁上林飛，空傳一
> 書札。牧羊邊地苦，落日歸心絕。渴飲月窟水，飢飲天上
> 雪。東還沙塞遠，北愴河梁別。泣把李陵衣，相看淚成
> 血。」

其中「札」是黠韻，「節血」是屑韻，其餘韻字都是薛韻。這是
「黠、薛、屑」三韻通押，另有一首就有「月、薛」通押的例：

> 自金陵泝流過白璧山翫月達天門寄句容王主簿：「滄江泝
> 流歸，白璧見秋月。秋月照白璧，皓如山陰雪。……寄君
> 青蘭花，惠好庶不絕。」

其中「月」是月韻字，「雪絕」就是薛韻字。

「侯、尤」通押是常例，可以不必細究。另一特色是「職、
陌」通押，在李白詩中未見用例。但職韻可以通昔韻，如〈商山
四皓〉：

> 白髮四老人，昂藏南山側，偃蹇松雲間，冥翳不可識。……
> 飛聲塞天衢，萬古仰遺跡。

「側、識」等是職韻字，「跡」是昔韻字。另外陌韻也可以通昔
韻，如〈謝公宅〉：

青山日將暝，寂寞謝公宅。竹裏無人聲，池中虛月白。荒
庭衰草徧，廢井蒼苔積。唯有清風閑，時時起泉石。

「宅、白」是陌韻字，「積、石」是昔韻字。有這樣間接的關係，
我們不敢說「 職陌 」不能通押。因此從用韻上看，這兩首詞可
以是太白時代的作品。

　　如果不是李白的作品，是誰偽託的呢？有人懷疑是溫庭筠❸，
溫是晚唐的人 ， 晚唐至宋代，陌職二韻通押是常見的情形❹。
如果有人偽託，因為時代太接近，真偽就難以分辨了。

㈢　**體裁與用韻寬嚴**

　　體裁是文學作品的另一個性質問題，大體上文章用韻比詩詞為
寬，詩中的古體又比近體為寬。例如張世祿（一九八四：四四四）
就曾指出：

　　　「近體詩格律較嚴，在用韻上又有當時功令的限制，對于
　　詩人發抒情思及紀載事實的效用，常常不及古體詩來得大。
　　古體詩的用韻 ， 一方面由于摹古類推的作用 ， 韻部特別
　　放寬；另一方面也由于韻部的放寬，格律的比較自由，可
　　以容納作家所操的活語和當時實際的方音。杜甫古體詩的
　　用韻系統，也就是反映這種情況。」

　　參考張世祿研究的結果及馬重奇（一九八五）《杜甫古詩韻
讀》，杜甫的近體詩用韻嚴，古體詩用韻寬，確有相當的差異。

以上文剛討論的〈菩薩蠻〉〈憶秦娥〉兩詞的韻字來說，情形如下:

近體詩：庚耕清同用，靑韻獨用。

古體詩：庚耕清靑同用。

近體詩：元魂痕（入聲月沒）同用，仙先（薛屑）同用。

古體詩：元魂痕仙先（入聲月沒薛屑）同用。

對於陌職兩韻的問題比較難以判斷。基本上無論古體近體，庚耕清（入聲陌麥昔）不與蒸登（入聲職德）通押，如果嚴格分立，也許可以認爲前述的菩薩蠻不會是李白所作，因爲在那裡「織碧」兩字押韻。但杜甫也有例外的用例：

兩當縣吳十侍御江上宅：

「寒城朝煙澹，山谷落葉赤。陰風千里來，吹汝江上宅。鶗鴂號枉渚，日色傍阡陌。……不忍殺無辜，所以分白黑。……朝廷非不知，閉口休歎息。……於公員明義，惆悵頭更白。」

其中「赤」在昔韻，「宅、陌、白」在陌韻，「黑」在德韻，而「息」在職韻。

既然用韻寬嚴隨作品之體裁而有不同，對於考辨時代及眞僞等問題自然有直接的影響，不能不特別注意。

三、結語

聲韻學知識可以用於推斷文學作品之時代或判別眞僞是沒有問題的，但如上文所說，在聲韻學知識及文學作品性質等兩方面

都各有限制，並不是無往而不利的工具。應用起來要特別謹慎，
而且最好能跟其他的考證配合起來，可信度就可以提高。至於文
學作品以外的經子史籍，只要有用韻的篇章，自然也可適用。從
廣義的角度來看，都歸之於文學作品亦無不可。

*本文曾在第八屆全國聲韻學研討會上宣讀，承張以仁兄
講評，多所指正，謹此致謝。

附 註

❶我認爲詩中有明律與暗律，明律指一般的規律，如平仄、韻腳；暗律指隱含的奧妙，如雙聲、疊韻。詳見拙作（一九七五A）。

❷「固」字或本作「因」，旣然是雙聲詩，自然不可能出現一個見母以外的字。

❸鄭錦全（一九八〇）根據中國資料把見母顎化時間訂在十六、七世紀。

姜信沆（一九八〇）根據韓國資料則認爲顎化音形成的上限不得早過十七世紀中葉。詳見拙作（一九八七B）。

❹（寧）忌浮（一九八八）對這個問題有詳細的討論。

❺詳見拙作（一九八七A）的討論。

❻這一段話節引文若〈石達開詩眞僞考〉，見民國七十九年一月十日、十一日世界日報上下古今版。

❼石達開是廣西貴縣人，高旭是江蘇金山人。方言資料不足，不知此詩有無根據方音押韻的可能，一般說來，可能性不大。

❽詳見羅常培、周祖謨（一九五八）。

❾除上引羅、周一書之外，參見拙作（一九七五B）及何大安（一九八一）。

❿涿郡約爲今河北涿縣。

⓫見唐宋詞格律頁一五九。相關討論已成常識，此地不具引出處。

⓬碧字廣韻在昔韻，王仁煦刊謬補缺切韻在格韻，即廣韻之陌韻。今從全王。

⑬ 詳見李太白文集王琦輯注。或瞿蛻園等李白集校注頁四一二。

⑭ 參見王力漢語詩律學第四章，金周生宋詞音系入聲韻部考第四章。

參考書目

丁邦新

一九七五 A　從聲韻學看文學，中外文學四卷一期。

一九七五 B　《魏晉音韻研究》，中央研究院歷史語言研究所專
　　　　　　刊之六十五。

一九七六　　從音韻論柏梁臺的著作年代，中央研究院出版《總
　　　　　　統蔣公逝世周年紀念論文集》，頁一二二三－一二
　　　　　　三〇。

一九八七 A　上古陰聲字具輔音韻尾說補證，師大國文學報十六
　　　　　　期，頁五九～六六。

一九八七 B　論官話方言研究中的幾個問題，中央研究院歷史語
　　　　　　言研究所集刊（以下簡稱史語所集刊）五十八本四
　　　　　　分，頁八〇九～八四一。

王　力

一九六四　　《漢語詩律學》，上海。

何大安

一九八一　　《南北朝韻部演變研究》，國立台灣大學博士論文

杜其容

一九六〇　　毛詩連縣詞譜，國立台灣大學文史哲學報第九期，
　　　　　　頁一二九～二九二。

金周生

一九八五　　《宋詞音系入聲韻部考》，文史哲出版社。

姜信沆

一九八○　　依據朝鮮資料略記近代漢語韻史,史語所集刊五十一本三分,頁五二五～五四四。

胡　適

一九四八　　易林斷歸崔篆的判決書,史語所集刊二十本上冊,頁二五～四八。

馬重奇

一九八五　　《杜甫古詩韻讀》,中國展望出版社。

張世祿

一九八四　　《張世祿語言學論文集》,學林出版社。

逯欽立

一九四八　　漢詩別錄,史語所集刊十二本,頁二九二～三○一。

（寧）忌浮

一九八八　　曲尾及曲尾上的入聲字,中國語文一九八八之四,頁二九二～三○一。

鄭錦全

一九八○　　明清韻書字母的介音與北音顎化源流的探討,董同龢先生紀念專號,書目季刊十四卷二期,頁七七～八七。

瞿蛻園等

一九八一　　《李白集校注》,里仁書局。

羅常培、周祖謨

一九五八　　漢魏晉南北朝韻部演變研究第一分冊,北平。

附　　錄

第九屆全國聲韻學研討會紀要

紀錄人：董忠司

　　第九屆全國聲韻學研討會於民國八十年五月十一日（西元一九九一年）上午九時正，在東吳大學城區部會議室開幕，進行爲時壹天半的學術討論會。有來自全國各大專院校和各研究機關的學術工作者，還有來自美國、香港、韓國和日本的學者，以及各校喜愛學術的研究生，共約一百多位，帶著誠懇和熱切的心情，齊聚一堂，嚴肅而謹愼的研讀論文，參與討論。

　　第一場的研討會，在上午九時三十分到十時三十分鐘，論文發表人有：陳新雄先生、謝雲飛先生，特約討論人分別爲張以仁先生和王忠林先生。

＊　　　＊　　　＊　　　＊　　　＊

　　第一位發表論文的是現任中國聲韻學會會長、臺灣師範大學的陳新雄教授，他發表的論文是〈《史記・秦始皇本紀》所見的聲調現象〉。論文中指出秦始皇以水德自居，其色尚黑，其數以六爲紀，因此秦始皇本紀所載六篇石刻辭的用韻，便以六韻爲一「韻段」，並且沒有「重韻」（同一字在一韻段中重複出現）的現象。

觀察各韻段，平聲自韻的有六韻段，上聲自韻的有四韻段，去聲自韻的有三韻段，入聲自韻的有三韻段，此種大量四聲分韻的押韻現象，可見當時的四聲跟中古四聲相同。但是也出現上聲「㑋」字與平聲字相押、去聲「意」字和入聲相押兩個例子。陳教授因此參酌王力上古聲調有舒、促兩類而又各分長短之說，認爲長入（或「長促」）調可能具有喉塞韻尾 [-ʔ]，如「意」字，與入聲韻尾同押是因爲都具有塞音韻尾，與自平上而來的去聲字合流是因爲喉塞韻尾不那末明顯。

　　特約討論人、臺大教授張以仁先生認爲陳先生論文的觀察和分析都非常細密，所推論的也足以稱道，不僅對前賢的說法提出了商榷的意見，也對上古的聲調描繪了新的面目，提供了新的論點。接著又提出三點意見：1. 秦刻石也許有僞作在內。2. 石刻辭沒有陽聲和上去押韻的例子，不知道可否找到這樣的資料。3. 秦刻石的四聲和中古四聲眞的完全相同嗎？到底是只有元音長短的不同呢？還是有四聲之異？此二者不可以兩是。4. 某些字如「富」「戒」列爲「長入」，似乎不能從石刻辭獲知。

　　陳教授回答道：本文是就秦刻石來討論，未見於石刻辭的自然無法獲得相關訊息而推論。至於列爲「長入」的字，如「富」，是根據王力的意見，石刻辭的資料是有限的。

　　　　　　*　　　　*　　　　*　　　　*　　　　*

　　謝雲飛教授發表的論文是〈皮黃科班正音初探〉。謝教授以爲皮黃戲（國劇）向來沒有可以遵循的韻書，讀音沒有可供參考的資料，因此謝教授便蒐集了各種皮黃語言的資料（包含唱片、錄音帶），整理出皮黃語言的聲韻調系統，除了聲調的不同以外，

更把一些異於北平話的聲韻列舉出來，並標注音標。論文中討論了「二黃」「上口字」的正確意指，並陳列了幾個讀音特色： 1. 皮黃正音是源出安徽、湖北的長江流域一帶的語言。 2. 國語 tɕ-tɕʻ-ɕ- 等聲母字，皮黃語言分尖團：古舌根音 k-kʻ-x- 變來的字，讀 tɕ-tɕʻ-ɕ- ，是團音；古舌尖塞擦音和擦音 ts-tsʻ-s- 等變來的字，仍讀 ts-tsʻ-s- ，是尖音。 3. 壬辰轍中 -m，-n， -ŋ 三韻尾混淆成一種鼻音韻尾，大抵多讀成 -n。 4. 中東轍中讀成 -xㄥ（北京話讀爲 -ㄥ）。 5. 姑蘇轍中部份 tʂ-tʂʻ-ʂ-ʐ- 的字，要和韻母 [y] 相拼。 6. 一七轍中的 f-v- 和 tʂ-tʂʻ-ʂ- 等聲母要和 [i] 相拼。 7. 部份無聲母字要讀爲舌根鼻音聲母 ŋ-。 8. 車蛇轍唸 [ɤ]（國語 [o] 或 [uo]）或 [ye]（國語讀 [uo]）。

特約討論人王忠林認爲此論文注意到別人未重視的問題，但是所謂正黃語言源自湖北安徽一帶的長江流域，此地區中也許還有方言之殊異，如果以實際的方言資料來和皮黃比照，也許可以更精密的指出源地。再則，如果擴大蒐集平劇的劇本，也許可以整理出更完整的平劇聲韻調系統和用字。三則，論文中所述聲調的讀法，宜列舉更多證據，並證明沒有例外。

謝教授回答道：本文只是初步的研究，將來運用方言資料並擴充字例，可以更完整些。

應裕康教授說： 1. 皮黃與國劇二名稱宜分別，皮黃只是國劇的一部份，本論已分開，甚是。 2. 曲調本身複雜，唱者又有不同，而今，國劇中之尖團和上口字是否仍宜保留嗎？

謝雲飛教授回答：國語（北平話）仍然是一種方言，國劇還是保留傳統唱唸法較好。

林慶勳教授指出：1. p.36，「核」字兩音（xγ^{313}與xuγ^{313}）不知其發音有何區別？2. p.10 文中謂中原音韻入聲會派入陰平，似乎有誤。3.《增補剔弊五方元音》應爲趙培之所增補，成於嘉慶年間，不是 1673 年。

謝雲飛教授回答：1.「核」字二見，表示不定。2.「入聲變陰平」是本文的疏忽。3.《增補》一書的出版時間應改正。

五月十一日上午十一時正到十二時正，舉行第二場，由林慶勳、張雙慶兩位教授發表論文，分別由吳聖雄、姚榮松兩位先生擔任特約討論人。

       *   *   *   *   *

林慶勳〈試論《日本館譯語》的韻母對音〉是〈試論《日本館譯語》的聲母對音〉一文的續編。《日本館譯語》是明代會通館編輯的日本語教科書，以便日本使臣朝貢時通譯之用，大約成書於西元 1492～1549 年間。此書使用 155 個漢字，記注 557 條日本常用詞。從漢日對音中可知：1. 用來對音的漢語是北方官話。2. [-m] 韻尾已經演化混同於 [-n] 韻尾。3. 日本語的ス [su]，當時讀 [sɯ]，而「司、寺」等字的十六世紀漢語則讀爲[-ɿ]。4. 對音時用了當時的白讀，如「得」對日語テイ [tei]，「阿、喇、撒」對日語的ア [a]。5. 以臻山攝字對應日語非撥音ン [N] 尾的現象，可能是根據方言。6. 入聲字「木、活、約」用來對應日語的促音，足見作者尚有入聲短促的心理。7. 用「那」來對日語的 [N]。

特約討論人吳聖雄先生認爲：1.所謂「入聲字」在當時北方官話已經消失，《日本館譯語》的作者可能只是以陰聲字來對應日語的促音。2.當時漢語無 [o] 音，而有 [u] 與 [uo]，故用 [u] 或 [uo] 來對應日語[o] 段音的字。3.運用陽聲韻的字來對應開尾韻的日語，乃是以鼻音韻尾作爲次字爲濁聲母的記號。4.運用方言作佐證，會導致某種混亂而有疑於「用北方官話來對音」的論點。

林慶勳教授回答道：運用北方官話來對音是大原則或絕大多數的對音現象所得到的結論，少部份字可能與方言有關，並不致於產生太大問題，何況當時作者可能不只一位，或者作者除了北方官話還不免受了自己方言的影響。

謝雲飛教授建議林教授注意連音變化和入聲的對音問題。

洪惟仁先生認爲日本語的 [ɯ] 是現代音，《日本館譯語》對應日本語 [u] 者，除了「司、寺」兩字以外，還有許多含有[u] [uo] 的漢字，因此不足以推知當時日本語「ス」音 [sɯ]。

林教授回答道：日語 [ɯ] 是採取自大友信一。

*　　　*　　　*　　　*　　　*

張雙慶教授遠從香港前來與會，熱情可感。他提出的論文是〈粵方言處理國語詞彙的音韻問題〉。張教授有見於粵方言是一個強勢的方言，用粵語誦讀課文，遇文言文時非常順暢，一讀白話文，便感到十分彆扭難聽。一則是由於粵語無輕聲字，二則由於詞彙不同，於是便產生了粵方言如何處理國語詞彙的問題。詞彙的數量是無窮的，因此選取常用字中七十九個爲研究對象，發現：1.有國語、粵語發展與讀音一致者，如「參」。2.粵語受國

語影響而改讀的，如「抓、摸」。3. 為了讀國語的文章而類推，如「踩、胖」（以古音類推其讀音）。4. 據國音類推而仍合乎粵音音系的，如「攞」。5. 「做（←作）」「餃（←角）」等字依照國語有了陰聲韻的讀法。6. 不取國語，只取粵語。如無「您」只有「你」，其他國語輕聲字、合音字也不取。

特約討論人姚榮松教授認為：1. 如果入境問俗，照顧到讀者，應該加上國語注音符號來為例字標音。2. 文中兼顧中古音與國語的相關問題，似乎可在結論列表說明中古、國語和粵語的演變。3. 「燉」字之 dun 應改為 tun。頁十之「爺」應改正為「爹」。整個而言，全文可以看到作者的用心，並能對現代語言接觸進行研究，與中古音的關係也能照顧到，只可惜對於歷史的不同層次未能釐清。

張教授回答道：採用大陸拼音方案是因為例字排序上比較方便，沒想到卻造成了大家閱讀上的困難。其次，照顧不同歷史層次的意見非常好，本文造成這樣的問題是因為兼顧文字的音義，才會不得不從不同時代的韻書、字書中去找來源。

陳新雄教授指出「的」字拼音字母的寫法可能有誤。

鄭錦全教授認為本論文處理的方言與國語接觸的問題，正是文白異讀的問題。但是本文未說明是誰在根據國語或古音去類推。

張教授回答說：可以說是編字典的人所類推出來，本文正是根據粵語字典而作。至於廣韻與粵語的密切關係，是粵語學者一致的公識。

五月十一日下午十三時二十分進行第三場研討會，發表論文

的有：耿志堅、孔仲溫、竺家寧三位，分別由張文彬、柯淑齡、龔煌城擔任「特約討論」。

　　孔仲溫發表的論文是〈殷商甲骨諧聲字之音韻現象初探——聲母部份〉。他在李孝定與徐中舒的基礎上，取爭議較少而見於說文的 222 個甲骨形聲字，先依脣舌牙齒喉的次序，一一列出，註以中古的聲母和反切，然後再進行分析。發現：1.清濁有分途的趨勢，糾正趙誠「清聲和濁聲在甲骨文裏不分」之說。2.關於聲母的通轉，發聲部位相同的通轉佔 74％，見母與來母與其他聲母常通轉，喉音、舌齒音和其他聲母通轉之例有 44 個。3.上古有複聲母說可以解釋部份通轉現象。

　　特約討論人柯淑齡以爲：1.某些字爭議性仍然很大，如：「妹（疑爲从末）、牡（或以爲从土，土非聲符）、婦（恐非形聲字）、家（說文之从豭省聲者似不可必據）」，足見材料的選用尚需斟酌。2.以孔先生的材料而言，我們可以承認清濁有分途的趨勢。3.在諸通轉現象中，是否應考慮到不是聲母通轉而是疊韻而諧聲？

　　孔仲溫回答：1.妹字从未或从末，因爲都是明母字，影響不大。2.牡字依甲骨文學者之見，大多以爲从土。3.婦字雖可視爲會意字，但聲義同源，且李孝定先生認爲是形聲字，因此本文暫定爲形聲字。4.家字依李孝定之說。5.下次修改論文會注意見母來母通轉時的疊韻關係。

　　陳新雄教授指出：「妹」字从未或从末，關係到韻母之異，似應注意。其次，論文中諧聲字的認定，似應小心。如 12 頁72

條「睍」字何不說是从監省聲，以使其韻母相同？第 74 條"或"字何不說是「从目或省聲」呢？若說「戈聲」則聲調不同（入與平）。第 83 條「鼻」字何不說「畀聲」？第 85 條「吞」何不說「从凵」（凵盧之凵，去漁切）？第 87 條「畁」何不說「己聲」而必說「其聲」？

孔教授回答：關於「妹」字，當時大概是想在下次研究甲骨文諧聲的韻母關係時才論及，因此是不夠嚴謹。其次，關於「睍」字也是只見其聲未見其韻；「鼻」字，段玉裁也曾注意到可能从「畀聲」比較好，此處只是暫定，希望這些字不要影響到整個的大結論才好。謝謝老師的指正。

謝雲飛先生認為：若聲母不用中古而改用上古聲母，如輕唇古歸重唇，那麼統計表上也許大有改變。

     *   *   *   *   *

耿志堅發表的論文是〈晚唐及唐末五代僧侶詩用韻考〉，這是他一系列唐宋遼金元詩用韻研究的一部分，僧侶詩的用韻不及一般詩人嚴謹，耿教授指出其特徵有：1.齊己的舌根鼻音韻尾可分為「東」、「陽」、「庚」、「蒸」四部；貫休則「東」「庚」不混、「蒸」則介於「東」「庚」之間。2.齊己、貫休皆以「元」「魂」「痕」合用，但貫休之「元」與「眞」合用，「魂」「痕」與「寒」相叶；齊己則「元」與「寒」通押，「魂」「痕」與「眞」合用。3.齊己以「支」「魚」合用，「虞」「尤」（唇音字）合用，是個人之特徵。4.貫休與齊已之 -m、-n、-ŋ 三種韻尾之間，絕不通轉。5.本文實際上討論的，主要是晚唐齊、貫二家之詩。

　　張文彬先生的講評有七點：1.耿先生所提到的詩韻三十一部
（按：耿氏實列出三十部），到底是否為歸納齊、貫二家詩的結
果？還是耿先生自其他唐詩歸納所得？2.此三十一部和後代詩韻
不同，如欣文分開、元部獨立，請解釋。3.未列出獨用（「本韻
譜」）譜例，似不妥。4.凡例五：「同部合用」之用字，語義不
明。5.一詩只有兩韻字者，到底何者為本韻，何者為合韻？是否
可用段玉裁之見，取後一韻字為本韻？6.論文的合韻譜中如㈠
東、㈣支、㈤微、㈩眞、㈦魂、㈢刪等韻部中，常見到第一個韻
字合韻，此等處，作者可以有許多立論的空間而未注意到。7.詩
韻應稱為「某韻」還是「某部」，應分別清楚。

　　耿教授回答：1.所謂三十一部，是依中唐和晚唐詩所歸納出
來的。2.雖未列出本韻譜，但第 20 頁所列表格可以看到其大致
的面貌。3.凡例第五條當依張先生修正。其他用語不妥之處也會
修改。4.關於張的第五點，是應再斟酌；關於張的第六點，律詩
中的「孤雁出群」的現象，可能是中唐晚唐以後某些語音的變化，
詩人以為相近而合用了。

　　來自美國的鄭錦全先生發言：認為「為什麼要研究僧侶詩」
這個問題，如果能證實僧侶們由於沒有受到傳統聲韻學的制約，
而用韻更接近當時的語言，那麼，往後僧侶詩的研究，也許更會
受到研究者的重視。

　　耿教授回答：僧侶詩中的對仗確實不太嚴謹，但是其用韻和
一般人並無不同。

　　張文彬先生再指出：第 27 頁「師」字與魚韻的合用，耿先
生以現代方言來說明，是否不如取中古擬音來說明為佳？

　　林烱陽教授問：1.何以研究中唐時用古體詩和樂府詩，研究晚唐唐末五代則用近體詩？2.研究用韻在畫分韻部時是非常危險的，如論文中蒸登二韻到底要歸東韻成庚韻？若以合用較多爲憑，則此詩人與彼詩人合用數不同時，將如何處理？3.「同部合用統計表」之「東」部似乎合「東、冬、鍾」而言，次頁却又有東冬通轉的統計數目。

　　耿教授回答：1.中唐近體詩用韻與廣韻同用例大體相同，古體詩與樂府詩則更寬，晚唐到唐末五代的近體詩則與中唐古體詩樂府詩相近，故並論之。其次，「同部合用」應改爲「同部押韻」，至於「結論」中的分部，則又據齊、貫二人用詩而訂。將來會再重新修訂。

　　　　　　＊　　　　＊　　　　＊　　　　＊　　　　＊

　　竺家寧先生所發表的論文是〈說文音訓中反映的複聲母〉。文中以爲首先應先釐清「雙聲叠韻」的觀念，漢代的音訓只能用「音近」的觀念去理解。所舉的例證只限於聲母有對立的音訓資料（音訓字和被訓字之間，至少韻部相同）三十一條，分爲「來母和脣音的接觸」「來母和舌尖音的接觸」「來母和舌根音的接觸」三類，最後提出：「（pl-），p'l-，b'l-，bl-，ml-/（tl-），t'l-，(d'l-)，dl-/（tsl-)(ts'l-)，dz'l-，（dzl-)，sl-/kl-，k'l-，g'l-，gl-，ŋl-」等複聲母系統。

　　擔任特約討論的龔煌城說：甲、竺先生這篇論文值得肯定的是：(1)音訓字和本字的選擇很嚴謹，(2)範圍只限於與來母字有關的字，(3)與以往的研究成果相銜接（不和形聲字的研究衝突）等端。乙、至於竺先生的瑕疵有：(1)牽涉到兩個基本問題：①音訓

是什麼？②爲什麼音訓字可以用來硏究複聲母？而本論文中並未言及。若依龍宇純先生「聲訓以推求語源爲目的」之說，竺先生所舉之例多爲義訓，則一部分可用以推求複聲母，一部分不可以。義訓中的同源詞，要依嚴格的語音變化的規則性，才可推論。不符合這個要求的很多，如 19 頁是 sl-：dʻr-，而 21 頁却是 sl-：1-。 2.關於帶 1- 的複聲母之說，自高本漢以來，有幾個重要的發展，竺先生未加以考慮，如： 1960 年蘇俄的雅洪托夫《上古漢語的複輔音聲母》指出 1- 可與任何輔音的二等字諧聲，接著後來的學者便進一步發現來母字是來自上古的 r-（藏語的 gr-，相對於漢語的 1-）。這麼一結合，可以把上古聲母硏究帶上一個康莊大道。如第八例應爲：舉 r-：駁 pr-，第十三例應爲：誃 dr-：離 r-，第十四例應爲：理 r-：治 dr-，竺先生把同爲來母的「理、吏、離」擬成不同的音，同爲澄母的「誃、治」擬成不同的音，似乎是不太恰當的。3.題目應在「的」字後增「帶1-的」等字。 4.濁聲母只有一套，大多數人已不分送氣與不送氣了。5.引他人的古音要一致，不可或改或不改。（主席李鍌教授以爲龔教授因爲需要深入說明，才准予運用長時間講評。）

　　竺教授回答：1.龔之第一點，修訂時會採納。2.推求語源也會兼顧到音和義。3.關於語音變化的規律性，同爲來母， 19 頁和 21 頁的不同，是因爲我認爲「吏」和「史」爲同源詞，故後代分別讀爲 1- 和 s-。 4.雅洪托夫所論是諧聲時代，本文僅就音訓而論。至於漢藏語言的比較，恐怕是更早於音訓時代的事了。5.關於「舉 bl-（＞1-）：駁 pr-（＞p-）」是就漢代音訓來

擬音，其變化可能是：PL-$\Big\langle$ $\begin{matrix}\text{bl-}\\\text{pr-}\end{matrix}$ 。

金鐘讚先生問：1.第六頁所提及的「讀若」材料很有問題，如馭讀若聲，「聲」應改爲「馨」，「頣讀若骨」實際應爲「頣讀又若骨」，「臣讀若牽」應爲「臣，牽也」。2.說文的讀若，恐怕只是反映當時的讀法，無法斷定當時有複聲母。

竺教授回答：第六頁的材料是柯蔚南論文中的，本文未一一檢查其材料。其次，「讀若」所反映的當時讀音，在中古有不同聲母，那麼當時就有可能是複聲母了。

鄭錦全先生指出：揚雄的《方言》紀錄了各地不同的讀音，外國學者有人利用來構擬出許多複聲母，成爲一種極端的學說，也許可以參考。

姚榮松先生說：龍宇純先生〈論聲訓〉的文章見於清華學報，他以爲「聲訓」三個條件爲：語義相關、讀音相關、嚴謹的演化條件。以此來說，說文中的聲訓不能說都是義訓。其實只要「讀音相關」便是聲訓，不一定要有同源的關係。

龔煌城接著解釋說：聲訓是要指出事物命名的由來，竺、姚二位可能都誤會我的意思，竺先生所引說文音訓之例，並未指出事物命名的由來，所以我說大多數是「義訓」。至於聲訓是否可以用來研究語音，答案當然是可以的。再說一句，竺先生所引之例，有聲、義關係，那是同源詞，研究同源詞要有更嚴格的方法。

張文彬先生同時也指出：竺先生第四例：「例，比也。」恐怕只是義訓，並非所謂聲訓。

　　五月十一日下午十五時四十分至十七時二十分舉行第四場討論會。提出論文的有：金鐘讚、殷允美、鍾榮富。特約討論人分別為：林平和、張月琴、何大安。

　　　　＊　　　　＊　　　　＊　　　　＊　　　　＊

　　金鐘讚先生（師大博士班研究生）的論文是〈論說文一些疊韻形聲字及其歸類問題〉。論文指出：形聲字的聲子與聲母的關係，不一定是同音，在許慎說文看來，只有疊韻關係也可以諧聲。這又和許慎的六書歸類有關。在許慎看來，像「唐、更、柔、帝」等字，和其聲符「庚、丙、矛、朿」之間，如果有意義上的關係，許慎會歸類於會意，否則，則許慎只好憑疊韻關係把它們歸類於形聲。進言之，說文中「更从丙聲」「柔从矛聲」等十例，更與丙、柔與矛等聲子與聲母之間，後世方言、釋名……等資料都只見到讀音的分道揚鑣，恐怕上古早就不同音而只有疊韻關係。其次，從說文八百多條「讀若」來看，也可以為證。如：「䣈，粵聲，讀若馨。」「㝮，粵聲，讀若亭。」聲符同而讀若有聲母之異，足見聲子與聲母只有疊韻關係，不一定有同音關係。具疊韻關係而許慎認為是形聲字，必須還要有「不具意義關係」這個條件。

　　林平和教授擔任特約討論，認為：1.金先生為學，功夫很深，對問題能深入追查。2.只憑p.7十個例證、p.11一個例證來建立「疊韻便可諧聲」，似乎例證太少。2.例證與說明之間，或有出入。如：p.40所謂「第三個字是从第二個字得聲」，和第一例，第三例，第四例……等不相合。3.語義或有不明。如p.9第六行「故有人解說」，到底是何人？「很多方言」是指那些方言？4.引他人之說未註明出處。5.註三中「說文反切」應為段注的反

切。6. 孔廣森應列在段玉裁之後。7. 高本漢之前，乾隆年間已有李元《音切譜》大量運用聲符來研究上古音。

金鐘讚回答：1. 說文裏的形聲、讀若、省聲……等都已整理過，才提出論文中這些材料，例證不多，已反映了真實的現象。2. p. 40 的「得聲」是就某些學者以「侃」爲「从人完聲」而言的。3. 凡是大家都知道的，本文沒有指出其姓名。4. 未指明出處的，將來會改正。

    *   *   *   *   *

政治大學西語系的殷允美教授，提出的論文爲〈國語的抵輔調〉。她從國語構詞上與輕聲有關的聲調問題談起，指出 Yip（1980）以自主音律論只能解決一部份輕聲問題，因此提出一個「抵輔調」（default tone）來解決Yip的缺陷，也可以解決國語輕聲單獨唸，以及借自「非聲調語言」的語詞的讀法。換句話說，就是設定「陰平調爲國語的抵輔調」，可以隨時提供調值抵用。她的證據是：1. 親屬稱呼，如「姥姥」等，其第二音節有重音時，抵輔調會以高平調〔ㄱ〕出現。2. 許多擬聲調，如：「噗通」「唏哩嘩喇」都是陰平調。3. 借自外國的「A，B，C，……」都讀陰平調。4. 國語注音符號，單調唸時讀陰平調。5. 注音符號的陰平調不標示。

清華大學的張月琴教授擔任特約討論，她指出：1. 自主音律論適合於非洲語言，不適合東方的漢語。2. 不知所謂「音調不明的詞和詞素」是指什麼？3. 「抵輔調」理論如何解決國語輕聲字的問題？4. 像「高高儿的」，如果看成是兒化的特殊變調，也許比用「抵輔調」說要好一些。5. 借字的聲調，各語言都會用自己

的語言去對應，似乎用不著「抵輔調」的概念。6.如「奶奶」的第二字，只是由於加強重音而加長、加高，似乎也不必用到「抵輔調」的概念。——不過，對「抵輔調」加入「自主音律論」的結果，仍然是樂觀其成。

殷教授回答：1.本文修改了 Yip 的理論。2.所謂聲調不明，是指如：重疊詞「姐姐」的末字和語尾語助詞「嗎」等，當我們要指稱「嗎」時（例如：「你看那個『嗎』字」），不知道要怎麼讀？3.如果把「高高儿的」「慢慢儿的」的第二個字看成兒化的特殊變調，對於「慢慢儿的(manˇ man ˥ tə·˩)」，會難以處理。4.關於借字，美國所讀的「A，B，C」，實際上是 [ei˥˩, bi˥˩, si˥˩]，相當於國語的去聲，但是，國語却讀爲 [ei˥, bi˥, si˥]，並不是用自己語言的相近調去對應。5.我們尙可設想國語的抵輔調何以是高平調，可能是由於陰平爲平調而又近似輕聲。

李添富教授（輔仁大學）指出：1.趙元任先生曾經指出輕聲還有1234多種高低。2.陳重瑜曾分別了「輕聲」（如：姐姐）和「輕音」（如：走走）。3.殷先生所要解決的問題大多是「輕音」而非「輕聲」問題。4.陳重瑜先生認爲「姐姐」的第二字讀陰平調，是一種弱化。5.國語第一聲未標示，只是由於省略。

殷教授回答：1.本論文是我的博士論文的一部份，所以沒有談到很多。2.陳重瑜的文章未見到。3.分析的不同，可能是由於理論不同所致。4.關於複合詞的輕聲，是由於常用所致，因爲主要想建立「抵輔調」，所以沒有提及。5.關於國語第一聲未標示，我們是要問：爲什麼不標示的調是第一聲。

何大安先生說：「盤儿」一詞，有些山東方言讀爲[phrar]

在 [ph] 後出現了 [r]，也可用自主音律論來解釋，漢語方言是適用採用自主音律論的。——某些新學說對學術研究是有幫助的。

李壬癸先生建議把「spreading」譯爲「擴展」而不是「擴散」。

林慶勳先生認爲：姐姐、奶奶等詞不是重疊詞。殷敎授回答：重疊詞是指音節的重複出現而言。

鄭錦全先生認爲 [phrar]，最好還是用「音段」來解釋，是因爲該方言不允許有二韻尾，所以才跑到 a 的前面去，這不用「超音段」來解釋。

*　　　*　　　*　　　*　　　*

鍾榮富先生（高雄師範大學）提出的論文是〈空區別性特徵理論與漢語音韻〉。鍾先生首先介紹「空區別性特徵論」的起源、發展、分派，同時利用國語韻母結構的分析，來說明「溫和派」和「強烈派」的差異。指出「溫和派空區別性特徵論」較適用於國語元音分布的分析（可以幫「後音共享原則」產生 e 和 o），而強烈派則難以解決問題。其次，利用這個理論來處理客語韻母的結構分析，發現「溫和派空區別性特徵論」認爲客語的元音 a 不含任何後音值，因而可用異化限制來完全描述客語的複合及三合元音的結構，可用同化限制來掌握客語元音和輔音韻尾的結合規律。只要兩個規則便可產生所有客語的韻母結構。若「強烈派」則無法正確的分析。這個實例的分析結果，證明「溫和派空區別性特徵論」足以幫助我們更清楚的分析漢語的韻母結構，也附帶的瞭解了國語和客語韻母的深層結構。

特約討論人何大安教授首先敍述結構派語言學以後的語音理論的發展，指出結構學派的音位觀有其局限，如音位對立的消失，難以處理，因此有「詞音位」「大音位」的設置。到衍生學派，則提出「系統音位」，不過仍然無法妥善處理「超音段」和「音節結構」。1976 年以後，對於前者，音韻學者提出非線性的音韻層次，而有「自主音律論」之說；對於後者，音韻學者，也提出了許多理論，來處理「音段之下」的問題，其中鍾先生運用了「溫和派空區別性特徵論」來研究漢語音韻。除了做此語言理論的背景說明以外，還有三點意見：1.除了論文（39）之外，「強烈派」還可以有另一個選擇，但仍無法適當解釋客語的韻母結構。——這可以補充論證「溫和派」比較適當。2.論文之（9）所提出的：「非入聲—— x ——韻尾—— [+鼻音]」，恐怕不是一條 universal rule。3.此外，還有一些筆誤和語料上的錯誤，由於時間的關係，不一一提出。

鍾教授回答：1.謝謝提供另一個論證方式，我曾另文討論到。2.論文之（9），確實不是 universal rule。3.目前語言學的發展，還有所謂「聲律語言學」。

五月十二日上午八時二十分到十時舉行第五場論文討論會，有吳世畯、雲惟利、朴萬圭三位發表論文，分別由林炯陽、李壬癸、董忠司三位先生擔任特約討論人。

東吳大學博士班的吳世畯先生發表的論文是〈從朝鮮漢字音看一二等重韻問題〉。本論文考察了朝鮮《東國正韻》《奎章全

韻》《華東正音》等朝鮮韻書，肯定一二等重韻的區別，並進一步證明一二等重韻的區別非如高本漢所言爲長短 a 的對立，而是音色的不同。最後憑藉朝鮮漢字音和現代漢語方言，擬測一等韻各重韻的音値爲：「咍」韻 [ʌi]，「泰」韻 [ai]，「覃、談」二韻 [am]，「合、盍」二韻 [ap]；二等韻各重韻的音値爲：「皆」韻 [ɐi]，「佳」韻 [æi]，「夬」韻 [ai]。

　　林炯陽先生指出：1.本論文善於運用材料，言之成理，也有自己獨特的看法。2.應考慮江韻在中晚唐近乎陽唐，甚至讀同陽唐，混而不分，故江韻也讀爲 [a] 元音的 [aŋ]，朝鮮譯音 [aŋ] 也許正據其實際語音。那麼，咍韻朝鮮譯爲 [ʌi] 便可理解，而你的擬音便需要再考慮。3.咍泰有別，而覃談合一、合盍合一，皆佳夬又別，似乎同爲重韻而走向不同，沒有注意到平行系統。

　　吳世畯回答：1.林先生的江陽唐混同說，韓國可能譯爲 [aŋ]，很值得參考，但如果譯音正如本文所指出的，那麼本論文的結論便可成立。2.未注意到平行系統，確爲本論文的缺點。

　　金鐘讚指出：1.《訓民正音解例》：「一，舌縮而聲不深不淺」與「‧，舌縮而聲深」「｜，舌不縮而聲淺」比照，可知「一」是舌面高央元音，而本論文卻擬爲 ï。2. p. 24：侯部 [*ɔ]——→侯韻 [uə]，幽部 [*o]——→蕭韻 [eu] 等，應該不是央元音後化的例證。因此請問林炯陽先生，懂不懂音標和研究聲韻學有什麼關係？

　　林炯陽教授答：關係密切，非常重要。

　　吳世畯答：央元音與前後元音的互動，是陳新雄先生跟王力等先生所運用的現象。（沒有完全瞭解問題所在。）

　　＊　　　＊　　　＊　　　＊　　　＊

　　來自澳門東亞大學的雲惟利教授發表的論文是〈從新造形聲字看複音聲母問題〉。他的論文以爲：上古複音聲母（即複輔音）說是因某些形聲字與所从聲旁的聲母不同（以後代而言）而產生的，因此，「形聲字和所从聲旁的關係如何」是個關鍵性問題。雲教授利用《宋元以來俗字譜》裏所收宋元明清四代十二部通俗小說的一千多個俗體字，取其俗體形聲字六十三個，分爲同音（ 11 個， 17.4 ％）、同聲韻（ 6 個， 9.5 ％ ）、同聲（ 15 個， 23.8 ％ ）、同韻（ 14 個， 19.1 ％ ）、聲韻近（2 個，3.2 ％ ）、韻近（ 17 個， 27 ％ ），足見不必有同音關係。因此推知上古形聲字與所从聲旁也非必爲同音，同時也知道選取聲旁時，韻母的近似比聲母更重要，聲母有不同，是很自然的事。由此而起的複音聲母說，也就可以不必了。

　　李壬癸先生說：⒈雲先生深知「爲學必先疑」，並知道如何發掘問題。⒉分析正確，很有條理。⒊以後代類推上古，有可商榷處。這是一種比附。後代的形聲字，有很多簡筆字，性質上和上古諧聲字不同（上古諧聲要求百分之百同音，或者是幾乎完全相同）。新造形聲字又多爲不同時代、不同地方所造。⒋諧聲和押韻應分別討論，不宜混爲一談。⒌上古當然有方言，但是歷史語言學家在構擬古音時，却必須要假定只有一種單一的語言。⒍高本漢所擬「洛」字音是 gl- ，「各」字是 kl- ，故後世分化，不是雲先生所說都是 kl- 。

　　雲教授回答：⒈所謂俗體字是與正體字相對，事實上所有文字一開始都是俗體字。⒉簡化字是自上古便有，不是後世才有。

3. 以今例古，確非最好的法子，但是，除非我們知道古代是什麼，否則只有以今例古了。如中古音的擬音便是。4. 押韻不是本文的重點，只用來說明「聲調」在諧聲時最不重要。

金鐘讚提出：1. 依說文和其他諧聲資料，上古形聲字與所从聲符，一定同音，這個說法不能接受。2. 說文讀若的材料，可以告訴我們，所謂「上古複聲母」在當時已經「分化」得很清楚，不是到中古才分化。

李壬癸回答：1. 我的意思是，中古已經沒有複聲母了。2. 「讀若」不嚴謹，「諧聲」的聲韻則比較密切。

曾榮汾教授指出：1. 《宋元以來俗字譜》相當不嚴謹。2. 有些俗字只是筆畫的變異，不可當做形聲字，如「恇」字。

陳新雄教授：1. p. 8 「廟一庙」「虛一虗」等字的形聲字認定，似乎應該小心一些，「虗」字下似應作「丘」。2. 「壇一垴」的「玹」是否應是「坛」字？3. 「佛一伕」之「伕」也許是簡化字。又：是會意呢？還是形聲？

雲教授回答：我們可以說這些字在選擇聲符時，選得不好。其中「佛」字其俗字「伕」的「夭」，可能是從「沃」字類推而來的。已在 p. 11 第三行指出。

陳新雄教授說：即使是「沃」類推而來，沃與佛的聲韻仍然相隔甚遠，如廣州話。仍然應謹愼一些。

＊　　　＊　　　＊　　　＊　　　＊

韓國蔚山大學朴萬圭教授提出的論文是〈海東文宗崔致遠詩用韻考〉。他以生於西元 856 年韓國詩人崔致遠（當時詩人之冠）的詩為範圍，從《東文選》《桂苑筆耕》《東國文獻備考》《崔

文昌侯全集》等書找到崔詩 108 首，分為「古體詩」「近體詩」
列出韻譜，進行討論，最後列出崔詩的近體詩、古體詩同用獨用
表，並且和中國晚唐用韻現象對照。想透過崔詩漢文詩的用韻研
究，一方面瞭解晚唐用韻範圍，一方面確定當時韓人運用漢詩韻
腳的寬嚴。（參見朴文「結論」部分的「同用獨用表」。）文中指
出若干崔氏用韻特色，如：東鍾有獨用傾向（中國晚唐則東冬鍾
同用）、微齊各獨用（中國晚唐則支脂之微齊同用）等。

　　董忠司教授（新竹師範學院）擔任特約討論人，指出：1.朴
文敍述簡要，層次分明。2.朴文可以做為研究唐代詩文用韻現象
的參考，這個貢獻是可以肯定的。3.只憑崔氏 108 首，合計 386
個押韻字，恐怕無法達成「提要」所說「瞭解晚唐用韻範圍」和
「當時韓人用韻寬嚴」的期望。4.只運用 368 個韻字，却列出規
模宏大的「同用獨用表」，其中近體詩的豪韻字只出現一次，青
韻字只出現一次，……却判定為「獨用」，是否由於「同用」、
「獨用」在此處的語意與廣韻等通行用法有所不同。5.異韻同押
只一次，也許可以指出有同用的可能，若一韻部同押只一次，恐
怕不能逕指為「獨用」。6.諄眞之同用，只憑出現十次的「春」
（諄）字，證據力恐怕不夠。7.本論對於「孤雁入群」的韻字，
或據之以分，或據之以合，標準不一。8.寒韻獨用一次、寒桓
（合用）二次、桓山二次、刪山二次、寒刪一次，次數如此少，
如何判定其分合？9.佳麻之同用僅一見，即「涯」（佳韻）字與
麻韻押韻，我們可能僅能推論出：「佳韻的喉牙字可能與麻韻同
用」，不可推論出「佳麻同用」。（主席允許，多用了不少時間。）

　　朴教授回答：1.材料確實不多，但只能就這些資料來觀察了。

2. 將來會增添材料進行更大規模的研究，收入未來的博士論文中。
3.「春」字的特殊押韻狀況，目前尚未有滿意的處理方式。4. 關
於「孤雁入群」和「同押次數太少」，當會再斟酌。5. 由於材料
時代的限制，拿這些同用獨用的結果和晚唐用韻比較，以了解當
時中韓用韻情形，只有這條唯一的途徑了。

　　五月十二日上午十時三十分到十一時三十分，舉行第六場研
討會，論文發表人有黃坤堯和曾榮汾，分別由金周生和戴瑞坤擔
任特約討論。

　　　　＊　　　　＊　　　　＊　　　　＊　　　　＊

　　香港中文大學的黃坤堯教授發表〈東晉徐邈徐廣兄弟讀音的
比較〉一文。論文中指出：原籍山東的徐氏二兄弟，因永嘉之亂
後遷居江南，生活重心在江南，語言自然具有江南特色，所以其
音注材料是重建東晉吳語音系的重要參考。黃教授從約 1200 條
徐邈音（主要是經典釋文）和約 300 條徐廣音（主要來自史記三
家注），取其二徐都有注音的 59 字的材料，並且跟《廣韻》比
較，結果得：二徐和《廣韻》同者 14 例，異者 6 例；二徐異者
23 例，其中聲異 5 例，韻異 5 例，調異 13 例；另屬假借改讀
者 16 例。一般說來，徐廣的注音比較謹慎，和《廣韻》接近；
徐邈勇於創新，容易表現本身語音的特點，他所反映的吳音可能
更可靠。合二人也許可用來重建東晉的吳語音系。二徐注音的差
異，主要是由於文獻傳統的影響、師承訓讀不同，以及二人訓詁
方式不同所致（徐邈多用四聲或清濁別義，徐廣則否）。

　　金周生教授擔任特約討論指出： 1. 59 字中有 23 字是二徐相

異，這會影響到「東晉吳語」的重建，值得重視。 2.第 21 條「台」字見於《詩經・大雅》；「台背」一詞，本字是「鮐」，然則「音臺」和「音胎」詞義不同。「揲」「楄」二字也是詞義不同造成二徐異讀。 3.「訟」「捨」是由於改讀而異音。 4.「瞑」徐邈的「亡千反」實際是爲「眠」字注音。由 2.3.4.我們可以知道，從事二徐音讀的比較，應先考察詞義。 5. p.3 第「25」下，「非紐」應改爲「幫紐」，「滂」應改爲「敷」；他如第「17、35」條，也有類似情況。

黃教授回答：1.爲了簡鍊，「一、二、三」等類未列出例句並進一步說明，但是最好還是要有。 2.金教授所提基本上都可以接受，只有第 21 條「台」字，曾考慮到是否爲假借字，到底是「鮐背」還是「駝背」，爲「鮐」則屬透紐，若爲「駝」則爲定紐。頗難定奪。

　　＊　　　＊　　　＊　　　＊　　　＊

中央警官學校曾榮汾教授提出的論文是〈音序辭典編輯觀念的構思〉。論文首先指出：部首序的辭典和音序辭典觀念不同。第二、指出音序辭典展現了語音體系，故應標注實際語音的音變現象。第三、要加強一字多音的互見功能。第四、遇到多音的情形，應「成組撰稿」。第五、要呈現海峽兩岸的音讀差異。第六、要使用電腦，掌握音序索引編輯的新技術。最後呼籲臺灣要全面的整理文獻、檢查臺灣區的國語實況。

特約討論人戴瑞坤教授提出：1.曾先生提出的呼籲，值得大家共勉。 2.關於部首序辭書與音序辭書的概念，請再多做說明。3.歧音異義的音序號標注，在分冊時會不會有顧此失彼的顧慮？

4. 二之㈠之(1)，似乎可註明歷代部首的演變。5. 辭典中除以「大」標示「大陸音」以外，還可另尋代表臺灣讀音的代表字。

曾教授回答：關於2.，早有他文論及，此從略。關於3.，可加注冊次。關於4.，與2.情形一樣。關於5.，也許可以「中」代表臺灣的讀音。

鄭錦全教授指出：1.部首有214個與189部之不同，筆順可用「江山千古、寒來暑往」來做筆畫的代名詞。2.呈現音變資料以後，可能會影響檢索。如「表演」的「表」字，陽平聲，便會和「表」的上聲讀法排在不同地方。3.辭典若放眼天下，則注音符號有局限，而且又非聯合國標準。

曾教授回答：1.部首與筆順，另有文章討論。2.聯合國聯合編碼小組，漢字部份交給大陸來編，那麼，臺灣的努力恐付之一炬，幸大陸似乎也未堅持他們的201部首。3.將來的辭典可以標注其他的音標。

會議在十一時三十分到十一時四十五分綜合座談之後，舉行閉幕式，並決定下次會議在高雄中山大學舉行。

國立中央圖書館出版品預行編目資料

聲韻論叢，第四輯／中華民國聲韻學學會，東吳大學中
國文學系所主編．--初版．--臺北市：臺灣學生，民81
面；　　公分．--(中國語文叢刊；13)
ISBN 957-15-0380-0 (精裝).--ISBN 957-15
-0381-9 (平裝)

1.中國語言—聲韻—論文，講詞等

802.407　　　　　　　　　　　　　　　81001774

聲 韻 論 叢　第四輯　（全一冊）

主 編 者：中 華 民 國 聲 韻 學 學 會
　　　　　東 吳 大 學 中 國 文 學 系 所
出 版 者：臺 灣 學 生 書 局
本書局登記證字號：行政院新聞局局版臺業字第一一〇〇號
發 行 人：丁　　　文　　　治
發 行 所：臺 灣 學 生 書 局
　　　　　臺北市和平東路一段一九八號
　　　　　郵 政 劃 撥 帳 號 00024668
　　　　　電　話：3 6 3 4 1 5 6
　　　　　FAX：(0 2) 3 6 3 6 3 3 4
印 刷 所：常 新 印 刷 有 限 公 司
　　　　　地　址：板橋市翠華街8巷13號
　　　　　電　話：9524219・9531688
香港總經銷：藝 文 圖 書 公 司
　　　　　地址：九龍偉業街99號連順大廈五字
　　　　　樓及七字樓　電話：7959595

定價　精裝新台幣四一〇元
　　　平裝新台幣三五〇元

中 華 民 國 八 十 一 年 五 月 初 版

臺灣**學生書局**出版

中國語文叢刊

①古今韻會舉要的語音系統　　　　　　竺　家　寧　著

②語音學大綱　　　　　　　　　　　　謝　雲　飛　著

③中國聲韻學大綱　　　　　　　　　　謝　雲　飛　著

④韻鏡研究　　　　　　　　　　　　　孔　仲　溫　著

⑤類篇研究　　　　　　　　　　　　　孔　仲　溫　著

⑥音韻闡微研究　　　　　　　　　　　林　慶　勳　著

⑦十韻彙編研究（二冊）　　　　　　　葉　鍵　得　著

⑧字樣學研究　　　　　　　　　　　　曾　榮　汾　著

⑨客語語法　　　　　　　　　　　　　羅　肇　錦　著

⑩古音學入門　　　　　　　　　　　　林　慶　勳
　　　　　　　　　　　　　　　　　　竺　家　寧　著

⑪兩周金文通假字研究　　　　　　　　全　廣　鎮　著

⑫聲韻論叢　　第三輯　　　中華民國聲韻學學會
　　　　　　　　　　　　　輔仁大學中國文學系所　主編

⑬聲韻論叢　　第四輯　　　中華民國聲韻學學會
　　　　　　　　　　　　　東吳大學中國文學系所　主編